内蒙古民族文化通鉴·研究系列丛书

鄂温克族文学概论

陈　珏◎著

中国社会科学出版社

图书在版编目(CIP)数据

鄂温克族文学概论 / 陈珏著 . —北京：中国社会科学出版社，2023. 3
（内蒙古民族文化通鉴. 研究系列丛书）
ISBN 978-7-5227-1577-3

Ⅰ.①鄂… Ⅱ.①陈… Ⅲ.①鄂温克族—少数民族文学—文学研究—
中国 Ⅳ.①I207.923

中国国家版本馆 CIP 数据核字（2023）第 043243 号

出 版 人	赵剑英
责任编辑	宫京蕾
责任校对	郝阳洋
责任印制	郝美娜

出　　版	中国社会科学出版社
社　　址	北京鼓楼西大街甲 158 号
邮　　编	100720
网　　址	http：//www. csspw. cn
发 行 部	010-84083685
门 市 部	010-84029450
经　　销	新华书店及其他书店

印刷装订	北京君升印刷有限公司
版　　次	2023 年 3 月第 1 版
印　　次	2023 年 3 月第 1 次印刷

开　　本	710×1000　1/16
印　　张	17. 25
插　　页	2
字　　数	294 千字
定　　价	98. 00 元

凡购买中国社会科学出版社图书，如有质量问题请与本社营销中心联系调换
电话：010-84083683

《内蒙古民族文化通鉴》总序

乌　兰

　　"内蒙古民族文化研究建设工程"成果集成——《内蒙古民族文化通鉴》（简称《通鉴》）六大系列数百个子项目的出版物将陆续与学界同仁和广大读者见面了。这是内蒙古民族文化传承保护建设中的一大盛事，也是对中华文化勃兴具有重要意义的一大幸事。借此《通鉴》出版之际，谨以此文献给所有热爱民族文化，坚守民族文化的根脉，为民族文化薪火相传而殚智竭力、辛勤耕耘的人们。

一

　　内蒙古自治区位于祖国北部边疆，土地总面积118.3万平方公里，占中国陆地国土总面积的八分之一，现设9市3盟2个计划单列市，全区共有102个旗县（市、区），自治区首府为呼和浩特。2014年，内蒙古总人口2504.81万，其中蒙古族人口458.45万，汉族人口1957.69万，包括达斡尔族、鄂温克族、鄂伦春族"三少"自治民族在内的其他少数民族人口88.67万；少数民族人口约占总人口的21.45%，汉族人口占78.15%，是蒙古族实行区域自治、多民族和睦相处的少数民族自治区。内蒙古由东北向西南斜伸，东西直线距离2400公里，南北跨度1700公里，横跨东北、华北、西北三大区，东含大兴安岭，西包阿拉善高原，南有河套、阴山，东南西与8省区毗邻，北与蒙古国、俄罗斯接壤，国境线长达4200公里。内蒙古地处中温带大陆气候区，气温自大兴安岭向东南、西南递增，降水自东南向西北递减，总体上干旱少雨，四季分明，寒暑温差很大。全区地理上大致属蒙古高原南部，从东到西地貌多样，有茂密的森林，广袤的草原，丰富的矿藏，是中国为数不多的资源富集大区。

内蒙古民族文化的主体是自治区主体民族蒙古族的文化，同时也包括达斡尔族、鄂温克族、鄂伦春族等人口较少世居民族多姿多彩的文化和汉族及其他各民族的文化。

"内蒙古"一词源于清代"内札萨克蒙古"，相对于"外扎萨克蒙古"即"外蒙古"。自远古以来，这里就是人类繁衍生息的一片热土。1973 年在呼和浩特东北发现的大窑文化，与周口店第一地点的"北京人"属同一时期，距今 50—70 万年。1922 年在内蒙古伊克昭盟乌审旗萨拉乌苏河发现的河套人及萨拉乌苏文化、1933 年在呼伦贝尔扎赉诺尔发现的扎赉诺尔人，分别距今 3.5—5 万年和 1—5 万年。到了新石器时代，人类不再完全依赖天然食物，而已经能够通过自己的劳动生产食物。随着最后一次冰河期的迅速消退，气候逐渐转暖，原始农业在中国北方地区发展起来。到了公元前 6000—前 5000 年，内蒙古东部和西部两个亚文化区先后都有了原始农业。

"红山诸文化"（苏秉琦语）和海生不浪文化的陆续兴起，使原始定居农业逐渐成为主导的经济类型。红山文化庙、坛、冢的建立，把远古时期的祭祀礼仪制度及其规模推进到一个全新的阶段，使其内容空前丰富，形式更加规范。"中华老祖母雕像""中华第一龙""中华第一凤"——这些在中华文明史上具有里程碑意义的象征物就是诞生在内蒙古西辽河流域的红山文化群。红山文化时期的宗教礼仪反映了红山文化时期社会的多层次结构，表明"'产生了植根于公社，又凌驾于公社之上的高一级的社会组织形式'（苏秉琦——引者注），这已不是一般意义上的新石器时代文化概念所能包容的，文明的曙光已照耀在东亚大地上"①。

然而，由于纪元前 5000 年和纪元前 2500 年前后，这里的气候出现过几次大的干旱及降温，原始农业在这里已经不再适宜，从而迫使这一地区的原住居民去调整和改变生存方式。夏家店文化下层到上层、朱开沟文化一至五段的变迁遗迹，充分证明了这一点。气候和自然环境的变化、生产力的进一步发展，必然促使这里的人类去寻找更适合当地生态条件、创造具有更高劳动生产率的生产方式。于是游牧经济、游牧文化诞生了。

---

① 田广金、郭素新：《北方文化与匈奴文明》，江苏教育出版社 2005 年版，第 131 页。

历史上的游牧文化区，基本处于北纬 40 度以北，主要地貌单元包括山脉、高原草原、沙漠，其间又有一些大小河流、淡水咸水湖泊等。处于这一文化带上的蒙古高原现今冬季的平均气温在 -10℃—20℃ 之间，年降雨量在 400 毫米以下，干燥指数在 1.5—2 之间。主要植被是各类耐寒的草本植物和灌木。自更新世以来，以有蹄类为主的哺乳动物在这一地区广泛分布。这种生态条件，在当时的生产力水平下，对畜牧业以外的经济类型而言，其制约因素无疑大于有利因素，而选择畜牧、游牧业，不仅是这种生态环境条件下的最佳选择，而且应该说是伟大的发明。比起从前在原始混合型经济中饲养少量家畜的阶段，逐水草而居，"依天地自然之利，养天地自然之物"的游牧生产、生活方式有了质的飞跃。按照人类学家 L. 怀特、M. D. 萨赫林斯关于一定文化级差与一定能量控驭能力相对应的理论，一头大型牲畜的生物能是人体生物能的 1—5 倍，一人足以驾驭数十头牲畜从事工作，可见真正意义上的畜牧、游牧业的生产能力已经与原始农业经济不可同日而语。它表明草原地带的人类对自身生存和环境之间的关系有了全新的认识，智慧和技术使生产力有了大幅提高。

马的驯化不但使人类远距离迁徙游牧成为可能，而且让游牧民族获得了在航海时代和热兵器时代到来之前绝对所向披靡的军事能力。游牧民族是个天然的生产军事合一的聚合体，具有任何其他民族无法比拟的灵活机动性和长距离迁徙的需求与能力。游牧集团的形成和大规模运动，改变了人类历史。欧亚大陆小城邦、小农业公社之间封闭隔绝的状况就此终结，人类社会各个群体之间的大规模交往由此开始，从氏族部落语言向民族语言过渡乃至大语系的形成，都曾有赖于这种大规模运动；不同部落、不同族群开始通婚杂居，民族融合进程明显加速，氏族部族文化融合发展成为一个个特色鲜明的民族文化，这是人类史上的一次历史性进步，这种进步也大大加快了人类文化的整体发展进程。人类历史上的一次划时代的转折——从母权制向父权制的转折也是由"放牧部落"带到农耕部落中去的。①

对现今中国北方地区而言，到了公元前一千年左右，游牧人的时期业

---

① ［苏］Д. E. 叶列梅耶夫：《游牧民族在民族史上的作用》，《民族译丛》1987 年第 5、6 期。

已开始，秦汉之际匈奴完成统一草原的大业，此后的游牧民族虽然经历了许多次的起起伏伏，但总体十分强势，一种前所未有的扩张从亚洲北部，由东向西展开来。于是，被称为"世界历史两极"的定居文明与草原畜牧者和游牧人开始在从长城南北到中亚乃至欧洲东部的广阔地域内进行充分的相互交流。到了"蒙古时代"，一幅中世纪的"加泰罗尼亚世界地图"，如实反映了时代的转换，"世界体系"以"蒙古时代"为开端确立起来，"形成了人类史上版图最大的帝国，亚非欧世界的大部分在海陆两个方向上联系到了一起，出现了可谓'世界的世界化'的非凡景象，从而在政治、经济、文化、商业等各个方面出现了东西交流的空前盛况"。① 直到航海时代和热兵器时代到来之后，这种由东向西扩张的总趋势才被西方世界扭转和颠倒。而在长达约两千年的游牧社会历史上，现今的内蒙古地区始终是游牧文化圈的核心区域之一，也是游牧世界与华夏民族、游牧文明与农耕文明碰撞激荡的最前沿地带。

在漫长的历史过程中，广袤的北方大草原曾经是众多民族繁衍生息的家园，他们在与大自然的抗争和自身的生存发展过程中创造了各民族自己的文化，形成了以文化维系起来的人群——民族。草原各民族有些是并存于一个历史时期，毗邻而居或交错居住，有些则分属于不同历史时期，前者被后者更替，后者取代前者，薪尽而火传。但不论属何种情形，各民族文化之间都有一个彼此吸纳、继承、逐渐完成民族文化自身的进化，然后在较长历史时期内稳定发展的过程。比如，秦汉时期的匈奴文化就是当时众多民族部落文化和此前各"戎""狄"文化的集大成。魏晋南北朝时期的鲜卑文化，隋唐时期的突厥文化，宋、辽、金时期的契丹、女真、党项族文化，元代以来的蒙古族文化都是如此。

二

蒙古民族是草原文化的集大成者，蒙古文化是草原文化最具代表性的文化形态，蒙古民族的历史集中反映了历史上草原民族发展变迁的基本

---

① 《杉山正明谈蒙古帝国："元并非中国王朝"一说对错各半》，《东方早报·上海书评》2014 年 7 月 27 日。

规律。

有人曾用"蝴蝶效应"比喻 13 世纪世界历史上的"蒙古风暴"——斡难河畔那一次蝴蝶翅膀的扇动引起周围空气的扰动,能量在连锁传递中不断增强,最终形成席卷亚欧大陆的铁骑风暴。这场风暴是由一位名叫铁木真的蒙古人掀起,他把蒙古从一个部落变成一个民族,于 1206 年建立了大蒙古汗国。铁木真统一蒙古各部之后,首先废除了氏族和部落世袭贵族的权利,使所有官职归于国家,为蒙古民族的历史进步扫清了重要障碍,并制定了世界上第一部具有宪法意义、包含宪政内容的成文法典,而这部法典要比英国在世界范围内最早制定的宪法性文件早了九年。成吉思汗确立了统治者与普通牧民负同等法律责任、享有同等宗教信仰自由等法律原则,建立了定期人口普查制度,创建了最早的国际邮政体系。

13、14 世纪的世界可被称为蒙古时代,成吉思汗缔造的大蒙古国囊括了多半个亚欧版图,发达的邮驿系统将东方的中国文明与西方的地中海文明相连接,两大历史文化首度全面接触,对世界史的影响不可谓不深远。亚欧大陆后来的政治边界划分分明是蒙古帝国的遗产。成吉思汗的扩张和西征,打破了亚欧地区无数个城邦小国、定居部落之间的壁垒阻隔,把亚欧大陆诸文明整合到一个全新的世界秩序之中,因此他被称为"缔造全球化世界的第一人"①。1375 年出现在西班牙东北部马略卡岛的一幅世界地图——"卡塔拉地图"(又称"加泰罗尼亚地图",现藏于法国国家图书馆),之所以被称为"划时代的地图",并非因为它是标明马可·波罗行旅路线的最早地图,而是因为它反映了一个时代的转换。从此,东西方之间的联系和交往变得空前便捷、密切和广泛。造纸、火药、印刷术、指南针——古代中国的这些伟大发明通过蒙古人,最终真正得以在欧洲推广开来;意大利作家但丁、薄伽丘和英国作家乔叟所用的"鞑靼绸""鞑靼布""鞑靼缎"等纺织品名称,英格兰国王指明要的"鞑靼蓝",还有西语中的许多词汇,都清楚地表明东方文化以蒙古人为中介传播到西方的那段历史;与此同时,蒙古人从中亚细亚、波斯引进许多数学家、工匠和管理人员,以及诸如高粱、棉花等农作物,并将其传播到中国和其他

---

① [美]杰克·威泽弗德:《成吉思汗与今日世界之形成》,温海清、姚建根译,重庆出版社 2014 年版,第 8 页封面。

地区，从而培育或杂交出一系列新品种。由此引发的工具、设备、生产工艺的技术革新，其意义当然不可小觑；特别是数学、历法、医学、文学艺术方面的交流与互动，知识和观念的传播、流动，打破了不同文明之间的隔阂，以及对某一文明的偏爱与成见，其结果就是全球文化和世界体系若干核心区的形成。1492 年，克里斯托弗·哥伦布说服两位君主，怀揣一部《马可·波罗游记》，信心满满地扬帆远航，为的就是找到元朝的"辽阳省"，重建与蒙古大汗朝廷的海上联系，恢复与之中断的商贸往来。由于蒙古交通体系的瓦解和世界性的瘟疫，他浑然不知此时元朝已经灭亡一百多年，一路漂荡到加勒比海的古巴，无意间发现了"新大陆"。正如美国人类学家、蒙古史学者杰克·威泽弗德所言，在蒙古帝国终结后的很长一段时间内，新的全球文化继续发展，历经几个世纪，变成现代世界体系的基础。这个体系包含早先蒙古人强调的自由商业、开放交通、知识共享、长期政治策略、宗教共存、国际法则和外交豁免。①

即使我们以中华文明为本位回望这段历史，同样可以发现蒙古帝国和元朝对我国历史文化久远而深刻的影响。从成吉思汗到忽必烈，历时近百年，元朝缔造了人类历史上版图最大的帝国，结束了唐末以来国家分裂的状况，基本划定了后世中国的疆界；元代实行开放的民族政策，大力促进各民族间的经济文化交流和边疆地区的开发，开创了中华民族多元一体的新格局，确定了中国统一的多民族国家的根本性质；元代推行农商并重政策，"以农桑为急务安业力农"，城市经济贸易繁荣发展，经贸文化与对外交流全面推进，实行多元一体的文化教育政策，科学技术居于世界前列，文学艺术别开生面，开创了一个新纪元；作为发动有史以来最大规模征服战争的军事领袖，成吉思汗和他的继任者把冷兵器时代的战略战术思想、军事艺术推上了当之无愧的巅峰，创造了人类军事史的一系列"第一"、一系列奇迹，为后人留下了极其丰富的精神财富；等等。

统一的蒙古民族的形成是蒙古民族历史上具有划时代意义的时间节点。从此，蒙古民族成为具有世界影响的民族，蒙古文化成为中华文化不可或缺的组成部分。漫长的历史岁月见证了蒙古族人民的智慧，他们在文

---

① ［美］杰克·威泽弗德：《成吉思汗与今日世界之形成》（修订版），温海清、姚建根译，重庆出版社 2014 年版，第 6、260 页。

学、史学、天文、地理、医学等诸多领域成就卓然，为中华文明和人类文明的发展做出了不可否认的伟大贡献。

20 世纪 30 年代被郑振铎先生称为"最可注意的伟大的白话文作品"的《蒙古秘史》，不单是蒙古族最古老的历史、文学巨著，也是被联合国教科文组织列为世界名著目录（1989 年）的经典，至今依然吸引着世界各国无数的学者、读者；在中国著名的"三大英雄史诗"中，蒙古族的《江格尔》、《格斯尔》（《格萨尔》）就占了两部，它们也是目前世界上已知史诗当中规模最大、篇幅最长、艺术表现力最强的作品之一；蒙古民族一向被称为能歌善舞的民族，马头琴、长调、呼麦被列入世界非物质文化遗产，蒙古族音乐舞蹈成为内蒙古的亮丽名片，风靡全国，感动世界，诠释了音乐不分民族、艺术无国界的真谛；还有传统悠久、特色独具的蒙古族礼仪习俗、信仰禁忌、衣食住行，那些科学简洁而行之有效的生产生活技能、民间知识，那些让人叹为观止的绝艺绝技以及智慧超然且极其宝贵的非物质文化遗产，都是在数千年的游牧生产生活实践中形成和积累起来的，也是与独特的生存环境高度适应的，因而极富生命力。迄今，内蒙古已拥有列入联合国非物质文化遗产名录的项目 2 项（另有马头琴由蒙古国申报列入名录）、列入国家级名录的 81 项、自治区及盟市旗县级名录的 3844 项，各级非遗传承人 6442 名。其中蒙古族、达斡尔族、鄂温克族、鄂伦春族等内蒙古世居少数民族的非遗项目占了绝大多数。人们或许不熟悉内蒙古三个人口较少民族的文化传统，然而那巧夺天工的达斡尔造型艺术、想象奇特的鄂温克神话传说、栩栩如生的鄂伦春兽皮艺术、闻名遐迩的"三少民族"桦皮文化……这些都是一朝失传则必将遗恨千古的文化瑰宝，我们当倍加珍惜。

内蒙古民族文化当中最具普世意义和现代价值的精神财富，当属其崇尚自然、天人相谐的生态理念、生态文化。游牧，是生态环保型的生产生活方式，是现代以前人类历史上惟一以人与自然和谐共存、友好相处的理念为根本价值取向的生产生活方式。游牧和狩猎，尽管也有与外在自然界相对立的一面，但这是以敬畏、崇尚和尊重大自然为最高原则、以和谐友好为前提的非对抗性对立。因为，牧民、猎人要维持生计，必须有良好的草场、清洁的水源和丰富的猎物，而这一切必须以适度索取、生态环保为条件。因此，有序利用、保护自然，便成为游牧生产方式的最高原则和内在要求。对亚洲北部草原地区而言，人类在无力改造和控制自然环境的条件下，游牧生产方式是维持草畜平衡，使草场及时得到休整、涵养、恢复的自由而能动的最佳选择。我国北方的广大地区尽管数千年来自然生态环境相当脆弱，如今却能够成为我国北部边疆的生态屏障，与草原游牧民族始终如一的精心呵护是分不开的。不独蒙古族，达斡尔族、鄂温克族、鄂伦春族等草原世居少数民族在文化传统上与蒙古族共属一个更大的范畴，不论他们的思维方式、信仰文化、价值取向还是生态伦理，都与蒙古族大同小异，有着多源同流、殊途同归的特点。

随着人类历史进程的加速，近代以来，世界各地区、各民族文化变迁、融合的节奏明显加快，草原地区迎来了本土文化和外来文化空前大激荡、大融合的时代。草原民族与汉民族的关系日趋加深，世界各种文化对草原文化的作用和影响进一步增强，农业文明、工业文明、商业文明、城市文明的因素大量涌现，草原各民族的生产生活方式，乃至思想观念、审美情趣、价值取向都发生了巨大变化。虽然，这是一个凤凰涅槃、浴火重生的过程，但以蒙古族文化为代表的草原各民族文化，在空前的文化大碰撞中激流勇进，积极吸纳异质文化养分，或在借鉴吸纳的基础上进行自主的文化创新，使民族文化昂然无惧地走上转型之路。古老的蒙古族文化，依然保持着她所固有的本质特征和基本要素，而且，由于吸纳了更多的活性元素，文化生命力更加强盛，文化内涵更加丰富，以更加开放包容的姿态迎来了现代文明的曙光。

三

古韵新颜相得益彰，历久弥新异彩纷呈。自治区成立以来的近 70 年间，草原民族的文化事业有了突飞猛进的发展。我国社会主义制度和民族区域自治、各民族一律平等的宪法准则，党和国家一贯坚持和实施的尊重、关怀少数民族，大力扶持少数民族经济文化事业的一系列方针政策，从根本上保障了我国各民族人民传承和发展民族文化的权利，也为民族文化的发展提供了广阔空间。一些少数民族，如鄂伦春族仅仅用半个世纪就从原始社会过渡到社会主义社会，走过了过去多少个世纪都不曾走完的历程。

一个民族的文化发展水平必然集中体现在科学、文化、教育事业上。在历史上的任何一个时期，蒙古民族从来不曾拥有像现在这么多的科学家、文学家等各类专家教授，从来没有像现在这样以丰富的文化产品供给普通群众的消费，蒙古族大众的整体文化素质从来没有达到现在这样的高度。哪怕最偏远的牧村，电灯电视不再稀奇，网络、手机、微信微博业已成为生活的必需。自治区现有 7 家出版社出版蒙古文图书，全区每年都有数百上千种蒙古文新书出版，各地报刊每天都有数以千百计的文学新作发表。近年来，蒙古族牧民作家、诗人的大量涌现，已经成为内蒙古文学的一大景观，其中有不少作者出版有多部中长篇小说或诗歌散文集。我们再以国民受教育程度为例，它向来是一个民族整体文化水准的重要指标之一。中华人民共和国成立前，绝大多数蒙古人根本没有接受正规教育的机会，能够读书看报的文化人寥若晨星。如今，九年义务教育已经普及，即便是上大学、读研考博的高等教育，对普通农牧民子女也不再是奢望。据《内蒙古 2014 年国民经济和社会发展统计公报》显示，全自治区 2013 年少数民族在校大学生 10.8 万人，其中蒙古族学生 9.4 万人；全区招收研究生 5987 人，其中，少数民族在校研究生 5130 人，蒙古族研究生 4602 人，蒙古族受高等教育程度可见一斑。

每个时代、每个民族都有一些杰出人物曾经对人类的发展进步产生深远影响。正如爱迪生发明的电灯"点亮了世界"一样，当代蒙古族也有为数不少的文化巨人为世界增添了光彩。提出"构造体系"概念、创立地质力学学说和学派、提出"新华夏构造体系三个沉降带"理论、开创油气资源勘探和地震预报新纪元的李四光；认定"世界未来的文化就是中国文化复兴"、素有"中国最后一位大儒家"之称的国学大师梁漱溟；在国际上首次探索出山羊、绵羊和牛精子体外诱导获能途径，成功实现试管内杂交育种技术的"世界试管山羊之父"旭日干；还有著名新闻媒体人、文学家、翻译家萧乾；马克思主义哲学家艾思奇；当代著名作家李准……这些如雷贯耳的大名，可谓家喻户晓、举世闻名，但人们未必都知道他们来自蒙古族。是的，他们来自蒙古民族，为中华民族的伟大复兴，为全人类的文明进步做出了应有的贡献。

历史的进步、社会的发展、蒙古族人民群众整体文化素质的大幅提升，使蒙古族文化的内涵得以空前丰富，文化适应能力、创新能力、竞争能力都有了显著提升。从有形的文化特质，如日常衣食住行，到无形的观念形态，如思想情趣、价值取向，我们可以举出无数个鲜活的例子，说明蒙古文化紧随时代的步伐传承、创新、发展的事实。特别是自2003年自治区实施建设民族文化大区、强区战略以来，全区文化建设呈现出突飞猛进的态势，民族文化建设迎来了一个新的高潮。内蒙古文化长廊计划、文化资源普查、重大历史题材美术创作工程、民族民间文化遗产数据库建设工程、蒙古语语料库建设工程、非物质文化遗产保护、一年一届的草原文化节、草原文化研究工程、北部边疆历史与现状研究项目等，都是这方面的有力举措，收到了很好的成效。

但是，我们也必须清醒地看到，与经济社会的跨越式发展相比，文化建设仍然显得相对滞后，特别是优秀传统文化的传承保护依然任重道远。优秀民族文化资源的发掘整理、研究转化、传承保护以及对外传播能力尚不能适应形势发展，某些方面甚至落后于国内其他少数民族省区的现实也尚未改变。全球化、工业化、信息化和城市化的时代大潮，对少数民族弱势文化的剧烈冲击是显而易见的。全球化浪潮和全方位的对外开放，意味着我们必将面对外来文化，特别是强势文化的冲击。在不同文化之间的交往中，少数民族文化所受到的冲击会更大，所经受的痛苦也会更多。因为，它们对外来文化的输入往往处于被动接受的状态，而对文化传统的保护常常又力不从心，况且这种结果绝非由文化本身的价值所决定。换言之，在此过程中，并非所有得到的都是你所希望得到的，并非所有失去的都是你应该丢掉的，不同文化之间的输入输出也许根本就不可能"对等"。这正是民族文化的传承保护任务显得分外紧迫、分外繁重的原因。

文化是民族的血脉，内蒙古民族文化是中华文化不可或缺的组成部分，中华文化的全面振兴离不开国内各民族文化的繁荣发展。为了更好地贯彻落实党的十八大关于文化建设的方针部署，切实把自治区党委提出的实现民族文化大区向民族文化强区跨越的要求落到实处，自治区政府于2013年实时启动了"内蒙古民族文化建设研究工程"。"工程"包括文献档案整理出版，内蒙古社会历史调查、研究系列，蒙古学文献翻译出版，内蒙古历史文化推广普及和"走出去"，"内蒙古民族文化建设研究数据库"建设等广泛内容，计划六年左右的时间完成。经过两年的紧张努力，从2016年开始，"工程"的相关成果已经陆续与读者见面。

　　建设民族文化强区是一项十分艰巨复杂的任务，必须加强全区各界研究力量的整合，必须有一整套强有力的措施跟进，必须实施一系列特色文化建设工程来推动。"内蒙古民族文化建设研究工程"就是推动我区民族文化强区建设的一个重要抓手，是推进文化创新、深化人文社会科学可持续发展的一个重要部署。目前，"工程"对全区文化建设的推动效应正在逐步显现。

　　"内蒙古民族文化建设研究工程"将在近年来蒙古学研究、"草原文化研究工程""北部边疆历史与现状研究"、文化资源普查等科研项目所取得的成就基础上，突出重点，兼顾门类，有计划、有步骤地开展抢救、保护濒临消失的民族文化遗产，搜集记录地方文化和口述历史，使民族文化传承保护工作迈上一个新台阶；将充分利用新理论、新方法、新材料，有力推进学术创新、学科发展和人才造就，使内蒙古自治区传统优势学科进一步焕发生机，使新兴薄弱学科尽快发展壮大；"工程"将会在科研资料建设，学术研究，特色文化品牌打造、出版、传播、转化等方面取得突破性的成就，推出一批具有创新性、系统性、完整性的标志性成果，助推自治区人文社会科学研究和社会主义文化建设事业蓬勃发展。"内蒙古民族文化建设研究工程"的实施，势必大大增强全区各民族人民群众的文化自觉和文化自信，必将成为社会主义文化大发展大繁荣，实现中华民族伟大复兴中国梦的一个切实而有力的举措，其"功在当代、利在千秋"的重要意义必将被历史证明。

　　（作者为时任内蒙古自治区党委常委、宣传部部长，"内蒙古民族文化建设研究工程"领导小组组长）

序　言

这是本书作者以我国的鄂温克族文学为题，经过其多年潜心研究撰写的一部专著。

谈到鄂温克族，从整体上了解其民族文化的人并不多，知晓其历史脉络的人更在少数，就是已有相当社会阅历的鄂温克本族人，也很难在一些大事上有清晰的表述。

千百年来，一直以 ewenki（鄂温克）自称的民族，其实是一个跨界的族群。从地理分布的大范围来看，ewenki（鄂温克）民族现生活在中国与俄罗斯这两个国家。居住在中国境内的鄂温克人，现有人口为三万多人，他们大多生活在内蒙古东北部呼伦贝尔市境内的森林和草原地带，一小部分人散居在黑龙江省境内；生活在俄罗斯境内的 ewenki（鄂温克）人，现有人口总数为四万多人，他们主要分布在西伯利亚地区，具体地理方位在西至叶尼塞河左岸，东至鄂霍次克海沿岸及萨哈林岛（库页岛），北至北极圈，南至黑龙江流域的广阔地域。

鄂温克人的传统文化，属于森林狩猎文化系列，他们在北寒带与寒温带的广袤地区，创造了在极寒条件下生存的奇观。但时至今日，我是谁，我们从哪里来？这涉及祖先起源的历史追问，却一直没有形成一个确切的定论。对于没有文字的古老民族来说，其实这是族群记忆的自我修复问题，在这至关重要的问题上可以等待援手，也期待科技手段的助阵，但不该由他人来指认和随意地认领。这本属于亲缘性的情感认定，求问者最终是要凭借自己的本能及天性去感悟、去辨识、去探索、去发现，以便与先祖那古老的音讯相连接，从而形成最大限度的群体认同。

关于鄂温克族的起源问题，近期刚刚形成一个倾向性的观点：鄂温克族群最初起源于兴凯湖周边地区及乌苏里江流域，之后向西迁徙，他们在第二松花江西岸地区繁衍生息，发展壮大，形成了颇有实力的弘吉剌

（honkir）氏族群落。这就是说，但凡以鄂温克（ewenki）自称的族群，不管后来他们移居何方，其先祖都是世居在中国北方地区的古老居民。

应该说，大跨度的、远距离的地理迁徙，构成了鄂温克人早期历史脉络的重要元素。鄂温克族历史地理学家乌云达赍，为我们勾勒出鄂温克族群迁徙的路线图，他认为：历史上的鄂温克（ewenki，又称为安居）人的迁徙，是通过横贯亚洲北部的天然历史通道进行的。这条天然历史通道分为四段：第一段，从安居（ewenki）故地（锡霍特山脉南段和乌苏里江、绥芬河、图们江等流域）通过长白山北麓通道，到达第二松花江西岸地区；第二段，从第二松花江西岸地区通过洮儿河、哈拉哈河通道进入呼伦贝尔；第三段，从呼伦贝尔通过音果达河、乌达河通道抵达贝加尔湖东岸地区；第四段，横渡贝加尔湖，顺安加拉—叶尼塞河通道西达叶尼塞河中、下游流域，一部分人到了鄂毕河下游东岸，北抵北极地区。这第四段通道，在贝加尔湖西岸分岔，顺勒拿河而下，至阿尔丹河口又分岔，一路东达鄂霍次克海海岸，另一路抵北冰洋岸边。安居（ewenki）人顺着这几条大通道，将自己起源地、发祥地的文明传播到了整个亚洲北部。

历史上的鄂温克人，是敢于踏足蛮荒之地的勇士，他们常年为追逐兽群而远距离奔波，历经了无数次的大跨度迁徙之后，他们的狩猎场由东到西，他们的足迹由南至北，无意之中竟为后人留下了大片的森林，也由此拓宽了中国北方的疆域。因此可以说，游猎的鄂温克人是开疆拓土无所畏惧的生存集团。

鄂温克人个个能骑善射，他们无不坚守诺言。早在清朝中期，鄂温克人坚韧顽强的素质便被发现并加以利用，优秀的鄂温克族猎手整编出征。他们一次又一次地加入平叛、屯垦、驻防等重大行动，在那数十年间，为了守护版图与疆域的完整，鄂温克人几乎付出了全民族牺牲的惨重代价。无论从国家、版图、疆域，以及文化地理而言，历史上忠诚的鄂温克人，称得上是一个封疆固土的民族。

谈到鄂温克族民间文化的传承，以及集体记忆的形成，千百年来，他们一直是以口口相传的方式进行的，大多是由部族的萨满和老人们来讲述，因此其文化传统明显带有"听觉文化"的特征。这些口传的神话、传说、故事，经过了一代又一代老人们的复述，每一句话都浸透了情感，也凝结了鄂温克人对于自然的信仰、对于祖先的崇拜，包含着他们美好的梦想和希望。因此，那些充满磁性的声音，足以把分散的鄂温克人聚拢在一起，这对于凝聚鄂温克人的情感，塑造鄂温克人的心灵，乃至激发整个群体的力量，显得尤为重要。天长日久，这一切竟在深山莽林中产生了神奇的作用。

这些只言片语的描述，是为了勾勒鄂温克人独特的文化背景，因为一支年轻的文学创作队伍，就在这片沃土上悄然崛起。虽然早在20世纪60年代，已有鄂温克青年以个体的身份尝试了文学写作，但一支新生的文学力量的涌现，应该是在80年代的改革开放初期，这是一个重要的时间节点。尝试文学写作的鄂温克族新人，他们率先使用汉字作为表达的工具，书写个人的成长故事，倾述一己的情感困惑，他们睁大了眼睛，谨慎地观察外在的世界，他们鼓足了勇气把自己的所见所闻、所思所想，以故事的形式平静地描述出来。这些写作者得到了民间文化的滋养，同时大胆地汲取当代的文化成果以提升自己，他们立志用自己手中的笔续写民族记忆，希望在新环境中与结识的朋友，真诚、平等地交流和对话，当然，他们更渴望把内心的话语坦率地倾述出来。对于他们而言，写作等同于绘画，用笔勾勒的是一个族群的形象，而在他们心中，其实已将文学视为拯救濒危文化的一条便捷通道，更重要的是，他们喜欢把文学写作当成沟通心灵的一座桥梁。总之，这支年轻的队伍刚刚上路，他们的步态及行进的路径看似有所不同，但其文学的志向及最终目标，还有这些创作者的探索与艰辛拼搏，与其他文化背景的写作者没有什么相异之处。

在这里，有人提出一个小问题：为什么远在水乡泽国的知识女性，对北方边陲的森林文化产生了如此浓厚的兴趣？依我看来，在当下这信息涌流的新时代，应该是知识的储备与专业的学识，促使这位年轻的博士选择了"陌生的探险之路"。谁都会知道，这样的选择仅凭学识还是远远不够的。从陈珏博士所收集的庞杂的鄂温克民族背景资料来看，她的行动显得十分从容，有条不紊，并很快获得了从全景视野中来理解森林文化的胆识。这并非一件容易的事情，在这一自信心的确立过程中，她投入了大量的精力，进行了认真的深度思考，表现出极为专注的意志力。她所怀有的真挚情感，以及发自本心的对一个古老文化的敬重，这是跨文化接触中的一个重要前提，也是打开一扇大门的钥匙。当然，读者还会注意到，在陈珏博士必备的思想工具中，增添了当代人类学、民族心理学，以及话语分析等综合性知识储备，这为她实现所确立的目标提供了强有力的保障。

在这里，我要向这位认真思考并付出辛勤汗水的评论家，表达由衷的敬意！

匆匆写就，以此为序。

乌热尔图

2018 年 12 月 20 日

目　录

上编　口头文学

下编　作家文学

总　　论

任何时代的文学都或隐或显地参与着社会文化的建构。作为一种特殊的话语，文学在现代民族国家的建构中发挥着其他类型话语无法取替的社会功能——通过与现代传媒的结合，它在形成"想象的共同体"过程中不可或缺①。与此同时，我们又必须承认，随着政治、经济、社会、文化整体局势的变迁，当代文学日益处于社会主流话语的边缘。而少数民族由于地域的边缘、经济的边缘，又造成了当代少数民族文学在整个中国当代文学中成为边缘的边缘。

20世纪90年代以来，鄂温克族作家乌热尔图于《丛林幽幽》后，便停止了小说创作而潜心于书写民族历史②。似深远忧伤的古歌，喷墨如血的乌热尔图倾力唱完这首绝唱后，毅然径直走入深莽密林，抚触幽幽丛林的古远。在经历了80年代的异军突起，于寻根文化思潮一脉中树立了一杆大旗之后，在90年代兴起的新自由主义式的喧嚣浮躁背景中，他转身离去的背影，较之刚刚过去的新启蒙时代，其文化话语意味尤值得我们进行探索。

新时期文坛这位令人瞩目的少数民族作家的"转型"，提醒我们必须重新思考边缘文学在整个中国当代文学格局中存在的意义及价值，以及少数民族文学批评理念与研究方法的刷新，更主要的是它显示了我们时代的一种文化变局——少数民族话语如何从整体性政治话语中生发，并且获得

---

① ［美］本尼迪克特·安德森：《想象的共同体：民族主义的起源与散布》，吴叡人译，上海人民出版社2011年版，第24—33页。

② 乌热尔图在20世纪90年代中后期，接连就民族文化的阐释权问题抛出了一系列掷地有声的观点。参见乌热尔图《声音的替代》，《读书》1996年第5期；《不可剥夺的自我阐释权》，《读书》1997年第2期；《发现者还是殖民开拓者》，《读书》1999年第4期；《弱势群体的写作》，《天涯》1997年第4期；《猎者的迷惘》，《南方文坛》2000年第12期。

了自觉的文化立场。

　　作为一个具有悠久口头传统的民族，鄂温克族作家文学的发生虽然是晚近的事，然而却迸发出巨大的能量，尤其是出现了乌热尔图这样的领军人物，使得鄂温克族书面文学在当代文坛上散发出独特的光芒。鄂温克族文学包括民间文学和书面文学两部分，关于鄂温克族民间文学研究已有不少相关著述，由于民间文学对象的庞杂性和复杂性，笔者笔力有限，只能在前人的基础上做简单介绍，而不进行专门的类型分析，重点侧重反映鄂温克族当代精神风貌的作家文学，在此说明。本书的出发点，是为了让更多的普通读者了解鄂温克族这个民族，能让更多的人接触他们的文化和文学。

一　从历史中走来的古老民族

　　1689 年，《中俄尼布楚条约》签订。这是清王朝和俄罗斯之间签订的第一份边界条约，也是清政府和西方国家签订的第一份条约。从此，在中国的东北边疆，蜿蜒曲折的额尔古纳河勾画出雄鸡状版图巨冠的轮廓。额尔古纳河东岸，是绵延千里、横亘南北的大兴安岭。大兴安岭北以西，是辽阔的呼伦贝尔大草原。在一条河、一脉山而成的广大山林、草原、河谷地区，鄂温克族千百年来生生不息。

　　关于鄂温克族的起源，主要有两种观点，一种观点认为鄂温克族起源于贝加尔湖沿岸，其祖先可以追溯到北魏时期室韦各部中的某些地理、习俗与鄂温克族有渊源关系的部落，特别是其中的"北室韦""钵室韦""深末怛室韦"，以及唐代在贝加尔湖东北苔原森林区使鹿的"鞠"部落等，随后向东发展，其中一支来到黑龙江中游、精奇里江、外兴安岭南北，在黑龙江上、中游的广大山林中繁衍生息。[①] 另一种观点以鄂温克族学者乌云达赉为代表，他认为鄂温克族起源于乌苏里江、绥芬河、图们江下游等流域，祖先是鞑靼七部之一的安居骨部，并提出向西发展说。[②] 学界至今对此无定论。

---

　　① 《鄂温克族简史》编写组：《鄂温克族简史》，内蒙古人民出版社 1983 年版，第 5—12 页。

　　② 乌云达赉：《鄂温克族的起源》，内蒙古大学出版社 1998 年版，第 1 页。

虽然民族起源无从考证，但是，到了 17 世纪，随着鄂温克族臣服于勃兴于东北的后金政权，鄂温克族真正进入中国的历史舞台，并发挥无可替代的重要作用。17 世纪中叶后，随着东北亚统治版图的重新构建，鄂温克族成为跨中国、俄罗斯居住的跨境民族。

在我国境内的鄂温克族据 2000 年人口统计，共 30505 人①，是我国人口较少的少数民族之一，大部分聚居在内蒙古自治区呼伦贝尔盟的鄂温克族自治旗，与蒙古、汉、达斡尔、鄂伦春等民族交错杂居，形成大分散、小聚居的特点。其他散居在陈巴尔虎旗、额尔古纳左旗、阿荣旗、布特哈旗、莫力达瓦达斡尔族自治旗、鄂伦春自治旗，以及黑龙江省的讷河县等地，新疆伊犁地区也有一小部分。鄂温克族是有语言没有文字的民族。鄂温克语属阿尔泰语系满—通古斯语族的北语支，牧区通用蒙文，农区和山区通用汉文。

历史上，由于不断的迁徙和居住地域的分散，不同地区的鄂温克人曾被分别称为"索伦""通古斯""雅库特"三部分。事实上这三部分其实是一个民族，有共同的语言和风俗习惯，只是生产、生活方式有差异。② 被称为"索伦"的鄂温克人，主要指今居住在鄂温克族自治旗、阿荣旗、扎兰屯市、莫力达瓦达斡尔族自治旗和鄂伦春自治旗的鄂温克人③，"在清顺治六年（1649 年起）从黑龙江支流精奇里江及外兴安岭迁到大兴安岭、嫩江流域各支流，然后在清雍正十年（1732 年）时，其中的一部分'索伦'鄂温克人从雅鲁河流域迁居呼伦贝尔草原的伊敏河、辉河流域，从事畜牧业生产"④；被称为"通古斯"的鄂温克人，是在苏联十月革命时从额尔古纳河西北迁来，居住在呼伦贝尔草原的莫尔格勒河、锡尼河流域，从事畜牧业生产，目前居住在陈巴尔虎旗；"雅库特"是对根河市敖鲁古雅鄂温克猎民的称呼，因曾在勒拿河流域与讲突厥语的雅库特人相邻而居，而被误称为"雅库特"。他们生活在今根河市敖鲁古

---

① 包路芳：《社会变迁与文化调适——游牧鄂温克社会调查研究》，中央民族大学出版社 2006 年版，第 36 页。

② 吕光天：《鄂温克族》，民族出版社 1983 年版，第 3 页。

③ 包路芳：《社会变迁与文化调适——游牧鄂温克社会调查研究》，中央民族大学出版社 2006 年版，第 39 页。

④ 乌热尔图主编：《鄂温克风情·序言》，内蒙古文化出版社 1993 年版，第 2 页。

雅鄂温克民族乡，以狩猎和饲养驯鹿为生，故又称为使鹿（驯鹿）鄂温克人。"索伦"部人数最多，占鄂温克族总人口的74%；雅库特人数最少，约占鄂温克族总人口的1.1%[①]。

虽然历史上对鄂温克人有各种不同的称呼，但是鄂温克人从来不承认自己是"索伦"、"通古斯"和"雅库特"，一直自称为"鄂温克"。中华人民共和国成立后，根据鄂温克人民的意愿，于1957年恢复原来的族称，统一称为鄂温克族。"鄂温克"的意思，按照吕光天在《鄂温克族》中的说法，是"住在大山林中的人们"，还有一种解释是"住在山南坡的人们"[②]，这两种说法都说明这个民族自古以来就是生活在深山莽林中的狩猎民族。

在历史上，对鄂温克族可靠的、较为细微的记载是从清朝开始的。清朝建立初期，为继续统一大业，把鄂温克人纳入满族共同体，清政府对黑龙江上游的鄂温克各部落进行大规模的军事征服，皇太极于崇德四年至五年（1639—1640）统一了索伦部广大地区[③]。"索伦"是清朝对鄂温克人的称呼，有"先锋""射手"和"请来"之意，最早见于1634年的《清太宗实录》，泛指鄂温克族、达斡尔族和鄂伦春族[④]。最初，据文献记载，"世居黑龙江人，不问其部族，概称索伦，而黑龙江人居之不疑，亦雅喜以索伦自号"[⑤]。后来其他民族逐渐分离出来，专指鄂温克族。康熙年间，将鄂温克、达斡尔、鄂伦春人统称为"布特哈打牲部落"[⑥]，雍正九年（1731），被清政府编入"布特哈八旗"。

历史上鄂温克族"雄于诸部"，是一个善射的民族。鄂温克各部落在被清政府征服后，成为八旗军中的骨干力量，在清朝，特别是康熙、乾隆年间，索伦鄂温克在抗击沙俄的入侵以及其他众多维护国家统一的战役中，立下卓越战功，成为清朝军队中的劲旅，如康熙年平定准噶尔叛乱、

① 包路芳：《社会变迁与文化调适——游牧鄂温克社会调查研究》，中央民族大学出版社2006年版，第39页。

② 吕光天：《鄂温克族》，民族出版社1983年版，第4页。

③ 吕光天：《鄂温克族》，民族出版社1983年版，第6页。

④ 闫沙庆：《黑龙江鄂温克人的历史与文化》，黑龙江人民出版社2005年版，第13页。

⑤ 《鄂温克族简史》编写组：《鄂温克族简史》，内蒙古人民出版社1983年版，第2页。

⑥ 乌热尔图主编：《鄂温克风情·序言》，内蒙古文化出版社1993年版，第7页。

乾隆年间四川大小金川战役，反击英国殖民者入侵西藏等战役，"前后共计六七十次，转战达二十二省"①。乾隆皇帝甚为欣赏索伦部官兵，"东三省兵制，定能得力，索伦质性犷悍"②。又说"满洲索伦兵，实胜绿旗"③。乾隆二十二年七月史载，"我兵自前次平定伊犁以来，且定版图于三五年之间，此亦神且速，而能保其必无一二受伤之人耶。至所用之兵，皆我八旗索伦子弟之众……"④ 得意之情溢于言表，充分肯定了鄂温克军队对于确定新疆版图的贡献。乾隆晚年回忆自己的战功时，不忘索伦劲旅为国家统一建立的功勋："……当初，朕平定准噶尔时，俱系用满洲索伦兵力所得……"⑤ 在他死前六年，即乾隆五十四年，他仍不忘鄂温克兵："方今国家全盛，回城、准噶尔及两金川，俱逼近边陲，关系紧要，满洲索伦劲旅可以展其所长，是以不惜劳费，先后底定……"⑥ "骁勇善战"的鄂温克族军队对于巩固我国西北边疆稳定发挥了不可替代的重要作用。

东征西讨的索伦鄂温克为清政府做出了巨大牺牲，据《黑龙江纪略》记载：有清一代"征调鄂温克官兵数统计六万七千七百三十有奇"，"其庆生还者十不一二也。不死于战争的刀枪，即死于——瘴烟之地"⑦。战争给鄂温克族带来了巨大的灾难，人口急剧下降，几乎到达了"民族灭亡的边缘"⑧。

民国初期，军阀统治实行移民垦荒政策，大批汉族农、工（手工业）、商人迁入，一方面使一大部分鄂温克人被迫迁往山区，另一方面，先进生产方式的输入不仅促进了鄂温克族经济的发展，也进一步建立了鄂

---

① 《鄂温克族简史》编写组：《鄂温克族简史》，内蒙古人民出版社 1983 年版，第 69 页。

② 《清高宗实录》332 卷，第 18 页，转引自《鄂温克族简史》编写组《鄂温克族简史》，内蒙古人民出版社 1983 年版，第 68 页。

③ 《清高宗实录》321 卷，第 44 页，转引自《鄂温克族简史》编写组《鄂温克族简史》，内蒙古人民出版社 1983 年版，第 68 页。

④ 《清高宗实录》543 卷，第 15 页，转引自《鄂温克族简史》编写组《鄂温克族简史》，内蒙古人民出版社 1983 年版，第 70 页。

⑤ 《清高宗实录》卷 1106，第 1 页，转引自《鄂温克族简史》编写组《鄂温克族简史》，内蒙古人民出版社 1983 年版，第 70 页。

⑥ 《清高宗实录》卷 1323，第 23 页，转引自《鄂温克族简史》编写组《鄂温克族简史》，内蒙古人民出版社 1983 年版，第 70 页。

⑦ 吕光天：《鄂温克族》，民族出版社 1983 年版，第 8 页。

⑧ 《鄂温克族简史》编写组：《鄂温克族简史》，内蒙古人民出版社 1983 年版，第 93 页。

温克族与汉族文化上的联系①。

1931 年"九一八"事变，日本帝国主义侵占我国东北地区，建立"伪满洲国"。鄂温克人民遭受了前所未有的浩劫，生存受到严重威胁。

1945 年 8 月，全东北解放。1958 年，根据党的民族区域自治政策，鄂温克族自治旗成立。游走于祖国边疆地带的鄂温克族——这个地处边缘、人口稀少却在中国历史上发挥过重要作用的民族，这个曾几次面临毁灭又顽强生存下来的民族——终于拨云见日，云散月明。

过往而今，清晰可辨。鄂温克人有的走出森林，走向草原河谷地带；有的至今执守山林。"走出"是一段艰难之旅，一切未知的惶恐不定，有的民族还未走出森林便销声匿迹了；"执守"同样艰难，需要拒绝在变化中迷失的勇气与坚毅。鄂温克人是顽强而智慧的。他们从历史中走来，融入中华民族的浩瀚大海，创造着中华文明的一部分。

二　驯鹿文化与萨满信仰

由于历史和环境的因素，不同地区鄂温克族的生产方式和经济结构都有所不同，主要分为牧业、农业和狩猎鄂温克族。生产方式的差异决定了社会发展程度、社会形态的差异，牧业和农业鄂温克族很早就进入宗法封建社会；而狩猎鄂温克族，"在解放前，仍处于原始社会末期"②。狩猎鄂温克族是我国唯一饲养驯鹿的民族，史称"使鹿部"，人们习惯称之为使鹿鄂温克人或驯鹿鄂温克人，是中国最后的狩猎部落，生活在今根河市敖鲁古雅乡。在此要特别介绍一下使鹿鄂温克人。

历史上，使鹿鄂温克人在清康熙二十八年（1689）中俄签订《尼布楚条约》前就从勒拿河支流维提姆河苔原迁到额尔古纳河东南大兴安岭密林深处，从事狩猎和饲养驯鹿。③ 1957 年，根据党的民族区域自治政

---

① 《中俄尼布楚条约》签订后，清政府实施"移民实边"政策，巩固呼伦贝尔地区的防务，大批鄂温克人迁往呼伦贝尔地区。随着边地的开发和人口的增加，中原地区的商人为牟利，也不远万里而来。移居的汉族商人，对鄂温克社会发展起到了推动作用，学习鄂温克语，懂鄂温克风俗，客观上加强了汉族与当地少数民族之间的团结。

② 吕光天：《鄂温克族》，民族出版社 1983 年版，第 3—4 页。

③ 乌热尔图主编：《鄂温克风情·序言》，内蒙古文化出版社 1993 年版，第 2 页。

策，在奇乾成立鄂温克民族乡，使鹿鄂温克猎民开始在额尔古纳河畔定居，但仍以游猎为主。"1965 年由于政治原因和开辟猎场的需要，这支猎民内迁至敖鲁古雅乡，实现了猎民山下定居、山上猎民点的二元结构生活"①；2003 年 8 月根河市政府实施"生态移民"工程，鄂温克族猎民集体搬迁至"新敖鲁古雅乡"，但是据了解，鄂温克猎民和驯鹿只在定居点上生活了三天，即"重返山林"，依旧过起传统的逐鹿而居的游动生活。②"重返"，意味深长。乌热尔图的小说创作就是以敖鲁古雅这部分鄂温克人为主要对象的，也是本研究中着重关注的。我们在此后的研究中发现，不同生产生活方式之间的冲突与融合给鄂温克人的日常生活和精神世界带来的冲击是巨大的，不仅是使之产生了酗酒的严重社会问题，也造成了怀旧与眷恋的美学风格。

　　层峦叠嶂的原始森林，宛如天然屏障，隔绝了生活在这里的鄂温克人与外界的联系，他们世代追随野生驯鹿生活在茂密的古老山林中，住在由树干和桦树皮搭盖的圆锥形的"仙人柱"里，由于没有文字，他们以符号刻木记事，记录族群的游猎搬迁。千百年来，鄂温克人怀着对自然万物的敬畏之心，以独特的生存哲学，在霜天寒林中繁衍生息，用生命传承着古老独特的狩猎文化。时间缓慢而悠长。

　　使鹿鄂温克人长年生活在苍山莽林，传统的狩猎生产方式对自然具有很强的依赖性和不稳定性，由此决定了使鹿鄂温克人"在解放前仍然过着父系家族氏族公社集体狩猎、平均分配的生活"③。一个公社的人，是由血缘关系组成的，称为"乌力楞"，作为共同生产和消费的经济单位。每个"乌力楞"又由若干小家庭组成，称为"柱"，"柱"是社会的基本细胞。每个乌力楞都有一个族长，一般由老年人担任，管理氏族的生产和生活。一些重要的生产资料都属于"乌力楞"的公有财产，比如驯鹿。生产资料公有制和共同劳动，决定了社会产品的平均分配制度，也保证了一部分不具备生产能力的人在艰苦的自然环境中能生存下去。正是这种生

---

①　谢元媛：《敖鲁古雅鄂温克猎民生态移民后的状况调查——边缘少数族群的发展道路探索》，《民俗研究》2005 年第 2 期。

②　包路芳：《社会变迁与文化调适——游牧鄂温克社会调查研究》，中央民族大学出版社2006 年版，第 39 页。

③　《鄂温克族简史》编写组：《鄂温克族简史》，内蒙古人民出版社 1983 年版，第 137 页。

产、生活制度，形塑了鄂温克猎民勤劳、纯朴、无私的品性。[①]

　　作为中国最后的狩猎部落，驯鹿在其日常生活和生产中占有重要地位，它不仅体现了使鹿鄂温克人物质文化的特点，也成为鄂温克猎民精神文化的一部分，形成民族文化中内容丰富、独具特色的驯鹿文化，比如在宗教信仰上，使鹿鄂温克人为驯鹿创立了"熊神""阿隆神"等保护神；举行宗教仪式时，驯鹿被看成沟通人和神的媒介；解释梦的凶吉，也和驯鹿联系在一起；每个乌力楞在搬家时，都有一头驯鹿驮着"祖先神"，这头驯鹿被公认为神圣的，等等。使鹿鄂温克人的信仰世界及各种祭祀活动，都离不开驯鹿。此外，在使鹿鄂温克人的造型艺术中，大量使用驯鹿图案，比如萨满的服饰、皮制品、妇女用的桦树皮包和桦树皮盒等，形成富有浓郁民族特色的驯鹿造型。

　　宗教在少数民族的传统文化中，具有显要地位。宗教是人们对于超自然现象的一种集体认知，按威廉·詹姆士的说法，是"情感"与"经验"的感受[②]，并将这些感受付诸行为，使之规范化和体制化的"社会文化体系"[③]，它是一个复杂的、内涵极其广泛的综合体，渗透在社会生活的方方面面。对于少数民族来说，宗教既是一种信仰、力量，也是一种生活方式。所以，宗教是我们理解少数民族文化的基石。

　　鄂温克人信奉萨满教。萨满教是在万物有灵观念[④]的基础上，集自然崇拜、图腾崇拜、祖先崇拜为一体的多神教，多神体现在供奉各种神上，如祖先神"舍卧刻"、保护驯鹿的"阿隆神"、熊神、保护婴儿生命的"乌麦"神等，所有这些神统称为"玛鲁"神[⑤]。萨满教没有经典的教义和严格规范的仪式程序，所有的一切都通过萨满之口世代流传。萨满教奇特的服饰、仪式、唱词、舞蹈以及萨满的特殊地位等，构成独特的萨满文化，成为民族传统文化的核心，影响着鄂温克人生活的各个方面。

　　在史书上最早记录萨满的是南宋徐梦莘《三朝北盟汇编》，书中记载

---

①　乌热尔图笔下塑造了很多这类人物形象。

②　［美］威廉·詹姆士：《宗教经验之种种》，唐钺译，商务印书馆1947年版，转引自田青《民族与土地的行吟诗——读乌热尔图近作〈呼伦贝尔笔记〉》，《骏马》2006年第2期。

③　吕大吉：《宗教学通论新编》，中国社会科学出版社1998年版，第79页。

④　鄂温克人认为，世上万物都有神灵主宰，万物可灭，但灵魂不死。

⑤　这些在乌热尔图的小说中都有很详尽的描述。

"珊蛮者，女真语巫妪也，以其变通如神"，距今 900 多年①。"珊蛮"即现在所说的"萨满"。"萨满"这一称谓来源于鄂温克语，原义为"通晓一切的人"。萨满教认为萨满是人神两界的联络者，当神秘的咒语伴随着激越的鼓声，萨满进入如疯似颠的状态，神灵附体，借萨满之口与人对话。因此，作为人与神的使者，萨满拥有很高的威望。

　　萨满的宗教仪式主要是治病跳神和求神保佑，萨满的主要职能就是为人治病跳神赶鬼，以及一些占卜算命活动。萨满的法具独具特色，主要由萨满服、帽、鼓及鼓槌等组成。特别是他的服饰上各种图腾造型，如日月星辰、动物人体等，集中体现了鄂温克人万物有灵、敬畏自然、天人合一的思想观念。萨满仪式除了具有宗教性，伴随仪式而生的萨满唱词、音乐、舞蹈等，还具有很强的艺术性。比如具有口传文学形式的萨满唱词、萨满传说，对于鄂温克书面文学创作影响深远。

　　除了神奇的萨满世界，鄂温克人的日常民俗民风，也体现了这个狩猎民族的质朴、豪迈的性格特点。鄂温克人热情好客，有朋自远方来，一般以鹿肉、鹿奶等招待客人；老人在社会中受到尊重。鄂温克人讲究礼节，有一套长期以来形成的行为规范，称为"敖教尔"，意思是祖先传下来的古老的传统。从生产到生活的各个方面都有严格的规范，比如在猎民家进门与就座非常讲究，男人一般在右，哪边进，哪边出；妇女在左，不准跨越撮罗子中间两根交叉的木头，如果越过，则必须从原路返回；如若有尊贵的客人，可以坐在供奉玛鲁神的位置。鄂温克民族的婚姻主要是氏族外婚的一夫一妻制，敖鲁古雅的鄂温克猎民也有与外民族通婚的，如蒙古、达斡尔、鄂伦春等族。婚俗由求婚、订婚、结婚、婚礼等部分组成，每个部分都有相应的繁缛的仪式，其表现形式体现了萨满教多神崇拜的特点，比如表现对祖先神、火神的崇敬。鄂温克猎民妇女在生育时，也要遵守一定的规矩，比如要单独搭一个"撮罗子"作为产房，而这个撮罗子内不安放任何神像等。鄂温克人实行风葬，受东正教影响以后，开始出现土葬。②

　　此外，节日仪式也是民族文化的重要部分，不仅具有娱乐、教化功

　　① 卡丽娜：《驯鹿鄂温克人文化研究》，辽宁民族出版社 2006 年版，第 232 页。

　　② 孔繁志：《敖鲁古雅的鄂温克人》，天津古籍出版社 1989 年版，第 93—96 页。

能，对于鄂温克这样一个人口稀少、没有文字，族群历史记忆面临整体性断裂或缺失的民族，更承担着"社会记忆"的责任。"我们对现在的体验，大多取决于我们对过去的了解；我们有关过去的形象，通常服务于现存社会秩序的合法化。……有关过去的形象和有关过去的回忆性知识，是在（或多或少是仪式的）操演中传送和保持的。"①

鄂温克族的"阿涅"（春节）、二月二、五月五、"罕希"（清明）、中秋等，充分说明了鄂温克族在和其他民族长期交往中，在文化上受其他民族文化的影响而产生"混血"现象，特别是受汉文化的影响。比如"阿涅"是鄂温克人与汉族人杂居以后逐渐形成的节日之一②，鄂温克人过春节的内容和方式深受汉族文化的影响，如腊月二十三要祭灶王，过小年；除夕贴年画、对联；大年初一开始拜年；等等。再比如清明节，祭奠死去的先人，祭祀的方式也和汉族一样，准备酒菜，在坟头洒酒，折纸元宝烧掉。

鄂温克族的节日仪式有些是传统的延续，有些是不同文化"混血"后的重构，它们共同构成和充实了鄂温克族传统文化的丰富内容。任何民族文化的发展都不可能自在于人类文化关系网络之外。不同文化之间的互动和交流，是一个民族传统文化持续向前发展的动力。

三　鄂温克族文学的状貌与轨迹

鄂温克族是我国人口较少的民族之一，世代追随野生驯鹿，在大兴安岭茂密的古老山林中繁衍生息，看日月更替，四季变换；交通闭塞，外人罕至。随着历史的发展，一部分鄂温克人走出森林，走向草原，开始了畜牧、农耕生活；而仍有一部分鄂温克人，在北纬 52 度、东经 122 度的高寒森林地带，执守山林。

在与大自然共生共息中，鄂温克人形成了独特的生产经验、生存哲学，他们敬畏自然，认为万物有灵，信仰萨满教，形成了以萨满文化为核

---

① ［美］保罗·康纳顿：《社会如何记忆·导论》，纳日碧力戈译，上海人民出版社 2000 年版，第 4 页。

② 包路芳：《社会变迁与文化调适——游牧鄂温克社会调查研究》，中央民族大学出版社 2006 年版，第 236 页。

心的独特的民族文化和心理。鄂温克文学作为鄂温克民族文化的重要组成部分，也深深烙上了狩猎文化的印记。

鄂温克族的文学主要分为民间文学和作家文学两部分。在 20 世纪 50 年代以前，鄂温克文学主要是以传统的口头文学为主体。50 年代以后，伴随着现代民族国家的建立以及"少数民族文学"的诞生，鄂温克文学也由口传文学步入作家文学时代，出现了一批优秀的作家；而鄂温克族第一位作家乌热尔图更以别具一格的创作，成为新时期文坛一颗闪亮的星。由此，鄂温克文学在承继古今中，开拓创新。古树繁花，边缘新生。需要强调的是，当代鄂温克文学的生成背景是全球化，而"全球化既联合又分化。它的分化不亚于它的联合——分化的原因与促进全球划一的原因是相似的。在出现全球范围的商务、金融、贸易和信息流动的同时，一个本土化的、固定空间的过程也在进行之中。……流动的自由（它永远是一个稀罕而分配不均的商品）迅速成了我们这个晚现代或后现代时期划分社会阶层的主要因素"①。这正是作为少数话语的鄂温克文学之所以能成为现象和话题的根源。

文学作为文化的一个重要部分，在任何时代都参与着社会文化的建构。由于鄂温克族是一个只有语言没有文字的民族，要全面梳理、勾勒其文学史状貌和发展轨迹是难点，但也因此显得格外重要。对此，黄任远等编写的《鄂温克族文学》②填补了这一空白，向世人展示了一个地处边缘、外人罕至的独特民族的精神世界。

由于鄂温克族没有文字，社会发展程度缓慢，人们在长期的生产生活中创造的大量反映现实生活的神话、传说、故事等，全凭口头代代流传，因此口头文学传统相对发达，占据了鄂温克文学史的绝大部分，而书面作家文学的出现则是相当晚近的事。按《鄂温克族文学》一书，鄂温克文学脉络大致可分为古代文学、近现代文学和当代文学三个时期。

古代文学时期（1840 年以前），主要是以各类神话为主的民间口头文学。神话的产生与人类的社会发展进程密切相关，体现了生活在原始社会时期的人类对宇宙自然的史前思维方式。黄任远等对鄂温克族的神话传说

---

①　[英] 齐格蒙特·鲍曼（Zugmunt Bauman）：《全球化——人类的后果》，郭国良、徐建华译，商务印书馆 2001 年版，第 2 页。

②　黄任远等：《鄂温克族文学》，北方文艺出版社 2000 年版。

按产生时间的先后进行了详细的分类，大体上有动物神话传说、自然神话传说、起源神话传说、萨满神话传说，这些不同类型的神话传说，是鄂温克族的生产方式、社会形态从低级向高级发展的产物，也是思维特点从直观向抽象发展的产物。鄂温克族自古以来生活在恶劣的环境中，生产力低下，大自然既是他们的衣食父母，也是为了生存必须与之搏斗的对象，由恐惧而产生敬畏，正如列宁所说"恐惧创造了神"[①]，因此鄂温克族最早出现的动物神话传说，反映了鄂温克祖先原始的动物崇拜观念，带有强烈的图腾色彩以及对民族起源和历史的叩问，比如广为流传的《毛尔汗与黑熊》《狼精与三姑娘》等，这类神话内容简单，情节单一，"人兽结合繁衍后代"是基本母题。

自然神话晚于动物神话，是鄂温克先民在万物有灵和自然崇拜观念基础上形成的对于宇宙万物、自然现象的朴素认识和直观解释。比如《风神》的神话对刮风的解释是大地边沿的一个老奶奶抖动手中簸箕似的东西形成了风；《雷神和雨神》解释雷和雨的来历说，打雷是因为天上有个老头手持一面神鼓，每敲一下，便雷声轰隆。下雨是因为龙身上鳞片洒下的水滴。

鄂温克族起源神话较之自然神话晚出，反映了原始人类直观印象式思维方式向抽象思维的转变，集中体现了他们朴素的哲学观和世界观。比如关于宇宙自然现象起源的《天地的传说》认为天为父，地为母；《开天辟地的传说》《用泥土造人和造万物的传说》则是关于人类的起源，在这类神话传说中，很多都与其他民族的神话有相类似的情节，如鄂温克族泥土造人的神话传说与汉族女娲造人、洪水劫难型神话与汉族《伏羲兄妹制人烟》在情节上都类似，洪水劫难人类再生的母题在世界上其他国家如埃及、巴比伦、印度、日本、太平洋诸岛国、印第安人以及《圣经》也能找到记载。所以，所谓的规律性并非出于偶然的、个人的，而是人类共同的情感经验，是"种族记忆"，是人类的集体无意识，远古时代的神话传说即已印刻着不同民族文学交流互动、共生共存的基因。此外，像《来墨尔根和巨人》《鄂温克族的根子在撮罗子里》等则反映了鄂温克族

---

① 《列宁全集》第 10 卷，第 62 页，转引自黄任远等《鄂温克族文学》，北方文艺出版社 2000 年版，第 25 页。

先民的生存状态和迁徙历史。

在鄂温克族各类神话传说中，萨满神话无疑最具代表性，并在整个鄂温克民间文学中占据着重要的地位。神话与宗教犹如"姊妹花①"，在鄂温克人的心里，神话与宗教从来是"你中有我，我中有你"，互为表里的。萨满神话不仅是萨满教文化的核心，而且在日常生活中是鄂温克氏族、部落的行动准则，与萨满教的祭祀仪式紧密联系在一起。《尼桑萨满》《伊达堪》是其中的著名篇什。

在萨满教祭祀活动中，萨满神歌、咒语和祈祷词也是不可缺少的一部分，萨满神歌是萨满在进行跳神治病、祈求神灵保佑等仪式时所唱的歌，其形式是边唱边跳，不同氏族的萨满神歌对跳和唱都有所侧重，从而形成各自的风格。神歌、咒语和祈祷词以其独特的形式、韵律，和神话一起，共同丰富了古代鄂温克民族口头文学的样式。这些口头文化遗产都成为后来鄂温克书面文学的潜在的文化资源，构成了无意识的思维结构和话语模型。

1840—1949 年为鄂温克近现代文学时期。这 100 多年是鄂温克族历史上最为惨痛和艰难的时期，频繁的战乱给这个原本就人口稀少的民族以沉重的打击。这段苦难的历史在文学上也有所反映，比如大量抗战、抗日的传说故事。这一时期的文学样式主要为传说、故事、歌谣、谚语、谜语等。

据《黑龙江乡土录》记载："索伦虽无文字教育，然喜聚谈，交换知识，每当操作之暇，聚集一处，环次坐列，演说新闻及古事。"② 所以鄂温克族的民间传说故事相当丰富。

鄂温克族的传说全面反映了这个民族的史地、风俗、社会生活等，具有"现实性""幻想性""民族性"等特点。③ 比如《我们的祖先从勒拿河来》是一则著名的关于鄂温克族氏族祖先来历的传说，说鄂温克族的祖先居住在"拉玛湖"边，对此，我们不光可以在鄂温克作家文学（比如乌热尔图的小说）中找到它的身影，以吕光天为代表的史学家更是根

---

① 贾芝：《满族萨满教研究·序言》，转引自黄任远等《鄂温克族文学》，北方文艺出版社 2000 年版，第 50 页。

② 黄任远等：《鄂温克族文学》，北方文艺出版社 2000 年版，第 74 页。

③ 黄任远等：《鄂温克族文学》，北方文艺出版社 2000 年版，第 76—77 页。

据这则传说，提出了鄂温克祖先起源于贝加尔湖沿岸的观点，足见其影响之巨大。英雄传说在鄂温克传说中占很大比重，如《来墨尔根和巨人》《英雄沙晋的传说》《英雄海林察》。此外还有地方风物传说《四不像的传说》《舍卧克的传说》《山神百纳查的传说》《萨满神鼓的来历》等等。

此外，鄂温克族民间故事、歌谣、谚语、谜语也是这一时期鄂温克族文学的重要组成部分，与整个民族的现实生活、审美心理有关，题材多样，包含了社会生活的方方面面，蕴含深刻的人生哲理，如脍炙人口的《我们是山林里的人》、叙事民歌《母鹿之歌》等。①

鄂温克当代文学以1949年中华人民共和国成立为上限。鄂温克当代文学的发生与现代民族国家的构建过程密切相关。中华民族自秦汉以来，便是统一的多民族国家。但是对"一体"的认识，从古代到现代经历了一个历史演变的过程。在古代，"统一"即为"天下一统"，体现的是中国人的"天下"思想，"普天之下，莫非王土；率土之滨，莫非王臣"，所以在古代，统治者首先是在观念上完成"统一"而后付诸实践的，而所谓的"统一"不过是改朝换代背后新的民族压迫关系，"华夷有别"的不平等关系几千年来基本没有改变。到近代，辛亥革命推翻了几千年封建帝制，以孙中山先生为代表推行了五族共和的主张："国家之本，在于人民，合汉、满、蒙、回、藏诸地为一国，即合汉、满、蒙、回、藏诸族为一人，是曰民族之统一。"此"民族之统一"，是多民族国家抵抗西方列强的现实选择，在此过程中，多元的少数族群话语被"再造中华"宏大叙事话语压抑无力彰显。及至社会主义新中国成立，改变了民族间不平等的关系，实行各民族平等政策，并在国家的宪法上做出了规定："中华民族是统一的多民族国家。各民族一律平等。禁止对任何民族的歧视和压迫，禁止破坏各民族团结的行为。各民族都有使用和发展自己的语言文字的自由，都有保持或者改革自己的风俗习惯的自由。各少数民族聚居的地

---

① 在这里需要特别说明的一点是，鉴于鄂温克民间文学在鄂温克文学史上的地位，以及口头文学传统作为鄂温克族当代作家创作的丰富资源和矿床，并对作家文学产生了深深的影响，我认为，对鄂温克族口头传统文学的研究虽然不是本书的研究目标，但却是本书研究立论的重要基础，对它发展概况的了解不仅是不能忽略的，而且是必要的。关于这一点，我将在后面几章进行详细论述。

方实行区域自治。各民族自治地方都是中华人民共和国不可分离的部分。"① 从此，多民族的国家进入了民族平等的时代。"为实现民族平等……在政治体制上我们要有一个有各族代表共同参加的最高权力机关，即人民代表大会。""我们中国是个多民族的国家，但是究竟有哪些民族，一共有多少民族，却是个不容易答复的问题。"② 因此，20 世纪 50 年代开始，国家开始民族识别和确认工作，也就是说，在现代民族国家"想象的共同体"的构建过程中，出于政治考量，"'少数民族'才作为国家内部多样性的存在而得到合法性的声明"（刘大先语），而"少数民族文学"也因此作为平等的"人民"文学的一分子而进入国家叙事话语之中。

鄂温克当代文学即是在上述政治背景下产生的。如前文所述，鄂温克人对于历史上其他民族对他们的称呼一直是不承认的。新中国成立后，党和人民政府根据民族平等政策，自 1955 年起组织调查研究，对鄂温克族进行民族识别，广泛听取鄂温克族人民的意见，通过大量事实证明历史上所称的"索伦""通古斯""雅库特"实际上是一个民族，并于 1957 年统一族称——鄂温克族。从此，"鄂温克族"作为中华民族"多元一体"格局中的一员，参与着现代民族国家"想象的共同体"③ 的构建；而以口传文学为主的鄂温克文学，在现代化语境下，也发生变异，特别是作家文学的出现，使古老的文学传统焕发新生。这一时期的文学主要由新民歌、群众性文学创作和作家文学三部分组成。新民歌主要反映了新生活，体现了时代共鸣，如《歌儿献给伟大领袖毛主席》《坚决跟着党》《鄂温克人之歌》《我的家乡》《红花开满山》等；而 20 世纪 80 年代出版的《鄂温克族民间故事选》是鄂温克族第一部民间故事集。

鄂温克族的作家文学虽然在历史发展的晚近时期才出现，却取得了引人注目的成绩，改变了鄂温克文学的内部构成，使民间文学不再是鄂温克文学的唯一组成部分。以乌热尔图为代表的中青年作家，创作了不少反映鄂温克新生活、新人物、新风貌的颇具民族特色的作品，使鄂温克族的文

① 中共中央文献研究室编：《建国以来重要文献选编》，中央文献出版社 1993 年版，第522 页。

② 费孝通：《关于我国民族的识别问题》，《中国社会科学》1980 年第 1 期。

③ ［美］本尼迪克特·安德森：《想象的共同体：民族主义的起源与散布》，吴叡人译，上海人民出版社 2011 年版，第 6 页。

学发展跃入了一个崭新的阶段。

鄂温克族没有文字，一些书面文学主要用汉文和蒙文创作，主要包括短篇小说、中长篇小说、诗歌、散文等文类。代表性作家有乌热尔图、涂志勇、杜梅、安娜、阿日坤、贺兴格、哈赫尔、武波远、尼玛官布、杜金善等。我们主要围绕小说创作进行介绍。

"真正意义的鄂温克族文学创作是从社会主义建设新时期开始的。"① 进入新时期，以短篇小说为主的鄂温克书面文学开始繁荣，涌现了一些优秀的作家作品，如涂志勇《金色的鄂温克草原》（1983）、《宝力托热老头的谎话》（1983）、《路，在山那边》（1984）、《噼里啪啦外传》（1986）、《雪层下的热吻》（1987）、《黎明时的枪声》（1988）、《剑海柔情》（1989）、《索伦骠骑》（1991）；安娜《金霞和银霞》（1982）、《牧野上，她发现一颗心》（1983）；杜梅《木垛上的童话》（1986）、《九寨情思》（1988）、《北方丢失的童话》（1997）、《我们仍然独身》（1992）；进入21世纪，除了中年作家继续保持创作，如杜梅《山那边》（2000），一批年轻的鄂温克族作家开始进入人们的视野，如德柯丽《小驯鹿的故事》（2011），德纯燕《取暖》（2010）、《初长成》（2011）、《喜宴》（2012），敖荣《一个家族的故事》（2009），涂克冬·庆胜《第五类人》（2005）、《跨越世界末日》（2007）、《萨满的太阳》（2009）、《陷阱》（2011）。这些中青年作家的创作，共同丰富了鄂温克族当代文学的内涵。

通过以上梳理，我们大致可以看出鄂温克文学的状貌和发展轨迹：民间文学和作家文学是构成鄂温克文学的两大块内容，随着历史的发展，特别是新中国成立以后，作家文学的繁荣使鄂温克文学在对古老文学传统的承继中注入新生的力量。更为重要的是，通过对鄂温克文学的整体考察，民族间的文化交流对鄂温克文学的演变、发展和繁荣起到重要作用，不可不察。

---

① 刘迁：《达斡尔族、鄂温克族和鄂伦春族的文学发展与成就》，转引自黄任远等《鄂温克族文学》，北方文艺出版社2000年版，第341—342页。

四　鄂温克族文学的创作特征

鄂温克族文学在中国当代文学中呈现出独特的内涵特征：

1. 从创作主体来看，鄂温克族文学呈现出人数少、作品多的生态样貌。作为人口稀少的民族，作家的人数、作品的数量相对于民族人口基数而言，形成巨大反差，这使鄂温克族文学与其他民族文学有显著的差别，也是最独特的文学现象。

2. 从创作内容来看，鄂温克族文学创作具有民族性特征。首先，无论是鄂温克族口头文学还是书面文学，都有大量民族生活内容、风俗地物的描写，这是鄂温克族作家的创作自觉。广袤的原始森林，独特的驯鹿文化、生存方式，人与自然和谐共生的生态意识，万物有灵的萨满信仰，这些鄂温克人生活的日常，成为鄂温克族文学创作的土壤，源源不断地提供给养。森林文化、驯鹿文化，以及日常生活审美的陌生化、差异性特质，使得鄂温克文学主体一旦形成，便成为文坛瞩目的现象，带来非同一般的阅读体验，成为多民族文学"一体多元"之"多元"的很好的诠释。其次，鄂温克族文学在描写民族文化生活的同时，刻画了鄂温克人善良、热情、勇敢、坚毅、纯朴的民族性格，无论是神话里的英雄人物还是小说里的主人公，无不具备这样的品质。最后，民族文化、民族性格是基石，在这之上，鄂温克族文学向我们完整展现了这里的人们所具有的追求自由、乐观向上、敬畏自然、信奉神灵的民族精神气质。但是在理解这些不同方面的精神气质的同时，我们必须看到，鄂温克族文学在艺术蕴涵上整体呈现出的是"忧郁"基调，无论我们有多少"明亮"的方面，鄂温克族文学的底色却是"忧郁"的，这是它最重要和突出的审美特征，而这一"忧郁"的美学特征，必须放到鄂温克民族历史遭遇的语境中去理解与把握，否则，前述所说的"民族性"就是隔靴搔痒的表述。

3. 从与其他民族文学的相互关系来看，鄂温克族文化与周边民族文化互动交流，促进了鄂温克族文学的向前发展。鄂温克族是一个跨境民族，同时又与汉族、蒙古族、达斡尔族、鄂伦春族长期杂居在一起，因此，俄罗斯文学、汉族文学，以及蒙古族文学等都不可避免地对鄂温克族文学产生影响，这种影响不是单向的，而是双向互动、互为影响的，这是促进一个民族文学不断保持活力向前发展的重要因素。

4. 从传播效果来看，鄂温克族文学在整个中国文学中，处于"边缘化写作"。造成这一现状的原因，首先是相比于其他民族，人口稀少的客观事实使得作品的数量在绝对值上很难与其他民族比肩；其次，由于鄂温克族文学作品很多是非汉语书写，翻译成了影响鄂温克文学是否被广大汉语读者群体、主流文坛、批评家了解的重要因素，这使得鄂温克文学在传播、扩大社会影响力方面处于被动的地位；最后，如同生态移民在一定程度上让鄂温克人陷入困境一样，工业化和全球经济一体化的冲击让他们在现代生活面前无所适从，因此真正把笔触深入当代生活的鄂温克文学作品很少，这是鄂温克文学目前一个创作上的困境。然而毋庸置疑的是，如果一味地停留在坚守民族文化传统，而不与时代社会的发展、当下人们的生活同步，那么，"边缘化"的局面就不会改观。

五　鄂温克族文学研究现状

对鄂温克族文学的研究，自 20 世纪 80 年代开始陆续展开。纵观这近 40 年的研究，可以概括为：研究成果总体数量少；民间文学研究多于当代文学；当代文学研究中，主要为乌热尔图个案研究。

已有的鄂温克族文学专著，黄任远等著的《鄂温克族文学》，是对鄂温克族整体文学概貌做出梳理的奠基性著作，意义重大；民间文学研究方面，汪立珍的《鄂温克族神话研究》，对鄂温克族的神话进行了全面深入的分析；当代文学研究方面，赵延花的《鄂温克族文学研究》是近年来研究鄂温克族文学的力作，改变了以往鄂温克族文学研究中当代文学部分薄弱的局面，尤其以独到的见解对鄂温克族当代文学进行了比较全面的梳理和评析。以上三部专著，为本书提供了很重要的参考，尤其是民间文学部分，前辈们的心血之作，为后来的研究提供了宝贵的一手资料，没有这些著作奠基，本书就是无源之水。在此向前辈专家致敬。

　　论文方面，有对鄂温克族文学整体进行反思和认识的，如《人口较少少数民族文学的大意义》（刘大先，2015），《鄂温克族文学：大时代变革下的文化寻根》（刘大先，2015），《鄂温克族书面文学中的民族记忆》（安殿荣，2004）；有对鄂温克族民间文学做出梳理和概括的，如《鄂温克族民间文学简述》（吴天喜，2013），《鄂温克族民间文学初探》（闫沙庆，2004），《鄂温克族民间文学搜访记》（马名超、沙庆，1985），《论鄂温克族民间文学》（巴图宝音、武永智，1983），《鄂温克族民间文学概况》（马名超、侯伦，1981）；作家文学研究中，主要围绕乌热尔图的创作进行个案研究，从乌热尔图小说的民族性、审美特征、生态思想、性别书写、人物形象等不同方面进行论述。20世纪80年代初雷达、奎曾、孟和博彦等学者的评论，是主流评论界对于乌热尔图创作的最及时热烈的反馈。这些评论发表在主流评论界的权威、核心刊物上（如《文学评论》《民族文学研究》），其话语效力不言而喻，足见当时乌热尔图被关注的程度。这时期的评论主要是对乌热尔图创作概貌的介绍，对其作品进行总体评价，并且从鄂温克族文学发展的角度，对乌热尔图所取得的成绩和所做的贡献给予肯定。最早以肯定之笔写的文章，出现于1983年《民族文学》第5期上刊登的阎钢的一篇题为《鄂温克人得奖了：评乌热尔图的优秀短篇小说》[1] 的文章，以此文为开端，文论界对乌热尔图的关注迅速升温。达斡尔族学者孟和博彦认为[2]，乌热尔图的小说"具有浓郁的时代气息，写出了鄂温克族的心灵律动"，并且指出鄂温克族在文学遗产方面，除了民间口头文学，还不曾有过文人文学，在这个意义上，乌热尔图在鄂温克族新文学发展历史上，有突出的贡献；雷达认为[3]，乌热尔图的小说"竭力按上自己民族的鲜明印记，弥漫着浓郁的民族情绪，同时他的森林小说是动态的，反映了民族历史和民族关系"，乌热尔图富于独创性的"森林小说"不仅为鄂温克族文学，也为新时期多民族文学增添了光彩；奎曾则用"蜚声中外"来形容

---

① 阎钢：《鄂温克人得奖了：评乌热尔图的优秀短篇小说》，《民族文学》1983年第5期。

② 孟和博彦：《时代的脉息，民族的心音——评鄂温克族作家乌热尔图的小说》，《民族文学研究》1984年第4期。

③ 雷达：《哦，乌热尔图，聪慧的文学猎人》，《文学评论》1984年第4期。

这颗鄂温克族的文学新星①，对乌热尔图的小说分为三个阶段进行阐述，即展现民族特色和生活气息儿童文学阶段—挖掘民族精神塑造民族品格—思考现代化进程中民族命运和发展，并认为乌热尔图的小说在多民族文学中，独放异彩。除此之外，乌热尔图还获得了以李陀为代表的时代文化精英的高度评价，称誉他是"鄂温克族的第一位作家，他的创作使鄂温克族文学跨出了非常重要的一步"②。

可以说，在20世纪80年代初，乌热尔图当之无愧成为最受批评家们关注的作家之一。经20世纪80年代初的这些研究抛砖引玉后，学界对乌热尔图的创作研究持续不断，对已有的研究进行简要梳理，大致可以概括为以下几类：

1. 从文化的角度，探讨乌热尔图小说独特的民族特色、民族文化诉求以及民族精神品格的塑造③，几乎是80年代及至21世纪以来大部分乌热尔图研究文章的立论之基。柳宏认为乌热尔图的小说在题材内容、结构形式以及语言艺术三方面均体现了本民族独有的光彩、韵味、力度，写出了地地道道的鄂温克文学，显示出浓郁的民族特色；王澜则探寻乌热尔图小说中鄂温克传统文化在现代文明的冲击下，转型、变革带来的痛苦；黎洋洋认为乌热尔图的短篇小说，不遗余力地进行着鄂温克人民族品格的塑造；杨玉梅通过对乌热尔图小说进行文化解读，特别指出其后期小说对变革时代中的鄂温克人独特的命运和心理体验的自觉关注，使小说在民族文化的认识和对生活的开掘上达到了一个新的高度；李芳则别取新径，把《七叉犄角的公鹿》看作"成长小说"重新解读。

2. 20世纪80年代末以来，"痛楚"与"忧患意识"是乌热尔图艺术

---

① 奎曾：《鄂温克族的文学新星——乌热尔图》，《中国民族》1984年第9期。

② 《人民文学》1984年第3期刊登了达斡尔族文学评论家李陀与乌热尔图的创作通信。

③ 关于这方面的论述可参见柳宏《乌热尔图短篇小说的民族特色》，《扬州师院学报》（社会科学版）1989年第4期；王澜《落日余晖的笼罩——乌热尔图小说中的文化思考》，《海南师院学报》1996年第1期；黎洋洋《闪亮的犄角——乌热尔图短篇小说对民族品格的塑造》，《齐齐哈尔师范高等专科学校学报》2007年第2期；杨玉梅《书写森林狩猎文化的温情和痛楚——乌热尔图小说的文化解读》，《民族文学研究》2009年第1期；李芳《从一个鄂温克少年的成长到一个民族自我"重构"的文化想象——解读〈七叉犄角的公鹿〉的新视点》，《民族文学研究》2010年第2期。

风格中被谈论得最多的两个方面。① 如赵海忠认为乌热尔图小说的整体基调是"痛苦"，对民族现实矛盾的心理、对文明的失望等是"痛苦"的来源；王辽南分析指出，乌热尔图小说从构置"森林小说"全景图到思考民族现状与未来的忧患意识，其美学观念发生了由"亮色的崇高"到"黑色的悲壮"的嬗变；田青通过对乌热尔图 20 世纪 80 年代的小说和 90 年代以来的散文的整体梳理，指出萨满文化是作者创作和思考的源泉，在这一古老文化的浸淫下，作品呈现出神圣性和诗性的审美特征，并在神圣性与诗意性的双向构建中，探寻文学存在的多元可能；张直心重读乌热尔图，挖掘其小说浑涵幽深的意象背后隐蔽、复杂、幻化的意蕴，倾听"最后的守林人"的本真言说，彰显民族图腾的生命异质。此外，赵延花则从鹿与鄂温克族生活的关系、民族精神的关系以及宗教信仰的关系三个方面对乌热尔图小说鹿意象偏好进行探源。

3. 对乌热尔图作品艺术创作的探讨中，还有一部分研究集中在小说人物形象的分析上。② 孙洪川着重分析了乌热尔图"森林小说"中的猎人群像，认为这些"血肉丰满""光彩照人"的猎人形象，"深刻揭示出鄂温克民族内在的性格和心理素质"，借鄂温克猎人的心，凸显了鄂温克民族的魂；王云介通过对乌热尔图笔下男性形象和女性形象的强弱对比，从女性主义的分析视角得出其小说有浓重的乾道之气，体现了男性本位文化系统；杨兰则着重分析了乌热尔图作品中的一系列老人形象。

---

① 可参见赵海忠《痛苦：乌热尔图小说的基调》，《当代作家评论》1988 年第 4 期；郭超《他在发掘本民族独特的精神财富——漫谈乌热尔图的短篇小说及其美学观》，《小说评论》1986 年第 1 期；朱珩青《乡土·生命·自然——读乌热尔图的小说》，《当代作家评论》1988 年第 4 期；王辽南《民族深层心态的吟唱——略论乌热尔图近期创作的忧患意识及其美学嬗变》，《阴山学刊》1991 年第 1 期；王淑枝《乌热尔图近期小说创作漫评》，《内蒙古民族大学学报》（社会科学版）2001 年第 11 期；赵延花《乌热尔图鹿意象偏好探源》，《内蒙古大学学报》（哲学社会科学版）2011 年第 6 期；田青《神圣性与诗意性的回归：乌热尔图的创作与萨满教》，《民族文学研究》2008 年第 1 期；张直心《最后的守林人——乌热尔图新论》，《民族文学研究》2003 年第 4 期。

② 参见孙洪川《鄂温克民族灵魂的雕塑——论乌热尔图"森林小说"中的猎人形象》，《昭乌达蒙族师专学报》（社会科学版）1986 年第 1 期；吴红雁《大森林中的原始主义之歌——乌热尔图小说创作倾向谈》，《前沿》2002 年第 1 期；王云介《论乌热尔图小说的性别角色》，《内蒙古民族大学学报》（社会科学版）2006 年第 6 期；杨兰《乌热尔图作品中的老人形象浅析》，《文学界》（理论版）2010 年第 4 期。

4. 进入 21 世纪以来，对乌热尔图作品生态意识的挖掘也是值得关注的一方面。① 随着全球化给人们在社会经济、生活等方面带来巨大的影响，以及越来越多的天灾人祸对人类生存环境的破坏，人与自然的关系成为关切人类自身发展的重要问题，所以进入新世纪以后，评论界对于乌热尔图创作的研究，集中在对其小说蕴含的生态意识的挖掘。王静认为，乌热尔图是一个具有生态意识的作家，他的作品具有发起 "生态呼唤的先声" 的先锋作用，作者通过对猎人和森林闯入者等人物的塑造，表达了对自然生存和人类生存的忧患和思考，并认为乌热尔图的作品开了少数民族作家生态作品创作的先河；王云介认为乌热尔图在同时代的作家中是较早以文学形式关注人类生态问题的作家，因此对乌热尔图创作的研究不能忽视他作品中的生态意识和生态关怀；师海英以乌热尔图小说及后期创作的散文为对象，对乌热尔图整体生态思想中的文化批判部分进行整理和阐释，认为乌热尔图倡导的 "以自然为母亲" "天人合一" 的生态整体性，对于实现人与自然和谐相处的生态文明有很好的启示意义；黄忆沁则通过对乌热尔图和郭雪波作品中的生态形象的具体细致地比较，分析少数民族作家血脉中固有的原始的生态意识，解读少数民族作家作品中特定的话语意义。

还有一些研究者从小说文本的结构形式挖掘其独特的审美内涵。如师海英则从宗教意识对作家创作的影响出发②，挖掘分析蕴含其中的宗教文化内涵和特殊的叙事模式；刘俐俐在细致考察乌热尔图 33 个中短篇小说基础上③，认为乌热尔图的文本具有独特的形态，是融合文人创作和民间口头文学的 "变种"，具有人类学、传播学和民族学的意义。张向东、陈

① 以上参见王静《自然与人：乌热尔图小说的生态冲突》，《民族文学研究》2005 年第 3 期；王云介《乌热尔图的生态文学与生态关怀》，《黑龙江民族丛刊》2005 年第 3 期；师海英《文化批判与重返自然的和谐——乌热尔图生态文学创作中的文化诉求》，《呼伦贝尔学院学报》2010 年第 4 期；师海英《乌热尔图小说人物形象折射出的作家的生态理念》，《语文学刊》2012 年第 1 期；黄忆沁《乌热尔图与郭雪波文学创作的生态形象比较分析》，《文学界》（理论版）2011 年第 11 期。

② 师海英：《叙事模式：图腾神话与原始仪式——试论宗教意识对乌热尔图创作的影响》，《白城师范学院学报》2007 年第 4 期。

③ 刘俐俐：《汉语写作如何造就了少数民族的优秀作品——以鄂温克族作家乌热尔图的作品为例》，《学术研究》2009 年第 4 期。

浩然从语言地理的视角，分析乌热尔图小说中的鄂温克语汉语音译借词这一特殊的语言方式，既为汉语文学增添了异域情调和异质因素，又彰显了鄂温克民族独特的生活方式和文化价值。① 此外，学界除了对乌热尔图小说创作的研究，还有一些研究者如姚新勇、田青②对乌热尔图的散文随笔进行了研究。

　　以上研究，为扩大鄂温克族文学的影响力做出了努力和贡献，在继承这些前辈的研究的基础上，新时代鄂温克族文学研究才能更好地向前发展。

----

　　① 张向东、陈浩然：《乌热尔图小说的语言地理》，《陕西理工大学学报》（社会科学版）2018 年第 8 期。
　　② 姚新勇：《未必纯粹自我的自我阐释权》，《读书》1997 年第 10 期。田青：《民族与土地的行吟诗——读乌热尔图的近作〈呼伦贝尔笔记〉》，《骏马》2006 年第 2 期；《痛苦的抉择和乌热尔图随笔创作》，《学术探索》2005 年第 3 期。

上　编

口头文学

第一章　神话

解放以前，鄂温克民族基本还处于原始社会形态，本民族的古老历史资源，长期以来都是靠本民族的长者口耳相传的方式承续下来，尤其是各类型神话，鄂温克人至今仍保存着相当数量的古老、原始的神话传说。叶·莫·梅列金斯基在《神话的诗学》中指出，这些本民族内部的"'健全的理智'在原始文化中基本上仍局限于经验级类，而神话则成为赖以进行包罗万象的构想之总体的主导方式。作为既定生活形态的特殊反映，神幻的超自然体所形成的世界，被视为此类生活形态的初源及某种高超的实在。……在神话萌生伊始及其功能实施之时，实际的需求和目的无疑超越思辨的需求和目的；而神话则使由不自觉的诗歌创作、原始宗教以及处于胚芽状态的、前科学的、关于周围世界的表象三者所形成的那种区分尚十分朦胧的浑融统一体有所强化。在种种古老文明中，神话堪称哲学和文学之发展的起点"①。

鄂温克族神话按类型粗略地可以分为起源神话、自然神话、动物神话和萨满神话。

一　起源神话

叶·莫·梅列金斯基指出，神话的基本特征，可以概括为两类，一为对事物本质的推本溯源：对事物的构成加以阐释，说明其由来；二为对周围的世界加以描述，即讲述开天辟地的经过。② 这与黄任远等在《鄂温克

---

① ［俄］叶·莫·梅列金斯基：《神话的诗学》，魏庆征译，商务印书馆 2009 年版，第173—174 页。

② ［俄］叶·莫·梅列金斯基：《神话的诗学》，魏庆征译，商务印书馆 2009 年版，第183 页。

族文学》里，对鄂温克族起源神话的分类，可以说是一致的，即宇宙起源传说和人类起源传说。除了这两类，《鄂温克族文学》一书中还提到了一类，即氏族来源传说。

1. 宇宙起源神话

有一则《天地的传说》：

地是母，天是父。为什么说地是母亲呢？因为世界上不管什么东西，都离不开大地，都是大地所生。人也是地上长的，死后还要变土。天呢，上边有星月，有太阳，好比是男人。人间若没有太阳，没有天，没有男子，就过不成日子了。所以管天叫父亲，管地叫母亲。天上有天神，叫"保克"，世上有各式各样的"保克"，"恩都力保克"或叫"恩都鲁保克"，是最高的神，它主管旱涝。每当大旱大涝时，人们就喊：

"恩都鲁保力，艾思乐哈！"

"恩都鲁保力，特思拉哈！"

意思是"求天保佑"。传说恩都鲁倮克能指挥姆都鲁下水。龙长四条腿，有鳞，能行云布雨，吸干海水，喝净小泡子。它从小泡子往上吸水，鳞都装满了，一抖搂身子，就往下洒呀，洒呀，这样就下起雨来了。①

这则神话里，可以看到人们赋予天地等自然客体以生命，具有人的形貌，具有一定的社会体制，这是由于"原始"人尚未将自身同周围自然界截然分开并将自身属性移于自然客体所致②，而这种浑然不分的特征，正是体现了神话思维的一般属性。③

2. 人类起源神话

关于人类起源的神话，也可以说是创世神话。叶·莫·梅列金斯基在

---

① 摘自内蒙古"三少民族"多媒体资料库——鄂温克族，http://www.nmgcnt.com/ssmz/ewkz/dwezwhys/dwezmjwx/ewkzshgs/201305/t20130502_33465.html。

② ［俄］叶·莫·梅列金斯基：《神话的诗学》，魏庆征译，商务印书馆2009年版，第175页。

③ ［俄］叶·莫·梅列金斯基：《神话的诗学》，魏庆征译，商务印书馆2009年版，第175页。

《神话的诗学》中认为，创世神话作为一种题材，至少要求具备三种"角色"，即被创造的客体象、渊源或质料以及从事创造的主体。[1]

《用泥土造人和造万物的传说》[2] 讲述了尼桑萨满挪动了神龟，帮助天神继续造人的神话。在这则神话的前半部分里，三种角色一目了然，"客体象"便是人类与生灵万物，"质料"是泥土，"从事创造的主体"是保鲁痕巴格西天神，这三种角色，共同合力创造出了人类。而神话的后半部分里，讲述的是宇宙的起源，可以说这是一个两种神话类型的混合体，而关于宇宙天地的由来，其实我们也依然可以分辨出三种"角色"，作为"客体"的天与地，作为"渊源"的神龟阿尔腾雨雅尔以及作为"创造主体"的尼桑萨满。《人类起源的神话》[3] 以及《开天辟地的传说》开头，"相传，在太阳出来的地方，有个白发老太太，她长着两个很大很大的乳房。她是世间头一个哺育万物的萨满，人间的幼男幼女，就是吸吮她的奶水长大的"[4]，都可以看到，显示客体、渊源和创世者基本上可以把创世神话的程式概括。

3. 族源神话

敖鲁古雅鄂温克人中流传着"拉玛湖"神话。《鄂温克人的起源传说》讲：

> 世上还没有人的那时候，有个留辫子的鄂温克人，在一条大河附近的山里发现了一个大湖（LAAMu）。从这个大湖的岸边望去，离太阳似乎很近，太阳好像从对岸升起。这里冬天很暖，但是一过大湖就很冷了。大湖里长有许多好看的水草，水面上漂着荷花。这个大湖，有大小八条河汇入。在大湖的日出方向有一个河口，河口水深，里面住着一条从天而降的大蛇。大蛇，身长十五尺，头上长着两只犄角。

---

① ［俄］叶·莫·梅列金斯基：《神话的诗学》，魏庆征译，商务印书馆 2009 年版，第212 页。

② 参见内蒙古"三少民族"多媒体资料库——鄂温克族，http://www.nmgcnt.com/ssmz/ewkz/dwezwhys/dwezmjwx/ewkzshgs/201305/t20130502_33465.html。

③ 敖嫩：《鄂温克民族民间故事集》，内蒙古文化出版社 2008 年版，第 2 页。

④ 摘自内蒙古"三少民族"多媒体资料库——鄂温克族，http://www.nmgcnt.com/ssmz/ewkz/dwezwhys/dwezmjwx/ewkzshgs/201305/t20130502_33465.html。

这条蛇只跟萨满通话，不跟人说话，它就是舍沃克神。在这个大湖周围有很多大山，山上的树木不怎么多。山顶上有一个大洞，洞口冒出大雾，雾大雨就大。世间人最初在这一带生成，也是萨满教主神（sewenki）的发源地，也是鄂温克人的发源地。①

《我们的祖先从勒拿河来》②也提到了拉玛湖。这两则关于拉玛湖的传说，蕴含了鄂温克民族重要的族源信息。"拉玛湖"到底在哪儿？有两个观点。

一个观点是，汉族学者吕光天在《鄂温克简史》（1983）中，根据《西伯利亚民族志》《西伯利亚古代文化史》等书籍，以及古贝加尔湖沿岸居民的考古资料发现，认为"拉玛湖"就是贝加尔湖，提出鄂温克族起源于贝加尔湖及沿岸地区的猜想。另一个观点是，鄂温克族学者乌云达赉根据他在语言学、神话学、古地名学等方面的知识积累，以交叉的视角切入历史，破译古地名中北方河流的原义，审定其方位，梳理古籍资料，认为"拉玛湖"就是乌苏里江的源头兴凯湖，兴凯湖沿岸及乌苏里江两岸，是鄂温克民族的起源地和发祥地。经他考证，现今的鄂温克人，是沃沮人的后裔，ewenki 是由 olgi 生发而来，olgi 是沃沮—通古斯语，意为烧水时锅底翻花、沸水漩动状态为 olgi，所以把翻花矿泉、漩流矿泉也叫作 olgi，沃沮是 olgi 的音译。沃沮的汉语音译最早出现在汉代典籍中，沃沮族群的起源地在乌苏里江上游的萨玛伊尔矿泉③，这里是鄂温克古老的萨玛伊尔氏族的祖籍，"鄂温克"族称的原初含义，也就是"居住在萨玛伊尔矿泉的人们"。这一论断的提出，将鄂温克的起源地还原到鄂温克语所属的"满—通古斯语系"的文化生成区，其学术价值和意义不可低估。这些考证与著述，经鄂温克族作家乌热尔图重新整理补充，于 2018 年重新出版《鄂温克族的起源》，在鄂温克旗 60 周年旗庆前夕首发。无论是从人类学还是历史学的角度看，都是一件具有重大意义的事件。

除了上述这类讲述整个鄂温克民族，即整个"人类"起源的神话以

---

①　敖嫩：《鄂温克民族民间故事集》，内蒙古文化出版社 2008 年版，第 16 页。

②　参见内蒙古"三少民族"多媒体资料库——鄂温克族，http://www.nmgcnt.com/ssmz/ewkz/dwezwhys/dwezmjwx/ewkzshgs/201305/t20130502_33465.html。

③　乌热尔图：《鄂温克族历史词语》，内蒙古文化出版社 2005 年版，第 9—10 页。

外，还有一些族源神话是关于鄂温克氏族的由来，即"社会"起源的神话，比如《彩虹的来历》和《索伦人姓氏的来源》就属于这类"社会"起源神话。

《彩虹的来历》① 讲了鄂温克七个氏族的由来：

很久很久以前，洪水来了，高山被淹没，世间的人也都被淹死，只剩下一个老头和一个小姑娘。为了延续后代，繁衍子孙，这个老人和小姑娘结婚了。

从此老人和姑娘，在一起生活，生活得很和睦，他们已经生育了七个孩子。但是，他们的年龄差别太大了，这种结合是违反风俗的。他们的婚姻触犯了天神，招致了天神的惩罚，天神降罪于这个地方，使这里连续几年遭受了干旱。在这大旱的日子里。土地龟裂了，水塘干涸了，他们怎样祈祷求雨都没有用，开始了可怕的荒芜和瘟疫。他们多年的积蓄吃完了，面临着死亡，这时才想到他俩成婚而触怒天神。所以在后来的一天，他俩把在撮罗子里睡觉的孩子们的门关得紧紧的，从撮罗子门的缝里扔进了火，点燃了撮罗子，然后，他俩在树上吊死了。

这时天神一看，七个孩子有啥错？所以降下大雨，浇灭了大火，此时只见一股五颜六色的烟雾飘了出来，慢慢地升上天空，变成了一道色彩缤纷的彩虹，横在天际。孩子得救了，雨水滋润了大地，草木又恢复了生机。从此，每逢雨露滋润大地，给万物带来了无限生机的时候，天空中就出现那道美丽的彩虹，如果你仔细地观察，那个彩虹有七种颜色。

人们说：那就是孩子们的化身（灵魂），为他们的父母触犯天条，败坏风俗的行为深感羞愤。所以，时常带雨露与彩虹来滋润和温存大地及万物。

从此以后，这片土地上的七个兄弟分成了七个氏族。

① 敖嫩：《鄂温克民族民间故事集》，内蒙古文化出版社 2008 年版，第 11—12 页。

《索伦人姓氏的来源》① 也是关于七个氏族形成的故事：

> 不知多少年前，发生过一场洪水，连高山都全被淹没，世上的人
> 也都被大水淹了，最后，只剩下一个父亲和一个女儿。女儿对父亲
> 说：咱们还得延续后代。于是，他们就成婚了。后来，生下七个儿
> 子，因为是他俩成亲生的孩子，所以，每个儿子给一个姓，还告诉他
> 们，同姓之间可以婚配。

在这两则关于古代鄂温克族"社会共同体"由来的神话中，有一个
共同的情节是父亲—女儿的婚配，也即现代人所谓的乱伦。按叶·莫·梅
列金斯基的观点，乱伦是对外婚制之违忤的体现，神话中的社会因素以血
缘的"生物的"知觉为中介，并因此而动人。② 《彩虹的来历》《索伦人
姓氏的来源》这两则特殊类型的"社会"神话，始祖均为父女，它是萌
生于对人类源出于同一氏族的笃信③，体现了鄂温克古老神话中"自然"
与"文化"之间的相互渗透的隐喻关系。

二　自然神话

鄂温克族神话中有很多对各种自然现象进行解释的自然神话。这类自
然神话的特点是，这些自然客体以生命、人类的喜怒哀乐、人的形貌、一
定的社会体制出现，"这种'浑然不分'主要不是本能地感到与自然界同
一及对自然界本身的适宜性予以自然的认识所致，而正是不善于从本质上
讲自然界同人加以区分的结果"④。而这一点也是体现了神话思维浑融的
一般属性。

---

① 王士媛编：《黑龙江民间文学》第 6 集，第 19 页，1983 年。转引自汪立珍《鄂温克族
神话研究》，中央民族大学出版社 2006 年版，第 90 页。

② ［俄］叶·莫·梅列金斯基：《神话的诗学》，魏庆征译，商务印书馆 2009 年版，第
215 页。

③ ［俄］叶·莫·梅列金斯基：《神话的诗学》，魏庆征译，商务印书馆 2009 年版，第
216 页。

④ ［俄］叶·莫·梅列金斯基：《神话的诗学》，魏庆征译，商务印书馆 2009 年版，第
175 页。

鄂温克族的自然神话主要是关于山神、火神、风神、雷神、雨神以及太阳神等。《山神"百纳查"的传说》① 讲述很久以前，有一个鄂温克猎人带领人进山打猎，但是谁也算不出来究竟围猎了多少野兽，有一位老人站出来，说出了鹿和狍子的数字。围猎完一清点，果然是老人说出的数目。那位老人就是山神。从那以后，鄂温克人就信仰山神百纳查了。

《风神》中讲到大地边沿上有个老太太，手持一个大簸箕，每煽动一次，地面就刮一次大风；《雷神和雨神》讲天上有个老头儿，一敲鼓，就隆隆打雷。天上有一条龙，身上有数不清的鳞片，每个鳞片都含有一百担水，下雨就是它抖擞鳞片时掉下的水。这些自然神话，普遍把周围自然界人格化、拟人化，体现了原始信仰及自然客体，与文化客体之间的"隐喻式"比拟。②

在各类自然神话中，关于太阳神的故事是最为重要的，体现了鄂温克人对太阳的崇拜，是鄂温克族自然崇拜的重要形式之一。鄂温克人居住在深山密林里，长年黑暗和寒冷。勤劳勇敢、善良诚恳的太阳姑娘希温乌那吉，每天都按时为宇宙人类、为世上万物送去光明和温暖，去拯救受灾难的人们。人们不忘太阳姑娘的功劳，崇拜她为太阳神。太阳姑娘的故事就这么流传下来。③

鄂温克族的生活环境是处于高纬度的高寒地带，地处偏远，因此对于太阳有一种出于本能的渴求，太阳在生命的延续以及狩猎生活中扮演了极其重要的角色。对光明与温暖的追求，以及由于智识的局限，无法对周围的自然界做出科学合理的解释，发展出了鄂温克人对于太阳产生崇拜，并把太阳看作是宇宙万物一切生命的根源。在鄂温克族关于太阳的神话里，把太阳进行了人格化，太阳神是一位年轻的姑娘，她勤劳善良、无私奉献，勇敢顽强、坚忍不拔，这些品格滋养着鄂温克人的精神世界，最典型的表现为，在鄂温克族许多当代作家的小说中，都嵌入了太阳姑娘的故事，比如乌热尔图的《雪》，涂克冬·庆胜的《萨满的太阳》等。还有一

---

① 参见内蒙古"三少民族"多媒体资料库——鄂温克族，http://www.nmgcnt.com/ssmz/ewkz/dwezwhys/dwezmjwx/ewkzshgs/201305/t20130502_33465.html。

② ［俄］叶·莫·梅列金斯基：《神话的诗学》，魏庆征译，商务印书馆 2009 年版，第 176 页。

③ 敖嫩：《鄂温克民族民间故事集》，内蒙古文化出版社 2008 年版，第 159—160 页。

个细节值得注意的是，我们可以看到在《太阳姑娘》的故事里，鄂温克神话与汉族神话的杂糅，鄂温克族传统文化对于汉族文化的吸收和融合，可以看出不同民族文学间的互动和探索，这是具有普世价值的。

三　动物神话

在鄂温克人的宗教信仰里，信奉万物有灵的观念，有图腾崇拜信仰，比如认为"熊"是他们的"祖先"，因此在打到熊以后，将熊骨、熊头等进行风葬，并且禁食熊身上的某些部分，这在乌热尔图的《丛林幽幽》中有详细的描写。这些被神灵化的动物是鄂温克人精神世界的支柱。建立在万物有灵观念之上的鄂温克族动物神话，其形象多是神格化或人格化的动物，或者说是按照动物的外形或某种直观想象中的怪物形象塑造的。① 图腾崇拜的出发点，"在于对人的一定群体同某一动物物种或植物物种存在血缘关系的笃信；毫无疑问，其先决条件也在于自然与文化的混同渐次向两者的区分过渡，以及将有关业已形成的氏族——部落社会体制的表象移于自然界。……万物有灵信仰尚须以有关灵魂和精灵的表象（即物质的与理念的两者之区分的肇始）为先决条件"②。在鄂温克族动物神话中，我们可以看到鄂温克人对蛇、熊、鹿等的图腾崇拜信仰，比如前述讲到的鄂温克族的起源神话《拉玛湖》提到拉玛湖既是人类的发源地，又是萨满教主神 Sewenki 的发源地，就反映了蛇图腾崇拜在鄂温克族众多图腾崇拜中的重要地位。

鹿在鄂温克人的生活中占有极其重要的地位，因此，鹿也被神灵化，在敖鲁古雅鄂温克族流传的《神鹿通天》③ 神话讲述了鹿由六条腿变成四条腿的故事。

《母鹿之歌》④ 的主要情节讲述猎人呼尔勒迪捕猎鹿的细节和经过，其中最重要的部分是被打中的母鹿在临死之前对小鹿的一番嘱咐，这和乌

---

① 黄任远等：《鄂温克族文学》，北方文艺出版社 2000 年版，第 23 页。

② ［俄］叶·莫·梅列金斯基：《神话的诗学》，魏庆征译，商务印书馆 2009 年版，第177 页。

③ 汪立珍：《鄂温克族神话研究》，中央民族大学出版社 2006 年版，第 161 页。

④ 敖嫩：《鄂温克民族民间故事集》，内蒙古文化出版社 2008 年版，第 244—246 页。

热尔图在中篇《雪》中提到的母鹿之歌，应该是同一内容的不同版本。

如果说关于蛇图腾崇拜的神话主要是精神信仰层面的需求，那么关于鹿的神话，不仅是出于精神世界，而且还更多地具有现实层面的意义，因为我们知道驯鹿在鄂温克人生活中是不可缺少的，所以《母鹿之歌》如此详细地介绍了鹿的习性，那正是因为这些与鄂温克人的日常生活息息相关。

四　萨满神话

鄂温克人主要是信奉萨满教，萨满教的影响，在鄂温克民族早期历史发展进程中，渗透在整个民族的精神世界、民俗文化、民间文学等方方面面。萨满神话即是关于萨满教的各种传说，有关于萨满教的服饰仪具的，有关于著名萨满的传说的，还有关于萨满教来历的。比如，关于萨满教为什么没有经文，有这样一则故事：

> 传说，上天曾派俄罗斯人、布里亚特人（信喇嘛教）和鄂温克人去取经。结果，鄂温克的经不留神被牛吃了，所以萨满教没有经，而经的精神已在萨满的记忆中。所以，上天允许凭记忆而不凭经的宗教存在。[1]

《萨满鼓的来历》[2] 解释了为什么萨满鼓是单面包皮的；尼桑萨满的故事是流传最广的一个萨满故事，有不同的版本，其中之一的版本是：

> 自从尼桑萨满使巴勒特富人的独生子瑟日库岱偏果起死回生后，就闻名遐迩了。后来皇帝的一位近亲死了，尼桑萨满未能起死回生。这个皇帝降旨，把尼桑萨满用铁链捆起来，投入了九丈深的古井里。尼桑萨满事先告诉本族人，无论如何也要把捆住她的铁链子的一头留在井口外，那么萨满就不会断根绝种。

---

[1]　敖嫩：《鄂温克民族民间故事集》，内蒙古文化出版社 2008 年版，第 30 页。
[2]　敖嫩：《鄂温克民族民间故事集》，内蒙古文化出版社 2008 年版，第 20—21 页。

被害时，她向四方吹了口气，吹落在七个地方。凡被她吹过气的人，后来都变成了萨满和氏族。

所有鄂温克族的萨满都继承了她的神灵。①

这个故事除了讲述了尼桑萨满神通广大的法力之外，也体现了萨满和氏族起源之间的关系。

---

① 敖嫩：《鄂温克民族民间故事集》，内蒙古文化出版社 2008 年版，第 29 页。

第二章　传说

除了神话故事外，民间传说在鄂温克族口头文学中也数量巨多，类型丰富。这些民间传说具有鲜明的民族风格，不仅充满幻想色彩，而且和现实生活紧密相连，无论是关于氏族祖先来历的传说、英雄传说，还是地方风物、风俗习惯的传说，都向我们详细描绘了鄂温克民族特有的民族风情，是深入了解鄂温克民族社会现实的途径。

一　祖先来历传说

关于祖先来源的母题，广泛存在于鄂温克族神话、故事、歌谣等中，在传说中，也有大量此类内容。《我们的祖先从勒拿河来》[1] 的传说讲鄂温克人的故乡，是勒拿河，很早以前，勒拿河宽得连鸟也飞不过去，在离勒拿河不远的地方，有个拉玛湖，鄂温克人的祖先就在那里狩猎。"老人不讲古，后人失了谱。"鄂温克老人常把讲古论史，作为自己义不容辞的天职，这是由口传民族文化传承的特殊性决定的。因此，这一类传说对于研究鄂温克族的起源历史有很重要的史学价值。

洪水母题在很多民族神话传说中存在，鄂温克族传说中也有这一母题存在，如《索伦人姓氏的来源》[2]，讲古时候一场洪水之后，只剩下父女二人，为了繁衍后代，父亲和女儿就结婚了，生了七个儿子，每个儿子都有一个姓，还告诉他们同姓之间可以婚配。这就是关于索伦人姓氏的传说。这类传说可以看到鄂温克族与其他民族在社会阶段的相似性，既有民族特性，又具有人类社会的普遍性。

---

① 转引自黄任远等《鄂温克族文学》，北方文艺出版社 2000 年版，第 79 页。
② 转引自黄任远等《鄂温克族文学》，北方文艺出版社 2000 年版，第 80 页。

这些古老的传说，虚幻与真实结合，生动地记录了鄂温克人的生活状况，反映了他们在漫长的历史发展过程中逐渐认识和征服自然的质朴观念和强烈愿望。

二　英雄莫日根传说

在众多传说中，英雄莫日根的传说占有很大比例。"莫日根"是北方通古斯—满语族所共有的语词，原是对渔猎能手的美称，后逐渐含有英雄的意思①。这类传说普遍反映了鄂温克先民文化英雄崇拜的观念，是原始人从自然—文化过渡后产生的，反映了人类社会向前发展的自然规律。另外，来自现实生活的逸闻趣事、经验积累、生存技能等，也常常被人们杂糅在这些英雄神话中，使得莫日根的传说始终以丰富的现实生活为根基，这也是莫日根传说数量多的原因。

《来墨尔根和巨人》② 讲述：来墨尔根是位氏族英雄，他教会了部落里的人使用弓箭打猎，以及用火煮熟食物吃，改善了氏族部落的生活，尤其是使用火，这在原始社会发展中是非常重要的一步，是从野蛮走向初级文明的标志。从传说中，我们还看到了鄂温克族的迁徙路径，以及鄂温克和鄂伦春的同源性。

《莫日根和女神》③ 这是一则关于鄂温克族风俗习惯的传说，一个叫甘乾的莫日根兄弟三人由于错杀了仙女，导致自己的媳妇都被病痛折磨，在知道真相后，他们把仙女像供奉起来，才消除了疾病。从此供塞仙奇的习俗就流传了下来。

《哈尔迪莫日根变巨人石》④ 是一则关于鄂温克地方风物的传说，讲了兴安岭顶上的一块巨石的由来。在这则传说里，讲述了哈尔迪莫日根在

---

① 黄任远等：《鄂温克族文学》，北方文艺出版社 2000 年版，第 82 页。

② 参见内蒙古"三少民族"多媒体资料库——鄂温克族，http：//www.nmgcnt.com/ssmz/ewkz/dwezwhys/dwezmjwx/ewkzshgs/201305/t20130502_33465.html。

③ 参见内蒙古"三少民族"多媒体资料库——鄂温克族，http：//www.nmgcnt.com/ssmz/ewkz/dwezwhys/dwezmjwx/ewkzshgs/201305/t20130502_33465.html。

④ 参见内蒙古"三少民族"多媒体资料库——鄂温克族，http：//www.nmgcnt.com/ssmz/ewkz/dwezwhys/dwezmjwx/ewkzshgs/201305/t20130502_33465.html。

地震、洪灾到来前拯救了族人的英雄事迹。此外，文本中的一个细节提到了哈尔迪莫日根和他的族人是"埃温基"人。鄂温克族是一个跨境民族，埃温（文）基人是俄罗斯境内的鄂温克族的称呼，他们分成三支，其中一支在勒拿河一带使鹿生活。前面在讲鄂温克族起源神话的内容里，我们曾经提到有一则《我们的祖先从勒拿河来》，里面提到鄂温克人的故乡，是西边的勒拿河，和这则传说里的"埃温基"人的说法一致，所以这则传说的这个细节隐含了重要的鄂温克族源信息，以及鄂温克族作为东北亚地区重要民族的迁徙历史，而这正是鄂温克口头文学成为破解本民族历史之谜、保存本民族历史记忆重要途径的原因。

《艾·莫日根》① 则充满了生活的奇趣色彩，艾·莫日根凭自己精准的神枪技艺，打败了怪物，保护了村里的安定，成了大家心目中的英雄。

三　地方风物传说

地方传说，普遍地运用丰富的想象、生动的情节，来解释鄂温克人生活的山水草木、风物习俗。如《维纳河的传说》②，在呼伦贝尔草原的鄂温克族聚居区，流传多种关于维纳河的传说：古时有个猎民，打伤了一只公黄羊，它流着鲜血跑掉了。正跑着，前面出现了一处暖泉子，它一下便跳进水里，洗涤着身上的伤口。刚洗几下，那伤口便愈合了。等猎人赶来时，公黄羊早已安然逃走了。从此，猎手就发现那是一处能医百病的宝泉。这道泉水流过的地方，就是草原著名的维纳河。其他还有《莫尔根河的来历》《乌兰浩特温泉的故事》《烟叶是从哪里来的》《祭神为什么吃鲁肉》，以及《老牛吃掉文字的故事》等，都是较有代表性的作品。

《四不像的传说》讲的是鄂温克地区驯鹿名字来历的传说：从前有个猎人，在围猎中捉到了一只不像犴不像鹿的动物，它长得什么也不像，大伙就给它取了名"四不像"，四不像被驯养后，成了鄂温克人生活中必不可少的交通运输工具。

---

① 参见内蒙古"三少民族"多媒体资料库——鄂温克族，http：//www.nmgcnt.com/ssmz/ewkz/dwezwhys/dwezmjwx/ewkzshgs/201305/t20130502_33465.html。

② 转引自马名超、侯仑《鄂温克族民间文学概况》，《求是学刊》1981年第3期。

第三章　歌谣

　　歌谣，或者说民歌，是鄂温克族口头文学的重要组成部分。从文化整体观来看，鄂温克族的歌谣较之于其他口头文学形式，其艺术形式更加立体丰富。总体而言，它是融合了歌舞、说唱艺术、节日庆典、宗教仪式的一种综合性艺术，是鄂温克族传统文化的集中展现。

　　鄂温克人在日常的社会生活中，创作了大量反映劳动生活、婚丧嫁娶、宗教仪式、男女爱情等方面的歌谣，如劳动歌、生活歌、礼俗歌、萨满神歌、儿歌、情歌等，种类繁多，并受不同地区鄂温克族的地理环境、社会历史、经济生产方式、日常生活习俗、审美观念的影响，在艺术风格上具有浓烈的地方色彩。以下简要介绍几种。

一　劳动歌

　　鄂温克族的民歌大都带有劳动生活的印记，狩猎、采集、放牧等，抒发人们劳动生活中的思想情感。比如反映敖鲁古雅猎民狩猎生活的猎歌，有抒发猎人满载而归喜悦之情的《喜欢》，有反映狩猎苦难生活的《卡达拉姆山下的孤儿》，有对山林生活赞美的《高空盘旋的雄鹰》，不仅是抒发感情，就像劳动号子一样，猎人们通过歌唱的形式，可以齐心协力，体现强烈的众志成城的意志，比如《莽尼之歌》就反映了人们在歌声中齐心协力击退吃人巨鹰的莽尼。有表现游猎生活乐趣的《搬家》《拦住四不像》，《打猎对唱》以母子问答的形式，既反映古代狩猎生活，又在一问一答中传承狩猎知识；还有体现猎人豪迈英勇气概，反映猎人人生观和价值观的，比如下面这首《猎人之歌》①：

① 吕光天：《鄂温克族》，民族出版社1983年版，第44页。

是猎人就不怕爬冰卧雪，

是猎人就敢和虎熊作伴，

若是没有日行千里的快腿，

就不要在山里混饭；

若是没有百发百中的枪法，

就算不上堂堂正正的男子汉。

《母鹿之歌》《黄羊之歌》则以动物的口吻，从侧面反映猎人的狩猎生活。

除了猎歌以外，还有很多反映放牧、采集、种植等劳动生活的，代表性作品有《驯马》《牧歌》《原野的花》《绿树满山》《海日旱之歌》等。

二　礼俗歌

礼俗歌是鄂温克族风俗礼仪的体现，属于仪式歌，在婚丧嫁娶这些人生中重要的时刻，礼俗歌都作为仪式程序中不可缺少的一个环节。

在婚嫁上的礼俗歌，常常有喝酒助兴，所以大部分是酒歌，从提亲、订亲、迎亲、婚宴到送女等场面，都有祝酒词，贯穿了整个婚俗过程，既有敬祖神的，也有嫁女时对女儿的嘱托、祝福的，比如下面这首为姑娘出嫁时唱的祝酒歌：

把用罐子盛着的酒，

敬给敬爱的亲家，

给将要出嫁的姑娘，

把最好的祝福送下：

像杨柳那样常青，

永过幸福美满的生涯！

把用酒壶盛着的酒，

敬给所有的华达霍都格，

给将要出嫁的女儿，

致以由衷地祝贺！

像松柏那样长青，

永过幸福美满的生活！①

在丧仪上，也有相应的礼俗歌，比如为亡人唱的祭词，阿荣旗地区的鄂温克人在烧纸祭祀时，会伴唱着祭词，叫"其萨拉仁"，这一仪俗与汉族地区为亡故的人烧纸祭祀诵经超度亡灵有异曲同工之意。在守灵之夜，会请人讲故事，这种形式叫"尼玛哈西仁"。此外还有一些招魂歌。

在反映鄂温克族礼俗方面，有个别作品比较有代表性，集中展现了丰富的民族文化：如《内胡楞——新娘达西苏如》，对鄂温克族年轻女子的服饰、用具文化的描述；《额呼兰德呼兰》对劳动生产用具的描述，其他还有如《宴歌》《酒歌》《喜欢》②等作品。限于篇幅，不作赘述。这些歌谣是了解鄂温克风土人情最好的素材。

三　生活歌

生活歌反映鄂温克人民日常生活，有诉说生活苦难的如《我们是山林里的人》，也有表达对家乡的热爱之情，对亲人的思念之情的，如《美丽的辉河，我的家乡》《思念父母》，有轻松活泼的，如《娱乐歌》《搬家歌》等。试读《我们是山林里的人》③：

我们是山林里的人，

祖祖辈辈游猎在深山。

我们到处搬家，

能打到什么猎物？

在这样岁月里，

我们的生活多么艰难。

"别力旦克"枪破旧了，

要用子弹也没有。

---

①　引自巴宝图音、武永智《论鄂温克族民间文学》，《内蒙古社会科学》1983 年第 1 期。

②　详细引文可参看黄任远等《鄂温克族文学》，在此不作赘述。

③　黄任远等：《鄂温克族文学》，第 226 页。

要不是好人来帮助，

我们的日子难改变。

　　这首是敖鲁古雅的民歌，讲述的是使鹿鄂温克人的世代生活状况，既交代了使鹿鄂温克的来历，又描述了恶劣的生存环境，艰难的生活，由于人数稀少，使鹿鄂温克在社会进程中始终处于弱势的地位，自己的命运无法掌控在自己手里，浓烈的宿命感使得这一类民歌具有忧伤凄美的特点，这种血液里流淌出来的"忧郁"气质，可以说是高度代表了鄂温克族文学的美学特征。

　　对包办婚姻制度的不满和控诉，可以说是爱情生活中的一个普遍主题，不局限在某个民族。在鄂温克族民歌中，也有反映这一类内容的歌谣，比如下面这首《为什么把我嫁给他》①：

光秃秃的地上，

"塔古"鸟怎能落脚？

连认识都不认识的人，

为什么把我嫁给他？

荒凉的土地上，

百灵鸟怎能落脚？

连见都没见过的人，

为什么把我嫁给他？

不长草木的地方，

黄鹂鸟怎能落脚？

连一点情谊都没有的人，

为什么把我嫁给他？

　　这首民歌用直抒胸臆的手法，用"光秃秃""荒凉""不长草木"这些隐喻，来象征没有感情基础的婚姻，"塔古"鸟、百灵鸟、黄鹂鸟比喻渴望获得爱情的年轻女子，描绘了一个对不合理的婚姻制度的强烈不满和

---

① 黄任远等：《鄂温克族文学》，第 229 页。

声声控诉，且具有反抗意识的现代女性形象。

《丑恶的拉勤顿》《嫁出去的姑娘》《狠心的母亲》等，都是这一类题材的代表。

四　叙事歌曲

叙事歌曲一般篇幅较长，有完整的情节和人物形象，代表性作品有《两棵白桦树》《母鹿之歌》。

《两棵白桦树》是一个关于爱情的悲剧歌曲：一位年轻美丽的女子，冲破种种阻力，进山和心上人见面的故事。旧时鄂温克族的婚恋观念里，没有恋爱自由，姑娘是不能随意约会情人的，必须征得父母兄嫂乃至族长的同意。当年轻的女子终于获得了准许，进山赴约时，已经离和情人约定的时间过去了四十天。当她在深山密林里终于找到情人时，见到的是心上人的尸体，小伙子已经饿死在山林里。年轻的女子悲痛欲绝，挖了一个坑埋葬了心上人后，把自己也埋在了土坑里，为爱情殉情。后来，在埋葬两人的地方，长出了两棵白桦树。每当人们看到大兴安岭里洁白的白桦树，就会想起这对恋人的故事。洁白笔直的白桦树，象征了恋人们纯洁无瑕、坚毅不屈的爱情。

《母鹿之歌》是非常出名的一首鄂温克族叙事歌曲，经常被提及，乌热尔图在中篇小说《雪》中就嵌入了这首叙事歌的文本。这首歌以动物的视角，叙述一头被猎人射伤的母鹿临死前对小鹿的嘱咐，字字泣血，听得让人心酸落泪。而猎人与母鹿的形象，隐喻了游猎鄂温克人与外部世界之间的社会地位关系和权力关系。这首叙事歌在论述乌热尔图章节中有详细介绍，在此不作赘述。

敖鲁古雅地区的猎民把唱歌与日常生活紧密地联系在一起，无事不可唱，随性即兴演唱，所以这一地区有很多流传下来的叙事歌曲，如《老人与兔子之歌》《杰什克的歌》《被害的弟弟》《不称心的礼物》《求婚》《父亲的歌》《打猎对唱》《救救我的孩子》《风雪中盼来人》《莽吒和猎人》《红花尔基的樟子松》《金珠和珠烈》等，这些叙事歌的内容包罗万象，有作为童话故事插曲的、有反映男女婚嫁琐事的、有反映原始狩猎生活的，也有对先人的怀念的，充满了生活气息。

五　萨满神歌

萨满神歌和宗教仪式不可分割，主要指在萨满教神事活动中，融合歌、舞、曲的一种祭祀形式，由萨满及其助手演唱，演唱形式一般有领唱和伴唱，结构一般而言比较短小，节奏多变。在内容上多为萨满教相关内容，据黄任远等著《鄂温克族文学》中介绍①，萨满神歌根据内容和场合的不同，歌舞曲各有侧重，用于开场、祈祝、请神等的神歌，侧重吟唱叙事，用于驱鬼跳神的，侧重于舞蹈。萨满神歌的风格流派众多，这是由其演唱形式决定的，由萨满领唱的形式，必定带有突出的个性特点，萨满神歌带有原始文化的印记，具有强烈的神秘色彩，粗犷野性。萨满神歌对于我们了解原始社会时期鄂温克人的社会活动、风俗仪式来说是鲜活的素材。

六　新民歌

东北解放初期和新中国成立后出现的新民歌既是传统歌谣的延续，又展现出新的活力。新中国成立后鄂温克人民结束了长期被压迫被剥削的苦难生活，迎来了充满希望的新生活，这些新生活为民歌的内容注入了新鲜的血液，使新民歌在题材和艺术风格上呈现与传统歌谣不同的面貌。

从题材上来看，新民歌的内容相对集中简单，主要分为两类，一类是歌颂党和毛主席，如《在党的领导下才能得解放》《我们不再受苦难》《坚决跟着共产党》《歌儿献给伟大领袖毛主席》；另一类是歌唱新生活，如《我的家乡》《红花尔基山》《建设新家乡》《辉公社社员》《绿色的汽车》《鄂温克草原多么美》《我爱家乡山水》《雅鲁河，我可爱的家乡》《草原上》《彩虹》等。即使是情歌，也是以反映新生活为主，如《送哥哥去学习》。

从艺术风格上来看，新民歌具有显明的时代气息，大多情感质朴浓烈，语言清新，试读：

---

①　详见黄任远等《鄂温克族文学》。

我们不再受苦难①：
在蓝天运行的太阳啊，
金色的光芒照耀草原。
自从成立新中国，
鄂温克人不再受苦难。
我们飞跃前进的大道，
是光明的社会主义。
我们大步前进的大路，
是灿烂的社会主义。
光芒万丈的太阳啊，
时刻给大地送来温暖，
有了党和毛主席的好领导，
我们不再受苦难。

我爱家乡山水②
我爱连绵起伏的山岭，
我爱清澈见底的阿伦河水，
我爱满山遍野的茂密森林，
我爱草原上的牛马羊群，
我爱哺育我成长的每寸土地。

　　这些新民歌，常用比喻、排比、反复、衬托等修辞手法，层层递进，加强了诗歌的气势，传递出昂扬饱满充满希望的情绪，开启了鄂温克人民崭新的生活篇章，表达了鄂温克人民在民族团结的大家庭中的喜悦之情。

　　总的来说，鄂温克族歌谣既体现了地域特色，又反映了周边民族的互相吸收和影响，以草原畜牧业为主的鄂温克族，民歌深情悠长；以牧业和农业生产为主的鄂温克族，民歌结构较为严整，曲调细腻流畅；而以游猎为生的敖鲁古雅使鹿鄂温克人，生活原始，充满山林狩猎气息，其民歌也

————————

① 转引自黄任远等《鄂温克族文学》，第320页。
② 转引自黄任远等《鄂温克族文学》，第325页。

自然表现出单纯、朴实、粗犷的特色。这些不同地区的鄂温克族，在与邻近的蒙古族、汉族、达斡尔族、鄂伦春族的融合交往中，其音乐也互为影响，从而体现出上述不同地方特色，这恰好印证了文化因交流而多彩，因互鉴而丰富。

第四章　谚语和谜语

　　鄂温克族的谚语和谜语，是广大劳动群众智慧的结晶，它们以口头创作的形式，生动、朴素、幽默地反映了广阔的社会生活，洋溢着浓郁的生活气息；是鄂温克人民在长期的生产劳动中经验的总结，体现了深刻的生活哲理，并具有教育功能。

　　从艺术风格上来看，谚语和谜语都结构短小完整、对比鲜明，语言生动风趣幽默。

一　谚　语

　　鄂温克族的谚语①从内容上看，大致可以分为两类，一类是反映生产经验的，另一类是属于教育教化道德品质的。

　　第一类反映生产经验的谚语，既有狩猎和畜牧生产经验类的，也有认识自然气象类的。鄂温克族的祖先生活在大兴安岭的深山密林中，靠游猎生存，因此，传授狩猎经验显得尤为重要，狩猎的技巧、动物的习性、猎人的生活规律等，就成了那一时期谚语的主要内容，如：

　　（1）群鸟最快乐的地方，是青蓝的天空；猎人最快乐的地方，是秀丽的山林。

　　（2）鹿的头上戴着黄金，鹿的身上披着白银。

　　（3）野兽跑多远，也灭不了脚印；野兽再凶猛，也难不倒猎手。

---

　　①　关于搜集鄂温克族谚语的相关资料，可参看娜日斯主编的《达斡尔鄂温克鄂伦春谚语精选》；朝克主编的《鄂温克族濒危语言文化抢救性研究》十卷本中卡丽娜所著的《鄂温克族谚语》；汪立珍主编的《鄂温克族谚语》，《满语研究》1998年第1期；仲丹丹、张金钟《鄂温克族谚语的教育功能探究》，《新疆教育学院学报》2017年第9期。

（4）顺排飞的鸟，喜欢落在沙堆上。横排飞的鸟，冬天愿飞向南方。老虎再英雄，斗不过群狼。

当一部分鄂温克人开始移居草原从事畜牧业后，不同于山林的自然环境，需要新的与之相适应的生存经验和技能，由此产生了与畜牧生活相关的谚语，比如气象、节令，畜牧生活中日常事务成了谚语中的主角，具有草原生活的特色：

（1）马匹好坏骑着看，朋友好坏交着看。

（2）没有牧犬，就像没有眼睛和耳朵。

（3）骆驼能吃到一棵蒿草，就可以一个月不吃东西。

（4）只要功夫到，奶茶自然熟。

反映认识自然气象的谚语，比如辉苏木地区的谚语："清明要是降雪，春天必有大雪。"敖鲁古雅猎民对自然气候的总结："从东南地方下的雨，一定下得大。""从西北刮风时，不会下雨。"等等。这些关于自然气象的谚语简明扼要，既有当地自然环境的独特个性，又具有此类谚语共通的传授生产经验的共性。

第二类属于品德精神教育的谚语。如：

（1）心怀感恩，尽忠尽孝。

（2）思想深刻的人，不会随便开口；半懂不懂的人，想到哪儿说到哪儿。

（3）蜜蜂身上虽有毒，蜂蜜吃起来就甜；话虽然难听入耳，但对进步有好处。

（4）登上高山，便能眺远；行程万里，便知天下事。

（5）意志像岩石，坚强又坚定；胸怀像原野，宽阔又豁达。

这类谚语教育从道德品质、待人接物、学习求知、审美情操等方面教育后代，反映了鄂温克人所具有的坚毅、善良、质朴、热情等高尚品格，在发扬和传承民族传统美德方面起到了重要作用。有意思的是，这类谚语在其他民族中往往能找到类似的表述，比如上述几条谚语，汉族地区广泛流传的"一桶水不响，半桶水晃荡""忠言逆耳，良药苦口""读万卷书，行万里路"等，都是同一个意思的不同表达。这说明人类美好高尚的道德品质是共通的，不分民族地域，而这正是文学（无论口头文学还是书面文学）的永恒魅力所在。

鄂温克族谚语是鄂温克人世代流传下来的民族生存哲学的反映，它题材广泛，结构短小，多为两句式，擅长运用对比、夸张、比喻等手法，形象生动又高度凝练，带有鲜明的民族传统道德观念和深刻的哲理。

二 谜语①

谜语作为民间口头文学的一种，是广大劳动人民集体智慧的创作，深受各族人民喜爱的一种文学样式，具有普遍广泛的群众基础。鄂温克族谜语在内容上与谚语有相似之处，既有关于自然现象、生产劳动、衣食住行等日常生活方面的，也有关于风俗信仰方面的。

比如关于自然现象的谜语：

（1）一棵小树长得又细又高，树梢碰到天上。（谜底：炊烟）

（2）好看的被子上出了一万个破洞。（谜底：天空和星星）

（3）一棵檀香木有 12 个枝杈，每个枝杈上都有 30 块点心。（谜底：年月日）

关于生产用具的谜语：

（1）一个人长得怪，前后都有一张脸。（谜底：马鞍）

（2）披散头发的婆娘，够不到碗架。（锅刷子）

关于衣食住行的谜语：

---

① 本书所引谜语转引自黄任远等《鄂温克族文学》，如无特殊情况，不再注明。

（1）独根木直溜溜，顶天又立地。（谜底：毡包房支柱）

（2）麦粒一般大，却能装满屋。（谜底：油灯）

这些谜语擅用各种比喻，形象生动，幽默风趣，且极具民族地域特色。以上简单举例，只是鄂温克族谜语的冰山一角，其他还有比如关于人体器官生理现象的、动植物的，在此不一一罗列。

鄂温克族谜语中除了以文字形式出现的，还有一类是在歌谣或舞词中，以问答形式出现的，和谜语有类似特点，但答案又不完全唯一的谜歌。比如：

问：世上什么相联？

答：父母的血液相联，

夫妻的寿命相联，

鞍子和马相联。

问：世上什么最缺憾？

答：没有犄角的犍牛最缺憾，

没有妻子的喇嘛最缺憾，

不和睦的家庭最缺憾。

问：六个黑是什么？

没奶的奶茶黑，

没信念的人两眼黑，

没灯的屋子黑，

爱骂人的人嘴黑，

贪财的人心眼黑，

用久了的锅底黑。

这些谜歌，看上去具有猜谜的特点，细读之下，和谜语又有所不同，在形式上更类似于现在的脑筋急转弯。在内容上，除了反映生活常识外，我们认为更多的是反映了鄂温克人对于人生的态度，是世界观、价值观、人生观的集中体现，尤其是其中反映出来的强烈的反思和批判精神，使得谜歌这一形式具有很强的现代性特质。

鄂温克族谜语来源于广泛的民间，用艺术的手法把地域风俗、传统美德等融入其中，民族性和娱乐性是其显著的特点，使其成为鄂温克人喜闻乐见的民间文学样式。

以上所举的神话、传说故事、歌谣、谚语、谜语等，只是鄂温克族口头文学的冰山一角。因笔者笔力有限，只能略举一二，黄任远等著《鄂温克族文学》有详尽论述，此不赘述。我们认为，研究鄂温克族口头文学，应该跳出"本体"研究的框框，多横向联系，挖掘口头文学与书面文学、民族学、历史学的联系，方能凸显口头文学的现代意义。鄂温克族口头文学是一个丰富的宝藏，有待我们去挖掘。

下　编

作家文学

第五章　乌热尔图

一　生平与创作

在鄂温克族当代优秀的作家中，乌热尔图无疑是成就最突出、贡献最大的一位，他凭借描写敖鲁古雅猎民生活的一系列短篇小说在20世纪80年代初期的中国文坛崭露头角。由此，"鄂温克族"这个中国北疆的古老民族带着她的沧桑历史和独特文化，走进人们的视野。

乌热尔图童年生活在汉族、达斡尔族和鄂温克族杂居的嫩江边上的小镇上，接受系统的汉文化教育，从小在汉文化和达斡尔族①文化的双重熏陶下成长。1965年起在海拉尔市读初中，不久即因"文化大革命"而辍学。人生的每一段际遇在当时未必能参透其意义。如果不是因为这一段怪诞的历史，乌热尔图未必是今天这般对民族文化有着透入骨髓的悲悯和坚守的作家。每个个体的成长，都是历史的烙印。

1968年，乌热尔图来到大兴安岭北坡敖鲁古雅使鹿鄂温克部落，回到族人的怀抱，拿起猎枪，开始了整整十年真正的猎民生活。巍巍兴安岭，静谧秀美，山高水长，松翠雪白，云碧天蓝，人兽共处，民风素朴。兴安岭的十年，深刻影响了乌热尔图的人生观、价值观，用他自己的话说是给予了他"生命中最宝贵的东西②"，成为生命中的底色，影响着他之后的创作取向和人生道路。

在森林潮湿清冽的空气里，乌热尔图渐渐地接触了一些文艺报刊以及外国名著，特别是屠格涅夫的《白净草原》，还有《安徒生童话》，激发了他书写的愿望。1976年乌热尔图开始尝试发表作品，如儿童题材小说

---

① 乌热尔图的母亲是达斡尔族人。
② 宝贵敏、巴义尔：《昨日的猎手——与鄂温克族作家乌热尔图的对话》，《中国民族》2007年第12期。

《大岭小卫士》；而标志他正式走上文学创作道路的则是 1978 年《森林里的歌声》在《人民文学》上发表；1980 年，因文学上显露的才华，被调到内蒙古呼伦贝尔盟文联；1981 年被推荐到中国作家协会文学讲习所学习；1985 年在全国第四次作家代表大会上，被推举为中国作家协会书记处书记。其后，按自己的意愿，返回呼伦贝尔草原，重归山林，潜心创作。

乌热尔图的小说创作以中短篇小说为主。80 年代出版有儿童文学集《森林骄子》（与黄国光合作，1981）、短篇小说集《七叉犄角的公鹿》（1985）、《乌热尔图小说选》（1986）、《琥珀色的篝火》（1985，该小说集 1993 年被译成日文出版）、《你让我顺水漂流》（1993）。90 年代开始，转而散文创作以及文史读物的编写如《鄂温克风情》（1993）、《沉默的播种者》（1994）、《述说鄂温克》（1995）、《日出日落看人生》（1998）、《呼伦贝尔笔记》（2004）、《鄂温克族历史词语》（2005）、《蒙古祖地》（2006）、《鄂温克史稿》（2007）等；此外还主持编辑出版了《美丽的呼伦贝尔》《额尔古纳风光》《草原秘藏——游牧族群的人形雕像》等大型摄影集。这期间他积极投身到地方性史料的挖掘和生态保护实践之中，并且参与了诸如《人与自然圈》杂志的选题策划工作等。

以《森林里的孩子》《七叉犄角的公鹿》为代表的乌热尔图 80 年代初期的作品，如清涧流水，底蕴单纯轻灵，同时又夹带着"十年浩劫"后的"伤痕"特质（如《一个猎人的请求》）。乌热尔图力图通过小说，向人们展示古老狩猎民族的风土概貌、生活方式、宗教心理等，异质文化的陌生感迅速俘获了人们猎奇的心。总体而言，这一时期的作品文化异质性明显，创作手法略显稚嫩，民族主体身份淡化乃全遮蔽，透露了初入文坛的乌热尔图向主流文化靠拢，对于中原文化期待的认同心理。这也是中国少数民族文学的整体写照。

随着现代化文明进程的加剧，古老的狩猎部落传统的经济生产生活方式慢慢地被抛弃与遗忘，鄂温克人用生命传承下来的古老文化以惊人的速度在一天天消亡。随着创作思想和手法的日臻成熟，乌热尔图 80 年代后期及至 90 年代的作品如《雪》《你让我顺水漂流》《萨满，我们的萨满》等显出沉郁凝重的特点。

90 年代是乌热尔图创作生涯的分水岭。《丛林幽幽》浑融幽深，写得如此用力和决绝，成为作家创作生命的最后喷发。此后便搁笔，重归山林，在躁动的 90 年代，一人向隅，开始对民族历史文化的悉心梳理。由此，乌热尔图从小说创作转入了散文、随笔的书写，借助散文相对自由的形式，直抒胸臆。事实上，这种转变在乌热尔图 90 年代初期的一些作品中已显露端倪，《萨满，我们的萨满》（1992）、《你让我顺水漂流》（1990）、《在哪儿签上我的名》（1990）等短篇，便是一曲曲对鄂温克古老文化的沉重挽歌。

从 90 年代开始，乌热尔图陆续发表了《不可剥夺的自我阐释权》《声音的替代》《弱势群体的写作》等富含深刻哲理思想的散文随笔。

如果说乌热尔图 90 年代初期的一系列散文流露出激愤甚至不无偏执的情绪，那么 90 年代中后期的作品，则表现为偏安一隅的内敛沉稳。感喟于没有文字的母族历史的断裂，记忆的缺失，乌热尔图暂时搁置了随笔散文的计划，广泛涉猎民族学、人类学、哲学等方面知识，潜心思考民族的历史、文化等问题，写了大量文史学术类的散文，并结集出版，如前面提到的《述说鄂温克》《呼伦贝尔笔记》《鄂温克族历史词语》《蒙古祖地》《鄂温克史稿》，为求还原边缘民族长久以来被歪曲、被遮蔽、被改写的历史的真实面貌。这其中，除了有作为本民族第一个作家身上肩负的责任，更有对民族传统文化未来境遇的深深焦虑。

综观乌热尔图的创作，从最初汲取民间文化滋养，利用艺术的形式保留鄂温克民族的狩猎文化经验，到后期小说力图在历史学、人类学的真实之上建筑文学的历史感，及至新世纪专注于民族历史文化考古的历史作品，乌热尔图终于完成了从"虚构"到"写史"的转型。

我无意对乌热尔图的创作做艺术的点评与价值估量，那更有待时间的沉淀；也不会试图设立真理的尺度，而是将其创作作为话语现象进行考察，追问"转型"背后的文化深意。

二　"自我"的遮蔽与敞亮

进入新时期，文学借着拨乱反正、思想解放的大浪潮迎来了黄金时代，少数民族文学作为中国文学的一部分，也由此显露出"狂潮涌起"的态势。黑暗中的崛起及其所带来的璀璨之光，无不向世人宣示：这是最好的时代。从其知识背景来说，正是从政治一体化的意识形态笼罩中解放出来，而进入多种话语萌发生机的时刻，尽管启蒙式的话语依然作为主导性的线索统摄着不同声音的运作，但是少数民族文学话语无疑借助这种整体形势成为民族民间寻根大潮中一脉不可忽视的支流。

到目前为止，最广泛的自我或认同概念是由泰勒（Charles Taylor）界定的，他认为现代的认同概念包含着"西方文化中全系列的对什么是人类主体的理解：内在感、自由、个性、被嵌入自然的存在"。"在现代西方，它们就是在家的感觉。""认同的理想与禁令推动或形成我们的哲学思想、我们的认识论和我们的语言哲学。"自我不是一种状态，而是一种不断生长的、有巨大的可塑性、无限的可能性、无限的内在深度的过程。这是一种最广义的人性概念，也是哲学对主要由心理学与艺术理论开拓的自我概念的刷新。[①]

真正意义[②]上的鄂温克族书面文学创作是从新时期开始的。这一时期，鄂温克族作为一个无文字的少数民族出现了第一代现代汉语作家与作品，出现了乌热尔图这样的著名作家，这是鄂温克族文学主体性的首要体现。逐鹿游猎的原始部落一跃成为社会主义新中国平等的一员，生产方式、社会结构、政治制度等方面天翻地覆的变化，以及少数民族身份在国家内部得以确立[③]，既带来了文化震惊般的体验，又树立了民族文化的自信。东北解放初期及新中国成立后产生的新民歌，如"光芒万丈的太阳啊/时刻给大地送来温暖/有了党和毛主席的好领导/我们不再受苦难"[④]（《我们不再受苦难》），"五彩缤纷的花朵/全靠温暖的太阳/鄂温

---

① 刘大先：《现代中国与少数民族文学》，中国社会科学出版社 2013 年版，第 143 页。

② 鄂温克族书面文学的创作，在新中国成立后最先是从新民歌和诗歌创作开始的，新民歌是民间口头文学创作的延续，而诗歌创作多以蒙文为主且与新民歌有密切关系，两者均不在我们研究范围之内。我们所说的"真正意义"，指的是以短篇小说为主力的书面作品的产生与繁荣，以及鄂温克族作家群的形成和作品数量与质量的提升。

③ 自 1950 年开始的民族识别工作，由中央及地方民族事务机关组织科研队伍，对全国提出的 400 多个民族名称进行调研和认定，加上原来已经公认的民族，1983 年共确认了 55 个少数民族成分。相关研究参见施联朱《中国的民族识别》，民族出版社 2005 年版。施联朱《民族识别与民族研究文集》，中央民族大学出版社 2009 年版。

④ 黄任远等：《鄂温克族文学》，北方文艺出版社 2000 年版，第 320 页。

克族要繁荣富强/永远跟着亲爱的党"①（《坚决跟着共产党》），反映了革命的和声。当第一代鄂温克族作家开始写作时，则出现了新质：追求"民族性"的普遍自觉。关于这一点，青年批评家刘大先有过归纳分析，他指出，从中华人民共和国成立前夕，社会主义国家主体即公民主体的塑造与建构就已经开始了。因为少数族裔的族群和个人的命运与整个国家在性质上的历史性转变息息相关，体现在文学创作中，集体话语与个人话语是统一的，具体的个体总是与他（她）所处的环境、人物总是与他（她）的背景和谐一致，不曾出现割裂。直到"文化大革命"前夕出现的有关少数民族题材的颂歌、曲艺与电影，充分地体现出蓬勃向上、情真意切的社会主义新人面貌。这是社会主义新中国所进行的文化实践与创造，既是打造一个新兴人民共和国文化领导权的尝试，同时也是构建中国区别于资本主义国家的民族文化创新。但这种个体与集体的和谐，在 20 世纪80 年代以后渐渐地消失了②。与五六十年代受主流革命话语的牵引不同，在 80 年代"文化热"土壤的滋养下，少数民族文学主体的文化自觉意识在文学繁荣的外表下得到张扬。这一时期活跃的少数民族作家一般有边陲生活的经历，其创作大都从经验入手，如回族作家张承志，鄂温克族作家乌热尔图等等。乌热尔图可以说是其中的典型，从《森林里的歌声》(1978)、《琥珀色的篝火》（1984）、《七叉犄角的公鹿》（1985）、《雪》(1986)、《你让我顺水漂流》（1990）、《萨满，我们的萨满》（1992）到《丛林幽幽》（1993），乌热尔图向世人展示了敖鲁古雅鄂温克浑幽烂漫的世界、古老独特的生活、崇高纯美的心灵、辛酸曲折的历史、丰厚充沛的文化，而鄂温克民族文学主体（性）也经由这些文本得以确立。如前文所言，少数民族文学的主体问题，是动态发展、复杂多元的，因此乌热尔图的创作透射出来的鄂温克文学的主体问题，也是有一个衍变过程的，即书写主体由认同集体主流逐渐走向民族文化的自觉。

　　有论者将中国少数族裔文学的话语主体分为三类③：（1）固守中华民

---

　　① 《坚决跟着共产党》，贺兴格编词（蒙文），白衫译，转引自黄任远等《鄂温克族文学》，北方文艺出版社 2000 年版，第 321 页。

　　② 刘大先：《现代中国与少数民族文学》，中国社会科学出版社 2013 年版，第 131—132 页。

　　③ 刘大先：《中国少数族裔文学的认同和主体问题》，《文艺理论研究》2009 年第 5 期。

族宏大主体的；（2）对少数族裔文化具有自觉意识和认同的；（3）西化，将少数族裔文化认同视为一种文化上的狭隘和闭关自守。粗略地来看，乌热尔图属于第二类。

1978年《人民文学》第10期刊登了乌热尔图的第一部短篇小说《森林里的歌声》。小说以50年代鄂温克族解放前后十五年时间为背景，讲述了敦杜一家的生活遭遇，以儿子昂嘎走丢—抚养汉人弃婴—昂嘎参军回家为线索，表现了鄂温克族解放的重大事件，歌颂祖国统一的胜利和意义："南来的大雁，在云霞里飞翔，她是春天的翅膀。/雨后的彩虹，高挂在山岗，她是春天的盛装。/火红的朝阳，万丈光芒，她是春天的力量。/这不是梦想，不是梦想。/春天啊，春天，你来到了我们心房。"① 显然，"大雁""彩虹""朝阳"在这里为同一个所指。"太阳出来了，金色的朝霞把大兴安岭的草木打扮得如同穿上五颜六色衣裳的姑娘。苍绿的樟松，银白的桦树，嫣红的山杨，蛋黄的针松，奇丽壮观。"② "金色""苍绿""银白""嫣红""蛋黄"这些高饱和度色彩的词语，透射出饱满明亮的情绪——一种发自内心的抑制不住的喜悦、对国家未来饱满的热情和信心。小说的结尾高潮部分更是借昂嘎的口说道："山外汉族的受苦人是咱们的亲兄弟""毛主席，他是山上、山下各族人民的大救星"，至此，山里的"鄂温克人"与山外的"汉族人"合而为大写的"我们"，成为小说的话语主体，"说话人"体现出来的明显的情感倾向，表明了革命文学传统的延续。这个时候，作为一个闪耀着光辉的书写主体，乌热尔图的鄂温克族身份是隐藏的。读《熊洞里的孩子》（1979），跌落熊洞里的酿满那和爷爷被共产党人救获后，乌热尔图在小说结尾处写道：

"孩子，是他们从熊洞里救了咱们，是共——产——党！"爷爷干涸的眼窝里激动地溢出泪花。

他瞪大眼睛看着过去只有在梦中才能见到的笑脸，泪涟涟的眼睛盯在那个带着额妮一样笑容的女人的脸上，她正用充满母爱的目光看着自己伤残的手。啊！她流泪了，一串泪珠挂在她的被山风吹得黑红

---

① 乌热尔图：《森林里的歌声》，《七叉犄角的公鹿》，民族出版社1985年版，第254页。
② 乌热尔图：《森林里的歌声》，《七叉犄角的公鹿》，民族出版社1985年版，第250页。

的脸上，这是梦中见过的额妮的疼儿爱子的热泪。

　　他激动得心呼呼跳，涨红了脸，不由得冲口喊出："额妮——！"山泉一样的泪水涌出眼窝，他在亲人的怀抱里幸福地唱起了心中的歌：

　　额妮呀！你在我的梦里。
　　额妮呀！你在我的心里。①

　　"共产党——额妮"的换喻表明了国族宏大话语的意识形态，在这里，乌热尔图的少数族裔身份同样也是淡化和隐藏的。此外，我发现了此结尾在两个版本里的细微变化。《熊洞里的孩子》初版载于1979年《呼伦贝尔作品选》，1985年收入小说集《七叉犄角的公鹿》时，小说结尾处改为：

　　"孩子，是他们从熊洞里救了咱们，是共——产——党！"爷爷干涸的眼窝里激动地溢出泪花。
　　"共——产——党……"酿满那用天真的声音重复这句山外话。
　　……②

　　省略号上面的句子是后添加的，省略号部分的文字和初版同。乌热尔图借酿满那的口，重复强调了"共产党"，虽则是细小的变动，却能看出作家与主流话语保持一致的努力。

　　《瞧啊，那片绿叶》（1980）则以"绿叶"意象来表达各民族平等团结的政治宣言："平等相待""互不戒备""筋骨相连""汁液相通"③。

　　可以说，乌热尔图这一时期的小说受主流话语的牵引，统一的政治理念掩盖了族裔特质，其话语主体对于中原文化期待的认同是显见的，在"大我"与"小我"身份共存于一个话语主体的前提下，彰显的显然是作为国族"人民"存在的"大我"。

---

　　①　乌热尔图：《熊洞里的孩子》，《乌热尔图小说选》，内蒙古人民出版社1987年版，第22页。
　　②　乌热尔图：《森林里的歌声》，《七叉犄角的公鹿》，民族出版社1985年版，第238页。
　　③　乌热尔图：《瞧啊，那片绿叶》，《七叉犄角的公鹿》，民族出版社1985年版，第196页。

　　然而乌热尔图作为一个在反思浪潮中成长起来的作家，虽然其初作有意无意地淡化或遮蔽民族主体身份，但是在作品中却已体现了对"民族性"追求的普遍自觉。即便是初期那些向主流文学话语靠拢的小说，仔细辨认，仍能发现体现话语主体身份的叙事声音的复杂性，比如《一个猎人的恳求》里：

　　　　①"山下有人告诉我，说他们都在学习班，让我放心。还说现在是'文化大革命'，进'学习班'的人出来就有文化啦。说得我还真高兴，可山上还是缺人手呀！"老人呷了一口茶。

　　　　"大叔，我也去'学习'了。"他嚼着肉干，低着头说，

　　　　"好样的。有了文化，鄂温克人就行了。"①

　　　　②"爸爸，我也跟你去学习。"

　　　　"不，孩子，等你长大，爸爸教你打熊。"②

　　"学习"和"打熊"显然代表了两种不同的话语，而作者借人物之口，直接表达了对主流话语的反抗和背离。上述的情形在《缀着露珠的清晨》里也能看到。试读开首一节：

　　　　"这个村子真漂亮。"

　　　　……

　　　　"这是我见过的最有味的村子。"

　　　　……

　　　　从远方飞来的鸟儿——城里的歌唱家、舞蹈家，头一次飞到这样一片陌生的林子，树枝上的角片叶子都使他们新奇。要不是村里举办鄂温克猎人定居欢庆会，有野餐、有篝火，人家才不来钻你这山沟……

　　　　"昨天，一下汽车，我真呆住了，在车上，我打了盹儿，睁眼一看，哎呀！简直是走进了安徒生的童话世界。"歌唱家扬着一双细长

---

①　乌热尔图：《一个猎人的恳求》，《七叉犄角的公鹿》，民族出版社 1985 年版，第 149 页。

②　乌热尔图：《一个猎人的恳求》，《七叉犄角的公鹿》，民族出版社 1985 年版，第 163 页。

的眉毛，说得那么动情，"我真想坐在钢琴旁，弹上一支贝多芬的《田园交响曲》。"

"我的感觉和你不一样，昨天晚上，我还真有点怕呢。这儿，太静了，静得吓人……"她的脸上闪出一种神秘的色彩。"可今天早上，我在村里瞧见几个鄂温克猎人，给我的第一直觉，这里应该有吉卜赛人那种奔放、节奏强烈的民间舞。"她说着轻轻抖动双肩。嘿，好一个漂亮的舞姿。

还有那个高个头的男人，他的话语不多，喜欢眯着眼睛左右观望……

"你们看——白桦树！"歌唱家惊叫起来。"真漂亮。"

"俄罗斯人把白桦树当成少女的象征，这么说，你们这里的'少女'多得数不清喽。"高个头的男人风趣地说。①

文本借用"他者"的视点表面上是对鄂温克风土人情的展示，然而安徒生、贝多芬、吉卜赛人、俄罗斯人审美等这些"城里人"自以为是的结论，恰体现了难以被主流文化化约的鄂温克民族文化的独特经验，细心的读者也许能从中读出对文化猎奇者的反讽②，这种"反讽意味"未尝不可看作是对民族文化的自觉自信。虽然乌热尔图彼时对"民族性"只是停留在对民俗风情浮光掠影式的展示，但却也有对"文化寻根"的回响，就这一点而言，显然与前文所说的第一类在国族宏大话语的意识形态中趋同归顺、缺乏反思精神的书写主体不同。

然而对比于80年代初期小说，乌热尔图在《雪》（1986）、《你让我顺水漂流》（1990）、《萨满，我们的萨满》（1992）、《丛林幽幽》（1993）等90年代前后的小说中对于鄂温克民族宗教文化、民风习俗、精神世界的强调，我们可以清晰看出其间"话语主体"民族自觉意识由遮蔽到敞亮的嬗变痕迹。

---

① 乌热尔图：《缀着露珠的清晨》，《七叉犄角的公鹿》，民族出版社1985年版，第165—166页。

② 张直心：《边地梦寻——一种边缘文学经验与文化记忆的探勘》，人民文学出版社2006年版，第180页。

我早期的小说完全是表述个人的感情，后来的写作中逐步地贴近了表述一个群体的感情，通过我的笔把一个群体的感情、把他们的命运展示出来。……我本身早已成为他们中的一员，我的感情、我的思维方式和他们的内心是相通的，基本是一样的，所以说才有这种代言的资格，这一点我觉得非常重要①。

正如上面这段文字说的那样，1985 年后，乌热尔图开始以鄂温克族文化代言人的身份进行创作。面对强势文明的侵扰，乌热尔图犹斗士般坚持母族文化"不可替代的自我阐释权"，事实上我们仔细分辨，乌热尔图所强调的其实不是"声音"能不能"替代"，而是如何"替代"的问题，这在他的《声音的替代》一文中论述得很清楚。乌热尔图认为，在我们多民族国家内部，不存在文化"盗用"问题，我们要思考的是在主权国家内部精神文化资源共享所带来的跨文化交流中（比如"汉写民"现象），如何从精神文化产品的特殊性出发，重视不同文化之间感情的交流，互相尊重、了解，以达到心灵的沟通；特别是当文化生产力量悬殊的情况下，强势的一方要为弱势的一方"代言"时，"代言"的资格尤其重要，也就是乌热尔图提到的情感、内心和思维方式是否相通，否则，"代言"就有可能出现南辕北辙的尴尬。这既是乌热尔图对跨文化交流的理论思考，也是对自己"代言"鄂温克文化的起码要求。"以代言人的身份，不断阐释本民族文化并全力保护这一阐释权。这在今天中国境域的少数民族作家中，几乎找不到第二例。"② 乌热尔图 80 年代末以后的小说便是以表现使鹿鄂温克群像为主。这些小说中的话语主体几乎都是鄂温克成年人或老人，如《沃克和泌利格》里的泌利格大叔、《清晨升起一堆火》中将手背当成鹿皮铲的芭莎老奶奶、《玛鲁呀，玛鲁》中绝望的努杰姐弟、《在哪儿签上我的名》中从城里回来寻找猎场的诺克托、《灰色驯鹿皮的夜晚》中被冻死的巴莎老人、《丛林幽幽》中的阿那金以及杀死巨熊的额腾柯，还有《你让我顺水漂流》《萨满，我们的萨满》里的萨满形象，作为民族历史的见证者，这些人物对原始狩猎文明的痴迷与眷恋、执

---

① 宝贵敏、巴义尔：《昨日的猎手——与鄂温克族作家乌热尔图的对话》，《中国民族》2007 年第 12 期。

② 田青：《痛苦的抉择和乌热尔图随笔创作》，《学术探索》2005 年第 3 期。

着与坚守、无奈与痛心，都隐喻了鄂温克文化在现代性进程中的没落与消解。然而就像《灰色驯鹿皮的夜晚》中在雪天光着脚在幻觉中驱赶一群驯鹿的巴莎老奶奶，在她"生命之火即将熄灭之时，是不是她极度恐惧和僵冷的大脑中又一次出现了幻觉，这幻觉会不会是环绕四周的明亮篝火，或许她在这种温暖的幻境中，开始了长眠"。[①] 黑夜和恐惧并不能吞噬最后的狩猎文明，反而激发起鄂温克人心中明亮温暖的希望之火。

在乌热尔图小说话语主体民族自觉意识的起承转合中，短篇《雪》（1986）是具有标志性的意义。如果说在《雪》之前的小说，话语主体的民族身份和民族文化自觉意识还处于"犹抱琵琶半遮面"的状态，那么在《雪》之后的小说中，我们可以看到作为独立自主的"鄂温克人"的响亮的发声。

《雪》是关于伦布列和申肯等人在伦布列猎场攉鹿的故事，小说借叙述者"我"——申肯大叔之口，不断地讲述年轻一代早已丢弃的古老的狩猎规矩、部落习俗、传说故事：

> 进了山，我有自己的规矩，是些忘不了，扔不掉的老规矩。告诉你，趁着撒马的功夫，我钻进河边的林子，找棵一搂粗细的松树，静下心端相它，再从腰里抽出刀，在树上刻。我在刻神像，它是我进山想干的头一桩事。山里有多少神，我也讲不清了，可我知道他们喜欢待在高高的石头山顶，也常在粗粗壮壮的松树歇脚。他们远远地瞧着你，把好运气悄悄地送给你。那要看你是不是诚实的人。鄂温克人供奉的神多得很，有山神、雷神、风神、火神、太阳神、月亮神、还有吉雅奇神，玛鲁神，舍沃克神。……山里那一群群鹿，你说归谁管，除了山神还有谁。现在大家都不这样说话了，可那时，你就得这么寻思。我在新刻的山神爷面前站了一袋烟的功夫，我的心开始和它说话。林子静得没有一点声音，只有一股红光在树梢游动，像一条蛇，它慢慢地爬下树梢，盘在我的神像上，神像变得怪模怪样的。我眼睁睁瞅见从神像的眼珠挤出了眼泪，还有股血水从神像的嘴里咕嘟咕嘟

---

① 乌热尔图：《灰色驯鹿皮的夜晚》，《你让我顺水漂流》，作家出版社 1996 年版，第154 页。

地冒出来。我一下傻了，觉得自己像一片树叶，没有了根基，失去了依靠，漂落在河面。①

　　除了讲述这些关于鄂温克人狩猎的禁忌与敬畏，乌热尔图在小说中还不惜笔墨地羼入了不少部族传说、故事、歌谣，如火神的传说，巴基亚部落的故事、童谣，游手好闲的傻瓜生火的故事，还有那首鄂温克人世代传唱的鹿母之歌：

　　　　妈妈，妈妈，你肩上沾了什么？
　　　　妈妈，妈妈，你肩上怎么红啦？

　　　　我的孩子，没有什么，
　　　　从山坡上跳下来，
　　　　山丁子树叶沾在身上。

　　　　妈妈，妈妈，你怎么哭啦？
　　　　妈妈，妈妈，你为什么躺下？

　　　　我的孩子，你可要记住。
　　　　两条腿的人呐，
　　　　让我的眼流泪；
　　　　我的孩子，你可要记住。
　　　　两条腿的人呐，
　　　　让我的心淌血。
　　　　……②

　　母鹿与幼鹿以问答的形式，唱出了在猎枪下"死"的悲歌、"生"的向往；然而如果只是解读到这个层面，我认为和作者并没有"神会"：歌

①　乌热尔图：《雪》，《你让我顺水漂流》，作家出版社 1996 年版，第 39—40 页。
②　乌热尔图：《雪》，《你让我顺水漂流》，作家出版社 1996 年版，第 42 页。

中描绘的与其说是"鹿"与"猎人"你强我弱的生存环境，毋宁说是使鹿鄂温克人及他们的文化在强势文明冲击下的生存困境：令人痛惜，茫然无措。这是乌热尔图作为书写者对民族文化的生存境地进行的思考，这样的思考在《雪》之前的小说中是隐而不显而在其之后的小说中却是显而不藏的。

《你让我顺水漂流》讲述了萨满卡道布的故事：鄂温克唯一和最后的萨满卡道布，最后死在了"现代"的枪口下，悲哀的是千百年来的风葬习俗却因为找不到一片像样的林子、没有像样的树搭建风葬架而被抛弃，"最后的萨满"卡道布临死前只能选择死后顺水漂流，无路可走的不只是萨满卡道布，而是一个民族的寓言。卡道布生前无人敢不听他的话，而死后"有人在远处的山谷，存放卡道布老爹萨满神袍的林中仓库，取走了他视为圣物，视为生命的萨满神袍。那是一伙儿卡道布老爹并不陌生，但说什么都算数的同族人。那身萨满神袍被廉价卖给了城里的一家大博物馆，现在还存放在那里，也许，靠它挣了一笔大钱"。① 其中的痛心和反讽意味，不言自明。

《萨满，我们的萨满》也同样记录了萨满达老非的故事，我之所以用"记录"这个词而非"描绘"，是因为乌热尔图在小说开头便开门见山地说："这段没有添加想象的文字只是我的一段记忆，它涉及了一位老人，在不太远的过去，在他终身迷恋的丛林里，以自己的方式告别了人世。""我要向你证明，他作为一个活生生的人，确确实实在大兴安岭北坡的密林，也就是在克波迪尔河的游猎部落，度过了他孤寂而漫长的一生。"② 接下来叙事者便悉心从《北方通古斯的社会组织》《萨满教研究》《哥萨克在黑龙江上》等史料中找出事实依据，证明达老非萨满在历史上确有其人其事。不难发现，《萨满，我们的萨满》中大量地穿插史料介绍鄂温克族历史宗教文化习俗等等的笔法，在这里，已经开始运用，只是不像《丛林幽幽》那般集中。当文中的"我"十三岁那年在黄昏中亲眼看见达老非身穿萨满神袍时，一种令人生畏的力量，让"我"永生难忘，"那神袍只要被轻轻抖动，就发出一阵震慑灵魂的声响。那神袍包容了一

---

① 乌热尔图：《你让我顺水漂流》，作家出版社1996年版，第118页。

② 乌热尔图：《萨满，我们的萨满》，《你让我顺水漂流》，作家出版社1996年版，第157页。

切，象征了一切，意味着一切，代表了给予你生命的那任何东西都无法容纳的世界。"① 乌热尔图在这里对本族群文化热爱的表达，就像其初时的小说中自觉地向主流话语"表白"一样，直白而强烈，对比鲜明。

对于睡眠时得到的梦，鄂温克人有自己的联想习惯，比如孕妇的梦里飞来一只小鸟，表明她要生个女孩；她梦里要是爬进来一条蛇，预示她将得个男孩。我并不完全清楚当年那位年轻孕妇乌妮拉梦见熊之后的心理感受，对于她被那头大熊在隆起的软腹按下掌印之后的心理变化，只是依据传说进行皮毛的揣测。有关鄂温克人的古老习俗，坦率地讲，在时间之流的冲刷下，早就变换旧有的模样，这也许就是学者们谈到的文化断裂。好在我在史禄国的著作中找到有关生育习俗方面的记载，其真实性是可以相信的。克波迪尔河畔的女人分娩前，按照部族的习惯要在居住的帐篷附近，搭盖一座新的小帐篷。帐篷内设置一种木架，即在地面埋好垂直的两根木杆，上面固定横梁。帐篷内不安放玛鲁神器。分娩时孕妇要穿旧衣服，恢复正常生活之前，必须将旧衣物埋掉。有些部落也有把旧衣物冲洗，再用浓烟熏过之后穿用。通常，年轻孕妇独自住进为她准备的专用帐篷，谁也不准前去帮助，那是一种禁忌性隔离。后来这种禁忌有些变化，部族里的老年妇女或有经验的女人可以助产。一般情况，直到临产最后一刻，产妇才进入她的产棚，那里有时会升堆火，但还是与外面的温度相仿。分娩时妇女采取半屈姿势，身体前倾，两臂放在横梁，身体靠横梁支撑，双膝或双足放在适当位置。有时助产的妇女用两臂掺扶她，分娩的过程对于女人来说非常痛苦。怪胎在鄂温克人部族十分少见，对于双胞胎则被认为是异常，是凶兆。按照部族的习惯，具有特殊身份的萨满不去靠近产棚，当然更不允许男人接近。一般来说，产妇要在那半隔离状态，在窄小的帐篷里度过难熬的十余个日夜。人类学家史禄国指出，分娩时采用的半立半屈姿势，是鄂温克人古老的生育习惯。②

萨满的服饰确实独特而别致，主要用料是鞣制上好的鹿皮，不知

---

① 乌热尔图：《丛林幽幽》，《你让我顺水漂流》，作家出版社1996年版，第161页。

② 乌热尔图：《丛林幽幽》，《你让我顺水漂流》，作家出版社1996年版，第184页。

岁月久远的缘故，还是当年的制作者有意熏制出特殊效果。这是一种厚重的土黄色，或者说，土黄颜色是它的基调。

也许，用冷静的笔调勾勒它的轮廓更为妥当，先从萨满的神帽下笔——

帽顶突出的是一付铁器——仿佛角形，分成六个支叉。圆型的帽沿下，有十八个灰鼠尾制作的流苏遮面。帽后沿有宽形拖缀，直到腰部，上面绘有黑、红、黄三种原色。

袍子的正面，前胸、胸口的上部左右两侧，缀饰两个15公分左右的大铜镜。并列的4个小铜镜下面，缀有30公分渐至60公分的缀皮，缀皮上缝有血红色绸布，在缀皮下端，靠近腹部，有一个6公分的小铜镜，铜镜中央镶有小铜扣。缀皮上并列两排铁质象形物：一侧的前端是展翅的飞鸟，使人联想到天鹅或大雁，上面的标记可辨雄雌。飞鸟下端上下排列18只水禽，两侧排列对等。左右腋下部位各缀有12个弯形铁。从肩至袖口缀有3个弯形铁，分别横缀在肩、肘、袖的部位。另有两个25公分的长形铁，横缀在肘之上和袖口间。

袍子后背的背衬同袖子连在一起。脊背上部并列六个5公分大小的铜镜，稍下的中心部位缀有24公分左右的大铜镜一枚。铜镜下方，背衬从背脊至袖口缀有46个大小不等铁质象形物，还有15个流苏。象形物中有太阳（圆圈形铁）、月亮（弯勾形铁）、2个驯鹿（可辨出角和四蹄的铁器）、2个天鹅、2个小飞禽、35条鱼形铁、3个铁铃，大铜镜下还有一条拖至脚跟的宽条缀皮，上面缀有多角的象形铁（使人联想到驼鹿）这多角的象形铁上缀生两条80公分的链条，链条的末端是两个鱼形象形物。

袍子的腰部是皮围裙，围裙上缝有红、黄、蓝、粉多色彩的绸布。下面缀满60公分长的缀皮和流苏。缀皮上涂有红、黑两色横杠。围裙下链缀着人字象形物（可使人联想尖顶帐篷），另外还有长条的狼形、狐形、可辨雄雌的飞禽、野猪、飞鸟。

应该指出，袍子上大小不等的铜镜最具特色，像闪光的11个太阳。

这是一件沉重的服饰，它负载着鄂温克族先人意识到的大世界，显示他们古老而淳朴的思维。与现代人的意愿等同的是，先人们渴望揣摩和把握的是那不可琢磨的宇宙、还有自身之外的自然。①

　　上述这样的文字在《丛林幽幽》中共有 9 处，内容涉及鄂温克族的历史、社会形态、迁徙规律、生育习俗、风葬习俗、图腾崇拜、萨满文化、生存哲学等各方面，使整个小说文本呈现出泾渭分明的两部分。作者借小说的形式，嵌入这些关于鄂温克概况的"隐形文本"，以"零度写作"方式，借用人类学手法记下鄂温克族的现实与历史、部族神话、图腾信仰等，"旨在阐释整个部族的精神世界，使其更具凝聚力与部族意识，以便同其他生存群体相区别"②。唯恐整体性的鄂温克文化被"切割走样""改头换面地占用"，以传承族群传统文化为己任的乌热尔图，急于向世人完整地呈示鄂温克族传统文化原貌，敞亮长期被强势文化遮蔽的少数文化的真相，我们在这里可以看到他对于真实性话语的诉求。

　　真实性（authenticity）或者说本真性，可以说是晚近民俗学、人类学、社会学交叉的一个重要概念。本真性一词源于希腊语的"authentes"，意为"权威者"或"某人亲手制作"。尽管本真性是西方哲学中的一个重要概念，但它在 20 世纪 60 年代才进入文化研究的领域，彼时学界正开始对正典形构（canon formation）进行批评性反思。随后的民俗学、文化人类学和相关学科的学术转向表明，本真性不仅成为建构民俗和作为民俗中一个类别的民间叙事的基本要素，而且，对"真正""真实""完整"的追寻，已然成为 18 世纪开始的社会、经济、政治巨变的驱动力。这些变革引发了"传统/现代性"之争，提供了考察社会生活的新视角。通常与"传统"相关联的本真性概念，在这一论争中充当了相当重要的角色。在经济方面，工业化导致了大规模生产，带有本真性光晕（aura）的手工制品日渐稀少。在社会和政治方面，旨在政治民主化的法国大革命，力求推翻社会等级制，播撒了个人自主自觉观念的种子。继而，浪漫民族主义者希望找到新的国家基础，以取代君主制度的精英语言和文化。他们在口头文学中，稍后又在民间文化中，找到了这种基础。史诗和其他的叙事形式，都是原汁原味、本乡本土的语言，因此被看作是真正的立国文化之

---

① 乌热尔图：《丛林幽幽》，《你让我顺水漂流》，作家出版社 1996 年版，第 219—220 页。
② 乌热尔图：《不可剥夺的自我阐释权》，《读书》1997 年第 2 期。

本。直至 20 世纪末，这种基于群体的本真性变异形式，仍然主导着文化学界①。乌热尔图的书写可以说是一种本真性话语的中国少数民族特有变种。

对于本真的追求，透露出小民族的文化敏感与压抑性文化机制中的努力，与其说是追求史实本身，不如说是一种文化平权的政治。比如族名的意义，对于占绝对优势地位的汉民族而言，也许早就淡化了。我们已经太习惯于用我们普适的眼光审视周遭的世界，似乎世界就是我们眼中的那个样子。可是，世界真的就是我们眼中的那个样子吗？那气质独特的游猎民族，那传承久远的图腾崇拜，那神秘虔诚的萨满信仰，那敬畏生命的精神世界，那人与自然和谐共处的生存哲学……世界在他们眼中，是另外一个样子。就像《丛林幽幽》里发生的故事，如果我们仅仅把小说的主题归纳为人熊大战，智慧的人类最终取得胜利，显然有违作者的本意。因为在鄂温克族的宗教文化信仰中，熊图腾崇拜占有十分重要的地位，鄂温克人把熊看作自己的祖先。溯源鄂温克族神话②，"巨熊"是整个鄂温克民族的缩影，面对家园丧失、传统文化濒临断裂的现实，乌热尔图借助于"巨熊"这个象喻，意在重新激醒鄂温克人记忆深处的"集体无意识"，敞亮"族名"背后丰厚的文化内蕴。

> 它想让所有的人记住，只有它才是这个林子的主人……带着特殊的气味以坦然的气势和不可触犯的威严，横在人们面前。……目送它的每一个人，在心里记下了它无比高大的身腰……还有那威严、不可触犯的眼神。③

---

① 瑞吉娜·本迪克丝（Regina Bendix）：《本真性》，《民间文化论坛》2006 年第 4 期。

② 对此，我们可以从鄂温克族一则人与熊成亲的神话中找到线索：有一个猎人进山打猎的时候，突然被一只母熊抓住了。母熊把他带进山洞，强逼猎人与它成婚。猎人被逼无奈，便在山洞里和母熊共同生活了几年，直到他们生了一只小熊。后来猎人乘机从山洞中逃了出来。母熊发现猎人逃走了，便抱着小熊去追赶猎人。追到江边的时候，发现猎人乘木排跑了。母熊为此十分气恼，就把小熊撕成两半，一半抛向猎人，一半留在身边。留在身边的成了后来的熊；抛向猎人的就是后来的鄂温克人。参见卡丽娜《驯鹿鄂温克人文化研究》，辽宁民族出版社 2006 年版，第 18—20 页。

③ 乌热尔图：《丛林幽幽》，《你让我顺水漂流》，作家出版社 1996 年版，第 193 页。

"主人""不可触犯""不可抵挡"，字字铿锵，掷地有声。人与熊的故事，既对应了子孙与先祖割连不断的血肉关系，也未尝不可放大为弱小民族与强势文化之间关系的写照。作者以咄咄逼人的气势，宣告了一个弱小民族面对强势文化的侵扰昂首不屈的心理。

当乌热尔图表达上述民族文化自觉意识话题的时候，即便是最无所用心的读者也会发现，像《雪》（1986）、《玛鲁呀，玛鲁》（1987）、《清晨升起一堆火》（1988）、《你让我顺水漂流》（1990）、《灰色驯鹿皮的夜晚》（1991）、《萨满，我们的萨满》（1992）、《丛林幽幽》（1993）——不同于初期小说为了配合占中心地位的主流革命话语，将话语主体安排成鄂温克人—汉人/外来人这样的两分模式，相互间的社会关系也以（汉人）施—（鄂温克人）受为主——如：《琥珀色的篝火》中猎人尼库一家和三个迷路的城里人，《绿茵茵的河岸》中的牧人和作家"我"，《一个清清白白的人》中达翰尔族畜牧局科长和他的上级领导，《一个猎人的恳求》中猎人古杰耶和群专队长张喜胜、王斌，《缀着露珠的清晨》中鄂温克小伙"我"、别吉大叔和一群城里来的观光客，《瞧啊，那片绿叶》中的拉杰大叔和汉族干部，《小别日钦》中的小别日钦一家和记者"我"，《熊洞里的孩子》中的鄂温克查力班爷孙和山外人，《森林里的歌声》中的猎人敦杜父子和汉族地主李贵、共产党——80年代末以后的这些小说中，汉人/外来人这一类话语主体在文本中隐退，只剩下"鄂温克人"作为话语主体进行"独白"，而且这一类鄂温克人的叙事主体通常为成年人或老人。这一话语主体的变化，是叙事主人公以及作者民族主体身份的自觉，是鄂温克人坚持用"自己"的眼光来看待民族内部自身而不是"被看"。所以说，占据中心地位的话语决定并主宰整部作品的叙事结构和过程①，作者必然要安排与占中心地位的话语相适应的人物（话语主体）及其社会关系模式来达到对其的清晰表达。

美国黑人学者杜波伊斯说，"对于非洲黑人部落来说，每一个老人都是一座图书馆"②，与此相似，鄂温克人说，"山林中只要有老人和驯鹿在，就会有古老的文化和文明"。③唯有"老人"，能让这个横跨千年时空

---

① 陈珏：《乌热尔图小说话语形态分析》，《民族文学研究》2012 年第 2 期。

② 杨兰：《乌热尔图作品中的老人形象浅析》，《文学界》（理论版）2010 年第 4 期。

③ 卡丽娜：《驯鹿鄂温克人文化研究》，辽宁民族出版社 2006 年版，第 18—20 页。

的民族在历史的长河中不被遗忘和抛弃。

《中国民族报》2011 年 3 月 25 日刊文《鄂伦春狩猎文化如何应对现代化挑战?》文中指出:

> 50 多年来,鄂伦春族经历了重大的社会和文化变迁。随着从游猎生活到定居农耕生活的转变……目前,鄂伦春族地区有传统游猎生活经验的老人不足百人,而掌握相关手工技艺、能记颂鄂伦春民歌的老人更是稀少。这些传统文化的丧失,引起了学者们的深深忧虑。……鄂伦春族地区的物质条件得到长足发展,但是发展也付出了巨大代价,就是当地生态资源、语言文化、宗教信仰乃至信念人格的丧失。……

鄂伦春族与鄂温克族同为"三少"民族,由于地理位置、环境气候相近,在民俗、文化上有很多相似之处。鄂伦春族狩猎文化如何在现代社会中传承接续的问题,同样也是鄂温克族迫在眉睫的难题。外力的强力冲击带来的后果是内源性文化发展的停滞,以及由这种停滞造成的文化传承链条的断裂,"过去老年人把这种心愿祭献了山神,可山神什么模样? 现在连孩子都不信了"。[①] 当乌热尔图写到《丛林幽幽》中的主人公阿那金第一次看到托扎库萨满眼神中充满的好奇时,我却读出了痛心——这痛心,我们不可能感同身受:

> 这是个陌生人,无论从他古怪的装束,还是从那模糊不清的面容端详,在克波迪尔河流域他从来没见过这人。……他站在陌生人身边,好奇地打量他破旧的皮制长袍,……奇形怪状的铁器。……阿那金甚至觉得它眼熟,但一时想不起,到底在什么地方,什么时候见过。……总算让他想起来,……只有萨满才有这样的装束。在那短瞬间,他甚至有些怨恨自己,为什么竟把这些不该忘掉的大事忘得一干二净,……或许是因为……整个奇勒查家族在短短的两年,失去所有

---

① 乌热尔图:《胎》,《你让我顺水漂流》,作家出版社 1996 年版,第 6 页。

老人的缘故？①

　　"老人"之于鄂温克人，即代表着历史和智慧，是民族传统文化的"活化石"，传播部族起源、迁徙历史、祖先信仰、图腾崇拜、生存经验等知识的唯一途径就是通过"老人"之口一代又一代地传递下去，整个部族对"老人"有着孩童般的精神依赖，所以乌热尔图在《丛林幽幽》中不断强调：失去老人，意味着将丧失智慧，偏离传统。这时，作为话语主体的"老人"，已经不是一个纯粹的言说个体，而是具有民族文化代言人的身份；作者借"老人"之口述说的，不仅是一个部族的神秘传说，更是一个民族的悠远文化。

　　乌热尔图前期小说的叙事形式（故事、情节结构等）和主流小说并无二异，而 1985 年后的小说，却越来越多地以近乎原始的口传故事的方式，平实、古拙地言说族群的历史、民族的记忆。关于这一点不难理解，因为话语主体的改变必然会相应地带来叙事形式的变化（见第四章）。

　　乌热尔图作为鄂温克文化代言人的身份以及鄂温克文学的主体性至此已全然确立，及至《丛林幽幽》臻于成熟。

　　"作为一个人口稀少，面对现代文明冲击的，古老民族的第一代作家，我越来越意识到自己的责任，力图用文学的形式记录和保留自己民族独特的文化，因为她苍老的躯体变得十分脆弱……因为一些弱小和古老的民族文化时刻处于被动的，被淹没的文化困境之中。"② 这个时候的话语主体，显然凸显的是具有少数族裔身份的"鄂温克"主体，而不是具有国族身份的大中华"公民"。

　　虽然乌热尔图属于前文所说的第二类即对少数族裔文化具有自觉意识和认同的作家，但是这种自觉意识和认同并不是一成不变的，通过对乌热尔图前后期小说进行的细微比照，我们仍然可以发现其中起承转合的变化痕迹：从初期小说认同集体主流，到后期小说少数族裔文化身份自觉，乌热尔图小说中话语主体的民族自觉意识，或者说鄂温克族文学的主体性是逐步确立，并最终以停止对于虚构文类的创作而转入纪实与类似于"后

---

① 乌热尔图：《丛林幽幽》，《你让我顺水漂流》，作家出版社 1996 年版，第 206 页。

② 乌热尔图：《我的写作道路》，《文学自由谈》1987 年第 2 期。

设历史"式的写作，即重新发掘本民族的历史、文化、事项，加以自己的解释，并形成准学术性质的叙事①，书写成为真正属于"鄂温克"的话语。这种主体的觉醒，在某种意义上可以说是追求一种文化的发展权，是对处于边缘的微历史、亚文化的强调，是对少数民族文学的差异文化认同。

少数民族文学话语作为中国文学的一部分，和主流文学话语一样，经历着主体的嬗变。但是正如有学者指出，少数民族文学比起主流文学而言，面临多重话的压迫②。这种重建主体的努力，也许会给我们长期以来习惯于从中心出发看问题的僵化思维模式带来有益的改变，因为这种僵化的思维模式，用海登·怀特的话来说，"已经硬化成一种本质（hyposta-sis），阻碍了鲜活的感知"③，而少数民族文学话语，正是这种"鲜活的感知"。

我以乌热尔图为例，历时地对鄂温克文学主体自我进行的考查，如同上面所显现的，其话语主体是动态的、层叠的、多元的，某些时候我们以为主体已经快要消解了（比如他初期小说话语主体淡化民族身份而向主流集体话语靠拢），事实上却并没有被取代，而是不断地在原本已经复杂的主体上一边叠加一边重建（比如后期小说话语主体的民族身份的自觉），结果就形成了日益复杂的主体形象。不仅是鄂温克文学，整个现代少数民族文学也是这样发展的，活力与生机也正是隐藏在这层叠累加的缝隙中。

少数民族文学主体多元性的意义就在于对自我价值的发现，"一中有多"，打破中心的同一性；只有同一性和多元性，或者说同一性和差异性和谐并存，才是所谓的大传统与小传统之间的"美美与共，和而不同"。

---

① 如乌热尔图在90年代陆续写作出版的《沉默的播种者》，内蒙古文化出版社1995年版；《述说鄂温克》，远方出版社1996年版；《日出日落看人生》，内蒙古大学出版社1998年版。《草原秘藏——游牧族群的人形雕像》，内蒙古大学出版社2011年版；主编有《鄂温克风情》，内蒙古文化出版社1993年版；《鄂温克族历史词语》，内蒙古文化出版社2005年版；《鄂温克史稿》，内蒙古文化出版社2007年版。

② 曹顺庆：《三重话语霸权下的少数民族文学》，《民族文学研究》2005年第3期。

③ ［美］海登·怀特：《话语的转义》，董立河译，大象出版社2011年版，第4页。

三　精神的原乡：从口头文学到书面文学

1984 年第 3 期《人民文学》上，刊登了李陀与乌热尔图的创作通信，在《致乌热尔图》的信中，李陀写道：

> ……你笔下的鄂温克是一个只有一百多人的部落。……它虽然有十分丰富多彩的口头文学和民间艺术的传统，却由于没有自己的民族文字，因此一直未能产生以文字语言为表现手段的"正规"的文学。这使你拿起笔来进行写作时一定感到极其困难。你生身于一个根本没有小说传统的民族。你不得不用汉语写作，向汉族文学和世界各国文学进行广泛的学习和借鉴。但是，我以为你至今所创作的为数不是很多的小说却是地地道道的鄂温克族文学。……因为你的小说深深地植根于鄂温克族的民族生活，这个很小的民族的生产和生活方式、风俗习惯、伦理观念、宗教意识、民族心理等等，都在你的小说中得到了相当细致、准确的描绘和表现。你是鄂温克族的第一位作家。但是你的创作无疑使鄂温克文学跨出了非常重要的一步……[1]

诚如李陀所言，没有文字的鄂温克族，自始依循的是口耳相传的文化传递方式，口传文学的繁荣自不待言。族群的历史文化在口传文学的重述与诵唱中，由长者传给下一代。然而，随着社会变迁，传统的"口传"途径日渐式微，传承族群文化的耆老终有辞世之日，年轻一代对呈现部落悠久历史文化的神话传说、民间故事的淡忘，使得传统的狩猎文化在现代文明社会里面临消解的危机。对此，乌热尔图多次述及传统消失、传承不再的焦虑[2]，并寻索接续传统之路。

---

[1]　李陀：《致乌热尔图》，《人民文学》1984 年第 3 期。

[2]　在《鄂温克族的起源》的序言中、《述说鄂温克》"致读者"部分，以及《我属于森林》中都可以看到这种焦虑。乌云达赉：《鄂温克族的起源》，内蒙古大学出版社 1998 年版。乌热尔图编著：《述说鄂温克》，远方出版社 1998 年版。乌热尔图：《我属于森林》，《文学自由谈》1986 年第 4 期。

　　这支歌很久没人唱了。在我八岁那年，老奶奶过世的时候，有人哼过一次。你唱的这首古歌里提到拉玛湖，这个湖我不知道它到底在哪儿；还提到列拿河，这条河好像远得很，我不知道鄂温克人从什么年代在那里住过……我知道那是一首追溯族源的圣歌，母鹿听了都会跟着你落泪。①

　　这是乌热尔图短篇小说《沃克和泌利格》中主人公沃克的一段话，其中提到的"拉玛湖"，是一则古老神话传说中一个大湖的名字：

　　在世上还没有人类的时候，有一位带辫子的鄂温克人，在一条大河的附近发现了一个大湖，名叫拉玛湖。有8条大河注入这个湖里。湖水没边没沿，湖里长着许多美丽的水草，水上漂满荷花。在湖旁看去，荷叶蔽天，离太阳很近，每天，就像太阳从湖边生起来似的。在日出的方向，有一条河，河水里有一条大蛇，头上有两只大犄角，这条蛇是从天上下来的，跟普通人不说话，只跟萨满通话，它是鄂温克人的祖先神"舍卧刻"。湖的四周长满树林，鄂温克族的祖先就在这里狩猎。②

　　这就是古老的《拉玛湖》神话传说，里面蕴含了鄂温克民族起源的历史信息，虽然后人并不知道"湖到底在哪儿"③，然而鄂温克人以口述的方式将这则古老的神话代代相传，作为种族历史记忆的延续。

　　神话作为前逻辑时代的文化现象，透过诗意化的表达展示古人的智识，这种智识不是条理分明的，而是"人类童年时期"（马克思语）的想象，是懵懂混沌的状态，也就是叶·莫·梅列金斯基说的神话的"浑融

---

① 乌热尔图：《沃克和泌利格》，《你让我顺水漂流》，作家出版社1996年版，第74页。

② 黑龙江省鄂温克族研究会编：《鄂温克族研究文集》第二辑，第40页，转引自汪立珍《鄂温克族神话研究》，中央民族大学出版社2006年版，第175页。

③ 汉族学者吕光天和鄂温克族学者乌云达赉对此有不同推测，参见乌云达赉《鄂温克族的起源》，内蒙古大学出版社1998年版。

性"①，正因其浑融性，谢林在《艺术哲学》中将神话视为一切艺术的元素、土壤和范型②，是"永恒的质料"。文学与神话的亲缘关系，使神话在文学的发展进程中，成为重要的营养基原，远如古希腊罗马文学，近如20世纪文学领域的神话主义，神话被视为是表现某些"永恒的"心理因素和"稳定的民族文化模式的手段"③。

　　无文字的现实形塑了鄂温克族丰富发达的神话及其他形式口传文学，这些口传文学往往与部族起源记忆、迁徙历史紧密相连，因此是鄂温克族历史记忆的重要传承依据，其中衍引出来的习俗之内涵，是鄂温克民族精神的源泉，是马林诺夫斯基认为的"重要的文化力量"④。然而，随着社会的变迁，鄂温克族传统的口传文学正失去其传播途径而渐渐被人们淡忘，而它所蕴含的古老的狩猎文化也将随之面临解体。对此，台湾达悟族作家夏曼·蓝波安早在1992年在他的作品集《八代湾的神话》中即敏锐地看到了这一点，说"神话故事的消失，即是一个民族文化思维的贫穷"⑤，这既是对口头文学之为民族精神母体的深刻体悟，也是对民族文化未来的警示。作为人口只有200多人的使鹿鄂温克的第一位作家，乌热尔图同样认识到了传统口传文学对于维系古老狩猎文化血脉的重要性，因此在题材选择上，自觉扎根于民间，以神话传说等民间口传文学滋育书面创作，显影民族图像。

　　乌热尔图较早发表的儿童文学集《森林骄子》（与黄国光合著）（1981），其中不少篇什即是在本民族神话传说故事基础上加以改写的成果。《森林骄子》以第一人称游记的形式，以森林调查队员"我"在大兴安岭遇险、被鄂温克猎人所救，而后在林中养伤日子中的所见所闻，通过15个故事，展现鄂温克族风貌，题材涉及鄂温克族族源及其演变、民间

---

　　① ［俄］叶·莫·梅列金斯基：《神话的诗学》，魏庆征译，商务印书馆2009年版，第1页。

　　② ［俄］叶·莫·梅列金斯基：《神话的诗学》，魏庆征译，商务印书馆2009年版，第13页。

　　③ ［俄］叶·莫·梅列金斯基：《神话的诗学》，魏庆征译，商务印书馆2009年版，第2页。

　　④ ［美］阿兰·邓迪斯编：《西方神话学读本》，朝戈金等译，广西师范大学出版社2006年版，第47页。

　　⑤ 夏曼·蓝波安：《八代湾的神话》，晨星出版社1992年版，第2页。

神话传说、古老风俗习惯等。比如《太阳姑娘》这篇，直接以民间关于太阳神题材的神话为基础，用三分之二的篇幅，由老额尼缓缓讲述为人间送温暖和光明的"太阳姑娘"的故事，这是一则在鄂温克民间广为流传的完整的太阳神话，反映了鄂温克人对太阳神的原始崇拜；《古老的传说》则通过"我"参加猎人们的吃熊肉仪式，引出使鹿鄂温克人分熊、吃熊、葬熊的种种禁忌风俗，尤其是关于风葬熊骨的由来，作者在文本中嵌入一则鄂温克族熊图腾神话①，借猎人尼库之口娓娓道来。熊被鄂温克人视为祖先，鄂温克猎人对熊既恐惧又敬畏，熊是鄂温克人重要的图腾崇拜。弗洛伊德认为，图腾崇拜是父亲形象的投射，是"俄狄浦斯情结"的反映，对于图腾种种禁忌和仪式，比如鄂温克人吃熊时的各种规矩，是对死去先父的怀念②，因此关于熊的种种禁忌与风俗的描写在乌热尔图小说中反复出现，如《棕色的熊》《熊洞》等。

在之后的作品中，乌热尔图不断让自己族群的口传文学反复出现，使其小说创作与母体文化紧密联系，以另一种形式传承族群文化。《缀着露珠的清晨》借"外来人"的视点看鄂温克人的风情："漂亮"的村寨、独异的服饰，这些符号化的族群文化的展示，配合着小说中从城里远道而来采风的艺术家们，满足着他们猎奇的心理；而反复出现的鄂温克族民歌，表面上似乎也是"呼应"那位歌唱家想听一听地道鄂温克民歌的请求，然而当歌唱家取出随身的录音机，按下按钮，录下的不仅仅是一首歌，而是鄂温克人一段古早的岁月：

> 我们是山里人，
> 游猎在深山，
> 数着星星入睡，
> 顺着河流搬迁。
> ……

虽然作者只用寥寥数语说"这是一支古老的鄂温克民歌"，只用极少

---

① 乌热尔图、黄国光：《森林骄子》，内蒙古人民出版社 1981 年版，第 19 页。
② ［奥］弗洛伊德：《图腾与禁忌》，文良文化译，中央编译出版社 2005 年版，第 142 页。

的笔墨描写了猎人别吉"痴呆""忧伤①"的神情和"我""想哭②"的心情，但在这复沓出现的古歌里，我却可以看到鄂温克文化作为集体记忆潜藏在文本之中，从中读出隐埋在文本中作者虽有意无意遮蔽，却始终与母族文化割连不断的血肉联系。悠远的古歌，是鄂温克人的精神脐带，在风中飘散、无形，却有力量、深沉，让每一个听到她的子孙"心里有种抑制不住的东西在翻腾"③。

《雪》是吸收利用民间文学较多的一篇小说。小说讲述关于伦布列和申肯等人在伦布列猎场撵鹿的故事，在主人公申肯和伦布列的对话中，作者嵌入了不同类型的鄂温克口传文学，比如用很大的篇幅提到的一则民间故事：

> ……很久以前，有个游手好闲的傻瓜，触犯了部落的禁忌，被撵到很远很远的林子里。他什么也不会干，脑袋像块糟木头。他不会生火，也不知道打猎，待在那儿又冷又饿，实在活不下去了。他来到松树跟前，松树对他说，你好哇。傻瓜说，你好。你这是去干什么？我想生一堆火，傻瓜说。你要用我烧火，得先找一把斧头来砍倒我，松树说。他走到斧头跟前，斧头对他说，你好哇。傻瓜说，你好。你这是去干什么？斧头问他。我要找一把斧头，砍到松树，生一堆火，傻瓜说。你要用我，得先找一块磨石来磨快我，斧头说。他来到磨石跟前，磨石对他说，你好哇。傻瓜说，你好。你这是去干什么？磨石问他。我要去找一块磨石，用它磨快一把斧头，用斧头砍倒松树，用松树生起火。磨石说，你要用我，先找水来沾湿我。他来到小河跟前，小河对他说，你好哇。傻瓜说，你好。你这是去干什么？小河问他。傻瓜说，我要找点水，用水沾湿磨石，在磨石上磨快斧头，用斧头砍倒松树，用松树生起火。你要用我，先找头鹿从我身上游过，小河说。他来到鹿的跟前，鹿对他说，你好哇。傻瓜说，你好。你这是去干什么？鹿问他。我要去找鹿，让鹿游过河，用水沾湿磨石，用磨石磨快斧头，用斧头砍倒松树，用松树生起火，傻瓜说。你要用我先让

---

①　乌热尔图：《七叉犄角的公鹿》，《七叉犄角的公鹿》，民族出版社 1985 年版，第 173 页。

②　乌热尔图：《七叉犄角的公鹿》，《七叉犄角的公鹿》，民族出版社 1985 年版，第 174 页。

③　乌热尔图：《七叉犄角的公鹿》，《七叉犄角的公鹿》，民族出版社 1985 年版，第 174 页。

我吃上绿草，鹿说。他走到绿草跟前，绿草说，你好哇。傻瓜说，你好。你这是去干什么？绿草问他。我来找绿草，让鹿来吃，鹿好游过河，用水沾湿磨石，用磨石磨快斧头，用斧头砍倒松树，用松树生起火，傻瓜说。你要用我先找雨婆，下一场大雨，绿草说。他来到雨婆跟前，雨婆说，你好哇。傻瓜说，你好。你这是去干什么？雨婆问他。我来找你，请你下场大雨，让青草绿了，鹿来吃绿草，去游过小河，用水沾湿磨石，用磨石磨快斧头，用斧头砍倒松树，用松树生起火，傻瓜说。你要用我，先去找风婆，刮来一阵大风，雨婆说。他来到风婆跟前，风婆说，你好哇。傻瓜说，你好。你这是去干什么？风婆问。我来找你，请你刮一场大风，让雨婆下一场大雨，让青草绿了，鹿去吃绿草，好游过小河，用水沾湿磨石，用磨石磨快斧头，用斧头砍倒松树，用松树生起火，傻瓜说。你要用我，先让太阳晒干我的头发，风婆说。他来到太阳跟前，太阳说，你好哇。傻瓜说，你好。你这是去干什么？太阳问。我来找你，请你晒干风婆的头发，风婆刮起大风，雨婆送来雨，让青草绿了，鹿吃绿草，好游过小河，用水沾湿磨石，磨快斧头，用斧头砍倒松树，用松树生起火，傻瓜说。好吧，太阳说。太阳升起山顶，晒干了风婆的头发，风婆甩甩头发，刮起大风，雨婆乘风下起雨，青草绿了，鹿吃了绿草，游过小河，沾湿了磨石，磨石磨快了斧头，斧头砍倒了松树，松树架成一堆，傻瓜总算生起一堆火。①

　　沃尔特·翁（Walter J. Ong）在分析口语文化的思维和表达特征时，谈到了口语文化有保守的或传统的特征，在原生口语文化里，如果观念化的知识不是用口诵的办法重复，很快就会消亡，所以口语文化里的人必然花费很大的精力，反复吟诵世世代代辛辛苦苦学到的东西。这就需要确立一种高度传统或保守的心态，因而这样的心态抑制思想试验，自然就理所当然了。知识来之不易、非常珍贵，所以社会就非常尊重阅历丰富的老人，他们对保存知识负有特殊的责任，他们熟悉并能讲述祖辈传下的古老

　　①　乌热尔图：《雪》，《萨满，我们的萨满》，青海人民出版社 2014 年版，第 114—116 页。

故事。①

　　上面提到的这则故事，便是起到了保存传统的作用，鄂温克人信奉萨满教，萨满教最核心的一点是对万物的敬畏，小说的讲述者通过这个故事，既是对年轻人的教诲，又在重温中对传统不断淬炼。除此之外，小说中还嵌入了流传甚广的讲述四只眼的母鹿为何变成两只眼的民歌《母鹿之歌》：

　　　　妈妈，妈妈，你肩上沾了什么？
　　　　妈妈，妈妈，你肩上怎么红啦？

　　　　我的孩子，没有什么，
　　　　从山坡跳下来，
　　　　山丁子树叶沾在身上。

　　　　妈妈，妈妈，你怎么哭啦？
　　　　妈妈，妈妈，你为什么躺下？

　　　　我的孩子，你可要记住。
　　　　两条腿的人呐，
　　　　让我的两眼流泪；

　　　　我的孩子，你可要记住。
　　　　两条腿的人呐，
　　　　让我的心淌血。②
　　　　……

　　关于火神的神话传说及猎人出猎崇敬山神的民间风俗、民间故事、童谣等等，这些不同题材的内容连同各自在语言修辞上的特征共存于同一文

---

① ［美］沃尔特·翁（Walter J. Ong）：《口语文化与书面文化　语词的技术化》，何道宽译，北京大学出版社 2008 年版，第 31 页。

② 乌热尔图：《雪》，《你让我顺水漂流》，作家出版社 1996 年版，第 42 页。

本中，使文本呈现出巴赫金所谓的"多语体""杂语"[1] 的特征，而正是在自己族群丰富的口传文学的馈赠下，乌热尔图用文字"记忆"祖辈传下的鄂温克族的生活图像才显立体而丰满。

小说封笔之作《丛林幽幽》更是乌热尔图竭尽心血的作品，充满民族情感记忆的神话传说依然成为小说重要的素材。

> ……
>
> **V**
>
> Silkir 河是我们的发祥地，
> 阿穆尔河畔是我们的宿营地，
> 锡沃霍特山是我们的原住地，
> 萨哈林的山梁使我们分迁，
> …… [2]

这是一段著名的关于鄂温克族起源的萨满神话。在小说中，由托扎库萨满嘴里唱出浑厚、旷古的声音，传递着鄂温克部族神圣的历史。在鄂温克族神话中，萨满神话是一种特殊的类型，占有重要的地位。鄂温克族世代信奉的萨满教，是由于萨满的出现而得名的[3]，萨满教没有经典教义，而是由萨满通过宗教仪式口传身授，关于部族的历史、生存经验等，也经由萨满之口而世代流传，这种口头传播的环境和途径，使萨满神歌、唱词成为鄂温克族口传文学的重要形式，而蕴含大量部族历史信息的古老神话传说则是其中的重要内容。神话与宗教互为依傍，正如叶·莫·梅列金斯基所言，作为"浑融体"的古老神话，孕育着宗教的胚胎[4]，而宗教也反过来成为神话延续的重要场域，如兰蒂斯所说的"神话利用宗教概念和

---

① ［俄］巴赫金：《长篇小说的话语》，《巴赫金全集》第 3 卷，河北教育出版社 1998 年版，第 39 页。

② 乌热尔图：《鄂温克族的起源·序言》，乌云达赉《鄂温克族的起源》，内蒙古大学出版社 1998 年版，第 5 页。

③ 孔繁志：《敖鲁古雅的鄂温克人》，天津古籍出版社 1989 年版，第 88 页。

④ ［俄］叶·莫·梅列金斯基：《神话的诗学》，魏庆征译，商务印书馆 2009 年版，第 1 页。

信仰，虽然它们不是那么具有'宗教性'"①，所以，当《丛林幽幽》中的托扎库萨满进入人神双体、如痴如狂的"疯癫"状态，当他的声音不再是自己"卑微""恐惧"和"恭顺"的声音，而是"浑厚""富有威慑力"的先祖的声音②，关于族群起源的神话，关于玛鲁神的信息，得以流传；而小说关于人熊大战，巨熊被人合力杀死的故事本身就是一个巨大的隐喻，是鄂温克人远古图腾崇拜意识的唤醒，是对"父亲"威严的畏惧、追怀和崇拜。在这个意义上，《丛林幽幽》体现了乌热尔图最决绝、用力的"寻根"姿态：所寻的是文化之根，精神的原乡，伦理的子宫。

其他鄂温克族作家的小说里，也经常能看到对口头文学的汲取，比如涂克冬·敖嫩的《泪》里关于鄂温克婚礼习俗的描写，插入的《鄂温克婚礼歌》：

酒盅里斟满美酒，
敬献给高远的上苍。
姑娘要出嫁到远方，
祝愿她幸福安康。

金碗里斟满美酒，
敬献给父老兄长。
姑娘要出嫁到远方，
祝福他们幸福地久天长。

祝她像火一样旺盛，
像花儿一样漂亮。
像灯一样明亮，
像苗一样生长。

祝她像松柏一样长青，

---

① ［美］阿兰·邓迪斯编：《西方神话学读本》，朝戈金等译，广西师范大学出版社 2006 年版，第 19 页。

② 乌热尔图：《丛林幽幽》，《你让我顺水漂流》，作家出版社 1996 年版，第 210 页。

像杨柳一样成长。
祝福他们岁岁平安，
祝福他们永远健康。

祝福他们生活美满，
祝福他们儿孙满堂。
祝福他们和睦团结，
祝福他们家庭兴旺。

能蹦善跑的麋鹿，
攀上岩石上歇息吧！
美丽贤惠的姑娘，
嫁到婆家生活吧！

疾驰如飞的黄羊，
回到山里歇息吧！
出嫁到远方的姑娘，
成家立业生活吧！①

　　这样类似的作品有很多，在此不一一繁复举例。

　　部族神话传说等民间文学，始终以它独特的"光彩、韵味、力度"②滋育着鄂温克族作家的书面创作。这些口传文学不仅仅在题材上是作家书面叙事的矿床，在技术上以各自不同文体的修辞特征丰富着文本的多元呈现；口传文学之于书面叙事更为重要的，是精神的原乡。乌热尔图试图在文学创作的世界里构建起民族精神城堡，在这个精神世界里，表现的是鄂温克人的价值观、历史意识，强调的是鄂温克人的情感与痛苦，为此他使用从父祖辈传承下来的神话传说等口传文学、风俗习惯，以及他者眼中独特的鄂温克人的文化代码，充分利用这些构成鄂温克文化整体的要

---

① 涂克冬·敖嫩：《泪》，中国作家协会编《新时期中国少数民族文学作品选集·鄂温克族卷》，作家出版社 2015 年版，第 360—361 页。

② 乌热尔图：《致李陀》，《沉默的播种者》，内蒙古文化出版社 1994 年版，第 105 页。

素，全面开掘久经沧桑的狩猎文化。

　　　　以"听觉文化"为特征的民族，无不以口述的部族神话、故事、传说，同步入发达社会的以大众传播媒体为交流工具的现代文化相区别。对于一个原始部族来说，没有属于自己的神话、故事、传说，简直是不可思议的。那些为整个部族所共有的、涉及部族起源、创世神话、英雄传说、动物故事，大多指向一个目标——部族对世间万物（包括部族自身）的理解、阐释或探寻其源头。可以说那是以独特形式表达群体意识的"隐形文本"，其旨在阐释整个部族的精神世界，使其更具有凝聚力与部族意识，以便同其他生存群体相区别。①

　　鄂温克族的口传文学及蕴含其中的狩猎文化，随着生命的成长早已成为作家生活的一部分，这些充满民族情感的记忆，在作家创作过程中扮演着相当重要的角色。它以内涵的丰厚和可变，为书面叙事提供丰富的写作题材，使熟悉它的文学创作者，以从容与自信，构筑起与任何一种文化平等对话的、具有同等力量的文化堡垒。

　　正如乌热尔图在《生命的转换——日文版小说集的序言》中所言：

　　　　小说创作是一种祭奠，是人类对自身行为，包括那些曾经存在，还有即将成为过去的一切的祭奠；它的功用之一，就是有助于人们克服健忘的天性，增加一些历史的情感记忆。从而，使人们生存得更智慧，更富有人性。②

　　当历史的进程一脚跨入现代文明，千百年来保持完整的传统文化面临解体，当和族人一样历经着身处两个世界的"两难"心态③，乌热尔图清楚地认识到：唯有回归母体，在精神的原乡，心灵才能得到抚慰。

----

　　①　乌热尔图：《不可剥夺的自我阐释权》，《读书》1997 年第 2 期。
　　②　乌热尔图：《生命的转换——日文版小说集的序言》，《沉默的播种者》，内蒙古文化出版社 1994 年版，第 135 页。
　　③　乌热尔图：《我所意识到的》，《沉默的播种者》，内蒙古文化出版社 1994 年版，第 129 页。

在祖灵的庇佑下，幽幽丛林中，鄂温克文学骄傲地开着花。

四　新世纪的转型：从虚构到写史

如果说，难以尽数的部族神话、传说、故事、民歌等口传文学是乌热尔图小说创作话语的基原，是回答"我是谁?"这一亘古之谜的归宿；那么，20世纪90年代中期以来，对族群历史地理的考古则成了乌热尔图文化随笔的话语主题，回应着"我们从哪儿来?"这一源自心灵的叩问，并为鄂温克民族话语的重构创造了可能。转型，是力求突破自己的创作实践。

> 新的一年，新的世纪始于今天，它是昨天的延续，从人们的脚下延伸开去。①

乌热尔图在《思索着前行》一文开头这样写到。"新的一年"指"2000年"。此文刊载于2000年第1期的《民族文学》，这一期围绕"千年纪念"的主题，同时刊载了晓雪（白族）寄语新世纪的《走向无边的蔚蓝》：

> 2000年元旦。
> 新世纪壮丽的红日正冉冉升起。
> 迎着千年绚烂的朝霞，我们站在了又一个光辉的起点上。
> ……
> 太阳已经升起。在早晨明丽的阳光照耀下，我们庞大的现代化的船队已经起航，千万张风帆高高扬起，还有穿潜水衣的男人女人，还有穿游泳衣的少男少女，都一起出发，走过沙滩，走下大海，走向无边的蔚蓝……
> "面向现代化，面向世界，面向未来。"
> 为春雷般从遥远的天边、从历史群山的深处滚滚而来，这雄浑、

---

① 乌热尔图：《思索着前行》，《民族文学》2000年第1期。

豪迈而洪亮的声音鼓舞着我从新世纪的早晨，走向大海、走向蔚蓝、走向理想。

披着霞光万道，迎着八面来风，我们生机勃勃，青春焕发！我们心潮澎湃，扬帆远航！我们每个人胸中都有一个奔涌不息、浩瀚无边的大海，我们满怀信心去开辟、去创造更辉煌灿烂的未来！①

"2000"，一个隆重而又陌生的数字；一个崭新而又充满未知的开头。世纪末的焦虑瞬间被遗忘，取而代之的是"而今迈步从头越"的热情、雄心、欢欣和期待。在这样一个具有象征意义的"现在"时间里，不同于晓雪的乐观与豪情，乌热尔图面向一隅，在"过去"中冷静思考"未来"。"历史"是一条流动的长河，"过去"并非"凝固""固定不变"的"雕塑"，"过去之中蕴含着未来"②。

对于"过去"的自觉思索，是乌热尔图进入新世纪后的重心，这些思考，直接呈现为 2000 年后他出版的一系列文化随笔如《呼伦贝尔笔记》（2004）、《蒙古祖地》（2006），以及更为专深的文史类读物如《鄂温克族历史词语》（2005）、《鄂温克史稿》（2007）。四年四部著作的速度，是乌热尔图对本族历史地理考古式梳理异常用力、倾心的佐证。"速度"源自挽救的努力。当族群历史记忆断裂，族群文化传统在现代社会不可避免地面临消散，"一个没有来得及用文字记录下自己全部文化特性的"③ 古老民族，必须与时间争分夺秒。

鄂温克族是一个"内源性文化母体"（乌热尔图语）。"内源性"原是医学术语，与"外源性"相对，指由人体内部因素产生或引起的（疾病、物质等)④。鄂温克人生存的环境造成了这一民族文化先天的"内源性"特征：绵延的兴安岭如天然的屏障，既阻隔了鄂温克族与外界有形的联系，也阻隔了无形的时间的同一性，使其形成一个自足的、自我调节

---

①　晓雪：《走向无边的蔚蓝》，《民族文学》2000 年第 1 期。

②　乌热尔图编著：《述说鄂温克》，远方出版社 1998 年版，第 375 页。

③　乌热尔图：《我属于森林》，《文学自由谈》1986 年第 4 期。

④　详见百度百科。

的内循环系统。"山河是一种慢"①，在漫长迟缓的岁月里，这一文化母体孕育了大量的神话传说、故事歌谣，以及生活在高寒地带族群特有的民风民俗，在历史的长河中构筑着自己的精神世界。

然而，这种散漫自发的文化现象，在 20 世纪 60 年代中期开始随着大兴安岭被开发而停滞了，内在的平衡被打破，传统非但失去了创造力，更面临着延续的危机：

1964 年，我国决定正式开发中国最大的原始林区，于是，铁道兵三、六、九师八万官兵和近两万名林业职工，浩浩荡荡开进大兴安岭。②

为了打开"绿色宝库"的大门，来自祖国各地的林业和铁路战线的两万多干部职工、科技人员，铁道兵三、六、九师八万官兵汇集到祖国最北部的"高寒禁区"大兴安岭……1969—1971 年三年中，先后有七万多知识青年"上山下乡"来到大兴安岭，投身于开发建设会战大军的行列中。③

从 1964 年 2 月开发到现在，大兴安岭累计向全国贡献的商品木材近 11 亿立方米。不仅如此，生活在东北三省的人们或许还不知道，森林覆盖率高达 78.6% 的大兴安岭，每年创造的生态效益高达 1100 多亿元。④

社会的"进步"以时不我待的姿态向前推进，转身留下一张冷峻苍白的脸。在强大的现代文明的生命力面前，传统的经济生产生活方式慢慢地被抛弃与遗忘，鄂温克人好像成为齐格蒙特·鲍曼所说的"废弃的人

---

① 此句为青年作家焦虎三所写的关于"藏彝走廊"的康巴地区一书的书名。我认为用来形容鄂温克人的生存状态甚为贴切。

② http：//press. idoican. com. cn/detail/articles/20091122034146/.

③ http：//heilongjiang. dbw. cn/system/2009/09/09/052101226. shtml.

④ http：//www. eeo. com. cn/eeo/jjgcb/2008/01/28/91757. shtml.

口"（wasted human）①，年轻一代纷纷离开山林投入现代文明的怀抱，老人们越来越少，口传的环境渐渐消失，那些蕴含族群生命密码的神话传说等口头文学连同背后的精神意蕴、共同情感、集体记忆，以惊人的速度一天天消亡；族群的历史也随着集体记忆的残缺不全而断裂成碎片，"我们从哪里来？"成了待解之谜。

自然环境发生巨变，种族记忆行将湮没，现实迫使乌热尔图不得不放慢文学写作的脚步，潜心于思考和探寻族群的历史源流及文化发展脉络，肩负"写作者的文化责任"，"写"下鄂温克族的岁月流转，变口传记忆为纸质媒介的方式来保存族群的集体记忆。此种保存的努力，虽则失却口口相传立体鲜活的生活气息，成为平面、固化了的文本，却凸显了书面叙事从容沉稳的历史质感。

重写历史，除了挽救的努力，还隐含了强烈的"述说"的渴望，这种"述说"的渴望，在乌热尔图90年代中期的随笔如《声音的替代》（1996）、《不可剥夺的自我阐释权》（1997）、《弱势群体的写作》（1997）、《发现者还是殖民开拓者》（1999）中便已显见。

受后殖民理论的启发，乌热尔图在《声音的替代》一文中借用白人文化对印第安人文化盗用、篡改和歪曲的话题，委婉指出在多民族构成的国家里，不同民族间的文学交往也存在这些"并不多见、不常发生"的对民族文化资源的占用问题，当然乌热尔图清楚这与具有殖民统治意味的"盗用"不同，遂用了较为和缓的"声音的替代"一语来表述这一类现象，认为"声音的替代"覆盖和抑制了某一民族的自我阐释权②。《不可剥夺的自我阐释权》接续此类话题，以人类学领域著名的由跨文化交际引起的文化纠纷——米德对萨摩亚人文化的歪曲书写，反思萨摩亚人在这场纠纷中所具有的自身权利以及对权利的自我意识。乌热尔图认为，像萨摩亚人这些处于人类早期社会形态的以"听觉文化"为特征的民族，有一种本能的"不可遏制的述说的冲动"存在于整个部族的意识中，也就是说，在这些民族中自我阐释的愿望以及对这一权利的运用是自觉的，能证明这一论点的有力证据便是那些关于部族起源的创世神话、英雄传说、

---

① ［英］齐格蒙特·鲍曼：《废弃的生命·导言》，谷蕾、胡欣译，江苏人民出版社2006年版，第6页。

② 乌热尔图：《声音的替代》，《读书》1996年第5期。

史诗等，这些维系与凝聚部族意志的"隐形文本"，便是在这种"述说"权利的反复运作中创作出来，并继续以"述说"的形式存在并传播下去①。书不尽言，在《弱势群体的写作》一文中，乌热尔图以在白人中心主义的社会里的黑人写作为例，再次强调了这种"自我阐释"的意识，文章从黑人写作所具有的自我阐释的特质，扩散至具有古老传统的群体，认为"述说的渴望与以群体意识替代一切所构成的思维特征，成为富有古老传统的群体的文化特征，成为他们延续下来的关注群体命运的集体思维特征，甚至演化为自我保持机制沉淀在荣格所称的'集体无意识'中"②。被压抑的述说的欲望，在这几篇接连发表的随笔中，一个比一个强烈，语气一个比一个坚定；而不论是印第安人的状况、米德对萨摩亚人的描述，还是黑人写作，包括后来的《发现者还是殖民开拓者》中提及的哥伦布对美洲大陆及印第安土著的话语建构，其中的比照和暗示不言而喻。

以上这些是评论界在论及乌热尔图作为"民族文化代言人"——或者用更激进一点的说法——维护民族传统文化的"斗士"所必然提及的文章，这些文章构成了乌热尔图散文中一类鲜明的话语主题，即民族自我阐释权的强调与伸张。这些情感浓烈甚至激愤的文字，使已习惯了阅读他那些被标签为"森林小说"的读者、评论家多少有些意外。事实上，在发表《声音的替代》之前，乌热尔图已经流露出"述说"的渴念。在停止小说创作后，他用了一年多时间，采访了十几位鄂温克族有代表性的人物，他们以自述的形式追忆各自的人生以及与鄂温克民族整体相关的经历。这些以个人自传为主的录音或手稿，最后被编撰成集，乌热尔图在书的"致读者"部分，写下如下文字：

> 编撰本书的原初立意是想以接近于真实的形式，把握一个没有文字、人口总数二万余人的生存群体近五十年的演化轨迹，以便对其即将成为过去的一切保持记忆的清晰。
> 记忆的完整对自我尊重的民族来说至关重要。如果追溯历史的记

---

① 乌热尔图：《不可剥夺的自我阐释权》，《读书》1997 年第 2 期。

② 乌热尔图：《弱势群体的写作》，《天涯》1997 年第 2 期。

忆，从古老的鄂温克以其具有共同语言、共同习俗、共同心理素质的群体形成之日，千百年来积累的生存经验、有关部族起源等久远信息，仅仅凭借一代又一代的口头述说顽强地存留下来。但那是一条脆弱的、锈蚀的链条，早已铸就了不可更改的缺陷，有关民族母体生成的轨迹仅以破碎的残片昭示后人，在苍茫时空中抛下了待解之谜。①

这是一本一直被批评家忽略的书，书名为《述说鄂温克》，而从上述摘录的文字里，编者对这本书的厚望毋庸多言。此书 1995 年初版，1998 年再版。当以"述说鄂温克"命名并借由印刷技术的复刻与传播，古老群体的"自我保持机制"在某种意义上才得到了正常运转。

《述说鄂温克》以及我们可以联系到乌热尔图更早的 80 年代后期至 90 年代初创作的小说，如《雪》《沃克和泌利格》《清晨升起一堆火》《玛鲁呀，玛鲁》《萨满，我们的萨满》《丛林幽幽》等，这些小说越来越多地采用人物独白、第一人称的写作方式来构思整部作品，鄂温克人的部族起源、生活风俗、精神世界、萨满仪式在人物"述说"中被记忆，自我阐释的述说的冲动便已见端倪。"述说"鄂温克，既是一种形式的传承，也是一种自我记忆术。

鄂温克族的起源既是"待解之谜"，后人便会试图破解。20 世纪 50 年代的民族识别工作，直接促成了大规模的少数民族社会历史调查。在关于鄂温克族起源的问题上，汉族学者吕光天在 60 年代中期根据自己的初步研究成果推断鄂温克族的祖先大体分布于贝加尔湖沿岸，并指出"拉玛湖"神话中提到的"拉玛湖"即贝加尔湖，这一观点随后在《鄂温克简史》中得到进一步阐述。《鄂温克简史》由内蒙古人民出版社于 1983 年出版，并编入《中国少数民族简史丛书》，此丛书系由国家直接领导和组织编辑出版，《鄂温克简史》遂成为 80 年代以来，官方出版的正式文本而被普遍接受。

迨至 90 年代末，关于鄂温克族的起源出现了另一种"声音"，鄂温克族历史地理学家乌云达赉提出了与吕光天先生不同的观点：兴凯湖沿岸及乌苏里江两岸才是鄂温克族的起源和发祥地，"拉玛湖"是兴凯湖而不

---

① 　乌热尔图编著：《述说鄂温克·致读者》，远方出版社 1998 年版，第 1 页。

是贝加尔湖，此观点在《鄂温克族的起源》一书中得到详细阐述，这虽是关于鄂温克族起源的最新研究成果，但并未像《鄂温克简史》那样被广泛认可和接受。然而，这种"声音"即是乌热尔图极为珍视的"自我阐释"的声音，是未被压抑的"述说"的本能。乌热尔图在两种答案面前，结合自己的判断，最终接受了乌云达赉的观点。我无意于探究历史的真实，这更待时间的沉淀；然而显而易见的是，《鄂温克简史》所代表的主流话语激发了一个古老民族被压抑的述说的本能。

> 作为边缘地带的族群，一直没有自己的话语权，以往的历史都是被歪曲的，历史被覆盖了，被改写了。所以说，要把自己民族真实的历史找回来。①

这段话或许可以作为乌热尔图"重写历史的冲动"的最好注解。

"述说"的本能由 90 年代中期激愤的宣泄变为进入 21 世纪后平实的叙事，但"边缘"的敏感，捍卫族群的"自我阐释权"，仍成为乌热尔图新世纪以来"写史"系列的意脉，一直维系。从 2004 年的《呼伦贝尔笔记》开始，乌热尔图创作的话语内容便转入族群历史生成轨迹的梳理。《呼伦贝尔笔记》以精心选取的 87 幅照片为叙述线索，对呼伦贝尔这片古老的土地以及古老的本土文化进行探询。全书 7 篇散文，以《古老的柱石》开篇，由乌尔逊河下游山冈上俗称"成吉思汗拴马柱"的神秘柱石抛出"不知何人矗立"② 的历史难题，并以此为视点，前后扩展至呼伦贝尔境内的另两处历史陈迹——辽长城和女真人的"金边壕"，借助历史文献的考证和推测，勾勒出呼伦贝尔早期的历史框架。远古的北方民族（匈奴人、契丹人、突厥人、女真人）曾生生不息于这片润泽富庶的广袤土地；而今，一如这些散落在不经意处满身陈灰的古迹，被历史渐渐掩埋。由是，"柱石"的象征未尝不可理解为复苏了的历史意识，暗合了全书的叙述基调。

如果说《古老的柱石》是对呼伦贝尔历史轮廓的轻描浅画，那么收

---

① 宝贵敏、巴义尔：《昨日的猎手——与鄂温克族作家乌热尔图的对话》，《中国民族》2007 年第 12 期。

② 乌热尔图：《古老的柱石》，《呼伦贝尔笔记》，内蒙古文化出版社 2004 年版，第 10 页。

录笔记中的《鄂温克民族的起源》则笔力渐深。此文以鄂温克族历史地理学家乌云达赉 1998 年出版的《鄂温克族的起源》一书为蓝本，重点引述了乌云达赉关于鄂温克族起源于兴凯湖、锡霍特山脉的观点以及鄂温克族由东到西大跨度的迁徙运动，以翔实的史料，梳理了鄂温克族明清之前的历史脉络。这篇文章后来几次收录于《蒙古祖地》《鄂温克族历史词语》《鄂温克史稿》中。总的来说，《呼伦贝尔笔记》以及之后的《蒙古祖地》，均以历史地理为骨干，以文学想象为基础，融文学的历史性与历史的文学性于文本中，让读者在读"史"之外，领略鄂温克文化的底蕴。这些被乌热尔图归为"读史随笔"的短文，以族群生活情感为基础，构成了行文中的真实，这些真实，恰凸显了既往史料的局限与选择。

　　不论是话语内容（如呼伦贝尔地区的自然地理风光、人文景观、民族风情）还是形式（如散文化的语言），或是从读者阅读习惯的角度（如图配文），在《呼伦贝尔笔记》及《蒙古祖地》的历史钩沉中，我们能隐约读出作者用笔时的些许谨慎；而至《鄂温克族历史词语》和《鄂温克史稿》，作者用不露声色的冷峻代替了散文化的语言，而情感的真挚一如既往，甚至更为浓烈，以至我们能分明读出作者流于笔端的坚定。

　　《鄂温克族历史词语》（以下简称《历史词语》）内容包括鄂温克族的部落族属、地域分布、迁徙历史、城池山河、英雄人物、历次征战、神话传说等。此书采用了词典编撰的手法，目录对鄂温克族历史地理介绍以词条的形式呈现，编者在每个词条，特别是涉及部族、城池、山河等的名词，在汉字后都有相应的沃沮—通古斯语的注音；《鄂温克史稿》亦大抵如此，在参考了《鄂温克族简史》、乌云达赉的《鄂温克族的起源》、俄罗斯人类学家史禄国的《北方通古斯社会组织》、干志耿和孙秀仁的《黑龙江古代民族史纲》等著作的基础上，形成《鄂温克史稿》的框架，勾勒了鄂温克族的起源、迁徙和重要历史事件。这两部书均采用类词典的形式，除了具有条缕明晰的工具性质，更具有规范性，此规范性的社会意义不容小觑。正如乌热尔图在《历史词语》"引言"中说：

　　　　由他人所代言的历史书写，难免存在疏漏、偏颇、误读，甚至有意的遮蔽。从更大的范围来讲，人类的早期历史一度为强权而书写，所谓中华之域笼而统之的数千年历史长卷，也长期笼罩在皇权的阴影之中。这也是迫使一些群体长期徘徊于历史边缘，在人类共存的大舞台上无声无息的重要原因……本书彰显了鄂温克人的观点与情感，无疑以其视点为中心，表述了他们复苏了的历史意识。编辑这部历史阅读参考书的目的，也是向关注边疆史学的读者们集中展示一个民族的历史视野，以及他们面对断裂的历史之所思与所为。①

这无疑具有明确的历史论述的介入姿态。海登·怀特的《元史学：十九世纪欧洲的历史想象》用结构主义的方法，对"历史"进行了重新阐释，其核心思想即认为历史事实是建构出来的②，既然是建构之物，那么"每一个历史呈现都有意识形态的作用"③；佩索阿则用历史是"流动的解说"表达类似观点，即强调叙述者的立场和视角④，以何种"后设"观点介入历史论述。从乌热尔图 21 世纪的这类准历史写作，可以看出他在本族群文化危机中运用少数者的话语来协商、争取话语空间的种种努力和尝试，他以颠覆强权历史书写的方式，以多重话语丰富单一叙事，达到彰显边缘文化质素的目的，并最终指向本族群的文化记忆问题。这种文本、意旨和写作行为综合成为一种叙事行动 ⑤，既提供了一种另类的历史书写方式，杂糅了文学的虚构和历史的真实；又成为一种文化的推力，在日益加剧的本族群文化危机中寻求保存与发展的自救之路。

自 80 年代初以本族群口头传统为基原创作中短篇小说，到 21 世纪采用颠覆性的写作策略重写民族历史，乌热尔图的创作在话语内容上发生了巨大变化，变化之大以至于他自问"写作与思考是不是偏离了文学之路？"这是作为作家的自觉。事实上，我们没有必要以偏狭的定义来规约

---

①　乌热尔图选编：《鄂温克族历史词语·引言》，内蒙古文化出版社 2005 年版。

②　［美］海登·怀特：《元史学：十九世纪欧洲的历史想象》中译本前言，陈新译，译林出版社 2009 年版，第 6 页。

③　Hayen White，"Historiography and Historiophoty"，*The American Historical Review*，Vol. 93，No. 5，1988；转引自陈芷凡《历史书写与数字传播：台湾原住民"文学"论述的两种思维》，《民族文学研究》2012 年第 3 期。

④　［葡］费尔南多·佩索阿：《惶然录》，韩少功译，上海文艺出版社 1995 年版，第 197 页。

⑤　刘大先：《叙事作为行动：少数民族文学的文化记忆问题》，《南方文坛》2013 年第 1 期。

文学的表现形式，只要具有文化的包容性和传承性，任何形式的文学都是有益的；而少数民族作家更要从整体上把握自己所处的文化处境，以自己的创造力替补与接续世代相传的文化链条。这是一个写作者的文化责任。乌热尔图的创作正是在此意义上，拓宽了文学之路，并有力地实践了"文学是一种允许人们以任何方式讲述任何事情的建制"① 这句话。

乌热尔图的写作从更普适的意义上来说，具有弱势族群的共通性，是一种"人民记忆"。按照有学者的总结："所谓'人民记忆'，按法国思想家米歇尔·福柯的说法，乃是'意识的历史运动'，是渗透于语言和无意识深处的，也是对历史的重新书写，是与权力/知识话语相对立的历史的探索，是民众在自己的言语中所积淀的无所不在的巨大的'词库'。它抗拒和阻滞文化机器的意识形态对'记忆'的控制、压制和制度化的过程。'人民记忆'不是完整的历史叙事，不是完整的、秩序化的、抽象化的东西，而是存留于片断、零散、漂移的能指之中的东西。对'人民记忆'的发掘的书写是第三世界文化寻找自身话语的有效策略。人民自身记忆被压抑时，它就处于一种'自在'的状态，处于一种'失语症'式的焦虑之中，第三世界的人民就会如被'催眠'一样受到控制，它找不到缝隙和孔道获得自我表述，它被莫名的恐惧/欲望所宰制。因此，'人民记忆'就如同列维·斯特劳斯在他的《结构人类学》中所指出的那种'无能指的能指'一样，在寻找着表达的可能性。这是第三世界人民抗拒第一世界意识形态的策略。"② 从这个意义上来说，乌热尔图不仅是鄂温克作家，中国作家，更是世界性的作家。

五　汉语书写的叙事策略

小说作为一种典型的叙事文学样式，它用以组织和整合话语的主要方式就是叙事，而整合的最为重要的力量和依据是小说的主题。因此，我们这里所说的叙事策略，意旨根据小说的主题对小说话语进行重新整合与包

---

① ［法］雅克·德里达：《文学行动》，赵兴国等译，中国社会科学出版社 1998 年版，第 3 页。

② 张颐武：《在边缘处追索——第三世界文化与当代中国文学》，时代文艺出版社 1993 年版，第 132 页。

装的手段和途径，作者策略性地运用叙事技巧，表达主题。在一部小说中，叙事话语将一个事件陈述出来的过程就已经包含了对事件的解释和判断，无论是关于时间、距离、人称的确定，还是关于顺序、节奏、词汇的编排，这一切都会使所要讲述的事件以不同的面貌出现在人们的视野中和意识里，而这也就决定了或者说暗示了人们接受这个事件的立场。乌热尔图前后期小说话语内容的不同，决定了话语形式呈现出不同的面貌，而这也正暗合了他少数族裔主体身份从遮蔽到自觉的过程。下面主要从情节结构、语言两方面对乌热尔图的前后期小说进行分析。①

1. 情节结构

俄国形式主义重要代表人物普罗普在《故事形态学》中通过对 100个俄罗斯民间故事的仔细分析，发现这些民间故事虽然在内容上各不相同，但是在情节内在结构上却存在相似之处，他认为故事中存在两种因素叙事：不变的人物行动（功能）和变化的人物角色，即故事将相同的行动分派给不同的人物，使功能出现重复特性。因此，普罗普提出：无论故事中的人物如何变化，人物在抽象的结构层面承担的功能是相同的②。普罗普的理论意在说明：故事虽然在内容层面各不相同，但是它们的结构由一系列同样的叙事功能构成，并且呈现出某些规律性③。

借用普罗普的观点来看乌尔热图的小说，可以看到乌热尔图前期小说存在很清晰的规律性的结构④：故事必然从鄂温克族和汉族两个民族间的矛盾关系存在开始，中间过程通常由其中的一方实施帮助，最终双方经历施救这一事件后，相互之间的矛盾得以化解，重建信任。如《琥珀色的篝火》救助三个迷路人，《森林里的歌声》收养弃婴，《熊洞里的孩子》小孙子在寒冷的雪天获救。不变的人物行动"救助"由不同的人物来承担。通过矛盾存在—救助—矛盾化解这样的结构，人物之间的关系也发生了变化。对此可以通过下面具体例子的分析来说明。

---

① 参见陈珏《乌热尔图小说话语形态分析》，《民族文学研究》2012 年第 2 期。

② 申丹、王丽亚：《西方叙事学：经典与后经典》，北京大学出版社 2010 年版，第 43—44 页。

③ 申丹、王丽亚：《西方叙事学：经典与后经典》，北京大学出版社 2010 年版，第 43—44 页。

④ 参见陈珏《乌热尔图小说话语形态分析》，《民族文学研究》2012 年第 2 期。

（1）《琥珀色的篝火》通过尼库的回忆，指出了两个民族间的隔阂、矛盾的存在：

> 他想起那次在小镇上喝醉了酒……一群孩子无缘无故朝他撇来一块块石头。他还想起，有一次……走在热闹的大街上，不少人用那样一种眼光盯着他，有的直躲。那种眼光他记得清清楚楚……①

这个矛盾的存在，使尼库在发现三个迷路的汉人时在救与不救的问题上犹豫不决。按鄂温克猎人的秉性，在林子里遇到迷路的人，第一时间"救人"是毫无疑问的。但是曾经在城里受到过的侮辱、歧视，使尼库对城里人心存芥蒂和积怨，这两种情绪的纠缠使救人的问题变得复杂，通过一些形容词"垂下脑袋，神态十分苦恼""很烦躁""一句话也没说"可以看到尼库内心的挣扎。但是妻子的一句"到了他们城里，你也会迷路的"最终使尼库克服了狭隘的忌恨，决定寻找迷路的人。当迷路人终于获救后，我们来看下面的文字：

> "您救了我们三个人的命！"戴眼镜的老汉嘴唇在抖，眼眶湿润了。
>
> 他坐起来，瞅瞅他们，没说什么。……这是从大城市来的人呀！他们见过多少世面！现在他们用这么恭敬的眼光望着他——一个鄂温克猎人。他发现自己被推到一个尊贵的位置——这是难得的心里位置。这是第一次！多漂亮的第一次呵！他很满意，很痛快，很高兴。
>
> "你们——好了？"他问
>
> 您是猎人？戴眼镜的老汉问。
>
> ……
>
> "谢谢您！"
>
> "真谢谢您！"
>
> ……
>
> "您饿了吧？戴眼镜的老汉问，真对不起，您带的饼和熟肉让我

---

① 乌热尔图：《琥珀色的篝火》，《七叉犄角的公鹿》，民族出版社1985年版，第14页。

们吃光了。"

……

"大叔——"戴眼镜的老汉也这样称呼他。

"您——别走！我们还会迷路的。"这是那个中年人的声音。

……

他盯着年轻人的脸，这两只眼睛湿漉漉的，眼神是真切、诚实的。他瞧瞧戴眼镜的老汉。老汉脸上每个微小的表情，都在表达一个希望。这个希望他理解了。①

这段对话从人称代词和形容词入手来突出矛盾消解后人物关系、地位的变化。通过人称代词的变化，用"您"尊称称呼猎人尼库，使尼库由之前受侮辱和受歧视的地位转而受到尊重，使人物之间由之前的不平等变为平等的关系，并且用一连串的形容词"恭敬""尊贵""难得""满意""痛快""高兴"描写人物的心理感受来凸显这一变化，印证矛盾完满地解决，互信互助的关系得到建立。

（2）再来看《森林里的歌声》的例子。敦杜在儿子昂嘎丢了后，捡了汉人的弃婴回到家，妻子延妮娜发现后，说了一段充满仇恨的话：

"狼崽子，你抱着山外人的狼崽子！我要用她给我的昂嘎报仇！"

"看见她的脸，我的心就在抖，我要杀死她，为了我的昂嘎！"②

……

延妮娜用同情的目光望着丈夫……"我要养活她。……我们的命多苦呀！"③

这中间作者虽然用省略的手法，没有交代延妮娜思想转变的过程，但是显然从这一"空白"处，读者可以解读出人性的无私。从"她"到

---

① 乌热尔图：《琥珀色的篝火》，《七叉犄角的公鹿》，民族出版社 1985 年版，第 11—13 页。

② 乌热尔图：《森林里的歌声》，《七叉犄角的公鹿》，民族出版社 1985 年版，第 244 页。

③ 乌热尔图：《森林里的歌声》，《七叉犄角的公鹿》，民族出版社 1985 年版，第 246 页。

"我们"人称的变化，反映了延妮娜的情绪由仇恨到同情，进而视为一体，矛盾因收养弃婴得到缓解，并最终通过失散十五年的儿子回家带来对汉族人的新认识得到消解。

　　然而这种规律性的戏剧化的结构，在乌热尔图后期小说中显然不存在，取而代之的是将叙述行为的过程文字化，即让读者清晰地看到叙述人的存在，整个讲故事的行为过程通过一些程式化的句子直接点明。如《雪》的整个故事由这些句子串联起来：

> 孩子，那真是没听头的故事。现在，你让我费这么大的劲来唠叨，我可不觉得这里有什么意思。
>
> ……
>
> 我讲到哪儿啦？
>
> ……
>
> 回过头，我再说说打鹿。
>
> ……
>
> 我再说说公鹿的脾气，兴许你也愿听。
>
> ……
>
> 听我再往下说。
>
> ……
>
> 你看我又扯远了。
>
> ……①

　　这种程式化的讲故事的结构形式，在后期的其他几部小说《清晨升起一堆火》《萨满，我们的萨满》《在哪儿签上我的名》里也能找到。

　　不同情节结构的安排，显然是作者为了配合前后期小说不同的话语内容。形式只是表层现象，背后蕴含着深层的文化意蕴。鄂温克族是一个以听觉为主的民族，传统文化、生存经验在口口相传中得以承续，所以"讲故事"不仅是一个叙述行为，而且体现了一种文化血脉的传承、延续。乌热尔图采用这样的形式，显然是由后期小说反思鄂温克族文化面对

---

① 乌热尔图：《雪》，《你让我顺水漂流》，作家出版社 1996 年版，第 21—51 页。

现代文明何去何从的话语内容所决定的。

2. 语言

（1）人物话语表达模式

人物话语是叙事作品的重要组成部分。人物话语采用不同的表达方式会产生不同的效果①。在乌热尔图的小说中，直接引语和自由直接引语的使用，在其前后期小说中也分别占据不同的分量。

在传统小说中，直接引语是最常用的形式。它具有直接性和生动性，可以产生强有力的音响效果②。在乌热尔图前期民族国家话语占中心地位的小说中，往往以直接引语的方式引出权威话语，巩固和强化政治话语的中心地位。

如《森林里的歌声》收尾，敦杜失散十五年的儿子昂嘎回来了，并带来了令人振奋激动的消息：

> "阿敏，苦难已经过去。我们鄂温克人世代盼望的春天到来了！……现在全国已经解放，我们山里的鄂温克人也要过幸福生活啦，还要定居，当家做主人！"
>
> "像山外人一样生活？"敦杜惊讶地问。
>
> "山外人不欺负我们？"乌娜吉不解地说。
>
> "不！山外汉族的受苦人是咱们的骨肉兄弟。这十五年，我这条命就是他们用自己的生命一次次救活的。毛主席，他是山上、山下各族人民的大救星。"
>
> "毛主席！"敦杜轻轻地重复着这陌生的名字。
>
> "咱们回家吧，用鄂温克人最高的礼节来欢迎毛主席派来的亲人吧。他们给我们带来了真正的春天！"昂嘎激动地说。③

在这里，借人物之口，真正的权威拥有者——共产党、毛主席，终于隆重出场，配合整部作品的政治主题，使小说的结尾处点上了一个大大的

---

① 申丹、王丽亚：《西方叙事学：经典与后经典》，北京大学出版社2010年版，第144页。

② 申丹、王丽亚：《西方叙事学：经典与后经典》，北京大学出版社2010年版，第156—157页。

③ 乌热尔图：《森林里的歌声》，《七叉犄角的公鹿》，民族出版社1985年版，第253页。

感叹号。除了用直接引语的方式，作家还以各种方式安排不同人物反复地重复和强调政治话语的权威地位，同样的一个主题、一种话语，由不同的人物反复来说，起到强化的作用，比如在前期小说中，这类权威话语的传声筒通常由这三类人担当，接受过社会主义思想教育的"新人"（如《森林里的歌声》里的昂噶、《森林里的梦》中的大儿子），代表鄂温克民族传统文化权威的老人、汉族干部（如《森林里的歌声》中的校长）。

然而，在乌热尔图后期的小说中，则较多地采用了自由直接引语，如下面这段文字：

> 眼下，他的心情，已经变得烦躁，像头闷了满肚子怨气，又无处发泄的公牛。好家伙，你的四条腿真够硬实，从清早太阳在东山露脸，到它一头跌在西山，你这样走啊、走的，想让我帮你数翻过的山头，穿过的林子？……你怕闹，怕那些砍木头人呜哩哇啦像发情母狼的乱嚎，还怕怪模怪样的铁疙瘩拖的木头山上山下野牛似的怪叫。告诉你，你怕，我也怕；你烦，我更烦。他一边走，一边盯着渐渐靠近的松林，那里的一切好像已经入睡……①

这段文字的第一句采用第三人称外视角来叙事，第二句开始滑入一段自由直接引语——人物的内心独白，然后又转回第三人称外视角来叙事。这样的安排，在阅读效果上，让读者在毫无准备的情况下，直接接触人物的"原话"，使叙述流能更顺畅地向前发展②，这一点显然与后期侧重叙述行为书面呈现的写作方式有关；与直接引语相比，自由直接引语的自我意识感减弱了，更适于表达潜意识的心理活动③。由于后期着重于对民族文化生存境遇的当下反思，因此表现弱势文化面对强势文化侵扰的复杂凌乱心理，用像暗流涌动的自由直接引语显然比铿锵有力、掷地有声的直接引语来得恰当。

---

① 乌热尔图：《胎》，《你让我顺水漂流》，作家出版社 1996 年版，第 2 页。

② 申丹、王丽亚：《西方叙事学：经典与后经典》，北京大学出版社 2010 年版，第 156—157 页。

③ 申丹、王丽亚：《西方叙事学：经典与后经典》，北京大学出版社 2010 年版，第 156—157 页。

很显然，人物话语的表达模式反映了乌热尔图小说与主流文学话语的亲疏关系。前期小说为了表现新型民族关系、民族政策的主题，需要叙述人更多地充当"宣讲者"的角色，开门见山、口号式的语言体现的是主流文化的思维方式，是对主流文化期待的认同，从读者特别汉族读者的接受角度来看，这样的表达模式对于阅读而言没有障碍甚至倍感亲切；而后期凸显鄂温克族独特文化的小说相比前期不容置疑的表达方式而言，则更显含蓄，"絮叨"式的表达方式，削弱了故事结构的完整性和清晰性，看似随意，却是作者的心思巧花，目的在于对民族文化精神内核的原生态呈现，但从读者接受的角度而言，会产生一定的疏离感，因为对于汉族读者而言，并不理解这种近乎原始的口传故事的表达方式对于一个以"听觉文化"为特征的民族而言的意义；不了解这些言说中留存着民族记忆、民族经验，而这些民族记忆、民族经验，在现实的历史中、在现代文明摧枯拉朽的席卷中，濒临断裂。而文化一旦断裂，"族"的意义依何而生？对于这些，汉族读者都没有切己的体认。

（2）汉语与母语"杂糅"的书写策略

> 这用汉字堆砌起来的文字，到底有多少真正属于鄂温克民族，我不得不使用一种古老而笨拙的方法，用自己的鼻子来嗅一嗅那书页中的气味，我终于认定了，这堆经我手中成形的东西，只有一半是我熟悉和认可的，而另一半却变得陌生和疏远。①

乌热尔图这段感性的文字抛出了一个严肃的话题，即如何以异族语言文字书写本族族群记忆，凸显我族身份与文化传统。这既是无文字少数族裔作家在创作中面临的困惑，又是不可回避必须自觉探索不断实践的课业。为此张承志以他笔下的汉字冲破方块字的束缚，写出了西北民族的血性与豪情；董秀英《摄魂之地》的汉字符号因浸润了佤族情调而透射出难以抵御的"摄魂"质素，这些努力均体现了寻索民族化文体的自觉。② 无论书写的目的是出于对中原文化的认同，或是为了再现传统，无

① 乌热尔图：《我属于森林》，《文学自由谈》1986年第4期。
② 张直心：《边地梦寻——一种边缘文学经验与文化记忆的探勘》，人民文学出版社2006年版，第114页。

文字少数族裔作家必须在面对传承环境日渐艰难的事实的同时，借用汉语书写显影自己民族的图像。

作为无文字少数族裔作家，乌热尔图接受汉文化的教育而成为自己族群中的知识分子，并以汉语从事创作。运用汉语写作，一方面是不得不然的策略；另一方面，产生了书写文化的新关系，即借他族文字彰显我族传统的文化意义。口传文学的转用在乌热尔图的小说中是显在的事实，作为书面创作的精神原乡及技术层面的挪用，前文已做分析，不再赘述。这里主要想提的是乌热尔图创作中以母语的部分词汇代替汉语，来凸显我族的不可替代性。

"杂糅"的第一种形式体现在作品中鄂温克语的使用。在乌热尔图的小说中经常可以读到一些用汉语拼写出的鄂温克语，并以作注的方式加以解释。我们随手摘录一些：

> 几个还有一把子气力的男猎手，用桦树皮裹着刚刚死去的"萨曼"的尸体，摇摇晃晃地朝山背坡走去。这年头，连"萨曼"都赶不走魔鬼了。
>
> "拉杰大哥，别忘了你是我们大伙选的'新玛玛楞'，全'乌力楞'都在看你呐。"①

上段文字中出现的"萨曼""新玛玛楞""乌力楞"都是鄂温克语，作者对此都进行了加注解释，如"萨曼"是懂法术的神医，神的使者；"新玛玛楞"是鄂温克部落里推选出来的头领，有代表大家的意思；"乌力楞"是由血缘关系组成的游猎部落。而当这些鄂温克语再次出现时便不再加注，这样非本族的阅读者就得习惯作品中不时跳出的鄂温克语。我们再来看一首鄂温克族萨满的祭祖唱词：

> ……
>
> 石勒喀河是我们的发祥地，

---

① 乌热尔图：《瞧啊，那片绿叶》，《七叉犄角的公鹿》，民族出版社 1985 年版，第 179 页。"

> 阿穆尔河畔是我们的宿营地，
> 锡沃霍特山是我们的原住地，
> 萨哈林的山梁使我们分迁，
> ……①

　　在《丛林幽幽》中出现的这一段萨满唱词，关于几个族源历史的重要地名，是用汉语转译过来的，如"石勒喀"与80年代官方出版的《鄂温克族简史》的译法是一致的。由于没有文字，对于这则17世纪中期以前就形成的口头经典，萨满们虽然能在一代代的口传中忠实地保持着唱词的原貌，但是对于唱词透露的族源信息，终究还是因为时间太古远而模糊了。而根据乌云达赉的研究，"石勒喀"便是对唱词原文中 silkir 的误译②，通过对原词 silkir 词意（浑浊的水）的考察，乌云达赉指出 silkir 并非是黑龙江源头的石勒喀河，而是乌苏里江，并重新译释了这则萨满祭祖之词，用鄂温克语原词代替了汉语转译："我们是从 siwoo-hat 之阴/顺着 silkir 而下的/我们在 silkir 有根基/siwoo-hat 有家园/阿穆尔有营地/萨哈莲有分支。"③

　　重新翻译解读的祭祖之词，后来成为乌热尔图唯一使用的版本，出现在《呼伦贝尔笔记》《蒙古祖地》《鄂温克族历史词语》《鄂温克史稿》这类准民族志写作中。这种混血的语言，类似于霍米·巴巴（Homi K. Bhabha）所论述的混杂性（Hybridity）④，即不同民族语言之间的沟通融合之后形成的一种新型的语言，它指具有了发生交流双方的特点但又是不同于双方的混合体，而且具备了双方不可比拟的优点，从而消解了强势文化的话语霸权，实现了边缘话语向中心的进发，实现了文化多元性的可能性。

　　如果说在小说中鄂温克语的使用还是小范围的，那么转型后追溯族源的写史系列鄂温克语的使用成为常态甚至是鲜明的标记。以《鄂温克族历史词语》为例，前文已提及此书是对乌云达赉的《鄂温克民族的起源》

---

① 乌热尔图：《丛林幽幽》，《你让我顺水漂流》，作家出版社1996年版，第208页。
② 乌云达赉：《鄂温克族的起源》，内蒙古大学出版社1998年版，第8页。
③ 乌热尔图选编：《鄂温克族历史词语》，内蒙古文化出版社2005年版，第200页。
④ 相关论述参见生安锋《霍米·巴巴的后殖民理论研究》，北京大学出版社2011年版。

一书的摘录整理，从摘录的内容来看，除了是对鄂温克族历史起源的研究，最突出的一点便是语言学知识①的运用，比如"鄂温克"这一词条：

> 鄂温克，族名，ewenki 的译音，沃沮—通古斯语为 ewenki 人的母语。
>
> ……
>
> 住在东西伯利亚的某些鄂温克氏族回答外地人的发问时，住在河边的自称 ewenki 人，住在山上的自称 oroonki 人。ewe-是"下去"或"下来"之意。oroon-是"上面"或"顶上"之意。-nki 是表示主体功能属性的构词词尾。ewenki 为"下去的（人们）"或"下来的（人们）"之意；oroonki 为"顶上的（人们）"或"上面的（人们）"之意，二者是相互对称而言的。
>
> ……
>
> 古人为防备猛兽的侵袭，在山顶上的天然洞穴里择高而居。鄂温克古代先民住山顶洞，自称 oroonki。他们中一部分人到河谷和平原进行狩猎和捕捞，而自称 ewenki。《后汉书·沃沮传》记载：居住在乌苏里江沿岸的沃沮人，每夏'辄藏于岩穴'，至冬'乃下居邑落'。这个记载，对于研究鄂温克族源问题，对于阐释 ewenki（安居、鄂温克）和 oroonki（兀良合、乌梁海）名称的由来，至关重要。根据这个记载，oroonki 和 ewenki 二者并无严格的分野。有的氏族由于渔猎生产的需要，上山而为 oroonki，下山而为 ewenki，一直延续下来。这两种叫法与名称发生学相关联，而与族源的解释并不存在必然的联系。②

以上对 ewenki 进行词根词尾的分析，从名称发生学的角度来推断"鄂温克"（ewenki）族称的含义。这种语言学的研究方法贯穿《鄂温克族历史词语》始终。

从文化语言学的角度来看，语言作为民族文化的重要组成部分，比构

---

① 因为乌云达赉是语言学家，他把语言学的知识与历史专项研究相结合，其研究成果集中体现在《鄂温克民族的起源》一书中。

② 乌热尔图选编：《鄂温克族历史词语》，内蒙古文化出版社 2005 年版，第 11 页。

成文化的其他部分更具有鲜明的民族特点①，失去一种语言，就意味着失去一个文化系统中最基础的部分②。用汉语音译鄂温克语，表面上看是利用语言的文化气质造成陌生化效果，并由此形塑了乌热尔图独树一帜的风格；而事实上，作为中国最后的狩猎部落，乌热尔图所属的使鹿鄂温克只有200多人，随着现代化的进程，年轻一辈纷纷下山接受现代教育，接续古老部落语言的脉搏越来越微弱，经验传承也因而失去了最直接而贴切的媒介。从这个意义上而言，这一特殊的语言方式，不仅是因为族群的经验以及用母语才能表达的智慧无法用汉字真实地呈现，而更是作者不得不为的策略。

"杂糅"的第二种形式便是对汉语叙述模式的颠覆，这集中体现在乌热尔图的小说中，无论是思维方式还是语言的神采、色调，都散溢出狩猎民族独异的情调；这种情调，正是由那一片不为儒文化辖制框约的恣意无蔽的"幽幽丛林"所激发。

颠覆汉语的叙述模式，建构充溢鄂温克族情调的语言，首先得力于鄂温克人独异的思维方式和精神世界。在鄂温克人看来，万事万物都有灵，"一声也不吭的孤树""整天装哑巴的石头"，都有"自己的耳朵"（《雪》）③；"在这森林里，数高山、大河，还有太阳、星星……它们的寿命最长。我们一辈子做什么事，它们都看得清，记得住"（《猎犬》）④……所以在乌热尔图的语言世界里，时时可感宇宙天地山河万物生命的灵动："太阳板着面孔悠荡了一天，看来，有点儿乏了，红着脸，倚在西面矮山的肩头"（《胎》）⑤；"光着身子的白月亮跳上树梢"（《沃克和泌利格》）⑥；"河水轻轻地流，发出甜蜜的微笑"（《老人和孩子》）⑦；"帐篷里升腾着一堆篝火，微弱的火苗被夜风挑逗得顽皮地伸动火舌，柴烟恋恋不舍地在帐篷里盘绕"（《森林里的梦》）⑧；"那些树枝、

---

① 张公瑾、丁石庆主编：《文化语言学教程》，教育科学出版社2004年版，第10页。
② 张公瑾、丁石庆主编：《文化语言学教程》，教育科学出版社2004年版，第10页。
③ 乌热尔图：《雪》，《你让我顺水漂流》，作家出版社1996年版，第29页。
④ 乌热尔图：《猎犬》，《七叉犄角的公鹿》，民族出版社1985年版，第103页。
⑤ 乌热尔图：《胎》，《你让我顺水漂流》，作家出版社1996年版，第1页。
⑥ 乌热尔图：《沃克和泌利格》，《你让我顺水漂流》，作家出版社1996年版，第74页。
⑦ 乌热尔图：《老人和孩子》，《七叉犄角的公鹿》，民族出版社1985年版，第83页。
⑧ 乌热尔图：《森林里的梦》，《七叉犄角的公鹿》，民族出版社1985年版，第204页。

杂草，挤成一堆，又是抖，又是晃，嚓嚓嚓直响，像一群饿狼蹲在地上磨牙。连马驹似的欢蹦乱跳的火堆，打着滚儿，像被人扔在河岸的红尾鲤子，有气无力地抽着尾巴，抖着腮，瞪着暗红的眼珠，可怜巴叽地瞅着你。"（《雪》）① 修辞与一个民族的文化传统有密切的关系。在汉语修辞里，拟人是常见的修辞格，作者常常把物人格化，以达到生动的具象效果。汉语修辞里的拟人人与物始终处于施与受的状态，我们读到的是些干瘪的自然物；而在乌热尔图的语言世界里，自然是天赋而非他赋，我们能清晰地感受到笔尖落于纸端时作者与自然万物同生息的共鸣而非代言的情态，其语言承载的是鄂温克族的民族心理特征、思维方式、哲学观、审美观。这是本真表达与民族情调的同一呈现。

　　颠覆汉语的叙述模式，建构充溢鄂温克族情调的语言，还借助于狩猎民族的生活经验。"林子里真冷。他发着抖，瞅着头顶被树梢遮挡住的星星，还有那好像不知被谁偷偷地削了一刀的月亮"（《一个猎人的恳求》）②；"天黑成熊皮一般颜色的时候"（《胎》）③；"她的眼神有多美，你当时觉得像母鹿的眼睛"（《胎》）④；"英雄太乍眼了，我说它像一顶谁都想扣在头上的水獭皮帽"（《雪》）⑤；"那是天气刚刚转暖的四月，整个林子好似一头正在褪毛的巨兽"（《丛林幽幽》）⑥；"我要在一堆清清亮亮的火苗上洗洗手，让通红的火炭在我的手心里跳舞，让通红的火炭在我的手背上歌唱"（《清晨升起一堆火》）⑦ ……以上词句中的词汇搭配与修饰习惯显然不同于传统的汉语修饰技巧，"削了一刀"的"月亮"，"熊皮"一样黑的"天"，"母鹿"一样的女人的"眼神"，"褪毛的巨兽"的"林子"等，尽写出使鹿鄂温克人特有的血质，唯有置于原始质朴的狩猎民族特定生活经验的语境中，方显得妥帖、精准。乌热尔图把狩猎生活的经验嵌入了语言中，凸显了迥异于传统汉语的搭配习惯，令他写出的

---

① 　乌热尔图：《雪》，《你让我顺水漂流》，作家出版社 1996 年版，第 28 页。

② 　乌热尔图：《一个猎人的恳求》，《七叉犄角的公鹿》，民族出版社 1985 年版，第 146 页。

③ 　乌热尔图：《胎》，《你让我顺水漂流》，作家出版社 1996 年版，第 6 页。

④ 　乌热尔图：《胎》，《你让我顺水漂流》，作家出版社 1996 年版，第 5 页。

⑤ 　乌热尔图：《雪》，《你让我顺水漂流》，作家出版社 1996 年版，第 21 页。

⑥ 　乌热尔图：《丛林幽幽》，《你让我顺水漂流》，作家出版社 1996 年版，第 173 页。

⑦ 　乌热尔图：《清晨升起一堆火》，《你让我顺水漂流》，作家出版社 1996 年版，第 82 页。

"汉语"获得了超乎汉语以外的新鲜意味，兼具了审美陌生化与文化异质化效果。

颠覆汉语的叙述模式，建构充溢鄂温克族情调的语言更源自语言的无蔽。使鹿鄂温克人千百年来游猎在崇山密林中，那是一片未经开化的蛮野之地，原始而无所遮蔽。环境造就人。"无蔽"的环境使生存其间的鄂温克人与自然万物彼此坦露、敬畏、共生，并在他们的生命密码里携带上质朴、坦直的基因，形成了在民族性格、情感方式、审美趣味、语言表达上粗粝爽直敞亮的魂核。"从他嘴里蹦出的那堆话，我现在半句也想不起来了，有的发了霉，有的生了蛆"（《雪》）①；"在我眼前飘过的雪花，不知为什么变了颜色，变得红鲜鲜的，像从天上淌下来的血"（《雪》）②；"我们动身的那天晚上，月亮又大又圆，挺像女人的屁股"（《在哪儿签上我的名》）③；"他剥下左侧鹿皮，将母鹿半截身白花花、血淋淋地坦露在旷野"（《胎》）④；"那些贴伏在山坡的矮草，它们密匝匝、绒乎乎、被冰冷的霜雪揉搓得嫩黄嫩黄的，像女人的细皮嫩肉；还有横在那里的一对秃山，挺得那么高，磨得那么圆，不叫你想起女人胸脯的奶子，你也会把它当成两匹骠马那滚圆的后腚"（《雪》）⑤……这些语言因其"无蔽"而透露出鲜活生命的原始强力，以其直白、健康、野性的本色吸引我们，并对高度教化的汉化话语形式形成了一次反叛。⑥

运用"汉语"同时又在不同层次上使用母语标注，使乌热尔图文本中汉语言的因素始终浸润着鄂温克民族情调，成为"地地道道的鄂温克族文学"⑦。无文字少数族裔作家一直力图追求"自己的声音"，但这种"自己的声音"却必须借用"他者"的语言来表达，如何最大限度地处理这个难题？对此，乌热尔图的汉语书写无疑是很好的案例。这是对汉语书

---

① 乌热尔图：《雪》，《你让我顺水漂流》，作家出版社 1996 年版，第 23 页。

② 乌热尔图：《雪》，《你让我顺水漂流》，作家出版社 1996 年版，第 42 页。

③ 乌热尔图：《在哪儿签上我的名》，《你让我顺水漂流》，作家出版社 1996 年版，第 126 页。

④ 乌热尔图：《胎》，《你让我顺水漂流》，作家出版社 1996 年版，第 10 页。

⑤ 乌热尔图：《雪》，《你让我顺水漂流》，作家出版社 1996 年版，第 26 页。

⑥ 张直心：《边地梦寻——一种边缘文学经验与文化记忆的探勘》，人民文学出版社 2006 年版，第 113 页。

⑦ 李陀：《致乌热尔图》，《人民文学》1984 年第 3 期。

写的补充和订正，防止转译过程中的误读、偏差的发生。在此需要注意的一点是，乌热尔图一直强调"声音"的"纯粹"，然而语言与文化天然的不可二分性，决定了在使用"他者"的语言表达"自己的声音"时，所谓"纯粹"，只能是无穷接近却永无到达的状态。这种追求本身与主流话语形成角力，从而促使了一种"第三空间"的形成，如同霍米·巴巴所说："文化的所有形式都持续不断处在混杂性的过程之中。但是对于我来说，混杂性之重要并不在于能够追溯两种本原，而让第三种从中而出，反之混杂性对于我来说，是令其他各种立场得以出现的'第三空间'。此一第三空间置换了建构它的历史，树立起新的权威解构、新的政治动因，而这些都是现成的智慧未能充分了解的……文化混杂性的过程引发了一种不同的东西，一种崭新的以前未被认知的东西，引发了一个意义和表征的谈判的新时代。"①

六　文化的黄昏：叙事与记忆

20世纪90年代初，乌热尔图按照自己的意愿从北京返回呼伦贝尔草原。返乡来自对狩猎文化的深层自觉。如果要对乌热尔图的创作生涯进行划分的话，90年代初及新世纪初无疑是两个异常鲜明的界线，其意义在于：作家的创作不仅在叙述内容、叙事形式上有了二次转变，而且每一次转变背后，都直指族群的文化记忆问题。

在社会学领域，涂尔干曾在纪念仪式的讨论中草草强调了一下群体的记忆，虽然他并没有明确地使用群体记忆的概念：

> 一个群体的神话乃是这个群体共同的信仰体系。它永久保存的传统记忆把社会用以表现人类和世界的方式表达了出来；它是一个道德体系，一种宇宙论，一部历史。所以说，仪式是为维护这些信仰的生命力服务的，而且它仅仅为此服务，仪式必须保证信仰不能从记忆中抹去，必须使集体意识最本质的要素得到复苏。通过举行仪式，群体

---

① Homi K. Bhabha （ed.）, *Nation and Narration*, London：New York：Routledge, 1990, p. 211.

可以周期性地更新其自身的和统一的情感；与此同时，个体的社会本性也得到了增强。①

如果要从源头上追溯，那么上述这段关于仪式中"共同的信仰体系""群体的心理状态"的讨论，已经隐含了"集体记忆"的雏形。首次提出"集体记忆"概念的是涂尔干的学生法国社会心理学家莫里斯·哈布瓦赫（Maurice Halbwachs），哈布瓦赫认为，不具有社会性的记忆是不存在的，这是他关于记忆研究的中心论点。记忆具有社会性，一方面"人们通常是在社会之中才获得了他们的记忆的。也正是在社会中，他们才能进行回忆、识别和对记忆加以定位"②。而另一方面，"尽管集体记忆是在一个由人们构成的聚合体中存续着，并且从其基础中汲取力量，但也只是作为群体成员的个体才进行记忆"③。记忆具有重建性，"集体记忆不是一个既定的概念，而是一个社会建构的概念"④，记忆总是在一定的社会框架内存在，赋予框架内曾经历的东西以意义，而遗忘则意味着某种意义框架的消解。人与人之间疏离感的形成正是因为不存在充分共享的集体记忆，所谓边缘与中心的二元对立逻辑在某种意义上即源于此。阿莱达·阿斯曼（Aleida Assmann）和德国学者扬·阿斯曼（Jan Assmann）基于哈布瓦赫的集体记忆理论，提出了文化记忆理论。"文化记忆是一个集体概念，它指所有通过一个社会的互动框架指导行为和经验的知识，都是在反复进行的社会实践中一代代地获得的知识"⑤；扬·阿斯曼认为哈布瓦赫的集体记忆属于交际记忆。交际记忆是个体生平框架内的历史经验，交际记忆与日常生活一样，是非正式的、不太成型的，是存在于器官记忆中的鲜活回

---

① ［法］爱弥尔·涂尔干：《宗教生活的基本形式》，渠东、汲喆译，上海人民出版社1999年版，第495页。

② ［法］莫里斯·哈布瓦赫：《论集体记忆》，毕然、郭金华译，上海人民出版社2002年版，第69页。

③ ［法］莫里斯·哈布瓦赫：《论集体记忆》，毕然、郭金华译，上海人民出版社2002年版，第40—41页。

④ ［法］莫里斯·哈布瓦赫：《论集体记忆》，毕然、郭金华译，上海人民出版社2002年版，第40页。

⑤ 转引自陶东风《"文艺与记忆"研究范式及其批评实践——以三个核心词为关键的考察》，《文艺研究》2011年第6期。

忆，也就是说，它的载体是普通人，回忆集体的时代见证人，它是一种与同代人共享的记忆，因此随着它的载体而产生和消失①。比如"文化大革命"记忆，对于经历"文化大革命"的那代人来说，最终会成为他们个人的创伤经历，当记忆的具体化载体死亡后，"文化大革命"记忆会让位于一段新的记忆，除非通过外界的存储媒介比如当事者的回忆性作品或者资料的留存，否则随着那个时代的人的消失，"文化大革命"记忆终将烟云消逝。而文化记忆则不同，比如神话传说节日庆典，它是被缔造的、高度成型的，以语句、图画、舞蹈等客观的物质文化符号为载体固定下来的，"文化记忆……并不随着时间的流逝而变化，通过文化形式（文本、仪式、纪念碑等），以及机构化的交流（背诵、实践、观察）而得到延续"②。阿莱达·阿斯曼则对文化记忆做出了存储记忆和功能记忆的区分，存储记忆是无组织、无关联的，而功能记忆是被建构的；存储记忆为各种不同的功能记忆建立了语境，并为其提供了外部视角，而从这个外部视角出发，可以使狭隘的视角相对化、被批判、被改变。这是存储记忆的意义所在。按照阿莱达·阿斯曼给出的分类，文学正是这种存储记忆的媒介之一③，并通过叙事来实现文化记忆的整理、编织和重塑，形成集体性记忆。"如果历史学家被聘为官方记忆的政治的官员，那么回忆人物就转到了文学身上。"④

乌热尔图转型后的族源叙事，便可视作一种文化记忆的再造。他在为鄂温克族历史学家乌云达赉的专著《鄂温克族的起源》所作的序言中说：

> 一个民族遗忘其早期历史，对这一群体来说，意味着同过去相连接的在传统生产方式基础上产生的独特文化，处于相对停滞的状态，因而削弱了内在的生长力，难免在自身行进的轨道上徘徊。如此这

---

① ［德］阿斯特莉特·埃尔、冯亚琳主编：《文化记忆理论读本》，北京大学出版社2012年版，第22—33页。

② 转引自陶东风《"文艺与记忆"研究范式及其批评实践——以三个核心词为关键的考察》，《文艺研究》2011年第6期。

③ ［德］阿斯特莉特·埃尔、冯亚琳主编：《文化记忆理论读本》，北京大学出版社2012年版，第22—33页。

④ ［德］阿斯特莉特·埃尔、冯亚琳主编：《文化记忆理论读本》，北京大学出版社2012年版，第42页。

般，在纷繁的现实面前，在外来文化的强力冲击下必将轻易地消融自我。①

按照哈布瓦赫集体记忆理论的观点，只有在一定的社会框架内记忆才赋予曾经经历过的事物以意义，一当意义框架遭到消解，"遗忘"便产生。鄂温克民族在解放后从原始社会一脚跨入社会主义社会，被斩断的不只是历史进程，还有能唤起集体记忆的特定的情境，这个情境是族群成员经历很长的时间建构起来的。当现代社会以"文明""进步"的名义破坏了族群原本自有的社会框架，属于鄂温克族人的集体记忆便不复存在，只要主流社会"边缘与中心"的逻辑不改，这种"遗忘"就会趋于"习惯"。"'习惯性遗忘'作为控制人的记忆和历史的一种形式，是少数族文化遭受的最严重的伤害之一。"② 正是看到族群历史被"遗忘"以及被"误写"的现实，意识到鄂温克民族处于集体记忆随时可能消散、文化随时覆灭的飘摇境地，乌热尔图在自己的著述中开始了对处于弱势的本族群文化做"博物馆化③"的留存尝试，以文本的形式固化族群的历史，成为可以传承的文化遗产，可以回归的精神原乡。这些文本是我们在进行少数民族话语的阐发批评时必不可少的。就此，乌热尔图走在了大部分同时代少数民族作家的前面（与此类似的还有张承志的写作）。

如果我们把这种意旨明确、以文本作为记忆的副本而进行的类似档案性写作，看作一种叙事行动或言说事件来分析，文化显然是其背后的义涵面。《鄂温克族历史词语》《鄂温克史稿》，包括《呼伦贝尔笔记》《蒙古祖地》，这些文本的意义在于：首先，族群文化记忆通过类似准民族主义叙事的尝试以文本的形式被储存下来，群体成员则从这个被储存的固化的文化记忆中，获得关于自己的整体性和独特性的意识，"我们是谁""我们从哪里来"；其次，在对"过去"的叙事中，族群的文化记忆不断被重

---

① 乌热尔图：《鄂温克族的起源·序言》，乌云达赉《鄂温克族的起源》，内蒙古大学出版社 1998 年版，第 1—2 页。

② ［英］巴特·穆尔-吉尔伯特等编撰：《后殖民批评》，杨乃乔等译，北京大学出版社 2001 年版，第 335—336 页。

③ 刘大先：《叙事作为行动：少数民族文学的文化记忆问题》，《南方文坛》2013 年第 1 期。

构和再造。哈布瓦赫在《记忆的社会框架》里，谈到失语症，失语症属于记忆障碍，是个人的记忆缺失在语言层面上造成障碍的表现。同样，一个民族或国家的集体记忆自愿或非自愿的缺失，就会导致身份认同的危机。"构成社会、政治环境的国家，以及有着历史经历的社群或者代代繁衍的群落，都会根据不同的用途来建立各自的档案，从而形成了记忆"①，这正是乌热尔图所担心焦虑的，由"他者"代写的鄂温克族历史（《鄂温克族简史》），难免"疏漏""偏狭"，族群历史的真相被强势文化有意无意遮蔽也是时势使然在所难免。"记忆是一种重要的文化选择。"② 我们必须关注人们建构过去的方式，也必须指出它是谁的建构。作为人数只有200多人的使鹿鄂温克部落，其集体记忆该如何在文化危机中生存与延续？现实的转变让乌热尔图已无空间犹豫在现实与传统的想象中，他必须扮演部落知识传承者的"老人"，所以不论是转型前的小说创作还是转型后的准民族志叙事行为，都蕴含着强烈的再造族群文化记忆的动机，比如《雪》《丛林幽幽》等小说中的神话传说故事，还有散落在其他小说中的民风习俗，这些都是使鹿鄂温克集体记忆的基石；再如《鄂温克族历史词语》《鄂温克史稿》中大量的对"地点""地名"的研究，正如勒高夫所说"历史的形成起始于对集体记忆中的'地点'研究"③。而无论是何种形式的叙事，通过对鄂温克族群"过去"的书写，可以明白该族群的过去是如何经历的，集体记忆是如何建构的。虽然乌热尔图的叙事表面上是对过去的重现，但是，任何"过去"都是立足于"现在"的，是由"现在"的关注所形塑的，这是集体记忆特有的一种丰满的当下性。鄂温克民族正处于"文化的黄昏"，鄂温克民族的历史以及传统，正在慢慢消失，这样的"现在"，决定了乌热尔图在对族群"过去"的叙事中，不遗余力地追溯历史源头，"洗刷"记忆。乌热尔图清醒地看到，一当鄂温克人失去了"过去"的意识，那么他们也就迷失了自我。就此意义而言，

---

① 转引自［法］雅克·勒高夫《历史与记忆》，方仁杰、倪复生译，中国人民大学出版社2010年版，第109页。

② ［丹］克斯汀·海斯翠普：《他者的历史：社会人类学与历史制作》导论，克斯汀·海斯翠普编《他者的历史》，贾士蘅译，麦田出版股份有限公司1998年版，第32页。

③ 转引自［法］雅克·勒高夫《历史与记忆》，方仁杰、倪复生译，中国人民大学出版社2010年版，第108页。

乌热尔图对鄂温克民族的历史编纂，既是鄂温克民族集体记忆的写照，也是鄂温克民族文化记忆的再造，这些文本唤起一种"实质"，在记忆而非在梦幻或幻想的领域内起作用，并在"实在"而非"想像"的招牌下展开①；而如今的鄂温克人则通过这些"实在"的文本寻找到身份认同。

　　少数民族文学的再造文化记忆虽进行于当下，却对过去不断进行重构，并对未来产生形塑的力量。透过文化记忆，过去、现在与未来形成一种密切的联系。停留在口头的记忆终将消散；而通过叙事，记忆被整理编织，并固化为可以传承的精神遗产。不同的叙事营造了不同的记忆，并为未来提供了更加多元共生的途径。作家和人类学家、历史学家、社会学家等一样，都肩负有为普及社会记忆而奋斗的担子。乌热尔图追寻的鄂温克，张承志重塑的穆斯林，正是奋斗的先驱。

---

① ［美］海登·怀特：《形式的内容：叙事话语与历史再现》，董立河译，文津出版社 2005 年版，第 13 页。

第六章 涂志勇

涂志勇（1952— ）是20世纪80年代鄂温克族文学创作的主力军，他不仅"中短篇创作颇丰，而且把鄂温克族的文学创作拓展到了长篇小说的领域"①。这对鄂温克族文学来说具有重要意义。

一 生平与创作

涂志勇，1952年出生，内蒙古阿荣旗人。1969年下乡，当过牧民、工人、拖拉机手。1982年开始文学创作，有多篇中短篇小说、报告文学作品发表在《民族文学》《草原》《呼伦贝尔文学》《鸿雁》等呼盟和自治区文学刊物上。短篇小说《路，在山那边》和长篇小说《索伦骠骑》先后获得呼盟首届和第二届"骏马"文学奖。

涂志勇的中短篇小说主要有《路，在山那边》、《彩虹在远方》（1985）、《噼里啪啦外传》（1986）、《雪层下的热吻》（1987）、《黎明时的枪声》（1988）、《悠远的牧歌》《秃鹰》（1989）、《啊，主旋律》《企业家的风度》、《最后的猎人》（2008）。

《彩虹在远方》（1985）是觉醒的主体对未来命运的思考。故事围绕是否要建现代化综合牧场而展开。小说里的几位牧区青年身上，分别代表了传统与现代。钢特木热年轻有为、性格坚毅、做事果敢、勇于创新、具有孜孜不倦地改革和探索的精神，是草原明天的象征。他在草原牧民心中有极高的威望，他"一副严峻冷漠的面孔"，"炯炯有神、咄咄逼人的深

---

① 刘迁：《达斡尔族、鄂温克族和鄂伦春族的文学发展与成就》，刘迁编著《呼伦贝尔作家作品选·置身绿色高原》，远方出版社1995年版。

邃的眸子，渗透着坚毅睿智而又执拗的光"①，当年公社推行大寨工分制度时，被提拔为青年干部，成为乌兰宝力格的铁腕人物，接过了这个烫手的山芋。所谓大寨工分制度，就是生产大队将每个人的工作按天确定分值，然后年终以这些分值作为计算分配的依据，这种工分制度表面上提高了公有制的水平，实质上模糊了个人劳动与生产成果之间的联系，极大地挫伤了牧民们的生产积极性，为了让牧民能继续有干劲，过上好日子，钢特木热毅然决定"还按以前的方法记工分，干多得多，干少得少，回去给大伙讲清楚，谁也不能对外讲"，"出了事，我兜着"。钢特木热的大胆决定，使生产队在"严重的白灾，别的公社、生产队的牲畜下降50%，乌兰宝力格队只是零星死几头。但牲畜的存栏率最低，牧民的生活又最好。这个队的奶牛最多最好，集体收入最少……"好景不长，很快事情就败露了，钢特木热也因"拒不执行大寨工分，偷梁换柱，巧立名目"的罪名锒铛入狱，这个为大伙造福而成为囚徒的人被押送到千里之外的劳改农场。钢特木热忍辱负重，并没有放弃自己的抱负，出狱后，先是恢复了队长职务。不久，又被提拔为副索木达。钢特木热天生就是领导者，求变求新的探索欲望使他坚定不移地要闯出一条前无古人的新路，在形势大好的情形下，在草原发展的十字路口，他敏锐地嗅到了发展的机遇，提议建立现代化综合牧场。然而伙伴们对这样一个远大理想和抱负并不理解和支持，反应冷漠，这让钢特木热陷入了迷茫和困惑，但并未就此放弃，"十几年的风风雨雨，曾经残酷地折磨了他的心灵，蹂躏过他的肉体，也练就了他忍辱负重、坚忍不拔的性格，增强了更加执拗的追求和入迷的探索愿望。迷恋于这种追求和探索，他又无时不陷入苦恼的深渊而无法自拔。他知道在这条道路上，他永不得满足和安宁"。可以说，坚韧执拗又睿智的钢特木热是"改革"之路上的硬汉形象，是小说的灵魂，代表了草原现代化发展的不可阻挡的必然之势。

朝格十几岁时父母双亡，他自尊心强、吃苦耐劳、勤奋能干、聪明有头脑，又有极强的进取心，有一股从骨子里渗透出来的追求成功的强烈欲望，这些都是祖辈留给他的秉性。"几年里，他不知吃了多少苦，流了多

---

① 涂志勇：《彩虹在远方》，中国作家协会编《新时期中国少数民族文学作品选集》，作家出版社2015年版，第93页。本部分介绍《彩虹在远方》的内容，原文皆出于此，无特殊情况，不再注明。

少汗，耗费了多少心血，总之，小拖拉机变成了大解放牌汽车，拉木头、运石头、岭南岭北、爬冰卧雪地倒腾牲口；钱没少挣，他有了实力——钱!"对于草原牧民来说，这确实是最直接体现能力的东西。凭着一副不怕苦的精神，从一个底层青年赤手空拳打拼成了牧区叫人眼红的富裕户。有汽车，有畜群，又能干的朝格"如同一匹毛色锃亮的千里马，站在一群脱了毛的骆驼中那样，伟岸潇洒，赫然醒目"。他的经济实力，是钢特木热心目中在综合化牧场蓝图中唱主角的人物，朝格如果不参加，综合牧场的计划就自然流产。然而朝格熟稔的赚钱方式是短平快模式，开着车拉活，"一天400块，除去油料消耗、机械磨损、养路费、人情费，净剩200块没问题"，这种既务实又保守的思想，使他对于需要前期投入、长远发展的项目不愿意冒险，所以对于标新立异的改革，他并没有钢特木热那样的热情，他认为"综合牧场再好也是将来的事"，他犹豫、迟疑、拿不定主意的心态，是当时绝大部分牧民面对新生事物的典型反应。

小说中托娅这个女性形象，代表了对传统的反叛。她高中毕业后，念了两年中专的音乐班，当了公社学校的音乐老师。她思想开放，不囿于传统的桎梏，勇于尝试新鲜事物，"一头烫得和改良羊毛似的头发"，着装打扮和说话都很西化。托娅的西化不仅体现在外表上，更体现在她的思想上，她知识面广、善于学习，遇事有自己的主见、独立、精明、强干，尤其对于赚钱的门道，有男人们都不如的敏锐判断和能力，她和钢特木热一样具有天生的领导力，能"使人明知凶吉莫测，却又满怀希冀和忐忑不安的心理，乖乖地跟着她干"。托娅身上现代女性的品质，打破了既有的规范，挑战了自古延续下来的对草原妇女的思维定式，"我和别人不一样。假如我能像别的女人一样，一切听从男人的决断，只是尽一个女人应尽的义务，也许我会是乌兰宝力格草原人人称道的女人。可我不……"她就像边缘锋利的金属，无时无刻不在撕裂草原与过去的联结，所以，还停留在传统价值观和审美观的草原人民对她无疑有一种本能的排斥和反感，在他们看来，"托娅正在丢掉草原女性应有的和延续下去的东西，她狡诈、轻浮、高傲"。所以朝格一方面厌恶托娅身上所有这些新潮时髦的元素，另一方面又不得不折服于她的经济头脑，正是托娅的帮助，使他在与同行业伙伴的竞争中击败对手，赚到大钱。托娅就是这样一个让人又爱又"恨"的存在，无时无刻不在挑战人们头脑里旧有的观念。建综合化牧场，钢特木热原本指望未婚妻托娅能在事业上帮他一把，没想到托娅和钢特木热产生严重分歧，托娅成了他最大的阻力源，并丝毫不妥协退让半步。托娅认为以牧民现实的条件和认识水平来说，个人集资搞综合化牧场还为时过早，"大伙儿看不到明显好处，能有积极性吗？另外，这个综合太厉害，其中一个环节出问题，全盘都受影响。单纯地探索新路，就下那么大本钱，是否盲目？你的心操得太远，连自己生活都搞不好的人呢，还谈什么为下一代人造福？"她清楚地认识到和钢特木热是"殊途同归，目的都是一个，只是奋斗的方式不同罢了"。托娅显然比钢特木热更理性务实谨慎，并没有因为要维持两人的关系而感情用事，甚至宁可为了事业放弃两人的关系，她是草原的现代娜拉，与小说中的另一位女性诺玛形成了强烈的反差。

　　如果说托娅的形象是对传统的反叛，那么诺玛身上则集中了一切草原妇女应有的品行。她离婚四年多独自抚养孩子，"循规蹈矩，从无奢望的品行，赢得许多人——尤其是老年人的赞赏"，她"不善言论，娴静沉默，尽管遭到许多不幸，历尽艰辛，但从不会鸣屈叫苦，而是把一切灾难和屈辱，默默吞进肚里"。这样温柔贤良的女人，同时赢得了朝格和钢特木热的青睐。

　　小说还穿插了钢特木热、朝格、托娅和诺玛之间的感情纠葛。朝格一直忙于打拼事业，几年下来，论经济实力算得上是乌兰宝格力数一数二的富裕户，因为先立业后成家的计划，如今 30 岁了还没成家，他自信以他现在的经济条件，不愁没有女人愿意嫁给他。朝格心里一直爱慕诺玛，诺玛是一个传统的草原妇女，姿色虽然算不上绝色，但是温良贤淑，是愿意默默支持男人并付出的女人，是朝格最中意的妻子人选。一次酒后，朝格借着酒劲终于向诺玛求婚，但被诺玛断然拒绝。其实诺玛心里装着的人是钢特木热，在她看来钢特木热是草原真正的男子汉，有魄力有智慧，她愿意顺从他跟随他。但是钢特木热并不是单身，他和托娅已经订婚，从各方面来看，托娅都是钢特木热最合适的妻子，尤其在事业上，可以帮助钢特木热有所作为，诺玛虽然厌恶托娅，但也清楚钢特木热需要的是托娅这样的精明能干的妻子，所以四年来，即便孤独寂寞，诺玛也安分守己，一直压抑着对钢特木热的感情。男人总是天生眷恋充满柔情的女人，希望有一个背后的女人可以为自己免去后顾之忧，尤其是像钢特木热这样的硬汉，内心其实是渴望女人的怜惜和呵护的。然而虽然对诺玛有好感，但钢特木热毕竟已有婚约在身，这让诺玛陷入绝望的境地。另外，钢特木热和托娅虽然表面上看上去条件相称，但是托娅个性强烈，绝对不是逆来顺受忍气吞声的传统妻子形象，她不愿意依附男人，有自己的思想，尤其是事业上，有她自己的信念并坚定不移，总之她不是一个受男人掌控的女人，两个有各自追求和抱负的强势性格的人，相处越久，矛盾和裂缝也就越深。两人关系陷入僵局是在综合化牧场的问题上，托娅和钢特木热产生了严重分歧，各执己见谁也说服不了对方，也不肯迁就彼此。钢特木热认为作为未婚妻，托娅理所应当支持他，而不是阻碍他，托娅却认为不能感情用事，她理性分析了综合化的各种因素，选择了反对意见。为了各自的理想，托娅和钢特木热做出了截然不同的决定，两人的关系由此走到了尽头。此时钢特木热蓦然回首，发现真正适合自己的伴侣原来一直在身边。钢特木热终于毫不犹豫地向一路尾随而来安慰他的诺玛说："上来，我们回家"。诺玛"伸脚踩住镫子，双手拉住钢特木热，轻轻地跃了上来。就在她的身体凌空而起之机，她的腰被他有力的左手紧紧搂住，身体被移到他的胸前。借铁青马猛然起步的惯性，她顺势伸出双臂，钩住钢特木热的脖子，上身紧紧贴住他那宽阔的胸膛。铁青马的两肋突然受到主人的一击，它吃惊地撒开四蹄，向远处灯火闪烁的牧包群奔去。诺玛闭上了眼睛，仿佛终于找到了坚实的依托，任凭耳边呼呼风响，可她什么也听不到了。她，醉了……"马蹄声渐近，托娅对身边的朝格说："行了，咱们也回去吧。"

　　四个人终于找到了真正的另一半，携手新的生活。小说结尾写道：

　　　　夜，深了，汽车在广袤的原野上飞驰，或许是汽车电路的关系，开始是只亮一个大灯。一会儿，另一只灯也亮了，两道雪白的光束笔直地照在远方，照在坎坷不平的道路上。

　　　　灯光，像彩虹，像双重彩虹，射向远方……

　　灯光和彩虹就是隐喻，是踌躇满志的他们四人，灯光照亮的是他们各自的理想，对未来的憧憬。理想的实现虽然遥不可及，但终究有希望在，有彩虹在远方，就有奋斗的方向。

　　《悠远的牧歌》围绕草原牧区生产方式的变革，着重描绘了达木林老人对引进新的奶牛品种这一事情，从最初的极力反对和抗争，到慢慢接受的心理变化过程。达木林老人是养奶牛好手，慕名求教的人不计其数，在白彦草原享有极高的地位和声誉，尤其是那头黄花乳牛，不仅在达木林住"牛棚"的黑暗年代给他精神上的慰藉，更是十几年来为他带来了相当可观的经济收入，达木林老人因此对这头黄花乳牛有特别深厚的依恋之情。然而几十年过去，牧场上生产方式发生了变化，新型的现代化生产方式和理念，生产技术的进步，促使人们寻求新的奶牛品种以追求更高的经济效益，大家纷纷引进新的黑白花牛，达木林的孙子也背着他把黄花乳牛卖了，买了黑白花牛。达木林老人气得病了，"其实不是什么大病，只是觉得心口闷得发痛，像压块石头，喘不过气来。他不吃不喝，躺了两天，就像苍老了十年"[①]。达木林老人"想起从前受人崇敬的情景和现在大伙对他几十年前的养牛经验不再问津的冷落状况"，陷入深深的苦闷和怅惘。其实这两年达木林老人已经真切感受到了世道在变化，"过去一谈起奶牛就津津乐道的牧民，现在居然对种草种菜有了兴趣！"这让达木林老人感到惊奇不安，甚至愤怒，"青年人，谈的尽是些晦涩难懂的东西。他一肚子的老经验没地方施展。他苦苦琢磨了许久，这变化的主要原因是什么？终于有了结论，那就是现在的人——主要是青年人，看不上老辈人传下来的经验，抛弃了过去的传统干法，为了钱在瞎干！"对于现代的技术，达木林老人本能地充满敌意和排斥，"对机械，他的气像带油脂的羊粪蛋放在火炉里那样——浑身都着火！早在八九年前，他就断言机械不是好东西。……老祖宗没那些东西不是也过来了吗？他信这个！"为了阻止世世代代沿袭下来的经验被废弃，作为草原上的长者，他带着使命般地出面干预，试图劝说牧民放弃引进黑白花牛的想法，"好长一段时间，他东奔西跑，出了这个包进那个包，或是苦口婆心，或是疾言厉色，劝人们老老实实，安分守己地放牧，别尽想便宜发财"，然而时移世易，人们不再像以前那样听从他的话了，表面上对达木林的话"乖乖地听着，点头的、微笑的，端茶递烟的，满像回事儿，等他一走，该干啥的还是干啥，连孙子

---

　　① 涂志勇：《悠远的牧歌》，刘迁选编《二十世纪达斡尔族　鄂温克族　鄂伦春族小说集粹》，内蒙古文化出版社2008年版，第416页。本部分介绍《悠远的牧歌》所引的小说原文均出自此书，如无特殊情况，不再注明。

也背着他买了拖拉机"，那些原本反对机械的人现在也买了拖拉机。这样的变化像是给了达木林老人一记狠狠的重拳，彻底傻眼了：环顾四周，身边的人都已经"离经叛道"，只有他一个人执拗地执守着过去，这种孤独寂寞，对传统眷恋伤感的情绪，对新生活无所适从的痛苦，在黄花乳牛被孙子卖掉后，彻底压垮了达木林老人。谁也说服不了他，只能"保持沉默，让时间慢慢消融他的痛苦，像奶豆腐泡在茶里那样，慢慢地软下去"。在这种情绪的沉淀里，其实达木林老人心里明白，机械时代不可避免地会到来，生活的河流必定会一往无前地向前奔腾而去，黄白花的时代虽然叫人眷恋和难舍，终究是"一支古老优美的牧歌"，它存在过，给人们带来过美好的生活，这些美好最终会随着时间的线性向前而留在记忆里。"已经流过去的伊敏河水，不可能回过头来重新流一次。这并不是钱不钱、义不义的事儿！这是规律。每当想到这儿，他的心情多少有些豁然开朗，同时又有种隐隐约约的疼痛。失去的东西叫他留恋、伤感；对未来的一切，又怀着新奇的希冀和向往。"在这矛盾复杂的情绪里，达木林老人将信将疑地看着眼前的一切变化，开始冷静思考这场变革。他有意识地关注起黑白花牛的产奶量，当看到奶本上黑白花牛一个月 1200 公斤的奶子数时，"心里蓦地涌起一股甜丝丝的滋味"。达木林老头的心理发生了微妙的变化，他不再排斥黑白花，而是另眼相看，并且想进牛圈看一看摸一摸它的欲望越来越强烈，老伴儿给黑白花牛挤奶时"哗哗哗"没完没了的声音，牢牢地攫取了他的心。他走向牛圈，又忐忑地怕被家人发现他急切地想看看黑白花牛的心情，面对老伴儿的故意打趣，达木林装作若无其事的样子，打发老伴儿继续挤奶别停，"见人们都忙着干活，没人注意自己，他才放下心，凑到牛跟前，仔细端详。嗬！这家伙真行，够劲儿。他心里赞叹着，伸出干巴皮子般的手，试探着抓住一只奶头，捏了一把——哧，一股奶柱射进袄袖，半只胳膊湿漉漉、黏乎乎的。他乐了，走上前，拍拍牛脑袋，黑白花牛瞪着大眼看他，'哞——'地叫了一声，仿佛是感激主人的爱抚，又像是受尽委屈后的哽咽"。至此，过去和未来，在达木林老人心里完成了和解。

　　小说把达木林老人对待黑白花牛前后心理变化描绘得细腻生动，用精准的笔触刻画了以达木林为典型的传统一代的草原人民，在面对现代性的冲击、传统的裂变时内心的阵痛，站在大时代的变革之中思考个体命运。

逝去的生活就像小说里描绘的景象那样：

> 　　夕阳，同以往一样，绽着殷红的脸，匆匆顾盼着这片坦荡无垠的雪原和远山，眷恋地沉下西边天际。……河堤外的蒙古包早已炊烟袅袅，淡淡的烟雾在清冷无风的天空中冉冉升起，为暮色渐浓的天穹平添一笔灰暗的色彩。远天，被夕阳镶上灿烂金边的几朵云，逝去最后一点色彩。

　　作者用唯美的笔触描绘了优美的田园牧歌画面，字里行间充满了忧伤、怅惘、无奈和留恋。达木林老人面对的"此刻"，既是上一段河流的末端，又是下一段河流的开始，是艰难又蕴含希冀的时刻，不会重复，也不被复制。每一个"此刻"构成了一整条河流，生活就是这条河流。身在其中的个体看似奋力拼搏，其实都微不足道，最终都将被生活的洪流裹挟着顺流而下。就像作者在小说手记里写道："生活本身就是一位天才的喜剧大师，它循规蹈矩又肆无忌惮地左右着事物的发展，不断孕育着悲欢离合的故事。"时代的洪流奔涌向前。

　　如果说《悠远的牧歌》是一首挽歌，那么《黎明时的枪声》则是悲愤的控诉。黎明前的雪原看似寂静，实则时刻被偷猎的人们觊觎着，"潜伏在四野里的各种大小汽车，大开车灯，缓缓行驶着，搜索着。雪亮耀眼的灯光，活像猛兽贪婪的大眼，调换着方向，窥视着四周的皑皑白雪。沉闷的发动机轰鸣声，酷似猛兽那饥肠辘辘的低吼"[1]。牧民布敦迪、安嘎和马吉热的车也在其中，他们和城里来的车，共四十多台，上演着一场猎夺大战。这样的场景并不陌生，偷猎赚的钱又多又不费劲，只要草原上有猎物存在，就始终有金钱源源不断，"聪明"的人类怎么可能放过这么容易的赚钱的机会？作者把人性的贪婪描绘得惟妙惟肖，只要有猎物出现，"所有的汽车的发动机齐声怒吼，远光灯交错照射，飞驰的轮胎掘起漫天的雪尘"，"几辆丰田和吉普车一马当先，疯了似的越过大车，向黄羊子群冲去。……"枪声第一次响了。"爆豆般的枪声划破了静谧的夜空，打

---

　　[1]　涂志勇：《黎明时的枪声》，《民族文学》1988年第10期，第5页。本部分介绍《黎明时的枪声》所引的小说原文均出自此，如无特殊情况，不再注明。

碎了长夜的宁静，敲响了黄羊子群死亡的丧钟，点燃了人们贪得无厌的欲火……"布敦迪三人也迅速冲入浩浩荡荡的猎夺大军之中，然而很快他们发现，这些城里来的公家车，不守规矩，偷猎也有偷猎的行规，不能妨碍别人也不能抢。但是显然这些人已经利欲熏心，眼里只看到钱，一辆小丰田车"旁若无人地横冲直闯，专拣黄羊最多的地方钻，哪管四处呼啸的流弹，惹得许多辆车上的人频频叫骂。它的速度奇快，简直叫所有的大小车辆无法与之相比，它的后面是一辆崭新的东风大车，跑跑停停，显然是在收获战利品"。小丰田的霸道行为，引起了其他人的强烈不满，纷纷下车抢夺死黄羊，猎杀的场面瞬间变成了混乱嘈杂的抢夺大战。布敦迪他们三人并没有加入抢夺大战，在他们看来，猎人应有猎人的原则和骨气，猎人和猎物始终是互相牵制的对等关系，而不是为了贪欲无节制地猎杀，对于鄂温克人来说，那是违背天意的，面对抢夺过后空旷沉寂的雪原，布敦迪和安嘎感到一种难以名状的凄凉和悲切，那是他们生存的家园，如今却被人们肆意践踏，与生俱来的雪原养育之情渐渐淹没了他们对金钱的欲望……枪声第二次响了。旷野上被人们追杀四处奔跑逃窜的黄羊子群，已经逃不过灭顶之灾的命运。看到露出疲态的黄羊子群已无路可逃，围追堵截的人兴奋极了，开始疯狂地射击，"在那些迷乱的大脑里，混浊的瞳孔和见到活物就跟踪的准星，也不分清人和兽，流弹横飞，就像炸了群，如鸟兽散的黄羊子群一样，没头没脑起来"。终于，有人中枪了。人性的阴暗与贪婪遭到了报应。枪声第三次响了。"清脆的枪声响了，子弹呼啸着飞向在雪壳中飞驶的汽车，那么悦耳，那么响亮。"这一次，中弹的是冲向黄羊子群的丰田车。

　　这是一部探讨人与自然关系的作品。作为鄂温克人千百年来生存的家园，人与动物、自然一直和谐相处、共生共息。然而自然和谐的状态被突如其来的经济大潮打破了昔日的宁静和平衡，在金钱的驱使下，人性的晦暗和贪婪暴露无遗，在自然万物之间显得如此不堪和触目惊心。小说中对于黄羊子群的描写尤其反衬出这一点，那些无辜的黄羊子群"呆立在一片凹地，傻呵呵地支棱着耳朵，谛听着远处嗡嗡响的发动机声，好奇地撅着肥大的臀部，把小脑袋探进车灯的光束里，争相瞪着骨碌碌的小眼，瞅着那远来的莫名其妙的大眼睛"。"黄羊群一瘸一拐地在雪壳中奔跑。它们像是在引诱贪婪的人们，没有奔向右侧的三道梁，而是嘲弄人们似的向左侧平坦的雪原奔去。速度很慢，借着微微的晨曦，它们既像挑逗又像是仇视地频频回头顾盼。"万物有灵。小说最后借着中枪人的口说："我们的子弹好像都打在自己身上。"这是对家园故土以及鄂温克人如何生存延续的深刻反思。

《秃鹰》以第一人称"老人"的口吻，讲述了"我"驯服猎鹰齐列，但最终又失去它的故事。"我"70岁了，祖上世代都是在森林里打猎。齐列是一头特别的鹰，外形雄健俊美，"个头比一般的鹰要大，壮实，羽毛翠青，两爪又长又锋利，两腿的肌肉鼓鼓囊囊的。特别是那对有神的眼睛"[1]。驯鹰是耐心活儿，鹰和主人之间需要互相信任和默契，齐列非常有个性、任性，它的第一个主人阿库是个酒鬼，脾气暴烈，根本驯服不好齐列，就这样，齐列就转手到了"我"这里。"我"是最能驯鹰的猎人，懂得要驯服齐列就要跟它交朋友，摸透它的脾性。经过最初的磨合，齐列和"我"渐渐互相建立起了信任，成了"我"出猎时的好帮手。齐列高超的猎物本领，为"我"带来了不少财富，名气越来越大，周围的人们都把它当成了神鹰，说它是不知疲倦，"只知道干活不需要喂食的鹰"，这样的吹嘘让"我"有点膨胀，开始每天早出晚归地打猎，想看看齐列到底是不是像人们说的那样神。这样高强度的打猎持续了很多天，齐列终于被"我"累得疲惫不堪，"神鹰的影子没了，那翠青的身影开始在我眼中发灰，越来越黯淡、丑陋。我惊讶地发现，它的毛越来越少，正在变成秃鹰"。齐列开始厌倦捕猎，每天只捕捉固定数量的猎物，然后任由你怎么催促也不肯再出猎，这样的变化让"我"恼怒不已，"我"开始对它蛮横粗暴，打它骂它，而齐列也对"我"充满了敌意，开始不听"我"的指挥，"我们"的关系一天比一天坏，终于在一次捕猎中，"我"因为不满齐列的倦怠而向空中开了枪，这一枪，虽然没有打到齐列，却彻底打断了"我们"的关系，齐列愤怒地出走了，永远飞走了。齐列的出走给了"我"沉重的打击，"在我眼里，天不是那么蓝了，森林变得死气沉沉，失去了绿色，像个坟墓，空旷、寂寥、阴森。我无法骗自己，失去了齐列，我似乎失去了魂，它带走了我的欢乐，带走了生活中的色彩。留给我

---

[1]　涂志勇：《秃鹰》，《民族文学》1989年第10期，第45页。本部分介绍《秃鹰》所引的小说原文均出自此，如无特殊情况，不再注明。

的是单调和苍白"。

《秃鹰》延续了《黎明时的枪声》的主题，继续深入探讨人与动物相处的关系。在鄂温克人的信仰崇拜里，有很多动物崇拜，对于以狩猎为生的鄂温克人来说，这些动物是他们的生存之道，所以对它们充满敬畏，人性的贪婪与欲望破坏的不仅是人与动物的和谐关系，更是鄂温克人千百年来的生存法则，打破了这种平衡，就是对自然之道最大的不敬。

《最后的猎人》在此基础上，更具有文化寻根的意味，小说开首第一句话就点明了这一意图："这是一片人迹罕至的原始森林，在大兴安岭被砍伐得南北透亮的今天，算是绝无仅有的世外桃源。"① 哈和木水泡是一块狩猎宝地，在老人们眼里，是不能跨入的禁地，否则会遭到山神的报复。它至今保持着原始的风貌，没有被砍伐，并不是因为人们敬畏山神，而是看重了它原生态的经济价值，做了旅游参观的噱头。阿迪亚曾在哈和木水泡被一头黑熊击伤，他的猎犬哈日也掉了半只耳朵。萨满梦呓般的咒语把阿迪亚救了回来，他的老母亲责怪他触怒了山神，阿迪亚却认为猎人是山神不怪罪的人，就像他的朋友布克说的那样，"触犯山神的不是咱们，别忘了，咱们的族人几百年来就是猎人"。破坏这片原始森林的是砍伐大军和蜂拥而至的旅游客。阿迪亚第二次去哈和木水泡打猎，碰到了一头鹿，当他举着那把传了三代、枪托已磨得光滑无比的、准星是歪的猎枪，一切准备就绪，准备向鹿开枪时，阿迪亚的双手竟然颤抖起来，感到一阵莫名的恐惧感，随之产生了一阵幻觉：天地间突然一片混沌，整个山林水泡，还有那只鹿，蓦然间飘摇不定。这幻觉让他意识到正在失去捕杀这头鹿的绝好机会，就在他努力想开枪又无能为力的时候，他忽然转头看到了令他惊愕万分，既惊恐又迷惑的一幕："对面的草丛中，一个与自己一模一样的蓬头垢面的汉子，正持枪瞄准自己。木质枪架扎进泥土中，那枪口也在微微颤抖，准星是歪的。一只缺半个耳朵的猎犬正蓄劲儿做扑过来的姿势……"小说在这魔幻手法中结尾。这部小说虽然篇幅短小，但无论是写作技巧还是意象的运用上都驾轻就熟，显然跟寻根的主题不无关系。民族文化主体的觉醒，促使作者去挖掘深厚的文化传统宝藏，于是我

---

① 涂志勇：《最后的猎人》，中国作家协会编《新时期中国少数民族文学作品选集·鄂温克卷》2015年6月，第123页。此部分介绍《最后的猎人》的内容，所引原文均出于此小说，无特殊情况，不再注明。

们看到了小说里无处不在的萨满的影子，比如对哈和木水泡的环境描写：
"无风无声的水面，没有一丝波纹，活像萨满服饰上的铜镜。"还有阿迪
亚被黑熊击倒后萨满为他治病的描写："萨满的皮鼓和撞击的铜环一连数
日塞满他的耳鼓，那酷似梦呓般的咒语仿佛是天籁之音，叫他八十高龄的
老母如醉如痴。"还有黑熊和鹿的意象的设置，在鄂温克信仰里，熊和鹿
都具有重要的地位，鄂温克族口头文学中有很多关于熊和鹿的神话传说，
是鄂温克传统文化的重要体现，因此常常被用来作为鄂温克民族文化精神
的隐喻，这在乌热尔图的小说《七叉犄角的公鹿》《雪》《丛林幽幽》等
小说中都能找到影子。当阿迪亚回想起和猎犬哈日遭遇黑熊，被黑熊袭
击，虽然黑熊最后在枪声中应声倒下，但是它"庞大的身躯摔倒的一刹
那，还拍断一根碗口粗的树枝"砸在阿迪亚的腰上。黑熊的意象象征了
传统文化的神圣和不可侵犯，它的轰然倒下，隐喻了民族传统的断裂。而
小说里"鹿"的意象更是加深了这一隐喻，当阿迪亚端着枪瞄准从桦树
林中跑出来的鹿时，"它十分戒备地停在林水之间的空地上，昂着美丽的
头四下顾盼，鼻孔在微风中嗅着。它在用自己与生俱来的超常敏感的耳、
鼻、眼器官防范着一切危险。凭借着顽强的生存能力和肌体特殊功能，它
们得以繁衍下来，并与自然界的万物和谐共存"。"戒备""昂着""与生
俱来""防范""顽强"这些词语正是处在传统与现代撞击中的鄂温克民
族的缩影，这和《七叉犄角的公鹿》里的那头"鹿"是何其相似！而这
样的相似之处，在鄂温克族其他作家的作品里也能找到呼应。

　　《嚼里啪啦外传》和《雪层下的热吻》则聚焦鄂温克人的当代生活，
关注主人公的情感命运。《嚼里啪啦外传》讲述人到中年的感情生活。
"嚼里啪啦"长得不算丑但也没什么女人的姿色，年轻时家境不好，被家
里做主稀里糊涂地从岭南农村嫁到草原，嫁给当地一个酗酒成瘾的男人。
男人过世后，嚼里啪啦靠做各种粗累活养家，从不叫苦，她善良、直率，
为人纯朴。官布中年丧妻，在"文化大革命"时无故入狱，入狱期间一
双儿女多得素不相识的嚼里啪啦照顾。出狱后，官布官复原职，当了劳动
局长，儿女和周围的人有意撮合他和嚼里啪啦。官布虽然说对嚼里啪啦心
存感激，但是心里总是免不了从世俗的角度衡量她：一个年近50岁的寡
妇，没有劳动指标，经济条件不好，工作又不体面，怎么看都配不上自
己。这样的偏见一直阻碍着官布和嚼里啪啦的关系进一步发展，直到一次

重病噼里啪啦再一次救了官布，官布才意识到噼里啪啦在他生活中的重要性，于是下定决心跟噼里啪啦表明心意。然而官布潜意识里根深蒂固的阶层身份偏见，使到了嘴边的心里话变了味儿："人哪，到了老了反而和小孩似的，得有人照顾，有依托、靠山。""互相帮助"，这样的表白让对爱情仍然充满期待的噼里啪啦自尊心受到了伤害，她原本以为眼前的这个男人最终接纳她是因为感情，她一直认为官布会是个"能叫人信任的男子汉，尽管你脑袋里有些不干净的东西"①。噼里啪啦失望离去，而官布也不明白，自己到底把什么重要的事情颠倒了。

《雪层下的热吻》描绘了一幅采伐工人的群像。国家开发大兴安岭，浩浩荡荡的采伐大军开进林区，这些来自天南地北的人，临时凑在一块儿，为了能靠伐木赚上养家糊口的钱。"车轱辘"霸道、油滑，说话粗鄙，爱欺负人，"排骨"老实巴交，一路被"车轱辘"欺负。布敦迪是这六七十号伐木工里唯一的鄂温克人，他的民族身份对其他人来说是件新鲜的事儿，他一身猎人装扮、沉默少语、为人正义憨厚，因看不惯"排骨"被"车轱辘"欺压，而出手相助。小翠是这群人中唯一的女性，性格腼腆、纯真、充满朝气、吃苦肯干，对于干伐木这样的重活粗活，丝毫不逊色于男人。伐木拉大锯需要找伴儿一起干，其他相熟的老伐木都找好了伴儿，只剩下布敦迪和小翠。起初，布敦迪对于和她搭伙儿拉大锯感到迟疑，但是小翠的坚持和自信，渐渐地令布敦迪刮目相看，他们合作得越来越默契，而两人的情愫也悄然而生。布敦迪被小翠的纯真善良、吃苦耐劳所吸引，小翠也对眼前的这个壮实的憨汉充满好感，两人感情的发展在断木砸向雪地的瞬间达到高潮，当两人在雪层下互相拉到对方的手，心中炽烈的感情再也按捺不住，终于拥吻在一起。小说情节简单，主要通过对话来刻画人物，除了男女主人公布敦迪和小翠，"车轱辘""老鼠眼儿""排骨"等人物形象也都令人印象深刻。《雪层下的热吻》表面上看轻描淡写地描写了一群伐木工人的百态，细读文本，我们却能从作者偶尔流露的深沉笔调中感受到家园被破坏的隐忧和痛楚；"当晨曦为林间带来朦胧的亮光时，山林的宁静被斧锯和人的喧闹声所扰乱。随着一阵阵粗犷的吆喝声，一棵棵高大的树干沉重地摔倒在深深的雪壳中，溅起一团团雪雾，紧

---

① 涂志勇：《噼里啪啦外传》，《民族文学》1986 年第 1 期。

接着，便是单调的斧子打枝杈的动静"。① 可以说，这延续了作者一贯的现实主义风格，即紧紧联系鄂温克人当下的生活境遇，展现特殊时期鄂温克人的生存状况。

二　《索伦铁骑》

1989 年和 1991 年，涂志勇先后出版长篇小说《剑海柔情》和《索伦骠骑》，成为鄂温克族文学史上第一位创作长篇小说的作家。

《剑海柔情》和《索伦骠骑》其实是姐妹篇，描写了鄂温克族一代名将海兰察的故事。2016 年，涂志勇、涂君平重新修订，以《索伦铁骑——一代名将海兰察》（以下简称《索伦铁骑》）为名，由内蒙古文化出版社重新出版。②

海兰察是清乾隆时期索伦族的著名将领，他的一生是传奇的一生。据《鄂温克族历史词语》一书记载：海兰察（1740—1793）出身于索伦左翼扎拉玛泰尼日霍勒特浩"嘎新"（今十六号车站海拉尔河北侧）鄂温克牧人家庭，额格都·杜拉尔氏族，其祖籍在阿荣旗霍尔奇一带，清雍正十年（1733）迁往呼伦贝尔驻牧戍边。清乾隆二十年（1755），年近 20 岁的海兰察以普通马甲从征新疆平定准噶尔叛乱，只身一人活捉厄鲁特部辉特台吉巴雅尔，从马甲晋升为侍卫，获"额尔克巴图鲁"称号。乾隆三十二年（1767），海兰察以副都统之名，率索伦兵出师虎踞关。乾隆三十八年（1773），海兰察率索伦将士平定大小金川割据势力，获"绰勒霍勒科巴图鲁"称号。乾隆五十二年至五十三年（1787—1788），海兰察督率官兵赴台湾作战，以其大智大勇，三日破鹿耳港。作为功臣，在紫光阁绘有海兰察的图像。《御功臣像赞序》中称："台湾战事有天助，盖嘉以速也。每战恒敌衣，聘马绕敌后……以数十骑冲乱左右，射使阵乱而后击之。"海兰察身先士卒，勇略过人，进二等超勇公。乾隆五十三年（1788）二月记述："海兰察之勇略最著者，应于台湾郡城及嘉义两处，共建生祠。"同年七月，乾隆皇帝赐平定台湾凯旋将军参赞海兰察宴。乾隆五十四年

---

①　涂志勇：《雪层下的热吻》，《民族文学》1987 年第 5 期。

②　涂志勇、涂君平：《索伦铁骑——一代名将海兰察》，内蒙古文化出版社 2016 年版。

（1989）二月，海兰察由领侍卫内大臣，晋升为蒙古都统。乾隆五十六年（1991）廓尔喀人入侵西藏，乾隆特派海兰察统兵围剿。海兰察率千名索伦兵首战告捷，由二等公爵晋升为一等公爵。海兰察 38 年戎马生涯，南征北战，为中华版图的完整与统一，立下赫赫战功。时至今日，鄂温克人之所以纪念海兰察将军，是因为在他身上集中体现了鄂温克人的民族精神，那就是果敢、智慧。①

　　鄂温克族的民间故事中也世代流传着海兰察的传说故事，《索伦铁骑》便是取材于海兰察征战的真实历史事件和民间传说故事，以雍正至乾隆年间的政治风云为背景，描写了海兰察戎马生涯、悲欢壮阔的一生。公元 17 世纪末，沙俄不断越境东扩，频频挑起中俄边境事端。《尼布楚条约》签订后，中俄边界之争虽然暂时落下了帷幕，但是沙俄的扩张野心始终是清王朝的心腹大患，因此，雍正帝决定移民戍边呼伦贝尔。主人公海兰察一生的传奇故事就在这样的背景下展开。小说的主线是海兰察从士兵到将军征战的一生，故事从少年海兰察在赛马场上崭露头角开始写起，十四五岁的海兰察"皮肤黝黑，一件光板狍皮衣紧裹着粗壮的骨骼，头戴一顶遮阳挡雨的桦树皮帽。淳朴简陋的服饰同其他二十几名红缨扎头、娇红嫩绿的少年相比，实在是大煞风景。唯独一对神采奕奕的大眼若无其事地左顾右盼"②，少年海兰察一出场，就给人留下不同寻常的印象，他身上集聚的马背民族的勇武气质，为日后带来了无数荣光：以索伦马甲身份参军，依靠英勇善战赢得"巴图鲁"殊荣，西进南征、讨伐金川，平定台湾，保卫后藏。最后，在廓尔喀之战凯旋途中，积劳成疾，病卒异乡。海兰察死后，乾隆帝念其一生忠贞不贰，战功累累，破例加恩入祠，为其征战的一生画上圆满句号。

　　小说除了根据历史史实叙述海兰察南北征战这条主线，还发挥想象，增加了一条海兰察与江湖武林门派斗争的恩怨故事，主要围绕青龙帮抢夺"迷幻"剑法秘籍而展开。年过半百的乔玉表面上是货栈老板孙浩的杂役，实则是清风道长门下弟子，年轻时在年羹尧帐下效力，年羹尧被赐死后，乔玉和师兄们为防止株连，纷纷弃官逃。乔玉仓皇北上，但途中遭

<hr>

　　①　乌热尔图:《鄂温克族历史词语》，内蒙古文化出版社 2005 年版，第 182—183 页。
　　②　涂志勇、涂君平:《索伦铁骑　一代名将海兰察》，内蒙古文化出版社 2016 年版，第10 页。

到青龙帮的堵截埋伏，青龙帮为抢夺"迷幻"剑法秘籍而来。"迷幻"剑法为乔玉的祖师清风道长所创，当初清风道长精研各派武功精髓，自创"迷幻"剑法这一武林绝学，本意想借此绝学惩恶扬善，造福苍生，但这套武功一出世便震惊武林，被黑白两道视为瑰宝，都想占为己有，引起整个武林的纷争。各派都以剑法中有自己门派的招数为由，来索要剑谱，清风道长为避免秘籍落入小人手中，贻害无穷反成罪人，便击伤前来索要秘籍的四大门派高手，从此隐遁山林，也因此与各门派结下仇怨。各派对秘籍的抢夺一直没有停止，乔玉逃至呼伦贝尔城，投靠在福生利商号下做杂役，但是内心一直不忘师门嘱托，见赛马场上的海兰察骨骼清奇，是习武的好材料，便萌生收徒之心，以传师门绝学，而海兰察也早有意拜乔玉为师，两人心意相合，海兰察便入了乔玉师门，成为"迷幻"剑派弟子，开始了为保护"迷幻"剑法秘籍，与青龙帮争斗周旋的历程。

　　小说在这条武侠的副线里，还穿插了海兰察与敏日娜、慧瑛师妹的感情纠葛。敏日娜出身名门，容貌娇美，性格直率，做事有分寸、识大体，与在官场上节节高升的海兰察可谓是门当户对的一对。慧瑛师妹一身侠义，倔强执拗，自尊心强，对师兄海兰察一往情深，甚至为了劝阻他远离官场，而不惜做出"伤害"海兰察的事，可谓情之深、爱之切。她的感情是炽热的，在爱对方的同时，也会伤到彼此。海兰察对慧瑛是敬重和怜惜的，也对她一生情意相牵，但作为结发之选，他最终还是选择了敏日娜。

　　《索伦铁骑》采用历史叙事与武侠小说杂糅的手法，在小说主题上描写了武侠小说中常见的英雄成长主题，气势恢宏，叙述脉络清晰，笔触游刃于历史风云与江湖恩怨、史料考据和武侠想象之中，艺术地呈现了海兰察这个人物形象，使人物丰满生动、有血有肉，在正史和戏说之中，增强了小说的可读性。这部小说之所以能使历史和武侠融为一体，一方面是人物本身的传奇性质，使历史与武侠之间具有了天然的近缘性，是两者结合起来的前提，海兰察作为一个历史真实存在的人物，史书中对其有所记载，但又着墨不多，这就给小说提供了充分发挥的空间，来呈现海兰察骁勇善战的传奇故事，以满足民间对于英雄故事的想象；另一方面，武侠小说作为一种新兴的文类，不同于欧美现代小说，它与悠久的本土文化有天然的联系，因此从更深层次的意义来看，选择武侠小说这一载体，来描写鄂温克族历史上的民族英雄，是一种建立在集体记忆之上的重塑民族性的方式，是 80 年代"文化寻根"现象影响下，力图复兴鄂温克民族传统文化的一种努力。

三　涂志勇作品创作特色

第一，创作实践具有开拓性。作为鄂温克族早期的重要作家，涂志勇始终保持着旺盛的创作力，中短篇小说数量颇丰。更为重要的是，他实现了鄂温克族长篇小说零的突破，从某种意义上说，长篇小说是衡量一个民族文学创作实力的重要因素，因此，涂志勇可以说为鄂温克族文学史上写下了重要的一笔。

第二，题材丰富多元。既有表现鄂温克改革浪潮、当下生活，又有反身追逝传统文化，以及反思人与自然关系的生态哲学主题，以不同的视角切入鄂温克人生活的方方面面。

第三，人物刻画细腻，尤其是擅长表现改革浪潮下、新旧技术更替中人们复杂的心态，真实地反映了新旧社会发展阶段人们对未来矛盾迷茫的内心世界，通过这些人物群像，使我们看到了弱小民族在生存发展的十字路口所经历的震荡。

第七章 杜拉尔·梅

杜拉尔·梅的文学创作在小说、散文、报告文学、口述史等方面都有涉及，主题多元，她以女性的敏感细腻以及对文字特殊的感悟力，"从独特的鄂温克民族生活和自身的社会感受挖掘文学素材，探寻自己的创作之路，大胆地运用艺术想象，以纯朴的文字，构造了一片独具特色的新天地"①。

一 生平与创作

杜拉尔·梅，又叫杜梅，内蒙古扎兰屯人，1963年11月生于大兴安岭南麓阿里河镇。1984年考入内蒙古师范大学文学艺术研究班，1986年毕业，后调入内蒙古文联，现任内蒙古电视艺术家协会副主席兼秘书长。一级作家，全国十届、十一届政协委员，中国电视艺术家协会理事，中国作家协会会员，自治区青联常委。1981年开始从事文学创作，先后出版民间故事集《鄂温克民间故事》，散文集《在北方丢失的童话》，中短篇小说集《银白的山带》，长篇报告文学《草原之子廷·巴特尔》（与人合著），口述体宗教民俗专著《我的先人是萨满》（与母亲何秀芝合著），长篇小说《黄河那道弯》，有小说、散文、报告文学等文学作品在全国文学期刊及报纸发表。短篇小说《木垛上的童话》获全国第三届少数民族文学奖、全区第三届索龙嘎文学奖，《风》获全区第四届索龙嘎文学奖；中篇小说《那尼汗的后裔》获全区首届敖德斯尔文学奖；散文集《在北方丢失的童话》获全国第六届少数民族文学骏马奖。此外还获得过全国

---

① 乌热尔图：《银白的山带》序，杜拉尔·梅《银白的山带》，作家出版社1999年版，第2页。

第四届"五个一"工程奖，全国山花奖学术著作奖，全区第二届索龙嘎文学奖，全区第六届索龙嘎文学荣誉奖，呼伦贝尔首届文学骏马奖，自治区"五个一"工程奖，自治区首届意识形态"四个一批"获选人物。

杜梅从小浸淫在母亲讲述的神灵故事里，对本民族文化的熟稔，为她日后的文学创作提供了精神的滋养。这样无忧的幼年时光在她三四岁时发生了变故，父母因为"文化大革命"遭遇劫难，双双被关押，年幼的杜梅失去了父母的庇护，这段遭遇在她记忆里留下了深深的烙印，"我不知道别人的记忆是什么时候开始的，而我三四岁的记忆为何绵长地清晰地在记忆库里整装待发？我至今为此感到困扰"①。父母被平反后在鄂伦春旗工作了一辈子，然而童年的阴影使杜梅长大后内心脆弱，更渴望他人的爱，更依赖他人。

作为鄂温克族的女儿，杜梅身上天生地拥有强大的艺术细胞，"人有很多喜好是与生俱来的，我天性具有音乐细胞，并对音乐歌舞由衷地挚爱，我幼时面临的时代正是大唱革命歌曲、样板戏，跳忠字舞的年代，我至今对那些歌曲有强烈的记忆，现在仍能同比我年龄大许多的'革命小将'们一起怀旧"②。杜梅的童年正值"文化大革命"时期，它给杜梅带来家人离散的痛苦，也给她带来过快乐，所以当她看到马架子村金马驹儿童艺术团的农村娃娃们表演时，情不自禁地想起自己的童年，"我也曾在他们这样如花的年纪里醉心于歌舞乐声，也曾和他们一样如此认真地向不认识的叔叔阿姨们表演节目，但是有所不同的是，我的童年时代正值'文化大革命'时期，我是小小的毛泽东思想宣传员，唱革命歌曲，跳忠字舞。那些简单的歌舞形式无疑使我难能与今日金马驹艺术团团员的表演媲美，但我们从中领略到的快乐却也算大同小异"③。历史事件带来的痛楚是真实的，童年的记忆也是真实的，曾经的欢乐，在日后的追忆里，依旧闪闪发光。

---

① 杜拉尔·梅：《在北方丢失的童话》，《在北方丢失的童话》，内蒙古人民出版社 1997 年版，第 105—106 页。

② 杜拉尔·梅：《在北方丢失的童话》，《在北方丢失的童话》，内蒙古人民出版社 1997 年版，第 108 页。

③ 杜拉尔·梅：《山花烂漫时》，《在北方丢失的童话》，内蒙古人民出版社 1997 年版，第 44 页。

鄂温克族人世代生活在大山里，独特的生活环境造就了他们坚韧的性格。杜梅身上就有一股子身为自然之子的"骄傲"，这股"骄傲"带着倔强和不服输的劲儿，令她敢于在陌生的城市打拼，"过去，我总为自己是自然之子（或自称为河流的女儿）而感到骄傲。渐渐地，我发现有人比我们还骄傲，他们是楼房之子。所以也出现了许多有志之士为了争得和别人同等的骄傲，告别自然，挤进喧闹的城市。我也挟在这流动的人群里……似乎想证实一下，我们的民族不仅属于森林、河流和草原，也应该属于城市、属于楼房"①。所以，成为政协委员后，杜梅不忘自己的民族之根，不遗余力地为自己的民族贡献力所能及的力量，向大众宣传介绍自己美丽的家乡、民俗风情和民族文化，向政协提案提高非物质文化遗产保护传承人的生活和医疗待遇，恢复科尔沁、昭乌达充满民族文化的地域名称等等，这些挽救民族文化的努力，除了体现在实际的行动中，同样也体现在杜梅的文学创作中。

杜梅的创作主要集中在八九十年代，大致可以分为以下几类。

第一类，表现男女青年之间的纯真爱情、情感诉求，尤其是不同民族、不同文化之间人与人的和谐关系，讲述在不同价值观的碰撞下人物的不同命运，塑造了一些善良、质朴、坚韧的人物形象，如《淡淡的粉杜鹃》《小站，上来一位猎人》《风》《银白的山带》《飘逝的蘑菇伞》《山那边》。

《淡淡的粉杜鹃》写于1982年，是杜梅较早的一篇小说，表现了鄂温克男女青年之间的纯真感情。楠姐烨和楠姐菡是一对姐妹，妹妹楠姐菡漂亮，性格耿直。姐姐楠姐烨虽然没有妹妹漂亮，但是自有一种圣洁之美，"常年穿件洗得发白的淡粉色衣服，衬着她那白嫩、端庄的脸，令人一下会联想到传说里的杜鹃仙子"②。楠姐烨贤惠、坚强，父母在十年动乱中去世，为了谋生，她放弃学业，挑起家里的重担。曼戈布是村里最帅气的小伙子，又是一名好猎手，被村里送去城里学习，前途充满光明，村里的姑娘们都爱慕他。但是傲气的楠姐菡却认为那些姑娘们都是痴心妄想，只有自己这样的美貌和才学才和曼戈布最相配。曼戈布自从多年前在

---

① 杜拉尔·梅：《小雨就像我》，《在北方丢失的童话》，内蒙古人民出版社1997年版，第3页。

② 杜梅：《淡淡的粉杜鹃》，《银白的山带》，作家出版社1999年版，第121页。

一次打猎时遇见只身进山捡柴的楠姐烨，看着病弱的无依无靠的楠姐烨，一种男人天然的保护女人的责任感，在曼戈布心里油然而生，他"眼睛充满了温存和怜悯之光，还闪着令人难以揣摩的晶莹的泪珠"。从此，曼戈布就格外照顾这姐妹俩，"隔三岔五，楠姐烨家的门口就会出现一堆烧柴。每到那粉红色的杜鹃花盛开的季节，楠姐烨眼前就会出现大堆的杜鹃花"[1]。而楠姐烨也在充满感恩的心里渐渐爱上了曼戈布，但当她知道妹妹对曼戈布的爱慕心思后，善良的楠姐烨便小心翼翼地收起内心对曼戈布的感情，一心成全妹妹。然而妹妹楠姐菡只是倾慕曼戈布帅气的外表，在曼戈布发生意外被黑熊抓伤头皮后，爱慕虚荣的楠姐菡顿时浇灭内心对曼戈布的好感，而这个意外反而促成了楠姐烨和曼戈布之间的感情，楠姐烨关切地为曼戈布做了一顶漂亮的帽子给他送去，并谎称是妹妹做的。当曼戈布戴着帽子来向妹妹楠姐菡道谢时，蒙在鼓里的妹妹忽然明白了姐姐的心思，并把实情告诉了曼戈布。曼戈布急忙去寻心爱的楠姐烨，并手捧杜鹃花，向楠姐烨表露了心迹："我会和你一起照顾楠姐菡的。"[2] 有情人终成眷属。美好的结局，正是楠姐烨对爱情理想的最好诠释："爱情不是虚荣心的一时满足，而是始终如一的神往和至死不渝的爱慕之情。"[3]《淡淡的粉杜鹃》作为杜梅刚刚开始文学创作的作品，难免笔触稚嫩，然而这恰恰能让读者从中感受到不事雕琢的纯真。

《银白的山带》（1987）描写鄂温克青年的日常家庭生活。猎人卓勒格特和妻子那兰婚后的生活并不是很幸福，因为妻子一直不孕，使原本和谐的家庭笼罩上了阴影，卓勒格特是家中独苗，母亲因此极力怂恿儿子重新娶妻。卓勒格特不忍心妻子那兰承受这样的痛苦，这个曾经因为迷人的微笑而让卓勒格特心动的女人，自从结婚后就再也没有看到过她的微笑。不能生育的那兰把所有的精力都放在了饲养家中的马匹灰依日上，婆婆寻找各种借口骂那兰。卓勒格特陷入这样举步维艰的家庭关系中，内心十分苦闷，带着灰依日和伙伴们出门打猎以排遣心绪。然而灰依日却被伙伴在追猎狉的时候，误中了子弹。看着那兰视为孩子一般的灰依日浑身鲜血，用孩子看着母亲一样的目光看着卓勒格特，卓勒格特似乎明白了妻子。灰

---

① 杜梅：《淡淡的粉杜鹃》，《银白的山带》，作家出版社 1999 年版，第 123 页。

② 杜梅：《淡淡的粉杜鹃》，《银白的山带》，作家出版社 1999 年版，第 126 页。

③ 杜梅：《淡淡的粉杜鹃》，《银白的山带》，作家出版社 1999 年版，第 122 页。

依日就像是卓勒格特和那兰之间的唯一纽带，一种精神上的寄托，如今它不幸的遭遇，似乎预示了卓勒格特对美好家庭生活的向往的幻灭。他绝望而悲凄地呼喊着灰依日，孤零零地站在天地之间。小说结尾并没有写明卓勒格特和妻子那兰的关系何去何从。

《风》（1988）讲述年轻的寡妇花热丧夫后，在压抑苦闷的生活环境中被逼疯的故事。花热的丈夫在一次上山抓狍子的时候不幸被一头母熊袭击而死，留下家中六十多岁的老母亲、媳妇花热和幼子。花热的婆婆伊纳肯奇老太太是笃信老规矩和神的旨意的，她认为花热就是因为不信这些才年纪轻轻就守寡，而像花热一样的年轻人也正是因为不信老规矩，而使世道变得越来越差，在伊纳肯奇老太太眼里，这些不守规矩的言行是会遭报应的。花热和婆婆观念的不同，始终影响着生活的和睦，而矛盾由隐而显到最后爆发，则是通过村东的寡妇——瘸子道呼勒几次串门推动情节的发展。道呼勒在一次来花热家串门的时候，花热让儿子诺诺把婆婆正在吃着的一小盆手扒肉急忙挪走藏好。虽然婆婆也知道花热这么做是因为道呼勒见到别人家好吃的就会毫不客气地没命地吃，而吃顿肉对她们这家孤儿寡母来说又是那么不容易。但是没想到孙子诺诺在大人们聊天的时候，一个人把这些肉吃了，这让伊纳肯奇老太太很生气，认为背后肯定是花热在搞鬼，因此总是找碴儿骂儿媳。还有一次伊纳肯奇老太太正在骂花热的时候，道呼勒恰好又来串门，不知原委的道呼勒劝导花热要孝敬老人，否则神会不依的，但是备受委屈的花热拿话怼了回去，这让婆婆更加认为儿媳没规矩，道呼勒还拿缺德媳妇给婆婆吃虫子做的馅饼，最后遭报应被虫子咬死的的民间故事，替伊纳肯奇老太太帮腔，花热心里充满了委屈和憋闷。然而虽然生活看不到别的希望，日子终究还得这样过下去。一天，花热本来约好朋友莎荣一起上山去采蘑菇，结果莎荣临时推托身体不适，花热只好一个人上山。在山上快要迷路的时候，碰到了上山散心打猎的德吉勒，两人回忆起往事：十年前，花热还是天真无邪的姑娘的时候，也在山上和同伴走散的时候遇到了德吉勒，看见德吉勒就像看见了救星，惶恐的花热一下有了心理的依靠。从那时起花热心里就对德吉勒产生了好感。可是年少美好的感情还没来得及实现，花热就被父母做主嫁给了诺诺的爸爸。婚后的花热也尽心尽力做好妻子、母亲和儿媳的角色。然而丈夫不幸去世，坎坷疲惫的生活让花热意识到，内心对德吉勒的恋慕之情"随着这些年来多难的生活磨砺，越来越强烈"①，尤其是眼下遇到困境与德吉勒不期而遇时，"倏然觉得心里明朗了许多，犹如干枯的秧苗得到一丝雨露的慰藉……她是多么需要也多么渴望得到别人的爱怜与关注呀！"② 花热心里激荡着强烈的冲击波，"如果那时……如果那时你没有把我当做孩子，该多好呀！""真的？你也这么想？"③ 德吉勒和花热两人，在那一刻，坦露了长久以来积压在心里的感情。但很快这股热情被花热压了下去，如今已为人妇的现实让花热不敢对未来有所幻想，即便德吉勒现在是离婚单身。现实在花热和德吉勒之间划了一道无形的鸿沟，无奈的德吉勒只能在分别时，把自己打的两只兔子送给花热，这是他唯一能做的对花热的照顾了。婆婆看到花热拿回来的兔子，知道是德吉勒给的，起初不以为意，后来从恰巧又来串门的道呼勒口里得知，那天德吉勒上山打猎是为了躲避和莎荣的相亲，道呼勒猜测是德吉勒备不住看上什么人了，并提醒花热的婆婆得提防点儿，"也许这兔肉不是白给的呀……"④。旁人的一句闲话，联想到花热拿回来的兔肉，婆婆终于爆发了，让孙子把兔肉扔了。花热一方面不得不服从婆婆，另一方面又舍不得这么好的一锅肉，偷偷地吃了。结果也许是忤逆了老人的意思，花热忽然神志不清，像中了邪。面对花热突如其来的变故，婆婆更加坚信是因为花热不守妇道遭到了亡夫的报应。道呼勒请来萨满为花热医治，花热在萨满阵阵迂回、蔓延的唱词中，终于无法忍受，神经错乱晕了过去。花热代表的年轻人不守老规矩，婆婆代表的老人恪守信奉老规矩，新旧观念的正面交锋，看似老规矩赢了，但细细品读，花热的发疯对所谓的规矩又何尝不是一种反思？在思想不断解放的当今社会，旧观念中不合理的部分该如何改造，传统在现代社会又该如何自处？

以上三篇小说都是表现鄂温克人的日常生活状态，他们所关心的事物，想表达的欲望，内心的情感诉求。《小站，上来一位猎人》《飘逝的蘑菇伞》《山那边》则侧重于表现异族男女情感关系、兄弟民族情谊。

《小站，上来一位猎人》发表于 1983 年，是作者初入文坛的作品。

---

① 杜梅：《风》，《银白的山带》，作家出版社 1999 年版，第 13 页。

② 杜梅：《风》，《银白的山带》，作家出版社 1999 年版，第 14 页。

③ 杜梅：《风》，《银白的山带》，作家出版社 1999 年版，第 13—14 页。

④ 杜梅：《风》，《银白的山带》，作家出版社 1999 年版，第 16 页。

小说讲述了兄弟民族之间的情谊，赞扬了鄂温克人朴实无私的优秀品质。白洁为了给妈妈治病，去诺敏镇买熊胆。在坐火车回来的路上，碰到了从小站上车的猎人。猎人身上的腥味和汗味儿，以及大白天喝酒的不拘小节的仪态，让白洁心生厌恶，然而一路同车又不得不忍受。白洁旁座的另一个中年男子听说白洁买了熊胆，再三央求白洁拿出来让他看一看，白洁无奈拿出熊胆，结果一直在一旁听他们聊天的猎人一看，便告知白洁上当买了假熊胆。得知上当后的白洁想到自己花光了钱却买了假熊胆，救不了家里重病的妈妈，心里越想越无助，忍不住流下眼泪。猎人气愤卖假熊胆的人，一边骂着像这样缺德的人应该一枪打死，一边拿出自己打猎得到的熊胆，并豪爽地说："不要钱，送给你了。"[1] 猎人的豪爽和无私让白洁感动万分，又觉得自己不能收了这熊胆，正当两个人在你推我让的时候，火车到站了，猎人二话没说急匆匆地下了车。白洁这才反应过来还不知道猎人的名字，只能隔着已经开了的列车车窗，对着站台上的猎人呼喊"你叫什么名字？""猎人只是微笑着向她挥了挥手。"[2] 这个短篇故事情节简单，主要通过火车上白洁、中年男子和猎人之间的对话，刻画了一个不知名的鄂温克族猎人，淳朴、善良、无私，这样的猎人形象在乌热尔图的小说里也一直存在，成为 80 年代文坛上让人眼前一亮、独具特色的一类人物形象。

《飘逝的蘑菇伞》（1986）讲述鄂温克青年莫乎日汗和汉族姑娘来小儿凄婉的爱情故事。莫乎日汗和采蘑菇的来小儿在山上偶遇相识，来小儿是盲流屯的汉人，因为父母超生，随父母流窜来这里。鄂温克人向来对这些汉人充满怨气，认为"他们不爱这里的土地，只为眼前利益着想。大面积的森林被他们砍伐了，连野兽都让他们吱吱喳喳的砍伐声、叫喊声给吓跑了"[3]。莫乎日汗也是这么想，但是却对来小儿有特别的感觉，他觉得这个怯懦与内秀的姑娘并不像一般盲流屯的姑娘那么泼辣和粗鲁，而是特别惹人怜爱，尤其是她的眼睛，像鄂温克民歌里唱的那样，好像山上熟透了的稠李子果，让莫乎日汗那颗正值青春追寻爱情的心发生悸动。这双眼睛让莫乎日汗一眼难忘，魂牵梦萦，为了能再看到这双眼睛，莫乎日汗

---

① 杜梅：《小站，上来一位猎人》，《银白的山带》，作家出版社 1999 年版，第 172 页。

② 杜梅：《小站，上来一位猎人》，《银白的山带》，作家出版社 1999 年版，第 173 页。

③ 杜梅：《飘逝的蘑菇伞》，《银白的山带》，作家出版社 1999 年版，第 150 页。

又特意跑到山上等来小儿，两人畅聊，莫乎日汗对来小儿的爱恋之情愈发浓厚，当两人山上告别时，莫乎日汗感到前所未有的寂寞和惆怅，"姑娘走了，山道在她的身后幽深而寂寞，仿佛伸到另一个世界……"①莫乎日汗的思念一天比一天强烈，"几天过去了，这几天就像过了几年一样，漫长得令人难以忍受。莫乎日汗想尽自己最大努力忘掉'英格特'，忘掉那个有着迷人的稠李子一样黝黑的眼睛的姑娘，但是，他越是想忘就越是忘不掉。白天，她的眼睛像太阳，刺激得他想看又不敢看；夜晚，她的眼睛像月亮，神秘而幽深，使人不能不想，不能不看"②。莫乎日汗在强烈的思念中痛苦不堪，而来小儿却为残酷的现实生活逼迫，她父母为了落户要把来小儿嫁给答应帮忙落户的人。来小儿为了逃脱这样的婚事，找到莫乎日汗，请求他帮助落户，莫乎日汗毫不迟疑地答应了。为了能办成落户的事，莫乎日汗上山打鹿，希望能用鹿茸送礼，换回来小儿的一个落户指标。七天七夜，当莫乎日汗终于带着战利品下山时，却得到了来小儿一家被撵走的消息。作为盲流，来小儿一家被清除走了。来小儿没有嫁人，但是却这样悄无声息地消逝在了莫乎日汗的生活里。一切如同一场美丽的梦，在莫乎日汗心里烙下了深深的印记，却也永远无法实现了。小说怅惘和哀怨的结局，更加凸显了两个年轻人之间纯洁情意的珍贵。和其他表现这类男女情感题材的小说一样，《飘逝的蘑菇伞》也借莫乎日汗和来小儿的对话，揭示汉人和鄂温克人的不同以及在现实中微妙的关系，我们可以从小说中一些细微的心理神态描写来体会，比如一想到盲流屯的汉人，莫乎日汗就"充满怨气"，在询问来小儿为什么会流窜来，虽然是对心爱的姑娘的一种关心，但是心里还是不由自主感到"烦躁"，并且这些细微的"不欢迎"心理也被来小儿察觉，来小儿也明白当地人不喜欢这些汉人，但是因为家里超生交不起罚款，只能流窜至此，也是无奈之举。"莫乎日汗去过盲流屯，看过他们过的苦日子。……他知道这些迁徙过来的盲流是怎样为了生计吃苦创业的，大兴安岭是个天然宝库，他们只需要奋斗几年就会富起来的。可大兴安岭并不是神话故事里讲的聚宝盆，放一个金币就变成了一盆金币。宝山，会很快就被这些急于致富的人变成秃山的。猎人

---

① 杜梅：《飘逝的蘑菇伞》，《银白的山带》，作家出版社 1999 年版，第 157 页。
② 杜梅：《飘逝的蘑菇伞》，《银白的山带》，作家出版社 1999 年版，第 157 页。

的命运又将是怎样呢？莫乎日汗一想到这儿又开始不耐烦了，但他一看见眼前这个静得如一泓湖水的姑娘，心又安生了许多。"① 莫乎日汗就是在这样既怜悯又厌恶的矛盾心理中不断挣扎。

《山那边》（1994）以第一人称孩子的视角，讲述了"我"从一开始排斥汉人大板牙走入"我"的家庭，到最后接受大板牙的心理变化过程。大板牙是山那边逃到"我"们村里的盲流，在"我"家不远处盖了个简易的窝棚安了"家"。大板牙人很勤奋肯干，看"我"们孤儿寡母生活不容易，常常在暗地里帮助"我"们，多砍几捆柴放在"我"家院子里。"我"妈为了避嫌，也当面拒绝过大板牙的好意，可是大板牙也照旧默默地帮助"我"们母女。对于这个突然闯入生活的陌生人，"我"极度反感，为了证明"我"们不需要大板牙的照顾，"我"赌气去山上砍树，结果被自己的斧子砍到了脑袋昏迷不醒，幸亏大板牙及时送"我"去医院救了"我"。"我"的意外反而促成了大板牙和"我"妈的关系，"我"妈从心里接受了大板牙，大板牙也名正言顺地进入了"我"家，"以后叔叔就要和我们一起过日子啦，你要愿意的话就叫他爸，不愿意叫爸就叫叔"②。大板牙变成了"我"爸，"我"心里既不情愿又委屈，觉得是大板牙抢走了"我"妈对"我"的爱，"总觉得大板牙就是那万恶的满盖，他霸占了我的家，霸占了我的妈……我给自己编织了一个悲惨的故事，祈盼自己有朝一日报仇雪恨，能够驱散乌云见太阳"③。"我"在自己臆想的故事里，寻找自己"不幸"的遭遇，计划着要"报复"大板牙，而大板牙对于"我"对他的态度丝毫不介意，依然让"我"吃饱穿暖，让"我"生活得更好。后来，"我"妈和大板牙有了孩子，对于这个弟弟的到来，一开始"我"还觉得挺烦，时间长了，也忍不住姐姐对弟弟的喜爱之情，在家里没人的时候，"学着妈的样子拽着悠车的绳子，把悠车上挂着的狍子骨头什么的摇得叭叭响，我还学着妈的样子唱了几句：巴布勒，巴布勒……"④ 大板牙为新家盖了房子，也向"我"妈说出了当年逃到这个村子的原因：大板牙以前有个媳妇，还怀了孩子，为了养家糊口，

---

① 杜梅：《飘逝的蘑菇伞》，《银白的山带》，作家出版社 1999 年版，第 156 页。

② 杜梅：《山那边》，《银白的山带》，作家出版社 1999 年版，第 23 页。

③ 杜梅：《山那边》，《银白的山带》，作家出版社 1999 年版，第 26 页。

④ 杜梅：《山那边》，《银白的山带》，作家出版社 1999 年版，第 31 页。

大板牙出门打工赚钱去了。村里不安好心的七疤拉眼儿趁机想欺负大板牙的媳妇，最后导致媳妇流产。盼孙子盼疯的母亲被气死了过去，媳妇也上吊自杀。大板牙一怒之下杀了七疤拉眼儿。大板牙深知做过的事情终究是瞒不住的，也觉得对不住"我"妈和这个家。大板牙的故事让"我"第一次感到难受，并有了"一家人"的感觉。其实这么几年的生活，"我"内心早就视大板牙为家人，有了彼此依靠的依恋感。大板牙最终还是被警车带走了，而"我"对大板牙的感情也达到了高潮，喊了一直以来不愿意喊的"爸爸"，山的这边和那边响彻了"你得回来"的喊声。大板牙人虽然走了，但是此时，他们成了真正的一家人，心紧紧联系在了一起。"我"对大板牙从最初的隔阂到后来的依恋和不舍，体现的正是不同民族的人在交往过程中质朴的感情。小说也通过一些细节，描绘了不同民族之间的文化差异，比如"我"得知"我"妈怀孕后，气恼地称肚子里的孩子是"小满盖"（小魔鬼），大板牙听了不但没有生气，反而觉得有意思是个好名字，"满盖，你知道这汉字里满字就是满意吗？满就是赋予的意思；盖字呢？你没听有人爱说真盖了帽了吗？盖就是顶好顶好的意思。满盖，就是当魔鬼讲也挺好哇，魔鬼是个神通广大的人物呀，将来咱们儿子要真的能够有神通广大的本事，那咱们不都跟着享福啦"[①]。大板牙砍了树来盖房子，两个民族文化的差异也通过大板牙和"我"妈的第一次也是唯一一次矛盾冲突表现出来，"你把山神白那查弄死了？你还把它拉到我家里来了？……妈歇斯底里地大喊大叫着，甚至跪在地上大哭大闹着，像中了魔法一样跟那棵粗大的木头诉说着，喊叫着，好像还在乞求它饶恕什么的。大板牙像拎小鸡儿一样把妈拎回家。说妈神神道道地丢人样儿。大板牙进屋就揍妈，他说我砍这棵树的时候差点被砸死，回家还让你胡作八作的，你他妈是存心气死我呀？我盖这房子不是为了孩子为了你，我找死咋的！妈像疯了似地砸东西，大喊大叫，大板牙怎么打都打不老实她。……妈说……你惹谁不行，去惹白那查，触犯神灵是要受到报应的……"[②] 可以说，在文化差异存在的前提下，人与人之间仍然能相亲相爱，这恐怕是小说要表达的中心思想。

---

①　杜梅：《山那边》，《银白的山带》，作家出版社 1999 年版，第 27 页。

②　杜梅：《山那边》，《银白的山带》，作家出版社 1999 年版，第 34—35 页。

第二类，是展现改革开放后鄂温克人民生活变迁的画卷，传统与现代的碰撞与冲击下鄂温克人内心的矛盾与焦虑，对民族文化的保存与挽救，具有文化寻根意味。这一类与乌热尔图后期的非虚构创作齐头并进，从本民族深渊的传统文化里发掘资源。如《烟雾在升腾》《留下那美好的》《木垛上的童话》《那尼汗的后裔》《我的先人是萨满》。

短篇小说《烟雾在升腾》以类似半自传体的形式、散文化的语言，讲述了离开故乡十年的"我"回到故乡寻访娜丹倩乌嬷老人的故事。杜梅在《在北方丢失的童话》里曾经回忆自己幼年时的生活，是浸润在古老的部族神话传说故事中长大的，在她的经历里，也曾经为保存这些散落在民间的故事做出贡献，出版过《鄂温克民间故事》，这些经历无疑是创作《烟雾在升腾》的素材。在小说《烟雾在升腾》中，"我"是一个离开故乡十年的归子，如今带着一份任务——搜集民间故事——重新踏上回乡的归途，故乡的景物依旧熟悉，但是"我"的内心却充满了"近乡情更切"的忐忑，"青青的芳草，盈盈的小花，你是否欢迎我的归来？""哦，这婆娑多姿的白桦，这撩人眼目的野花，这绿色连绵的山岗，这蜿蜒流淌的小溪，你还认识我吗？你会原谅我这离开你多年的孩子吗？你为什么不做声？难道你不原谅我吗？"[1]　其实，"我"真正想要寻求的是娜丹倩乌嬷老人的原谅，小说开头通过这样的内心独白，引出"我"与娜丹倩乌嬷的尘封往事。娜丹倩乌嬷是村里受人真心尊重的老人，她最拿手的是讲民间故事，"她知道的民间故事多得成筐成箩，就好像永远也讲不完似的。什么莫日根的故事呀，满盖的故事呀……"[2]　"我"的童年就在娜丹倩乌嬷的民间故事里长大，这些故事为"我"日后从事文学埋下了种子，燃起了整理鄂温克民间故事的想法。然而"文化大革命"击碎了"我"这个美好的愿望，娜丹倩乌嬷老人讲的民间故事被视为封建毒草不让再讲，人们也不敢再到娜丹倩乌嬷家去听故事了，最终娜丹倩乌嬷也因为"我"整理的一首从她那里听来的民歌而遭到批斗，这首古老的民歌描述一对恋人如何战胜太阳魔女而获得忠贞热烈的爱情，娜丹倩乌嬷的罪

---

① 杜梅：《烟雾在升腾》，刘迁选编《二十世纪达斡尔族鄂温克族鄂伦春族小说集粹》，内蒙古文化出版社 2008 年版，第 214 页。

② 杜梅：《烟雾在升腾》，刘迁选编《二十世纪达斡尔族鄂温克族鄂伦春族小说集粹》，内蒙古文化出版社 2008 年版，第 215 页。

名是"攻击红太阳"。突如其来的厄运让"我"对娜丹倩乌嬷无比歉疚，"我"带着这份歉疚离开了家乡。童年在娜丹倩乌嬷身边的熏陶，像是命运无形的牵引，使"我"最终走上了民间文学艺术研究之路，十年后的回乡就是为了完成少时的愿望，收集一些鄂温克的民歌和诗歌，当"我"再次见到娜丹倩乌嬷，把来意向她说明时，娜丹倩乌嬷并没有答应。"我，戒烟了。"① 娜丹倩乌嬷冷冷地说。那个曾经但凡讲故事唱民歌，手里必定有紫檀色烟袋陪伴的老人，戒烟了。"烟袋"，是与过去联结的象征，娜丹倩乌嬷老人"戒"的，是不堪回首的过去，是与"过去"的割离。短短的一句话，道尽了心酸。面对此情此景，"我"的内心是矛盾的，"我"理解娜丹倩乌嬷的心，不想打扰她如今平静的生活；但同时"我"也渴望能得到她的支持，因为在村里，知道这些民歌和故事的老人已经相继去世，保存这些珍贵的民间资源迫在眉睫。一个风雨夜，"我"听到娜丹倩乌嬷屋里再次传来那首十年前听过的民歌，歌声里，满是过去岁月的爱恨与喜悲，"风，小了；雨，停了；雷，静默了。它们都为娜丹倩乌嬷深情的歌声感动。娜丹倩的歌声在猎村的夜空流淌……"② 娜丹倩乌嬷"盘着腿坐在炕上，手里拿着那支长长的、紫檀色的烟袋，轻轻地擦拭着"③，这个小小的细节一带而过，却是老人经历了内心的挣扎后的艰难决定。"唉！还说什么呢，我的时间不多了。""乌娜吉，快把我的烟袋给我点着！""烟雾在房间里缭绕，我仿佛又回到了那令人神往的童年，无边的幻想又开始在这烟雾中融化、升腾……"④ "老人"在鄂温克族文学中是常见的形象，"老人"的存在代表了鄂温克民族传统文化的根脉，对于一个依赖口耳相传的民族来说，"老人"太重要了。娜丹倩乌嬷和其他鄂温克老人一样，有着为年轻的鄂温克传授部族精神财富的使命感，深感于自己年迈的事实，娜丹倩乌嬷最终解开心结，重新拾起了那杆烟袋，

① 杜梅：《烟雾在升腾》，刘迁选编《二十世纪达斡尔族鄂温克族鄂伦春族小说集粹》，内蒙古文化出版社 2008 年版，第 218 页。

② 杜梅：《烟雾在升腾》，刘迁选编《二十世纪达斡尔族鄂温克族鄂伦春族小说集粹》，内蒙古文化出版社 2008 年版，第 219 页。

③ 杜梅：《烟雾在升腾》，刘迁选编《二十世纪达斡尔族鄂温克族鄂伦春族小说集粹》，内蒙古文化出版社 2008 年版，第 219 页。

④ 杜梅：《烟雾在升腾》，刘迁选编《二十世纪达斡尔族鄂温克族鄂伦春族小说集粹》，内蒙古文化出版社 2008 年版，第 219—220 页。

与"过去"和解。这升腾的"烟雾",不是别的,恰是鄂温克人伦理的子宫。

《留下那美好的》(1984)里,特斯和是马上要离休的副旗长,三十多年的政治生涯让即将离任的他充满眷恋之情,接替他工作的是年轻的布德。旗文化馆李馆长在特斯和任期内向特斯和打过好几次关于搜集整理民间文学、民族史料的报告,都被特斯和以缓期解决敷衍不批,理由是人员经费有限。这次布德新上任,李馆长带着报告来向布德请示,希望能得到布德的支持。年轻有为的布德当即给了李馆长肯定的答复,这让特斯和很不是滋味。退休在家的特斯和日子比以往清闲,也有更多的时间和家人在一起。他发现给孙子起的鄂温克名字色勒贝,被儿媳改成了"佳佳"这个汉名,心里忽然感慨:"他明白了,是年轻人嫌自己起的名字不洋气,不想用。可那是多好的鄂温克名字呀!色勒贝,铁人,钢铁巨人,铁塔般顶天立地的人!这是真正的鄂温克男子汉的名字。……这个名字包含着他对孙子的希望。可儿子、儿媳并不理解他,居然起了'佳佳'这样一个男不男、女不女的名字。现在的年轻人呀,盲目地追求时髦,连起名字都赶时髦。把老祖宗传下来的一切都丢了!……"① 与此同时,他又想起倔强耿直的汉族小老头李馆长,二十来岁的时候被打成"右派",发配到煤矿下井,后来又转到旗里,好不容易平反了,小伙子却自愿留在草原,在林海奔波,收集整理大量的民族民间资料,不图回报。而反观鄂温克年轻人,"民族代代相传的那些纯朴高尚的美德在他们身上产生了动摇……是年轻人的过错吗?当然,他们确实受到一些不良社会风气的影响;诚然,他们应该接受新鲜的事物,新的潮流"②。特斯和渐渐地认识到应该为抢救民族文化做点什么,小说结尾,特斯和看到妻子给孙子讲民间故事的场景触景生情,决定要加入李馆长的队伍,为搜集整理鄂温克民间资料做出贡献,"我要把它们记下来,留给我们的子孙,还有所有的鄂温克人。让那些美好的,永远、永远留下来……"③

《烟雾在升腾》和《留下那美好的》,立意鲜明,简单明了,杜梅曾经出版过《鄂温克族民间故事》,真实的经历是创作这两篇小说的基石,

---

① 杜梅:《留下那美好的》,《银白的山带》,作家出版社1999年版,第89页。

② 杜梅:《留下那美好的》,《银白的山带》,作家出版社1999年版,第90页。

③ 杜梅:《留下那美好的》,《银白的山带》,作家出版社1999年版,第98页。

小说里传达的既是杜梅的心声，又是所有鄂温克人的殷切希望。除了讲述关于民间文学资料搜集，杜梅还全方位地向人们展示了鄂温克族的萨满文化，她与母亲合著的口述体宗教民俗专著《我的先人是萨满》，讲述的便是萨满的传奇故事。该书对萨满的服装、萨满仪式、鄂温克民俗是一次全景的展现，以口述写实的手法展示了一个神秘的萨满世界，抛开了虚构的形式，民族文化的呈现更为全面和直接。"口述"作为一种方法，虽然史料的客观性、研究的科学性值得商榷，但其价值在于，通过家族、个人"私历史"的方式，作为官方历史记忆的有益补充，共同讲述鄂温克故事。

关于如何传承传统文化的小说，还有《木垛上的童话》《那尼汗的后裔》。

《木垛上的童话》（1986）通过孩子们的视角，讲述了改革开放后，鄂温克猎民在思想观念和生活方式上的变化。小说构思独特，语言优美纯真，借小妞妞、小恩勒和山普三个孩子的对话来揭示这一变化。小说以小妞妞的小雪兔找蘑菇的故事贯穿始终："从前啊，有一只小雪兔，它住在一片白桦林子里，那里长满了鲜嫩丰满的白蘑菇……"① 这个故事，小恩勒和山普已经听了无数遍，小恩勒显得有些不耐烦，转而和山普斗嘴较量谁的阿爸更厉害。小恩勒的父亲是打猎好手，是小恩勒眼里的艾莫日根，是执守传统观念的代表，认为打猎、有一手好枪法才是有出息的男子汉，所以当山普炫耀他爸爸去城里买玩具假枪时，小恩勒表现出一脸不屑，"假枪有什么好玩的？……我阿爸说等我长大了，给我买一杆真枪。到时候，咱也打猎去。嘿！骑着马，那才神气呢"②。山普也不示弱，他用阿爸的读书才有出息的观点反驳小恩勒，山普的父亲从山上到城里，从猎人到放下猎枪去城里谋生，代表了勇于接受新鲜事物，在改革中努力求变的人们。面对互不服气的小伙伴，小妞妞安慰他们"打猎有出息，读书也

---

① 杜拉尔·梅：《木垛上的童话》，中国作家协会编《新时期中国少数民族文学作品选·鄂温克族卷》，作家出版社 2015 年版，第 136 页。

② 杜拉尔·梅：《木垛上的童话》，中国作家协会编《新时期中国少数民族文学作品选·鄂温克族卷》，作家出版社 2015 年版，第 140 页。

有出息"①，这是在守旧和创新之间的一个平衡，也是观望。她反复讲述的小雪兔的故事，那片长满鲜嫩蘑菇的白桦林，是鄂温克人安身立命的隐喻，千百年来，祖祖辈辈在这里繁衍生息，不曾也从未想过跨出山林。然而，"有一天啊，下雨了，小雪兔最爱吃的蘑菇都被淋湿了。小雪兔就哭啊哭，哭完了就去找兔妈妈要没被淋湿的蘑菇。于是，兔妈妈就告诉小雪兔说：'在一个很远很远的地方，有一个非常非常大的，非常非常漂亮的，长着红斑点的蘑菇，如果能得到这蘑菇，就能一年四季总会吃到鲜蘑菇了。'于是，小雪兔离开了家，去找那个带红斑点的大蘑菇去了。它找啊找，找啊找……"② 蘑菇淋湿象征着鄂温克人生存家园发生了变化，靠守着传统而生存变得越来越艰难，长着红斑点的蘑菇是新鲜的事物的象征，小雪兔不断找寻它的过程，隐喻了鄂温克人探索新的生存之路的过程。小说最后，小恩勒和他的父亲依旧靠运气、狩猎为生，山普的父亲则在城里安家立命，把在山里的山普接到城里去生活了。听小妞妞讲故事的小伙伴少了，"木垛显得孤独和寂寞"③，无尽的怅惘，"小雪兔找啊找，找啊找……小恩勒突然狠狠地跺了跺脚下的木垛。木垛干枯的树皮发出痛苦的呻吟声……岁月蹂躏着木垛。它老了。也许，在这木垛的缝隙中，塞满了故事"④。木垛上的童话，随着岁月的流逝，变得越来越悠远……

第三类，是探讨现代都市人情感关系的都市小说。这部分作品主要集中在 90 年代，这一类小说已经没有鄂温克族民族的身份标签，由于杜梅从边地山村向都市迁徙的生活经历，使得她有机会体验和观察都市男女的生活状态、情感危机。《我们仍然独身》《女人之间》即属于这一类，反映了杜梅随着年龄变化对男女感情看法日趋成熟的心理变化。

《我们仍然独身》（1991）以第一人称口吻，讲述了三个从农村到都市的女性"我"、奴娅、桑各自的感情故事，表现了现代女性在感情生活

---

① 杜拉尔·梅：《木垛上的童话》，中国作家协会编《新时期中国少数民族文学作品选·鄂温克族卷》，作家出版社 2015 年版，第 141 页。

② 杜拉尔·梅：《木垛上的童话》，中国作家协会编《新时期中国少数民族文学作品选·鄂温克族卷》，作家出版社 2015 年版，第 140 页。

③ 杜拉尔·梅：《木垛上的童话》，中国作家协会编《新时期中国少数民族文学作品选·鄂温克族卷》，作家出版社 2015 年版，第 142 页。

④ 杜拉尔·梅：《木垛上的童话》，中国作家协会编《新时期中国少数民族文学作品选·鄂温克族卷》，作家出版社 2015 年版，第 143 页。

上独立解放的思想。没有男朋友的奴娅突然怀孕了，这让"我"很惊讶。奴娅和"我"是同乡，为人单纯，"一双不大的眼睛淡而弱，总是戴着一副沉重的眼镜，与她不大的脸不相称。她原本不难看，只是张嘴不笑则罢，一笑便让人感到苦兮兮的。但是她的身材棒极了。这是大自然给这个从小在乡村长大的姑娘的最好礼物，两腿结实而修长，那一定是惯于在山村奔跑的杰作。只是无奈她从不肯发挥自己的优势"①。单纯的奴娅也曾暗恋过别人，那是和她青梅竹马的塔森，恢复高考后，塔森考上了大学，为了能和塔森相配，奴娅拼命学习，第二年奴娅也考上了塔森所在的大学，但此时塔森在大学里已经有了女朋友，这对奴娅造成了很大的打击。黯然神伤的奴娅藏起了心中对塔森的感情，一心放在学业上。毕业后，原本打算回乡工作的奴娅为了躲避同样毕业回乡的塔森和女友，选择了留校任教，开始了在城市的新生活。之后的生活里，也有人爱恋过奴娅，那是小她五岁的学生。奴娅的智慧、才学使她不同于一般的女性，特别是在讲课的时候，使她比平时更具吸引力，那个学生对奴娅充满了崇拜之情，常常找奴娅聊天，两人也很谈得来，但是奴娅还是因为女大男小的年龄原因拒绝了这段感情。"我"的另一个朋友桑则是与奴娅恰恰相反，桑很漂亮，充满女性的魅力，总是很不安分，所以围绕在她身边的男人很多。桑对待感情热烈奔放，敢爱敢恨，曾经也和一个人轰轰烈烈真心地爱过，"只要他一出现，我浑身的血液都要燃烧起来，我无法控制自己。……我的初恋可以说是完完整整的情爱，我爱他，只想每天见到他，然后听他说他爱我，就够了"②。相比于桑的热烈，奴娅的保守，"我"可以说是处于她们之间的状态，"我"一直追寻真爱，在爱与被爱之间，毫不犹豫地选择爱，"选择了那条漫长而遥不可测的路"③，对爱情充满了理想主义的憧憬，同时"我"也有现代女性的觉醒意识，比如劝导奴娅珍惜来自学生的爱慕，认为"年龄不应该是爱情的障碍。为什么男人可以堂而皇之地娶比自己小十岁，甚至二十岁的女人。而女人却不能找比自己小五岁的男人呢？你是怕这种婚姻不安全吧，其实婚姻也是一场赌博，任何人在结婚

---

① 杜梅：《我们仍然独身》，《银白的山带》，作家出版社 1999 年版，第 50 页。
② 杜梅：《我们仍然独身》，《银白的山带》，作家出版社 1999 年版，第 54 页。
③ 杜梅：《我们仍然独身》，《银白的山带》，作家出版社 1999 年版，第 48 页。

时都无法预知自己的未来。巩固婚姻的基石不是年龄，而是爱情"①。所以当"我"得知心有好感的苍林是为了"我"而离婚，心里对这段来之不易的感情也向往起来，爱情终于来到身边。可是当"我"在街上偶遇苍林温柔的前妻和孩子，并知道了苍林是如何不顾一切为了"我"离婚时，心里顿时充满了愧疚，陷入了痛苦，对和苍林的未来犹豫不决。而苍林由于得不到"我"的回应，回到了前妻身边，最终回归了家庭。此时"我"才恍然惊醒错失了真爱，然而一切为时已晚。奴娅、桑、"我"三个女人，代表了三种婚恋观，桑热情奔放，在拥有过一段刻骨铭心的感情后，收起真心，不再对男人动真情，虽然她身边情人不断，但都是逢场作戏，桑对感情似乎玩世不恭，但是却对男女之间所谓的忠贞不渝却有很清晰的认识："忠贞不渝这四个字，对于一个周旋在妻子和情人之间的男人来说，真是无稽之谈。"② 可以说，桑代表的是全盘西化的婚恋观。奴娅则相反，爱情在她眼里是很神圣的，认为"婚姻就是铺着爱情红地毯的殿堂"③，所以不敢轻易踏足，然而现实中却未婚先孕，尤其是打掉孩子后奴娅的自言自语，"他是男孩还是女孩？他会记恨我吗？""我还会做母亲吗？"④ 令人悲哀和唏嘘，奴娅的婚恋观，是保守的孔孟之道。而"我"既不赞同桑那样的全盘西化，也不像奴娅那样保守，而是折中主义者，对婚恋，既有清醒的现代意识，又对真爱仍然期待和憧憬。现实的残酷，感情的挫折，也让三位女性不断成长，尤其是奴娅，经过一番磨难后，也看透了男女之爱，在听完"我"被苍林抛弃的哭诉后，说了一番肺腑之言，"你既希望他爱你，又不肯给他爱的回报，他不跑回去才怪呢。男人是很缺乏耐心的。他爱你也许只是一股激情，当这股激情得不到宣泄的时候，他会感到异常的孤独。这时候他必然会想到他曾有过的家。所以他只能回去了。……如果他不是真的爱你，就不会下那么大的决心抛弃他那么好的家的。男人有时也很脆弱的。他爱过你，这对你来讲，已经足够了。……我很感激你一直没有逼问我那个人是谁。他是谁并不重要。关键是我自讨苦吃。……过去的事对我刺激太大了。使我不敢相信自己在异性面前是否

---

① 杜梅：《我们仍然独身》，《银白的山带》，作家出版社 1999 年版，第 52 页。

② 杜梅：《我们仍然独身》，《银白的山带》，作家出版社 1999 年版，第 55 页。

③ 杜梅：《我们仍然独身》，《银白的山带》，作家出版社 1999 年版，第 56 页。

④ 杜梅：《我们仍然独身》，《银白的山带》，作家出版社 1999 年版，第 60 页。

可爱。后来我的那个学生说他爱我的时候，我真的还不能相信。现在这个人用他的勇气走近我时，我相信了。虽然很短暂，但他给了我自信，这就够了"①。从这些言语中，我们看到了一个女性精神的成长和独立。"我们仍然独身"也具有了双重含义，既说明了独身的现实，也意喻了觉醒了的女性形象。

《女人之间》（1999）也是描写都市男女感情的小说。艾亚和老图夫妻多年，生活过得不算宽裕，艾亚也总是对老图有诸多不满，几乎天天吵架，不过日子也还得继续过着。留留是艾亚的发小，三十多年来，两人一直保持着友谊，虽然婚后天各一方，但是从未间断过联系。留留的丈夫罗祥是企业职工，当初结婚时，留留就不是很满意，觉得要像艾亚那样嫁给机关干部才是有福气。但是没想到结婚后没几年，赶上改革开放的东风，罗祥辞去工作去了广州，发了财，留留的婚后生活一下子变得富裕起来，享起了福，而艾亚则还是老样子，和老图不温不火地过日子，虽然常常吵嘴，也还算安稳。平静的日子，随着留留的突然来访掀起了一点波澜。原来留留怀疑罗祥出轨，罗祥谎称出差被留留发现，一气之下留留就躲到艾亚家来了。碍于面子，留留一开始还瞒着艾亚一家，直到罗祥几个电话打到艾亚家，留留反常的反应才引起了艾亚的怀疑。留留把自己对丈夫的疑虑告诉了艾亚，觉得这日子没法过了。艾亚一方面心疼留留，另一方面也希望她能和罗祥和好，为此和老图两个人天天晚上绞尽脑汁偷偷地商量对策。最后，老图向留留编造了自己也曾有外遇，但是艾亚得知后非但没有离开自己，还最终让老图迷途知返，两人感情有增无减的故事，留留信以为真，决定回到罗祥身边。艾亚得知老图编造的这出戏，疑心丈夫是否真有出轨之事，老图说这样编是为了说服留留，每个家庭都会遇到麻烦，一旦遇上了，应该好好解决麻烦。艾亚虽然消除了疑虑，但是心里却委屈，让朋友误以为自己的丈夫有外遇，是多么不光彩的事。看着妻子这般委屈哭泣，老图也心疼起来，把艾亚抱在了怀里，夫妻俩因为留留的到来，反而找回了不知什么时候丢失的感情。而留留回到丈夫身边后，虽然最终真相还是丈夫出轨，但是经由老图的故事，她也决定要为保全自己的家而努力。《女人之间》借探讨都市男女情感关系，来表达友情对女人的重要

---

① 杜梅：《我们仍然独身》，《银白的山带》，作家出版社 1999 年版，第 66—67 页。

性，"20 岁的女人和 30 岁以后的女人有着很大的不同就是，20 多岁的时候总把目光投到男人身上，而女人 30 岁以后才发现女人与女人之间竟有着这么广阔的世界。心里有的话，在 20 多岁的时候总想跟男人说，而男人是为了哄女人才假惺惺地听，到了 30 岁才知道，其实男人跟女人有着截然相反的两个世界，所以很难沟通，甚至无法沟通。而女人又是多么需要倾诉的呀！所以 30 岁以后的女人才怀揣着对男人那种'其实你不懂我的心'的失望，把女人生性爱倾诉的那份愿望转移到女人之间"。这恐怕也是作者在经历了丰富的社会阅历后的人生感悟吧。2015 年杜梅出版的《黄河那道湾》（与王瑶合著）则讲述了一个走西口的蒙古家族的垦荒史。"永和成"商号的兴衰：在天下黄河九十九道弯中的一道弯，喇嘛湾，山西迁来的一户人家靠自己双手勤劳致富，建立了自己的商号"永和成"。永和成因为大掌柜王老槐的胆识和魄力兴盛，王老槐死后，承管"永和成"商号的王子仁却因国内战乱饱受艰辛，举步维艰，直至衰败。故事曲折动人，既讲述了创业者的悲欢人生，也反映了时代风云。虽然小说并不是描写鄂温克族人的生活状态，但就像张承志写的蒙古族故事，迟子建写的鄂温克族故事，这些"汉写民，民写汉"的意义在于，丰富了的不仅是本民族文学，而且是整个中国当代文学的内涵，使讲述的"中国故事"更加立体和丰满。

第四类，是具有自传性质的回忆散文。这类作品主要集中在散文集《在北方丢失的童话》。这部散文集是杜梅对自己成长经历、往昔生活的回忆，基调是痛苦的，绵延的痛苦。杜梅身上，经历了一个女人少有的不幸，这些苦难的经历化成文字，成为她纾解痛苦，重新与现实建立联系的途径。《小雨就像我》是散文集的开篇，类似于自白，是杜梅对自己这一路走来，情感上的自省和剖白。作为从一个人口较少的民族走出去拼搏的儿女，杜梅取得的成功实属不易，"为了什么离开家？家乡人很少有人这样问我，却都说：这孩子真出息。常言说，人往高处走，水往低处流。我很难弄清自己是往高处走了，还是往低处流了。总觉得自己就似那随风飘落的小雨，只知往下飘落，却不知为了什么"[1]。在杜梅纤细敏感的文字

---

[1]　杜梅：《在北方丢失的童话》后记，《在北方丢失的童话》，内蒙古人民出版社 1997 年版，第 4 页。

里，读者慢慢走近她的回忆。

《安生的房子》《你的名字叫安生》《我的短暂伴侣》《天涯海角找爸爸》《别梦依稀》《鬼节的祭奠》《永远的安生》，这七篇文章，是杜梅为纪念她早逝的儿子安生所写，他的到来为一个破碎的家带来了欢乐，而过早地离去又使一个母亲承受了这世上最残忍的打击。在回忆了小小安生三岁半的生命里的点点滴滴后，杜梅写道："再也不想写安生。每一次写安生，我都会把自己拉入痛苦的深渊，仿佛割断血脉，任血液一滴滴流淌、耗尽周身精气神，使生命微弱、残喘。握入笔端的手在颤抖，那是因为叙述安生时，那份伤痛的心情。安生永远是我心上的伤口。"① 这样的自白读来感人至深，充满忧伤，这种感受始终弥漫在阅读这部散文集的过程之中。就像杜梅自己在后记里写的："有许多是我捂住胸口写出来的，所以总是写不好。痛苦应该只属于自己，我应该把它好好珍藏。但是，我这个人也常常容易忘记，就把它记录下来吧，免得把经历的苦难也丢失啦。而有一些我对幸福过程所抒写的文章，却让我有意丢失了。"② 记述苦难，与其说是为了珍藏，不如说是坦然面对以获得新生，是个人的一次"成长"。

除了回忆安生的文字，散文集里其他篇章还回忆了作者在成长过程中的朋友，《把歌唱好》里写得一手好文章的冯秋子，《你是我的阳光》里阳光般的安丽，《我洁故我美》里人如其名、心灵纯洁的白兰，《早春的残雪》里的苏华，透过这些人物，可以看到一个善解人意、宽容大度又重友情的杜梅。

而与散文集同名的《在北方丢失的童话》，则是杜梅的自传体小说：父母"文化大革命"时的不幸遭遇、和哥哥孤独无依的童年生活、对于音乐的热爱、唱样板戏和跳忠字舞的"革命小将"年代，还有和张小四儿的姐妹深情。这些少时岁月，在杜梅不徐不疾的文字中铺陈开来。"多少年以后，我才这样地珍爱自己平生中的最初状态。这种状态看似瞬息即逝，甚至像梦一闪而过，但它却平凡而持久地蔓延在我以后的日子里。它在我手上的生命线上形成许多斑斑驳驳的点，令我不时地望着这些纹络，

---

① 杜梅：《永远的安生》，《在北方丢失的童话》，内蒙古人民出版社 1997 年版，第 34 页。

② 杜梅：《在北方丢失的童话》后记，《在北方丢失的童话》，内蒙古人民出版社 1997 年版，第 128—129 页。

发出与我奶相同的感叹：伯日龛、伯日龛。"① 杜梅的文字有一种内敛隐忍的沉静之美，这种沉静之美，是历经千万坎坷后的绽放，并不绚烂夺目，却有长久绵延的力量，那是生命一路走来的回声。

二　《那尼汗的后裔》

《那尼汗的后裔》（1998）对鄂温克族传统文化、生活在现代文明的冲击下发生的裂变，表现得更为直接。小说围绕哈拉大叔嫁女的故事，讲述了以哈拉大叔和女婿那丹为代表的两代人，不同的生活观念和方式的碰撞。哈拉大叔有两宝，一个是阿拉嘎，另一个就是他的漂亮女儿南达菡。阿拉嘎是一条好猎狗，"长得头大嘴宽，皮毛且灰且青，还有黑青色的豹纹，四只腿粗壮有力。奔跑的时候，犹如一只驰骋山间的豹子，身姿矫健"。② 传说阿拉嘎的祖先是那尼汗，那尼汗是鄂温克人的伟大首领沙吉日汗身边一条神奇而出色的狗，它陪主人南征北战，厮杀疆场，英勇护主，在沙吉日汗死后，那尼汗围着主人的尸体长啸三天，然后归隐山林。阿拉嘎自从被哈拉大叔领回来以后，也立下过无数救主的功劳，并为主人赢得不少声誉，它犹如那尼汗返世，把人们对于那尼汗的想象现实化了，因为有了阿拉嘎，哈拉大叔在阿诺尔村有了特殊的威望。因为阿拉嘎神秘的血统，哈拉大叔对阿拉嘎的生育状况管理得非常严格，为了保证阿拉嘎尊贵的那尼汗血统，哈拉大叔从不让阿拉嘎随便交配，除非是品种优良的猎狗。阿拉嘎最后一次产崽，生了九个，为了挑选出一条真正的好猎狗，不辱那尼汗后裔的称号，哈拉大叔不得已对其采取了残忍的自相残杀手段，最后只留下一条，名叫呼烈。哈拉大叔一辈子，狗就是他的命根子，以前是阿拉嘎，现在是呼烈。"阿拉嘎跟了我这么多年，也老了。现在这呼烈我不该再给出去了，该留给下一代。只可惜，我没能有个儿子。现在只有南达菡这一个女儿，而我将来的女婿就是我的半个儿子。这呼烈就该传给女婿。可这女婿又该是谁呢？……他应该是能够驾驭呼烈的人。狗这

---

① 杜梅：《在北方丢失的童话》后记，《在北方丢失的童话》，内蒙古人民出版社 1997 年版，第 126—127 页。"伯日龛，伯日龛"意为佛啊佛。

② 杜拉尔·梅：《那尼汗的后裔》，中国作家协会编《新时期中国少数民族文学作品选·鄂温克族卷》，作家出版社 2015 年版，第 146 页。

东西是懂感情的，你打它骂它，它不会依你。你只有爱它懂它，它才会归顺你。呼烈生性残暴，不大好调理呀。所以我也下决心啦，谁能把呼烈从我这家领出去，然后把它调理顺当，我就把闺女嫁给他。"[1] 南达菡的婚事，就这么和呼烈联系在了一起。上门来勇擒智取呼烈的小伙子没有断过，但最后都无功而返。小伙子那丹一直对南达菡情有独钟，并抱定了今生一定要娶南达菡为妻的决心。那丹曾经在哈拉大叔远走他村给阿拉嘎交配时，就来过哈拉家，他为人诚实、幽默风趣，很得哈拉大婶的欢心，所以在小伙子们渐渐知难而退时，那丹在哈拉大婶的帮助下，偷偷牵走了呼烈，两个月后，那丹驯服了呼烈，并带着猎物回村向哈拉大叔提亲。那丹终于如愿娶到了南达菡。哈拉大叔一辈子以打猎为生，他认为那是男人应该做的事，那丹虽然不认同这个观念，但还是带着呼烈出门打猎去了。可是这次却不走运，什么也没猎到。既不能空手而归，又不得不回去，让那丹进退两难，最后进了城，卖了呼烈，进了货回村里开店做起了服装生意，赚了不少钱，过上了新生活。那丹"离经叛道"的做法让哈拉大叔极为恼怒，新旧观念的冲突正面爆发了，哈拉大叔拿起桌上的酒瓶向那丹砸去。那丹虽然自知卖掉呼烈是自己不对，心里也舍不得呼烈，但他也有自己的委屈，他对妻子倾诉："你们要是也像我一样在山上转了两个月啥也打不着，你们要是像我一样像个要饭花子在城里大街上转悠，你们就会理解我了。再说了，你们知道吗？3000 块钱呀，你们知道这钱对我意味着什么吗？……呼烈它是狗！它是一条狗，你知道吗？没什么了不起的，我要是愿意的话，我还可以养它几条，可是我不愿意养了，因为我不打猎了。它对我没有用了！"[2] 那丹的话掷地有声，打破了这个家原有的秩序。哈拉大叔虽然生气，但事已至此无力挽回，他开始早出晚归地去山冈放牛，很少说话，只跟身边的阿拉嘎叨咕。"暮色已经接近山冈了，哈拉大叔和阿拉嘎的身影被暮色染黄。他们坐在那儿一动不动。远眺他们，就像

[1] 杜拉尔·梅：《那尼汗的后裔》，中国作家协会编《新时期中国少数民族文学作品选·鄂温克族卷》，作家出版社 2015 年版，第 155 页。

[2] 杜拉尔·梅：《那尼汗的后裔》，中国作家协会编《新时期中国少数民族文学作品选·鄂温克族卷》，作家出版社 2015 年版，第 170—171 页。

两尊铜铸的雕塑。"① 哈拉大叔和阿拉嘎的背影，是凝固的鄂温克民族传统和文化。

　　小说的结尾，一个声音在哈拉大叔耳边轰响：谁是这个山林的主人？"哈拉大叔扑腾惊了一下，往左右看了看没有人呀，这不是咱老祖宗多少年前在这个山林里喊的话吗？"② 小说写到这里，又回到了开头那尼汗和英雄沙吉日汗的故事："关于沙吉日汗和那尼汗，人们传说最多的还是他们在岗嘎哈拉山上与老毛子哥萨克人的一场战役。说起那场战役，人们总要渲染鄂温克人和老毛子人数上的差别，说那是一对一千的差别。说那时沙吉日汗望见密密麻麻的红头发绿眼睛的老毛子扑过来时，仍然镇定地对全部落将领说：谁是这个山林的主人，我们就让这个山林自己回答吧！"③ 谁是山林里的主人？在祖先的追问下，哈拉大叔凭着心灵的感觉，老泪纵横，仿佛看到了呼烈回来了。

　　关于鄂温克族的传统文化何去何从，以山林为生的鄂温克人今后要靠何种生存方式立于天地之间，《那尼汗的后裔》比起《木垛上的童话》，以更深沉的笔触，更隐幽的情感，向读者展示了站在十字路口的鄂温克人的怅然、痛惜、彷徨与无奈。杜梅透过深沉的笔触，将这些矛盾复杂的情感描写得细腻入微，曲折动人。阿拉嘎、呼烈，象征着鄂温克古老的传统，是鄂温克人的血脉与根，阿拉嘎的老去，呼烈的被卖，昭示了传统之根的断裂，资本的涌入成为古老的民族无法抵御的现实，面对这样的现实，哈拉老人是痛心的，产生了从未有过的无力感。而像那丹那样的年轻一辈，内心也是矛盾和痛苦的，他选择的新的生活方式，无异于与母体决裂，这样的痛楚何尝是他愿意承受的。然而，要继续生存和延续，就不得不打破常规，抛下旧观念，那些传习下来的生存经验与法则，显然已经不适应现代社会，成为"废弃的生命"。小说把传统与现代之间的撕裂，表现得比《木垛上的童话》更为决绝，对传统文化的寻根之意也更为明显，比如那尼

---

① 杜拉尔·梅：《那尼汗的后裔》，中国作家协会编《新时期中国少数民族文学作品选·鄂温克族卷》，作家出版社 2015 年版，第 171 页。

② 杜拉尔·梅：《那尼汗的后裔》，中国作家协会编《新时期中国少数民族文学作品选·鄂温克族卷》，作家出版社 2015 年版，第 173 页。

③ 杜拉尔·梅：《那尼汗的后裔》，中国作家协会编《新时期中国少数民族文学作品选·鄂温克族卷》，作家出版社 2015 年版，第 145 页。

汗后裔的隐喻，以及穿插在小说里的关于鄂温克族风葬的习俗，这和乌热尔图的《丛林幽幽》里对鄂温克族的各种习俗做科普式的介绍有几分相似，这些和小说情节的发展无关的细节，是作者对本民族文化最直接最直白的挽救。文字作为文化记忆的功能，在《丛林幽幽》和《那尼汗的后裔》中被充分利用。乌热尔图的"丛林绝唱"和杜梅的"那尼汗后裔"彼此呼应，老、中两代作家对于鄂温克族的传统之链如何接续，始终在自己的文字里密切关注着，这是作为作家的责任，更是作为鄂温克人的责任。

《那尼汗的后裔》的结尾是一个开放式的结尾，给了读者无限想象的空间，这让人想到沈从文《边城》的结尾：这个人也许永远不回来了，也许"明天"回来！

呼烈回来了。呼烈真的回来了吗？鄂温克民族是应该继续做自然之子，守护传统，维护传统文化之链不被断裂，还是下山融入现代社会，在全球化的时代寻求新的发展？答案在风中飘。

三　杜梅作品创作特色

第一，挥之不去的家园情怀。杜梅早期的小说和其他第一批成长起来的鄂温克族作家一样，以表现鄂温克人生存困境为主，曾经的家园在现代文明面前，慢慢消逝，处于改革的一代是坚守家园还是离开，这样的思考是杜梅前期小说的主旋律，在审美特征上表现出悲悯、忧伤的特质。

第二，独立自主的女性意识。杜梅的小说不局限于民族文化书写，随着自身经历的变化，其小说题材也逐渐扩展，开始反映当代人们普遍的情感精神世界，并且具有浓厚的女性意识，尤其是那些描写都市生活的小说，作为主人公的女性都是具有独立人格、现代意识的新时代女性，对于感情、自我内在需求，有清醒的认识和反思精神。

第三，鲜明的个人色彩。杜梅是一个文字个性色彩非常鲜明的作家，其表现为作品中的自传体性质，主要集中在她的散文里，审美特征上表现为内敛而沉静，这使得她的创作个性有明显的辨识度。

第四，冲淡深远的意境。杜梅的文字清新、婉约、细腻，总体上呈现出悠远的意境。写作手法上特别擅长用比喻，用具体感性的表达方式描写事物、抒发内心，情景交融，让人读来意犹未尽。

第八章　涂格敦·安娜

涂格敦·安娜（1954—　），鄂温克族女作家。自 20 世纪 80 年代步入文坛起，安娜就"将写作与思考作为自己安身立命的一项事业，并将自己对文学虔诚的情感保持至今"。她的目光从未离开过鄂温克草原，"她勤于思考，勇于奉献的精神，体现的正是鄂温克民族优秀传统美德"。①

一　生平与创作

涂格敦·安娜，1984 年毕业于内蒙古师范大学文研班，1978 年开始文学创作。主要作品有：散文诗《祝福您鄂温克》《欢腾的伊敏河》《摇篮·摇篮曲》《心潮》，短篇小说《金霞和银霞》《牧野上，她发现一颗星》《绿野深处的眷恋》《心波》《飞驰的天使》《芦苇荡的回声》《哈迪姑姑》《静谧的原野》等，这些作品以同名小说"静谧的原野"为题结集出版。其中《牧野上，她发现一颗星》收入《异卉奇花》（中国少数民族青年女作者作品选，1985 年广西民族出版社出版），《金霞和银霞》《飞驰的天使》《摇篮·摇篮曲》分别获 1984 年、1994 年、2002 年呼伦贝尔"骏马奖"。除了文学创作，安娜始终把精力投入到对鄂温克民族文化的研究中，1991 年参与编辑《鄂温克族研究文集》第二辑，1993 年在《鄂温克风情》任责任编辑，1997 年在《鄂温克族人物志》任副主编，2003 年主编《海兰察》专集，2007 年在《鄂温克地名考》任责任编撰。自 1995 年创办《鄂温克研究》刊物至今，曾任责任编辑、副主编，现任主

① 乌热尔图：《静谧的原野》序言，《静谧的原野》，内蒙古文化出版社 2009 年版，第 1 页。

编。可以说，不论是文学创作还是编辑工作，安娜始终都不曾离开过鄂温克这片土地，正如她在《静谧的原野》后记里说的："作为一个在草原上出生和成长的人来说，这块土地是我永远的家。无论走到哪里，她总是让我牵肠挂肚。"①

《静谧的原野》是安娜的同名作品集，收入她从 80 年代至 2008 年间所有发表和未发表的作品。安娜的小说主题非常鲜明，主要为表现草原鄂温克牧民的真实生活，反映不同民族间的依赖关系和难以割舍的真情。她在文集的后记中也明确说出了自己的创作目的是"想用这个不够成熟的笔，写出草原鄂温克牧人的喜怒哀乐，努力表现他们的日常生活、他们的爱情以及他们对生活的态度等等"②。安娜的小说主题可以分为以下几类。

第一类，描写草原牧民的现代生活。如《芦苇荡的回声》《牧野上，她发现一颗星》《灯花》《飞驰的天使》《静静的雪原》。

《芦苇荡的回声》充满了青春不灭的力道，描写了一群年轻人在芦苇场割芦苇的劳动生活，穿插了他们的爱情故事。这些青年从不同地方聚集到芦苇场，白天挥洒汗水劳作，一派欣欣向荣的劳动场景；休憩时互相打趣，欢声笑语；晚上围在炕上讲故事、聊天儿，单纯又美好。作者着力刻画了塔拉这个人物。塔拉是一个瘦小、性格忧郁的姑娘，"个子很矮，瘦削的双肩，与其他同龄的女孩子相比，简直像一个缺乏营养的小姑娘。说她十八九，谁都不会相信。那总爱抿着的嘴角，那只有拳头般大的苍白的小脸，尤其在她启齿而笑的一瞬间，更令人觉得她不过只有十三四岁，充满稚气……只有她那双显得过大过亮、黑洞一样的眼睛，流露出与外表不相称的成熟的目光，使人感到除了在人生道路上历经坎坷的人以外，是不会有这种目光的"③。塔拉的父亲是个还俗喇嘛，暮年的时候，受不住诱惑，跟一个风尘女子有了一夜情，生下了塔拉。塔拉生下后即遭生母遗弃，塔拉的父亲——还俗喇嘛从此一个人把塔拉含辛茹苦地抚养成人。从

---

① 涂格敦·安娜：《静谧的原野》后记，《静谧的原野》，内蒙古文化出版社 2009 年版，第 375 页。

② 涂格敦·安娜：《静谧的原野》后记，《静谧的原野》，内蒙古文化出版社 2009 年版，第 375 页。

③ 涂格敦·安娜：《芦苇荡的回声》，《静谧的原野》，内蒙古文化出版社 2009 年版，第 7 页。

小失去母爱的塔拉比别人遭受了更多的悲苦，性格内敛忧郁，她把自己内心所有的感情都寄托在书籍里。每当夜晚下工回来大伙围在北炕上说笑话、讲故事时，塔拉总是一个人在南炕上静静地看书，完全沉浸在书的世界里，有时甚至看到偷偷抽泣。相比于芦苇场上的其他青年，塔拉成熟、有着深刻的精神世界，这些可以说是书籍带给她的变化。爱好文学的塔拉难免会受书本的影响，有着浪漫精神气质，所以起初，她也和其他姑娘一样，被钢铁木尔粗犷的男性魅力所吸引，"那隆起的肌肉，健美匀称的身躯，使她目不转睛地欣赏起来。呵，简直太美了！她从没见过一个人会有如此强壮健美的体魄。他那黧黑的皮肤和结实的肌肉漾溢着青春活力，在黯淡的灯光下闪烁着古铜色的光泽……"① 然而当钢铁木尔对于塔拉阅读的《牛虻》表露出毫无兴趣时，塔拉那颗燃烧的心瞬间黯淡了下来，对钢铁木尔难免有所失望，她看到了钢铁木尔精神世界的贫瘠，而这一点是塔拉不能忍受的。转机出现在在一个下雪的夜晚，下了工的年轻人在炕上没精打采，没有了往日的嬉笑打闹，平时给姑娘小伙讲故事的贡格布大叔请求塔拉给他念一段她正在看的书，塔拉又意外又感动，于是在下雪的夜里，《牛虻》的故事第一次在整个屋子里回荡，塔拉的声音像有魔力一般，吸引了整个屋子的人，"娜拉开始懒洋洋地躺在塔拉旁边，漫不经心地听着，后来紧紧地依偎过来，睁圆了眼睛""渐渐地，躺在北炕上的小伙子们，也不知什么时候一个个围上来，只有钢铁木尔没有动弹，但塔拉的声音却一丝不漏地涌进他的耳朵。他一眼不眨地望着房顶，生怕漏过一个字"。"塔拉时而停顿，时而流畅如溪水，时而又激昂如奔马的朗读声，使钢铁木尔躺不住了。他悄悄地走到人们背后坐下来……"② 一连几天，塔拉的南炕成了大家聚会的中心，大伙儿再也不打打闹闹，好似忘了恶劣天气带来的烦恼，内心比平时更安静、温柔，感到从未有过的精神上的充实。塔拉也越来越投入角色，读到动情处，情不自禁地掉眼泪，当钢铁木尔随着故事情节激动地哭出声来的时候，谁也没有嘲笑他，因为每一个人都已经被《牛虻》的故事深深打动了。瘦小内向又情感丰富的塔拉在大

---

① 涂格敦·安娜：《芦苇荡的回声》，《静谧的原野》，内蒙古文化出版社 2009 年版，第12 页。

② 涂格敦·安娜：《芦苇荡的回声》，《静谧的原野》，内蒙古文化出版社 2009 年版，第21 页。

家眼中忽然变得熠熠生辉，他们看着这个既熟悉又陌生的塔拉，想从中找到什么答案，但是，眼前的塔拉似乎和平常并没有什么两样，但人们觉得，她"那双眼睛的深处，那两汪明镜般清澈见底的湖水深处，似乎有一种东西，神秘不可测。这使她整个面容生辉，充满了一种说不出的魅力"①。80年代西方文化艺术文学在各个领域的涌入，给广大青年带来了思想上、知识上的震惊体验，安娜紧贴时代的脉搏，抓住了大时代下年轻人的心理变化，生动形象地描绘了一群对知识渴求、对外部世界充满向往的年轻人，他们正是80年代无数知识青年的生动写照。这使《芦苇荡的回声》具有了较强的现实意义。

《静静的雪原》围绕尼其拉和伊琳娜的爱情故事，反映了改革开放在年轻人的生活、观念上带来的冲击。尼其拉和伊琳娜曾是一对恋人，后来，忽然发了家致了富的道日照力看上了伊琳娜的美貌，在一次借机让伊琳娜搭他的车回家的路上，霸占了她。被道日照力凌辱的伊琳娜怀了孕，为了不伤害心爱的尼其拉，伊琳娜隐瞒了真相主动和尼其拉分手，嫁给了道日照力。道日照力霸道、疑心重，婚后的伊琳娜过得并不幸福，虽然过着富足的生活，但是这生活让伊琳娜并不习惯，做了生意赚了大钱的道日照力见了些世面，观念上比较新潮，力求自己的生活也过得跟城里人一样，"按照他的话讲，就是要改革，光是他给伊琳娜买来的各类时装就有几大箱"，并规定伊琳娜"接待客人的时候应该穿什么样的衣服，颜色怎样搭配，平时在家应着什么装，睡觉前一定要换睡衣等等"，这些对于从小在牧包长大的伊琳娜来说，非常不适应，"她舍不得在注满一大盆的清水里洗澡，那水多宝贵啊，以前走敖特尔，水如金子一样宝贵，尤其在冬天，化雪吃水，洗脸只能用雪水擦两把；她也不习惯穿那笔挺的西装，全身像箍在未熟过的羊皮袄中；她更不习惯一天到晚像看家狗一样猫在家里，那滋味就像拴在木桩上的马儿一样失去了自由。她喜欢骑上马儿飞奔，领略粗犷的草原气息……"②生活上和道日照力的分歧是其次，最致命的是道日照力一直怀疑伊琳娜和尼其拉旧情复燃，怀疑女儿不是他亲生

---

① 涂格敦·安娜：《芦苇荡的回声》，《静谧的原野》，内蒙古文化出版社2009年版，第23页。

② 涂格敦·安娜：《静静的雪原》，《静谧的原野》，内蒙古文化出版社2009年版，第256页。

的，并以此常常对伊琳娜家暴。伊琳娜的日子过得苦不堪言。尼其拉被伊琳娜莫名其妙抛弃后，虽然心里也有怨恨，但是还是爱着伊琳娜，他把这份爱深深埋在了心里，为了伊琳娜的幸福，他宁可自己痛苦，"一个堂堂的牧人之子，要拿得起，放得下，否则，怎配做一个男子汉"①。这些年伊琳娜的不如意的生活他也看在眼里，疼在心里，一直默默关注着伊琳娜，把内心的平静寄托在工作上，成了一名兽医，全心投入到病畜的治疗和研究中。事情的转机出现在一次道日照力酒后和伊琳娜的争吵中，不慎摔伤了孩子，情急之下家里的保姆跑去找尼其拉求助，尼其拉送孩子去了医院。在医院，由于手术，在医生的要求下道日照力为孩子输了血，也因此，消除了道日照力多年的疑虑，知道眼前的孩子是自己的亲骨肉。经过这件事后，道日照力对伊琳娜母女变得比以前好了，和伊琳娜的关系也和睦了起来，当一切都慢慢好转起来的时候，道日照力却在一次车祸中去世了。命运又一次把伊琳娜推向了深渊。时间又过去三年，尼其拉和伊琳娜在经历了命运的种种坎坷和捉弄后，依然没有磨灭对彼此的真情，终于走到了一起。静静的雪原上，伊琳娜骑着马向拉完牧草回来的尼其拉飞奔而来，"他拽了拽套着勒勒车的马缰绳，站在那里等她，然后把她的马系在车后面，扶着她爬上车上的草垛，和她一起坐在高高的牧草上面，她靠在他身上，心里热呼呼的。他们握着手，一同赶着勒勒车向嘎查走去。走近嘎查，只见炊烟从各家的烟筒竞相升起，融入浩大无垠的天宇中。太阳红红的，带着余辉在西天的边缘上逗留，迟迟不愿离开这充满无限生机的雪原……"②

《哈迪姑姑》讲述了哈迪姑姑的一生。色金岱的老姐姐哈迪姑姑一直和色金岱两夫妻生活在一起。哈迪姑姑已经上了年纪，这一生命运多舛，一直未婚，她最看重的东西就是一个未绣完的烟荷包，色金岱从小时候起就经常看见姐姐一针一线地绣这个烟荷包。这个烟荷包见证了哈迪姑姑一段刻骨铭心的爱情，承载了她一生的悲欢故事。哈迪姑姑出生在整个家族举行奥米那仁聚会的时候，奥米那仁一般举行三天，人们在这个聚会中通

---

①　涂格敦·安娜：《静静的雪原》，《静谧的原野》，内蒙古文化出版社 2009 年版，第264 页。

②　涂格敦·安娜：《静静的雪原》，《静谧的原野》，内蒙古文化出版社 2009 年版，第282 页。

过萨满向神灵祈福、祈求子女。在第三天举行"库勒热"仪式（即用一个整张牛皮剪成的皮绳子围起全氏族的男女老少，皮绳子松或长表示人丁兴旺、吉祥，而皮绳子要是紧或不够长则表示有恶兆或人口锐减①）的时候，怀着哈迪姑姑的母亲在皮绳围过来的一刹那，肚子一阵剧痛，哈迪姑姑就在这么特殊的时刻出生了，从此开始了她艰难的一生。母亲早逝，哈迪姑姑十五岁时便承担起了家中母亲的角色，照顾年幼的弟弟们。和哈迪姑姑青梅竹马长大的艾布库也总是来帮助她，为哈迪姑姑分忧。两个年轻人渐渐从少年情谊变成恋人，并打算结婚。爱情的幸福洋溢在哈迪姑姑周围，像草原上所有的姑娘一样，她开始憧憬未来的生活，并开始给艾布库绣烟荷包，那是鄂温克姑娘绣给心上人的。然而不幸总是来得猝不及防，大时代下的小人物的命运往往无法自主。侵华日军毫无人性地在草原上开始使用化学武器，鼠疫在草原上蔓延夺走了无数无辜的生命，哈迪的父亲、两个弟弟，还有艾布库，都不幸相继离世。失去亲人和爱人的哈迪姑姑，孤苦伶仃地把最小的弟弟色金岱拉扯长大，而那个烟荷包也被哈迪姑姑锁进了抽屉，连同往日美好的爱情，一起锁进了心底。几十年过去了，色金岱也成家立业，有了三个孩子，哈迪姑姑一直和他们生活在一起，把孩子一个个拉扯大。年事已高的哈迪姑姑也开始重新绣那个尘封了多年的烟荷包，想完成这个心愿，为了过世后能与艾布库"团圆"。哈迪姑姑熬过了人生中最艰难的岁月，而此时，外面的世界也已经天翻地覆，一派新景象。时代不同了，哈迪姑姑手里精美的烟荷包，成了具有收藏价值的民间手工艺品，经由色金岱在电视台的儿子扎布的宣传，哈迪姑姑的烟荷包出名了，不断地有附近的牧民妇女来哈迪姑姑家，想一睹烟荷包的风采。哈迪姑姑和烟荷包瞬间成了"被展示"的文物，这让辛劳了一辈子，把烟荷包作为寄托的老人手足无措。她不明白，寄托她自己感情的烟荷包，怎么就和旁人有关了？哈迪姑姑开始闭门谢客，专心绣她的烟荷包。烟荷包终于绣完了。其实这更像是哈迪姑姑完成了内心的一种仪式，也终于想明白了对于艾布库的感情和思念连同这烟荷包绣进了她的心里，手中的烟荷包只是一个象征，对她而言，它在不在身边都不会改变这一生的故事

---

① 涂格敦·安娜：《静静的雪原》，《静谧的原野》，内蒙古文化出版社 2009 年版，第233 页。

了。于是她把绣完的烟荷包交给了扎布，让它能重新发挥它的价值。

安娜的创作中，很多素材直接来源于生活，1981 年末她曾在鄂温克旗农机厂上班，这一段工作经历给她创作提供了鲜活的养分，她的很多作品主人公都是汽车司机，围绕这些年轻司机路上发生的各种故事，讲述他们的感情、友谊等成长的经历，可以说有点"公路小说"的意味。《牧野上，她发现一颗星》《灯花》《飞驰的天使》的主人公都是汽车司机，情节相似，都讲述了出车路上遇到故障，如何同心协力排除困难、获得友谊的故事，刻画了一群果敢、能干、乐于助人的司机形象。《牧野上，她发现一颗星》讲的是两个姑娘之间的友谊。结束了草场上一天的工作后，人们开着搂草机、割草机向营地返回。托娅和嘎丽玛开的搂草机在半路上迷路了，这两个姑娘虽然被分在一台车上，但是关系一直不和睦。托娅年长一些，苦孩子出身，由于家庭困难，很早就退学参加劳动，性格直率，脾气急躁，"干活不让人，嘴也不让人，胆子大，力气也大"[1]，她看不惯嘎丽玛，认为嘎丽玛太娇气，"尽管对于她能读厚厚的书表示羡慕过，可一看她在劳动中缩手缩脚，火就从心底窜上来。托娅觉得，劳动是至高无上的，劳动比不上人家，那可是一种莫大的耻辱。所以每当劳动进度慢下来时，她总是急得火烧眉毛一般，冲着嘎丽玛发火"[2]。嘎丽玛和托娅不一样，她是家里的掌上明珠，长得又漂亮，做一名护士是她的志向，无奈生产队搞责任制，父母上了年纪，家里没了劳动力，她才放弃了考大学的念头，回乡当了牧民，内心应该是有隐隐的不甘心。嘎丽玛爱打扮，对不讲究仪表的托娅也是很鄙视，再加上托娅因为嘎丽玛打扮出工晚了当面斥责过她，更让嘎丽玛心里愤愤不平，越看托娅越不顺眼，"姑娘家就应该像姑娘样，可她，像一匹无人管束的野马，粗俗、无知、张口就是脏话。那件油渍渍的破工作服总也是舍不得脱下来，右食指让烟熏得焦黄叫人恶心，还有那头发，像一窝乱草……"[3]嘎丽玛觉得自己在星空中应该是那

---

① 涂格敦·安娜：《牧野上，她发现一颗星》，《静谧的原野》，内蒙古文化出版社 2009 年版，第 78 页。

② 涂格敦·安娜：《牧野上，她发现一颗星》，《静谧的原野》，内蒙古文化出版社 2009 年版，第 82 页。

③ 涂格敦·安娜：《牧野上，她发现一颗星》，《静谧的原野》，内蒙古文化出版社 2009 年版，第 81 页。

颗闪亮的星星，而托娅应该是那颗黯淡的几乎看不见的星星。两个世界观、审美观、价值观完全不一致的姑娘，互相怀着不满的情绪，在深夜迷路的草原上转来转去，转不出回家的路。就在两人茫然不知所措时，嘎丽玛看见了车后的火光，是同伴在找她们，欣喜若狂的嘎丽玛一激动，错踩了油门，车子一下子失控冲了出去，倾斜在了半山腰，右轮陷进了大坑里。托娅为了保护嘎丽玛的安全，把她拉到山坡下，自己一个人去开卡在半山腰的拖拉机，正当拖拉机似乎成功被启动起来时，嘎丽玛听见从山腰传来一声巨响，以为托娅翻车的嘎丽玛在黑暗中狂奔向托娅跑去，不料一脚踩空掉进了战壕里。等她醒来，看见托娅紧紧地抱着她，才知道原来那声巨响不是翻车的声音，而是拖拉机后面的搂草机滚下山坡的声音。危机时刻托娅对嘎丽玛的关爱和照顾，让经历了这一场虚惊后的嘎丽玛看到了托娅善良金子般的心灵，这让她感到愧疚，她忽然觉得原本长得并不漂亮的托娅，比自己美丽高尚多了，"在火光的辉映下她是那么美，就像一朵出水的芙蓉，那张嘎丽玛从前认为丑的脸，此刻正放着光辉，使嘎丽玛一下子照见了自己"①。小说通过对两个不同性格的女孩进行对比描写，可以说托娅代表的是更为底层的女性，家境贫穷、没有接受过很好的学校教育，努力工作赚钱是她的唯一目标，而嘎丽玛则是知识女青年的代表，有理想有追求，虽然两人看似起点不同，但是人性的真善美是不分高低不同的。小说通过嘎丽玛对托娅的前后心理变化，赞美了看似粗枝大叶的托娅身上具有的鄂温克女性善良、吃苦耐劳、无私奉献的精神。嘎丽玛的自省也是作者要赞颂的美德，两个姑娘最后打开彼此的心结，寻获了彼此间珍贵的友谊。

《飞驰的天使》讲述开车在外的司机不打不相识的故事。顾芸和秦江是一台车上的搭档，两年前秦江被分到顾芸的车上当助手，他性格专横、傲慢，好打架，爱打抱不平。一次两人开的"日野"车在草原上飞驰的时候，秦江不留神把痰吐到了停在路边正在检修的车玻璃上。检修车的司机是个年轻的鄂温克小伙儿"羊毛卷"，见状忍不住满腔怒火跳上车就去追赶"日野"，把"日野"车逼停后，"羊毛卷"被蛮不讲理的秦江气

---

① 涂格敦·安娜：《牧野上，她发现一颗星》，《静谧的原野》，内蒙古文化出版社 2009 年版，第 87 页。

到，两人扭打了起来，被顾芸劝开。顾芸认出了这个鄂温克小伙儿就是两个月前在路上和她的车有过磕碰摩擦的"嘎斯"车的司机，"羊毛卷"的绰号就是那次冲突中顾芸给起的。"羊毛卷"本来是牧民，生产队搞承包时，和他爸买下了车跑活儿。当司机应该是当时牧民尤其是年轻人中时髦的事儿，"开车，在人们眼中，真是件美差。每当司机威风凛凛地驶入矿区时，那些瓦工、力工羡慕得直咂嘴，只恨自己命运不济"。① 不仅如此，"羊毛卷"还会修发电机，有这样的一技之长在当时普遍只能出苦力的年轻人眼里是非常了不起的一件事。和顾芸、秦江三番四次偶遇的摩擦、关键时刻因善良的本性而不计前嫌互相帮助，使他们最后不打不相识，成为好朋友。

《灯花》也是讲述了类似的故事，结构更加短小。女主人公的爱人从部队探亲回家，她兴高采烈地打扮了一番准备回家跟爱人见面。家在300里外的色罕塔拉鄂温克公社，路远加上这些天单位的车都忙着拉煤，她一直也截不到回家的车。好不容易在街上盼来一辆运粮食的大卡车，以为可以顺利搭上车回家了，谁知这辆车竟从她身边飞驰而过，丝毫没有帮助她的意思。无奈之下她只能回到单位请求主任帮忙找一辆车。巧合的是，之前扬长而去的大卡车就停在她们单位在维修。经由主任开口求助，卡车司机才勉为其难地答应捎她一程。由于之前截车的事，女主人公心里还有怨气，一路上和卡车司机互不理睬。车在半路上抛锚了，看着还是个孩子的卡车司机在冰天雪地里修着车，一副焦急的模样，身为汽车电工的女主人公心里涌起了怜爱之心，忍不住自己的职业病，下车帮忙修理，两人之间的关系也从僵持到和解。

总的来说，这类小说情节简单，结构短小，艺术上风格清浅。

第二类，写草原少女情窦初开的美妙情感。如《草浪滚滚》《心波》。

《心波》讲述鄂温克姑娘希温和司机小伙儿经过三次矛盾冲突最后发展成恋人的欢喜冤家故事。希温是汽车修配厂的电工，春节前想搭运输公司的车回家，司机觉得希温高傲，拒绝了她的请求，"不和"的种子由此埋下。冤家路窄，小伙儿司机在一次运输竞赛途中，车出了故障，焦急地

---

① 涂格敦·安娜：《飞驰的天使》，《静谧的原野》，内蒙古文化出版社2009年版，第72页。

开到修理厂来查修，正好撞在了希温手里，之前被讥讽拒绝的事让希温想要报复一下小伙儿，便故意以先来后到的理由拖延时间不给他的车排查。小伙儿一脸无奈，眼看比赛就要落后，希温有点不忍，工作的责任心促使她暂时放下心中对小伙儿的不满，给小伙儿的车检修起来，这时小伙儿才认出眼前这个刁难他的小电工正是之前打扮精致、口气傲慢的姑娘，也明白了她一直不肯替他的车排除故障的原因，好胜心起的小伙儿便继续嘲讽眼前这个正在修车的假小子，"还以为你是天宫的小嫦娥呢！没想到原来是个趴车的油鬼呀，你在我心中的天平倒向负极啦！""你说话少带刺，要知道，你是来修车的。""那又怎么样？你们厂挂的是修配的大号，我开车进来，你不接受也得接受，你为了给你们厂增添利润，嘴上叼着油瓶抹着眼泪也得干"①，两人你一句我一句互相不依不饶，不欢而散。后来在一次周末的舞会上，两人再一次偶遇，依旧也是互不相让。两人关系的转变发生在一次突发的献血中，一名牧民产妇大量出血，希温和小伙儿不约而同赶去医院献血，在医院希温看到小伙儿热心、无私奉献的精神，希温被感动了，"心中涌上了一股热流，'交战'的对立情绪顷刻间冰消雪化，她感到心中一股股波浪翻卷，平静不下来了"②。尤其是当小伙儿非常男子汉气地主动跟医生要求替希温献血，"希温看看他乱蓬着头发的脑袋，和一身劳动布工作服，发觉他并不像原来那样令人生厌，而且还挺英俊的……她想问，汽车的故障原因找到了吗？可是，一句也没有说出来，只是摸摸发热的双腮，垂下了长长的眼睫毛"③。少女的心思此刻不言而喻。小说结尾，小伙儿开着车载着希温在路上飞驰，两人脸上满溢幸福，虽然还是改不了互相斗嘴的习惯。

《心波》描写的情窦初开的感情是欢喜冤家型，《草浪滚滚》描写的则是历经坎坷守得云开见月明的爱情。其其格和巴特尔青梅竹马，互相爱慕，两人经常一起演出，初恋的甜蜜在年轻人的心里荡漾。后来，"文化大革命"开始，在一次清除公社完成30万普特草的晚会上，两人因唱了一首关于爱情的鄂温克民歌《金珠朱烈之歌》而双双被带走，理由是这首歌是封资修的东西。其其格放出来后，是嘎查副书记端德日接她回来

<hr>

① 涂格敦·安娜：《心波》，《静谧的原野》，内蒙古文化出版社 2009 年版，第 163 页。

② 涂格敦·安娜：《心波》，《静谧的原野》，内蒙古文化出版社 2009 年版，第 167 页。

③ 涂格敦·安娜：《心波》，《静谧的原野》，内蒙古文化出版社 2009 年版，第 167 页。

的，端德日早就看上了美丽的其其格，端德日外表道貌岸然，内心猥琐，他苦于没有机会，这次借接其其格回来的路上，在小旅馆强暴了其其格。后来巴特尔也放出来了，但是其其格觉得再也没有脸见他，也不敢说出实情，一直躲避巴特尔。几年没上草场的其其格又来到了草场，她发现端德日成了草场上小姑娘们倾慕的对象，包括索日。索日比其其格小，心地单纯，虽然身边也有个帅小伙儿库都尔对她有好感，但是索日被外表看上去像冷峻的高仓健的端德日迷住了。而端德日虽然为了前途娶了另外女人，但是过了这些年还是忘不了其其格，端德日后来也有过很多女人，但是他觉得没有人比得上其其格，所以他离了婚，准备重新追求其其格。但是看见巴特尔对其其格死死追求的样子，嫉妒心驱使他故意当着其其格的面，把当年做过的丑事告诉了巴特尔，巴特尔痛苦万分，这才知道其其格一直躲避他的真相。端德日眼看对其其格追求不得，同时，又看出了索日倾情于自己，终于在一次拖拉机上偶遇索日之时，被年轻的索日勾起了兽欲，意图强暴索日。幸而索日奋力反抗，才得以逃脱端德日的魔爪，被及时赶到的巴特尔、其其格和库都尔救获。通过索日的事情，其其格也想明白了，与其瞒着巴特尔独自承受着痛苦，压抑自己的感情，不如向巴特尔说出实情。其其格向巴特尔敞开心扉，而巴特尔也并没有嫌弃她，等了十年终于等到了自己的心上人，其其格和巴特尔没有辜负彼此的深情，重新获得了爱情和幸福。经历了端德日事件的索日，也和库都尔彼此心心相印。小说刻画了对待爱情忠贞不渝的巴特尔，美丽善良的其其格，心地纯洁的索日和库都尔，真正的爱情经受住了考验，守得云开见月明。

第三类，描写不同民族间浓浓的民族情谊，挖掘民族交融的和谐本质，讴歌真善美的人际关系，代表作品有《金霞和银霞》《绿野深处的眷恋》《绿浪曲》《静谧的原野》《失落的珍珠》《流放的亲情》《亮晶晶的心》。

这类小说数量最多，而且有固定的情节模式，采用双线叙事，过程一般是主人公在偶然中，找到了失散多年的亲人，最后以大团圆结局。这一程式化的叙事模式，使这一类主题的小说风格异常鲜明。

《金霞和银霞》讲述一对草原孪生姐妹，"文化大革命"中妹妹在城里走失被汉族父母收养，最后姐妹团圆的故事。城里来的"我"和同学暑假跑到草原，想拜访牧人家、走敖特尔，完成暑假作业，没想到在一个人专注欣赏草原风光的时候，被一条黑狗咬伤了。草原的额吉看见受伤的"我"，把"我"带到自己的蒙古包里帮"我"上药，并让"我"住下。额吉家有个姑娘阿拉腾托娅，年纪和"我"相仿，两人颇为投契。额吉家的"哈那"上有一张照片，是一对孪生姐妹的周岁照，其中一个便是阿拉腾托娅，另一个是她妹妹。夜晚，被伤口痛醒的"我"听到蒙古包外有人抽泣的声音。第二天，"我"从阿拉腾托娅嘴里得知，半夜的抽泣声是额吉想念阿拉腾托娅的妹妹了。阿拉腾托娅于是告诉了"我"她和她孪生妹妹的故事：她们俩出生的时候，"金色的朝霞透过蒙古包的天窗，射进一缕五彩缤纷的霞光"①。这是吉祥的象征，于是两个女孩便被起名为阿拉腾托娅（金霞）和孟根托娅（银霞）。然而美丽的名字却没能挡住分离的命运。"文化大革命"的时候，金霞和银霞的阿爸有一天套着勒勒车，把额吉和三岁的孪生姐妹从百十里外的姥姥家接回来。刚一进海拉尔市区，就被手持扎枪的人们扣下了车。阿爸见状不妙，打算找车赶紧回家，便让额吉和姐妹俩在一家饭馆等他。姐妹俩经过一番哭闹睡着了，额吉看到不远处有百货商店，就打算去瞧瞧就回来，结果等额吉买了东西赶回来的时候，发现银霞不见了。原来银霞醒来发现没有额吉，就哭着走出去找了……赶回来的阿爸和额吉疯狂地找走失的妹妹，但是再也没有看到过银霞。一晃十几年过去了，十几年里，一家人没有放弃过寻找，但是都杳无音信。听了银霞的故事，"我"决定让在报社工作的妈妈帮忙登报找人。回到城里后，当"我"拿着额吉家那张金霞银霞的照片给父母看时，发现父母的神情异常，在"我"请求他们帮忙登报寻人时，父母却一脸心神不宁、忧心忡忡，让"我"很费解。后来，"我"爸爸终于也跟"我"讲了一个故事："文化大革命"时，一个汽车司机开着车进城参加两派武斗时，在人群中发现了一个和家人走失的小女孩，边哭边找她的家人。"我"爸爸于心不忍，便先把小女孩抱上了车。后来几天，爸爸都抱着这个小女孩回到街上等她失散的亲人，希望能等到她的父母，但是一直都没有等到，最后只好收留了这个小女孩。这个小女孩就是"我"，"我"就是和亲人走散、被汉族父母收养的银霞。突如其来的消息让"我"心

---

① 涂格敦·安娜：《金霞和银霞》，《静谧的原野》，内蒙古文化出版社 2009 年版，第54 页。

理上难以平静，"我"终于找到了自己的亲人，可是眼前的父母是再生父母，在生育和养育之恩之间，"我"不知该如何选择。爸爸的一番话点醒了"我"："动乱年代分离了你们亲生骨肉，可分离不了各民族间的情谊。你额吉说得好，条条溪水流归大海，根根枝杈源于树根。我们是亲兄弟，一家人哪……"①"我"明白了留在城里或者回归草原，只是不同的形式，不论在哪里，亲情都是割舍不断的。由此在精神上获得了团圆的喜悦。小说由此表达出了不同民族间互帮互助的和谐情谊，不同民族都是根连根的亲兄弟，无论在哪里，都水乳交融，不可分离。

《绿野深处的眷恋》和《金霞和银霞》的情节正好相反，《金霞和银霞》讲述了和亲人走失被汉族父母收养的故事，《绿野深处的眷恋》则讲了一个城市的姑娘被鄂温克父母收养的故事。主人公铁木尔有一天忽然收到了一封署名为"你的不相识的父母"的来信，这让这个鄂温克姑娘原本平静的生活起了波澜。她不敢相信信中的内容，直到从朝格玛大婶口中得到确认，并告诉了铁木尔的身世之谜：呼和草原上有一对鄂温克夫妇，恩爱和睦，喜爱孩子的夫妇俩结婚十几年都没能有自己的孩子。后来有朋友告诉他们盟医院有一批从南方运来的弃婴，没孩子的可以自愿抱养。这对夫妇高兴坏了，连夜抱回一个不满周岁的小女孩，就是铁木尔。铁木尔的亲生父母是农民，生育了八个孩子，因为灾荒之年，熬不过生活之难，无力再抚养，便把出生不久的铁木尔遗弃了。铁木尔十岁的时候，养父母先后染上重病去世，年幼的铁木尔就在草原牧民的共同关爱、抚养下，长大成人。铁木尔的养母在临终前，托付朝格玛大婶，要在铁木尔十八岁成年的时候，把她的身世真相告诉她。而铁木尔的亲生父母，在得知了她养父母去世的消息后，便来信希望能得到铁木尔的原谅回到他们身边。得知真相的铁木尔内心深深陷入了矛盾之中，虽然她怨恨遗弃她的亲生父母，但是就像朝格玛大婶说的"骆驼再丑，对驼羔还是爱的"。②特别是当铁木尔看到小羊羔和母羊亲昵温暖的情景，更是让她对亲情有本能的渴望和依恋，"世上任何生灵都有母爱，连这小小的母羊也能把它特定方式的爱

① 涂格敦·安娜：《金霞和银霞》，《静谧的原野》，内蒙古文化出版社2009年版，第60页。
② 涂格敦·安娜：《绿野深处的眷恋》，《静谧的原野》，内蒙古文化出版社2009年版，第26页。

献给羔儿，难道生物能享受到的幸福她不该得到么？一种想得到母爱的强烈欲望烧灼着她的心，使她不能自主，整个身心全被'走'字占据了"①。"走"还是"不走"成了困惑铁木尔内心无法解开的难题。这十几年在草原上的生活，铁木尔早就把自己视为牧民的孩子，是这块土地上善良的人们给了不幸的铁木尔安慰和生活的勇气，"她不过是一个普普通通的孤儿，在她的成长道路上，却凝聚着多少牧人的心血。朝格玛大婶像亲额吉一样爱她；宝力德待她胜似亲哥哥；巧手斯波玛大婶冬不让她缺棉，夏不让她少单。每逢过春节，家家争着拉她去他们的包里过年；同龄的姑娘小伙子帮她拉水收羊粪，公社领导定期来探望她；还有，生产队用牧人汗水挣的钱一直供她到高中毕业……"② 她的心已经在这块土地上扎根，草原虽然没有赋予她生命，却养育了她，她已经离不开草原了。尤其是这里还有和她青梅竹马长大的宝力德哥哥，朝格玛大婶的儿子，英俊的宝力德从小呵护着这个妹妹，两小无猜的情谊早就在两人心中萌芽，只是一直没有点破。现在，铁木尔的去留将影响两人的感情发展。感情的天平倾向了草原和草原上善良的人们，"粗犷的牧人在女儿的眼中是可爱的。他们的勤劳，对朋友的忠诚，炽热的胸怀，正是女儿感到骄傲的呀！……妈妈，今天我才发现，从孩提时代，我就离不开草原，离不开宝力德了"③。铁木尔最终决定留在草原。

《亮晶晶的心》的故事缘起一块手表。章静寄住的蒙古大叔的家搬到了新的草场，搬家途中章静发现把一个书包落在了旧营地，就急匆匆地骑上马去旧营地找，回来的路上，不小心从马背上摔了下来昏迷不醒，被正好经过的鄂温克小伙儿安吉斯救了下来送去卫生所抢救。章静在卫生所的萨如拉大夫——安吉斯的妈妈的救治下苏醒了过来，看到包里的瑞士手表完好无损，松了一口气。安吉斯的英雄救美，不仅救了章静，而且两个年轻人之间还渐渐互生情愫，不久就恋爱了。安吉斯把章静正式带到母亲跟

---

① 涂格敦·安娜：《绿野深处的眷恋》，《静谧的原野》，内蒙古文化出版社 2009 年版，第 39 页。

② 涂格敦·安娜：《绿野深处的眷恋》，《静谧的原野》，内蒙古文化出版社 2009 年版，第 38 页。

③ 涂格敦·安娜：《绿野深处的眷恋》，《静谧的原野》，内蒙古文化出版社 2009 年版，第 45 页。

前，分享了爱情的喜悦，同时，安吉斯恳求妈妈帮助章静寻找手表的主人，这是章静多年来未完成的心愿。其实，手表的主人，正是安吉斯的妈妈萨如拉。十几年前，"文化大革命"的时候，萨如拉因"内人党"徒的罪名被关进牛棚。一天深夜，她正因思念刚满十岁的安吉斯而伤心流泪，忽然窗外有个小女孩在叫她："阿姨，鄂温克阿姨!"[1] 并从窗缝里塞给萨如拉一包油饼。打这以后，善良可爱的小女孩就经常在夜里出现在小窗口，对萨如拉问长问短、嘘寒问暖，她常常把一些消息带给萨如拉，成了萨如拉和外界联系的纽带，见到窗外的小女孩是萨如拉每日最期盼的事，她把对安吉斯的思念全都寄托在这个小女孩身上了。有一天，萨如拉托小女孩带一块手表给家人，她刚把表递出窗外，话还没来得及说完，就被闯入门的群专队员围了过来……从此小女孩再也没有出现过，那块表的下落也杳无音信。如今，命运如此巧合，章静不仅因为坠马意外找到了表的主人，而且和安吉斯情投意合，可谓是天作之合。双方的父母对两个年轻人都十分满意，但是章静的父亲章金有内心还有犹豫，因为他就是当年以工宣队负责人的身份进驻白彦诺尔草原，对萨如拉夫妇进行审查、拷打逼供，最后把他们夫妻关进牛棚的人，章金有担心萨如拉因为往事而对这门婚事有心结。章静也从父亲口中得知了当年的真相，内心充满愧疚地去见萨如拉，请求她的原谅。往事如烟，萨如拉早就放下了过去的恩怨，用草原一般辽阔的胸怀和过去握手言和，她对章静父女俩说了一番推心置腹的话，"过去的事就不要再提了。我们都是党员，错误和挫折都是难免的，改了就好"。"孩子，你没有罪……我们虽然不是一个民族，但世世代代共同生活在这白彦诺尔草原上，长长的伊敏河水早就把我们连结在一起了。这块亮晶晶的瑞士手表，一直不停地走动着。它让我看到了你亮晶晶的一颗心。孩子，你们相爱吧，草原的未来是你们的。"[2] 小说的结尾，刚从澳大利亚考察畜牧业回来的安吉斯的父亲看着眼前一派和乐融融的气氛，由衷地感慨道："刚回到祖国就感到了这么一股热流，到处是团结的气氛啊! 我们的白彦诺尔草原又有希望了。我们必须把每一颗亮晶晶的心

---

① 涂格敦·安娜:《亮晶晶的心》,《静谧的原野》,内蒙古文化出版社 2009 年版,第93 页。

② 涂格敦·安娜:《亮晶晶的心》,《静谧的原野》,内蒙古文化出版社 2009 年版,第97 页。

拿出来，放在四化建设上，贡献给我们的草原。我相信，我们会富强起来的。"① 至此，小说内人物和作者的情感都达到了高潮。我们借由一块表的故事，看到了一个朝气蓬勃的时代。

《静谧的原野》和《芦苇荡的回声》有互文关系。《芦苇荡的回声》里对塔拉的身世以及上海知青李玉的情感经历只是一笔带过，《静谧的原野》则向我们娓娓道来塔拉以及李玉的故事，尤其是塔拉和李玉不是亲人胜似亲人的关系。故事发生的背景是在 20 世纪 50—80 年代。塔拉的父亲是一个还俗喇嘛，在 60 岁的时候，鬼迷心窍和一个风尘女子有了一夜情后，有了塔拉。塔拉的母亲生下塔拉后就甩手走掉了，留下还俗喇嘛桑登和还在襁褓里的塔拉，这无疑让桑登的生活陷入了困境，一个年迈的男人独自抚养一个婴儿，谈何容易。邻居见这对父女可怜，不忍心看桑登老人这么辛苦，就建议把孩子送给别人抚养。这样的事在草原上见怪不怪，起先桑登怕自己照顾不了孩子，没有拒绝这个建议，等抱养孩子的人来了以后，摇篮里的小塔拉见到桑登，本来想哭的表情，马上"阴转晴，咧开没有牙齿的小嘴甜甜地笑起来，他的心顿时像阳光晒透的羊绒热呼呼的，同时心又揪了一下。他不知不觉地堆起满脸的皱纹，冲着孩子笑起来"②。桑登拒绝了来人的要求，把小塔拉留在了自己身边。桑登老人出身于一个富裕的牧人家庭，是与布里亚特人一起迁居到锡尼河流域的通古斯浅（鄂温克族的一支），迁居此地后，他们便以放牧为生，宗教信仰也从信仰萨满教，到接受了喇嘛教。桑登由于父亲信仰喇嘛教，十几岁时就被送去寺庙当喇嘛，接受良好的教育，精通俄、蒙古、汉、藏和鄂温克语。50 年代的时候，寺庙被拆除，桑登也就还了俗，当了一个普通牧民。小塔拉出世以后，桑登老人和她相依为命。小塔拉 3 岁那年，原本安静的草原忽然热闹起来，大批知识青年下乡到草原，上海知青李玉就是其中之一，15 岁的他落户在了桑登老人的家。从此，李玉便和桑登父女共同生活，热情善良的老父亲、可爱的小塔拉，让李玉在草原找到了久违的亲情，特别是对小塔拉，就像亲妹妹般呵护，形影不离，连谈恋爱约会都带

---

① 涂格敦·安娜：《亮晶晶的心》，《静谧的原野》，内蒙古文化出版社 2009 年版，第 101 页。

② 涂格敦·安娜：《静谧的原野》，《静谧的原野》，内蒙古文化出版社 2009 年版，第 106 页。

着她。这个特殊的三口之家水乳交融。塔拉 10 岁那年，李玉接到通知可
以回家探亲，塔拉非常不舍，哭着送走李玉，天天在家盼着李玉回来。和
桑登一家相伴相依的生活，尤其是在艰苦岁月里的相濡以沫，李玉在感情
上已经离不开父女俩，离不开草原，所以即便有调回上海的机会，他也暂
时放弃了。而原本无忧无虑的塔拉，也因为一次发烧，在迷糊中看到了生
母，在追问下从桑登老人那里知道了自己的身世，对生母充满了怨恨。李
玉从上海探亲回来后，发现从前快乐的塔拉变得忧郁了，好像心事重重，
父女俩也不肯告诉他发生了什么事。后来，在丰收会上，塔拉的生母告诉
了李玉塔拉的身世，李玉这才明白了塔拉郁郁寡欢的原因。他想尽办法想
解开塔拉的心结，都无济于事，最后，他想让塔拉多阅读书籍，开阔视
野，也许会化解她心中那坚硬的冰层。从此以后，李玉就经常捎书给塔
拉，国内外名著、各种儿童读物。对知识的渴求使得塔拉终于慢慢走出了
阴影，成绩也上去了。命运总是不会一帆风顺。李玉在一次和朋友聚会酒
后，摔倒在地不省人事，恰好路过的寡妇嘎拉森道力玛见他酒醉不醒，便
把李玉扶回了自己家中，安顿在了自己的床上，本来是出于好意的帮助，
最后变成了寡妇按捺不住自己的欲望，钻进了李玉的被窝……原本生活一
片光明的李玉，被这个大他 7 岁的寡妇毁掉了对爱情和婚姻的憧憬，无奈
之下打算和这个寡妇结婚，朋友和父母都劝他没有必要为了一个风流寡妇
牺牲自己的幸福，然而善良的李玉却不忍心这么做，"事情已经无法挽回
了，虽然她是个寡妇，而且年龄大，可她毕竟是个女人哪，怎么可能不负
责任呢？"① 李玉结婚了。婚后第六年，从上海探亲回来的李玉撞见了妻
子和别的男人出轨，就这样李玉默默地结束了婚姻，又回到了桑登家和父
女俩一起生活。塔拉又恢复了往日的快乐，已经读高中的塔拉渐渐情窦初
开，在她心里，对李玉的感情已经超越了兄妹之情，儿时的依赖、亲密，
到青春期，自然而然转变为一种仰慕，塔拉为自己的想法感到惊讶和羞
愧，但又控制不了自己的内心，终于向李玉表露了心迹："我想让你做我
的男人。"② 塔拉的大胆告白让李玉吃惊，多年相伴生活，李玉内心对塔

---

① 涂格敦·安娜：《静谧的原野》，《静谧的原野》，内蒙古文化出版社 2009 年版，第
132 页。

② 涂格敦·安娜：《静谧的原野》，《静谧的原野》，内蒙古文化出版社 2009 年版，第
141 页。

拉也是有爱的，但是，理智告诉李玉，年龄的差距以及其他现实问题，他和塔拉是不可能有婚姻关系的。当塔拉还沉浸在对李玉的情感中无法自拔时，桑登老人去世了，失去亲人的打击让塔拉忽然长大成熟了，这让她从对李玉痴迷的感情中走了出来。李玉不忍心把她一个人留在草原，想把塔拉一起带回上海，但是塔拉决定留在父亲安息的草原。后来塔拉依靠父亲留下的草场和牧群，成功地创办起了现代化牧场。塔拉在事业上做得有声有色，在情感上，她也渐渐明白和理解了李玉，明白了李玉对她来说就是亲人，于是放下了心中的执念，接受了儿时伙伴的求婚，李玉也去了美国，两个人都开始了人生新的旅程。不幸的是，塔拉的丈夫在她怀孕时，出了车祸去世了，突然的噩耗使塔拉有了早产的征兆。接二连三的变故，使得塔拉的生母又出现在了塔拉的生活中，她在医院照顾塔拉，为塔拉生产加油打气。生下孩子的塔拉一方面体会到了作为母亲的不易和伟大，对于赋予自己生命的生母有了重新认识，尤其是在医院看到生母不辞辛苦地照顾自己，心里的态度渐渐有了改变；但是另一方面，被遗弃的怨恨仍然在心里徘徊，塔拉在这样的矛盾情绪中不知如何是好。就在僵局无法打破之时，李玉赶在塔拉出院前，从美国回来看她了，在李玉的劝说下，塔拉解开了多年的心结，和生母相认了。母女团圆，新生命的诞生，结局皆大欢喜。

　　《绿浪曲》讲述了日本遗孤的故事。樱花出生在草原，从小在草原上长大。樱花的母亲是日本人，叫中野杉子。日本侵华战争的时候，17 岁的中野杉子卫校毕业，响应天皇的号召，抱着中日亲善，医治"东亚病夫"的天真美好愿望，随着开拓团来到中国。到了中国，中野杉子亲眼看到自己的同胞对中国人民烧杀掠夺，才幡然醒悟，心中无比失望，但是此时想回国已经不可能。中野杉子只能留在中国，后来她认识的一个日本军官帮助她逃过了当军妓的命运。日本投降后，一群和中野杉子一样无家可归的日本人结伴，想走回自己的家，然而山高路远，大山深处很多人倒在了路上。中野杉子在途中病倒了，没有跟上大部队，后来在山里被上山打猎的一个年轻猎人救了。猎人涂格敦氏一家悉心照料生病的杉子，病好后，杉子自知已经无法回到日本，就恳求涂格敦氏一家收留她。善良的猎人一家答应了，像对自己的亲人那样对待杉子。三年后，杉子和猎人家的儿子也就是她的救命恩人，结婚了。婚后他们生了几个孩子，却都因为山里的生活环境恶劣，相继夭折。60 年代，杉子一家下山到草原定居，樱花也在这时出生了。杉子在草原生活得很幸福，心里对这里善良的牧民、对中国充满了感恩，然而随着年纪越来越大，思念故乡之情也越来越浓烈，加上杉子的双亲也已年迈，来信盼着杉子早日回国。杉子想让樱花一起回日本，但是这个在中国出生长大的姑娘，内心说服不了自己去接受远在日本的亲人，樱花虽然从小知道自己的母亲是日本人，但是由于和母亲从小在草原上生活长大，所以对母亲的日本人身份并不敏感，但是，一想到远在日本的家人却无论如何也摆脱不了电影上凶残的"日本人"形象。母女俩在走和不走的问题上产生了分歧。除了心里的心结，樱花舍不得离开的另一个原因是哈尼日，青梅竹马一起长大的两个人互相爱着对方，樱花不忍心扔下这段感情。但是不走，就意味着要与自己的额吉生离，樱花也舍不得离开自己的额吉。左右都是自己爱的人，离开谁都于心不忍，樱花的内心就这样焦灼着，举棋不定。经过内心的挣扎，樱花决定跟额吉回日本，虽然这个决定对樱花来说很痛苦，但是好过骨肉分离。但是在机场快要临走的时候，樱花回想起这二十年来草原生活的点点滴滴，"远处的山峦是黛色的，绿茸茸的草原向前伸展着，哈达似的河水在轻轻地流动，牧人们粗狂的脸儿是这样的亲切，她似乎在听见马儿的长嘶，乳牛的哞叫，羊儿的欢咩，他们似乎都在埋怨她，'你怎么能离开我们呢？'那轻轻吻着她脚面的草浪把一阵阵芳香送入她的心脾中，似乎在说：'牧羊姑娘，你要走了吗？永远离开吗？'"① 在矛盾的心情中，樱花最后还是决定不走了，和哈尼日一起在机场送别额吉，"因为和额吉离别，她感觉自己像没有了母亲的小羊羔，无助和孤单。但又因为和哈尼日的团聚，和祖国的团聚，感到一种从未有过的幸福，她想，以后的日子虽然没有了额吉，但是她会坚强，学会独立，以全新的面貌迎接生活的考验"② 。母女连心，当樱花看着飞机起飞，想着再也见不到额吉而伤心落泪时，却发现，额吉并没有走。原来额吉并没有上飞机，她也舍不得和樱花分离，所以决定留下来，"我没有了樱花，生命就没有意义了，活着有什么意思？我也离不开中国，没有中国，就没有我中野杉子，生生死死都与中国连在

---

① 涂格敦·安娜：《绿浪曲》，《静谧的原野》，内蒙古文化出版社 2009 年版，第 227 页。

② 涂格敦·安娜：《绿浪曲》，《静谧的原野》，内蒙古文化出版社 2009 年版，第 227 页。

一起。孩子，额尼不走了，在我父母有生之年，我多回去看看就行了"①。割舍不断的亲情以及超越国籍的恩情，让母女两人最终团圆在一起。

《失落的珍珠》以一个外族人的视角，围绕一串珍珠项链，讲述了时代风云下安奇一家的遭遇。女主人公是一名报社记者，出差到草原完成采访任务。清晨散步的时候，被一条狗扑倒在地，腿上还被咬了一个小伤口。狗的主人是一个牧家妇女，出来喝住了狗，并看了她腿上的伤势。这个小小的意外让她注意到了眼前这个女人似乎很眼熟，尤其是她脖子上戴的珍珠项链，好像在哪里见过，因为这条珍珠项链与众不同，和别的珍珠项链不一样，"是黑色的纯珍珠项链，黑珍珠是很珍贵的，还非常少。在阳光下那些不是很圆的珠子散发出璀璨的光芒。而且不是一种颜色，是那种荧光的、鲜红的，还有咖啡色的"②。她一眼就对这条珍珠项链有熟悉的感觉，是因为小时候她妈妈也有一条一模一样的，后来丢失了。如今眼前出现的这个戴珍珠项链的女人，不经意间敲开了她记忆深处的大门，但是一时半会儿怎么也想不起来。这个女人的额吉看到被狗咬的她，带她到自己家去擦药。在老额吉的家里，她看到了一张照片，她认出照片上的小姑娘是自己的小学同学安奇，才知道自己到的这个蒙古包原来是安奇的家，老额吉就是安奇的母亲，刚才那个狗的主人——眼神略有呆滞的牧家妇女，正是安奇。安奇从小长得漂亮，身边有很多男孩子倾慕她，但是安奇却和女主人公的哥哥情投意合，原本以为幸福的生活就会这么顺利地展开，但是不幸却突然造访，"文化大革命"时安奇的爸爸因为喊错了口号，被关进了牛棚，没多久，安奇也突然失踪了，安奇一家也不知去向。眼下，一个小意外，一条项链，忽然让她找到了安奇的家，一切都是那么巧合。当老额吉得知这个受伤的姑娘是安奇的同学，便告诉了她安奇失踪的真相：原来安奇的父亲被关押以后，有一次安奇去给父亲送饭，因为长得漂亮，被关押组的一个领导看上了，并起了邪念，他骗安奇，她的父亲可以放出去，但前提是安奇要听他的话。15岁的安奇还是单纯的小姑娘，哪里知道这个猥琐的男人龌龊的内心，救父心切的安奇答应只要爸爸能出去，一定听话。人面兽心的男人利用了安奇的年幼纯真，把她强暴了。出

---

①　涂格敦·安娜：《绿浪曲》，《静谧的原野》，内蒙古文化出版社2009年版，第228页。

②　涂格敦·安娜：《失落的珍珠》，《静谧的原野》，内蒙古文化出版社2009年版，第197页。

事以后，安奇变得神志不清，见到陌生人就浑身发抖，并且常常胡言乱语。安奇的母亲找到那个男人，但有权势的男人全然否认，并威胁说如果这件事漏出风声，安奇的父亲就永远都出不去。安奇的情况越来越严重，为了息事宁人，那个男人给了安奇家一笔钱，利用手中的权力，把他们全家搬到了现在住的地方。这就是她的哥哥一直找不到安奇的原因，而安奇戴着的那条珍珠项链，正是当年哥哥悄悄从家里拿出来送给安奇的。谜团终于解开了。正是因为安奇怕陌生人，所以才放狗出来，咬伤了她这个穿着西服，和牧民打扮完全不一样的陌生人。安奇的遭遇让她内心感慨万千。大时代下每个人的命运都身不由己，悲惨的遭遇也许会随着时间的推移而渐渐被人淡忘，但是心灵上的创伤却是难再平复。在遗憾和悲痛中，女主人离开了安奇的家，但同时让她欣慰的是，如今找到了失散多年的朋友，她要依靠现代医学治好安奇的病，一切有了新的希望。

《流放的亲情》通过讲述哈丁一家骨肉失散多年后团圆的故事，展现了 20 世纪 50—80 年代草原牧民的生活变迁。哈丁和母亲讷蕊母子俩在草原经营着一个现代化的牧场。由于赶上了国家改革开放的好政策，讷蕊在原先自家有 5000 亩草场的基础上，借助国家支持牧民发展经济的无息贷款、扩大规模、种植牧草、种植青贮饲料，购进了新型的喷灌机，盖起了永久性的砖瓦结构的棚圈，哈丁大学毕业后，就回来帮母亲管理牧场，母子俩做事能干又有改革意识，运用现代农业技术，把牧场经营得相当成功，"有高产奶牛 100 多头，羊 200 多只，马 20 多匹。每年的打草季节，是他们最忙的时候，优质的牧草不仅仅能满足他们自己的需要，还要用先进的机器把牧草压缩成长方形的捆包，到了冬季，那牧草还保持嫩绿嫩绿的颜色，新鲜的像刚打下来的一样。他们出售牧草，卖鲜奶，还卖小羔羊等等，获得的利润也很可观呢"①。牧场规模大了，每年最忙的时候都会雇一些工人。董建平是天津知青，曾经在这里下乡过，回到天津后，在一家合资企业当经理，如今有一些经验后想自己当老板。两个月前，一起在这里下过乡的上海知青倡议当年的知青们一起为第二故乡做点贡献，为开发、建设草原出点自己的绵薄之力。董建平就是响应倡议来到了哈丁家的牧场，但是他没想到这么巧的是，这个牧场的老板竟是讷蕊。董建平当年

---

① 涂格敦·安娜：《流放的亲情》，《静谧的原野》，内蒙古文化出版社 2009 年版，第 285 页。

在公社插队落户，和讷蕊有过一段情。讷蕊是鄂温克当地知青，年纪最小，董建平把她当小妹妹一样照顾她，讷蕊也很依赖这个大她四岁的哥哥。日久生情，两人自然而然恋爱了。正当他们沉浸在爱情的甜蜜中，董建平接到家里来信，可以调回城里分配工作，这对董建平来说是绝好的机会，虽然他深爱着讷蕊，但是回城的强烈愿望使他不得不暂时放下这段感情。回城前一晚，讷蕊和大伙儿一起为董建平饯行，在酒精的作用下，两人发生了关系。董建平回城后，也曾想要把讷蕊接到城里，但是由于民族不同、城乡差异等原因遭到父母反对。随着时间的流逝，他内心对讷蕊炽烈的感情连同愧疚，渐渐地抚平和淡忘了，和一个门当户对的女人结了婚生了子，后来董建平下海经商，和妻子在观念上有分歧，便分了手。而讷蕊在董建平回城后不久，便怀孕了，生下了孩子，这个孩子就是哈丁。事隔多年两人在牧场重逢时，董建平才知道这一切。往事如烟。一家人终于历尽千辛幸福团聚了。

二　安娜作品创作特色

第一，作品人物以母亲和少女为主，擅长刻画女性形象。《静谧的原野》里纯真、对知识充满渴求的塔拉；《飞驰的天使》《灯花》《心波》里性格爽朗、热情的少女们；《哈迪姑姑》里纵使生活多艰，心中依然有爱有寄托的哈迪老人，即便头发已经稀疏，黑瘦的脸上"纵横交错着岁月刻下的纹路，犹如风干的老羊皮，皱得令人心里发紧。唯有她那一双黄褐色的眼睛，依旧明亮有神，真不像是七旬老人的眼睛"。[①] 坚强生活的哈迪老人，让人泪目难忘；还有《金霞和银霞》里的老母亲形象："她手指弯曲，关节凸出，粗粗拉拉的手背像干裂的羊皮，指缝间沾满了乳白色的粘液。……她有一张饱经风霜的脸，岁月在上面刻下了深深的皱纹，高高的颧骨下，腮肉塌陷"[②]，当她看到"我"腿上被狗咬的伤口时，慈爱地说："异乡的雏鹰中了箭，牧人怎能扔下不管！[③]"这样慈祥的额吉在

---

① 涂格敦·安娜：《哈迪姑姑》，《静谧的原野》，内蒙古文化出版社 2009 年版，第 231 页。

② 涂格敦·安娜：《金霞和银霞》，《静谧的原野》，内蒙古文化出版社 2009 年版，第 49 页。

③ 涂格敦·安娜：《哈迪姑姑》，《静谧的原野》，内蒙古文化出版社 2009 年版，第 231 页。

《失落的珍珠》里也能找到身影。这些母亲和少女的群像，是鄂温克牧民妇女、草原上无数平凡女人的缩影，她们身上聚集了鄂温克人善良、无私、热情、勤劳的优秀品格。

第二，语言质朴、明丽、豪放，具有浓烈的草原气息。安娜的语言风格有男性的气质。景物描写，大开大合，气象辽阔，试举几例感受一下："又圆又红的太阳从骆驼脖子山探出头，在雪原上洒下无数个耀眼的斑点。茫茫的苇塘，闪着金黄色的光芒，晨风在上面又荡起了一道道波浪。柔软的苇絮，纷纷扬扬地飘落下来。一座座矮矮的地窨子趴在骆驼脖子山脚下，雪如厚厚的羊皮袍子把地窨子严严实实地覆盖起来，与这银色的世界融成一体。"[1]"苇场上，方圆数十里的苇海，黄澄澄地闪着光，高两三米的苇杆，挺着它那细细的腰肢，迎着风儿左右摇晃，发出唏唏嘘嘘的声响，仿佛有多少碎嘴老人在低声叙谈。"[2] 这些是只有北方才有的寂寥感。

安娜还擅用比喻，她的比喻充满草原的生活气息，比如《芦苇荡的回声》里坐在炕上给年轻人讲故事的贡格布大叔，那语言真是活灵活现："你稀有的华发比那高山的森林还密，你那崇高的胡须比那老马鬃毛还硬，你脸上美丽的麻坑啊，能把骏马绊三下呦！"[3]《静谧的原野》里描写还俗喇嘛桑登老人看到襁褓里的小塔拉朝他笑时的内心感受，"他的心顿时像阳光晒透的羊绒热呼呼的"[4]，这些生活化的比喻都让安娜的文字独具特色。

第三，民俗风物的细致描写。安娜小说里也有不少类似于乌热尔图后期小说中的"本真性"言说，这种呈现鄂温克民族传统文化人类学式的书写，可以视为最大限度保存鄂温克传统民族文化的努力。比如对于鄂温克民族服饰的描写，"通古斯鄂温克人的衣服样式与布里亚特蒙古人的一样，未婚女孩的衣服是平肩的，已婚女人的衣服带齐肩，呈小翅形，女

---

[1]　涂格敦·安娜：《芦苇荡的回声》，《静谧的原野》，内蒙古文化出版社 2009 年版，第 1 页。

[2]　涂格敦·安娜：《芦苇荡的回声》，《静谧的原野》，内蒙古文化出版社 2009 年版，第 3 页。

[3]　涂格敦·安娜：《芦苇荡的回声》，《静谧的原野》，内蒙古文化出版社 2009 年版，第 7 页。

[4]　涂格敦·安娜：《静谧的原野》，《静谧的原野》，内蒙古文化出版社 2009 年版，第 105 页。

式服装袖口为马蹄袖，整个衣服的样式像连衣裙，上衣与裙子连在一起，上衣较紧，而裙子多皱、宽大。传说衣领是仿半月形、大襟上的倒垂直角的边纹是仿天上的一种星星的排列形状，已婚女子的衣服齐肩是仿手掌上的一道纹做的。由于通古斯鄂温克人与布里亚特蒙古人长期在一起生活，所以有人说衣服样式是布里亚特人学鄂温克人的，也有人说他们共同学习了叶尼塞河一个少数民族的服装样式"①。还有《静静的雪原》里穿着"羊羔皮里紫红色缎面的鄂温克袍，戴着杏黄色绒帽，红扑扑的脸上挂着微笑②"的伊琳娜，过本历年的塔拉"穿上了宝石蓝缎面、雪白的羊羔皮里的女儿装，戴上了本民族的紫红色圆锥形的缎帽，帽尖上是红缨穗，足登毡底牛皮靴子，显得非常美丽、高贵"③。关于祭敖包的场景："每当祭敖包的时候，牧人们都怀着一颗虔诚的心，带着祭品，一家家的男女老少都来祭敖包，磕头跪拜，祈求一年四季平安，人畜兴旺。巴彦敖包，历史很悠久，早在200多年前这里的祖辈们就祭这个敖包，现在这个敖包已经成为这方土地的一大景点，'天下第一敖包'的几个大字刻在山脚下的一块大柱石上。从远远的地方望去，山上最高处屹立的敖包，给人一种庄严、肃穆和神秘的感觉。几个穿着紫色服装的喇嘛们在念经，一个只有十五六岁的小喇嘛不时敲击一下铜锣，围在一起坐着的人们静静地听着，尽管听不懂经文的意思，但只要身临其境，你就会感到大自然无形的力量在全身蔓延，忘却烦恼，看淡尘世，你的心灵似乎得到净化，一种与山水、与天地共存的感情油然而生。"④ 关于丰收会的描写："这是一个牧人的节日。是每年5月份进行的丰收会，清点牲畜的数目，给牛、马、羊去势，还要进行赛马等娱乐活动。成年走敖特尔（游牧）的牧人们难得聚在一起欢乐，这使他们非常高兴，无论熟人还是不认识的人，见了面都非常热情地相互打招呼、问好。这个季节正是青草冒出幼芽的时候，气候宜人，

---

① 涂格敦·安娜：《静谧的原野》，《静谧的原野》，内蒙古文化出版社2009年版，第134—135页。

② 涂格敦·安娜：《静谧的原野》，《静谧的原野》，内蒙古文化出版社2009年版，第281页。

③ 涂格敦·安娜：《静谧的原野》，《静谧的原野》，内蒙古文化出版社2009年版，第135页。

④ 涂格敦·安娜：《静静的雪原》，《静谧的原野》，内蒙古文化出版社2009年版，第270页。

大地上充满了草的芳香，处处洋溢着生机勃勃的新气象"①。以及鄂温克人日常生活蒙古包的描写："东侧是双人床，西侧是我坐的便床，靠'哈那'正中是长辈享用的床铺，包中央是炉台和伸向包顶的炉筒，铝制炊具雪白，一切井井有条，干净利索"②。

第四，反映时代风云牧区人民的生活变化和小人物的命运。安娜的小说紧扣时代的主题，日军侵华、"文化大革命"十年、知青下乡、改革开放等等，这些现代民族国家建立和发展中的大事都在安娜小说中体现，我们透过这些大事件，看到了在这些时代风云下普通人、底层小人物的悲欢离合，个体的命运与国家的命运交织在一起，讲述了一个个真实的"中国故事"，这也许是安娜小说的现实意义所在。

---

① 涂格敦·安娜：《静静的雪原》，《静谧的原野》，内蒙古文化出版社 2009 年版，第127 页。

② 涂格敦·安娜：《金霞和银霞》，《静谧的原野》，内蒙古文化出版社 2009 年版，第 49—50 页。

第九章　敖荣

敖荣，笔名敖蓉，鄂温克族女作家。敖荣的小说以书写本民族在当今时代的变迁为主，表达了鄂温克人在大时代下对本民族未来的希望与忧患，以及真实的情感世界，笔调清新质朴，充满着"鄂温克的气息"①。

一　生平与创作

敖荣出生于 20 世纪 60 年代，从小酷爱文学。2000 年开始尝试文学创作，迄今为止共发表散文、小说、诗歌等文学作品二十余万字，分别发表于《青年文学》《民族文学》《草原》《鹿鸣》《骏马》《文艺报》《呼伦贝尔报》以及《人民文学》（副刊）等报纸杂志上，现为内蒙古作家协会会员、中国少数民族作家学会会员。

作品集《神奇部落》收集了敖荣的十部中短篇小说，《古娜吉》《神奇部落的神秘女人》《一个家族的故事》《残荷泪》《映山红》《阿尔塔姨妈》《杨柳叶上的童话》《哭泣的花手帕》等。敖荣的小说以敖鲁古雅这片土地为背景，讲述了使鹿鄂温克这个古老的狩猎部落从传统到现代的生活变迁，在这些故事的娓娓道来中，大兴安岭原始森林的自然风貌、使鹿鄂温克人的民俗风物、生活场景，一一在读者面前铺陈开来。

《阿尔塔姨妈》《映山红》《一个家族的故事》是由《四姐妹的故事》拆分而成。

《阿尔塔姨妈》讲述了发生在 80 年代，一个达斡尔族女人的一生。阿尔塔姨妈年轻时是远近闻名的美人，虽然有不少男人被她的美貌迷倒，但是太美丽的东西反而让人不敢靠近，真正提亲的人却屈指可数，最后被

---

① 叶梅：《鄂温克的气息》，敖荣《神奇部落》，作家出版社 2010 年版，第 1 页。

她穷困潦倒的父亲以一头母牛为交换条件，嫁给了大户人家的独生子。少女阿尔塔对未来丈夫和婚姻怀抱了美好的愿望，然而在新婚之夜，却等来一个"五官紧凑，行走像螃蟹一样"① 的丈夫，少女的爱随即幻灭了，成了包办婚姻的牺牲品。婚后的生活毫无幸福可言，婆婆刁蛮刻薄，丈夫粗暴，阿尔塔像囚鸟一样，忍受生活的苦涩。阿尔塔相继生下三个女儿，重男轻女的婆家并没有因此善待她半分，日子过得苦累不堪。但是死灰一样的生活也偶尔有微弱的火光照亮，阿尔塔家前院的敖莫日根，默默爱着阿尔塔，常常暗中帮助阿尔塔做一些农活，阿尔塔的丈夫察觉到了敖莫日根的威胁，为了防止阿尔塔红杏出墙，开始疑神疑鬼地监督阿尔塔，还换了房子搬了家。对于敖莫日根为自己做的一切，一开始阿尔塔并不知晓，后来知道后，阿尔塔被敖莫日根的痴情和真心打动，敖莫日根想让阿尔塔和他一起私奔，但恪守妇德的阿尔塔终究下不了决心，拒绝了他。"望着敖莫日根渐渐远去的背影，一种茫然若失的感觉囚禁了阿尔塔姨妈，她似乎听见了自己的心在哭泣、在呐喊。……可是百感交集的姨妈并没有跑过去，而是独自坐在田地里失声痛哭了很久很久，那声音像一团扯不断的丝线缠缠绵绵、千丝万缕。"② 阿尔塔怅然若失的，其实并不是眼前的这个男人，而是她黯淡生命里唯一的亮光和温情，她痛哭的，是而今往后在绵绵无尽的绝望生活里消耗她的青春和生命，虽心有不甘，却又不得不向命运妥协，五味杂陈。这也是那个时代女性命运的真实写照。也许和之后的遭遇相比，这个插曲并不算什么，因为至少它是温暖的、能抚慰干涸的心灵。真正的灾难和不幸，在阿尔塔姨妈生了五个女儿后，才刚刚开始。生了五个女儿后，阿尔塔姨妈的丈夫搭上了一个寡妇，常常在寡妇家吃喝玩乐，夜不归宿，还爱上了赌博，她的公公也在"文化大革命"中去世。公公去世后，阿尔塔姨妈家开始衰败，狂赌成性的丈夫不仅败光了家产，还借高利贷赌博。被高利贷逼得走投无路后，阿尔塔姨妈一家只能搬到异乡躲避追债。异乡的生活贫穷潦倒，阿尔塔为了能给孩子们吃上饭，不得不低三下四地去借米下锅。日子久了，大家都不愿意再施舍给有借无还的阿尔塔一家了，只有老金愿意慷慨接济阿尔塔，天真的阿尔塔以为遇上了

---

① 敖荣:《阿尔塔姨妈》,《神奇部落》,作家出版社 2010 年版,第 183 页。

② 敖荣:《阿尔塔姨妈》,《神奇部落》,作家出版社 2010 年版,第 188 页。

贵人，然而光棍老金是打着阿尔塔的主意，想借机侵占阿尔塔。阿尔塔第二次去借米的时候，老金便暴露了真面目，要阿尔塔以自己作为交换条件，阿尔塔当然不依，怒甩了老金一个耳光，并下定决心再也不踏进老金家门。然而当阿尔塔看着五天没有进食的一家老小，看着孩子们饿得默默流泪，看着"昔日盛气凌人的婆婆，此时像一只濒临死亡的乌鸦一样在自己长长的黑布大褂里卷缩成一团哼哼着"①，看到她眼里的痛苦和无助，而丈夫依旧死性不改在外面狂赌，对家里的状况不管不顾。阿尔塔内心挣扎了无数次后，向残酷的生活妥协了，敲开了老金家的门。因为这件事，阿尔塔觉得自己有了污点，无颜见人，终日恍恍惚惚，在丈夫面前也比以前更加唯命是从，嗜赌成性的丈夫也变本加厉地狂赌起来。阿尔塔姨妈第六胎终于生了个儿子，本以为丈夫会因此收敛，改掉赌博的恶习，然而好景不长，本性难移，有了儿子的丈夫依然没有悔改。阿尔塔姨妈含辛茹苦把孩子们拉扯大，但是不争气的儿子却是游手好闲，不务正业，因盗牛罪被抓进看守所，只是因为未成年也没有被判刑。儿子犯法的事情，给阿尔塔姨妈很大的打击，从此落下了病，听不得警车的声音，只要警车进村，她就"吓得面如灰土、浑身颤抖，好像害了癫痫病似的"②，为了能管好儿子，阿尔塔姨妈还走访邻居请教教育孩子的经验和教训。而五个女儿的婚姻也是阿尔塔姨妈无法治愈的心病，除了大女儿和二女儿日子还算美满，三女儿嫁了个酒鬼，四女儿遇上了个没有劳动能力，终日离不开药罐子的结核病丈夫，最小的五姑娘更是未婚先孕，为了女儿肚子里的孩子，阿尔塔姨妈无奈只能主动找到男方家庭，连彩礼都不要，把五姑娘仓促嫁掉。所幸五姑娘的婆家虽然穷，但是和新郎却是有感情的，看到女儿嫁给了爱情，阿尔塔姨妈也欣慰了。阿尔塔姨妈悲苦的一生最后以离奇的死亡告终，她在出门寻找儿子途中，被一头小牛犊顶死了，那天她本可以躲开那头牛的，然而她不知为什么，却"像迎接什么一样张开了双臂迎了上去"③，阿尔塔姨妈就在这不可解释的宿命般的死亡里，消逝了。

《映山红》的女主人公娜得娥，是一个达斡尔族姑娘，娜得娥，达斡尔语即映山红，象征着吉祥和幸福。然而娜得娥的一生，并没有因此而圆

---

① 敖荣：《阿尔塔姨妈》，《神奇部落》，作家出版社 2010 年版，第 193 页。

② 敖荣：《阿尔塔姨妈》，《神奇部落》，作家出版社 2010 年版，第 198 页。

③ 敖荣：《阿尔塔姨妈》，《神奇部落》，作家出版社 2010 年版，第 204 页。

满。娜得娥出生在莫力达瓦山脚下，母亲生下她后便去世了，没有母乳喂养和母爱呵护的娜得娥从小病恹恹的，八岁那年患了风湿性心脏病，虽然奇迹般地活了下来，但是后遗症是以后不能要孩子，否则会危及生命。家境贫寒的娜得娥读不起书，渴望读书的她只能躲在教室门外偷听，有一位教语文的敖老师每次发现她时，不但不赶走她，反而把门打开一条缝让娜得娥听得更真切，遇到天冷时，还让娜得娥进教室听课。好心的敖老师教会了娜得娥识字，娜得娥也在不知不觉间，对敖老师由最初单纯的崇拜，渐渐生出爱慕之心，情窦初开的娜得娥把敖老师视作心中的白马王子，虽然敖老师比自己大十几岁，但是她毫不在意，并且随着时间的推移，对敖老师的感情越来越炽烈。娜得娥开始给敖老师写情书表达内心的倾慕，正好失恋的敖老师在娜得娥猛烈的攻势下，起先不知所措，渐渐地被娜得娥的热情所击溃，喜欢上了这个勤奋好学又明艳如花的学生。两人冲破年龄的界限恋爱了。恋爱的时光如此甜蜜，两人周末常常爬山和野餐，"在山下缥缈的袅袅炊烟中，在诺敏河竖琴般的咏叹声中，敖老师总是激情满怀地为娜得娥朗诵唐诗，讲述达斡尔族的《傲蕾·一兰》、《少郎与岱夫》等故事，教她唱达斡尔族《心上人》、《绣花毛衣身上穿》等情歌。山水相连，空灵而绵延，莫力达瓦山那岁月的马鞍偷听他们的情歌和悄悄话，见证他们的爱情之树枝繁叶茂、蓬蓬勃勃地成长，陪送着他们的青春的身影"①。这是娜得娥一生中最难忘自在的时光。娜得娥的自由恋爱——尤其是对象是大十几岁的长辈——遭到了父亲的强烈反对，当敖老师的家人上门提亲时，娜得娥的父亲当面拒绝了，还草率地给娜得娥定了亲。沉浸在恋爱中，知道真爱是什么滋味的娜得娥怎么可能委曲求全嫁给不爱的人？为了让父亲成全她和敖老师，倔强的娜得娥绝食、割腕，面对女儿这样极端的方式来反抗，父亲也不得不妥协，同意了娜得娥和敖老师的婚事。来之不易的婚姻让娜得娥格外珍惜，孝敬公婆、侍奉丈夫，生活过得幸福美满。娜得娥的公公是一位很有威望的老萨满，她满怀希望公公能医治好自己的病，为敖家传宗接代。但事与愿违，"再神通广大的萨满也无法医治自家病人②"，丈夫的一番话，浇灭了娜得娥最后的希望。然而渴

---

① 敖荣：《映山红》，《神奇部落》，作家出版社 2010 年版，第 171 页。

② 敖荣：《映山红》，《神奇部落》，作家出版社 2010 年版，第 173 页。

望孩子的念头像久旱盼春雨的老农一样，一直在娜得娥心里存在并且越来越强烈。为了实现做母亲的愿望，娜得娥提出抱养孩子，丈夫无奈之下也同意了，领养了自己二哥家的儿子小五。娜得娥如获至宝似的养育小五，沉浸在做母亲的欢乐和幸福中，她原本以为这样的幸福会伴随着小五的成长一直存在下去，没想到小五的亲生母亲因为思儿心切，千里迢迢来看望孩子，五年的养育之恩，敌不过血浓于水，小五的生母在临走时偷偷把小五带走了，一句话也没留。这样的意外给了娜得娥极大的打击，"整个人如同梅雨季节的气候，时而刮风，时而下雨，终日失魂落魄、神思恍惚地坐在窗前……她把自己瀑布般的长发编成李铁梅似的马尾辫，终日拿着自己像鞭子般的马尾辫啪啪地在空中甩来甩去，仿佛在甩断自己迷乱的思绪，甩掉孩子归来途中的各种障碍物。她多么希望自己视如生命的宝贝儿子能够在她日思夜盼的期待中悠然而至。她见不得孩子用过的玩具或衣物，只要看见孩子的用品她便会情不自禁地失声痛哭"①。这样痴痴颠颠的状态持续了近半年后，经过撕心裂肺的煎熬和挣扎，娜得娥终于做出了她人生中最大胆的决定，与其无望和痛苦地活着，不如忠实于内心，哪怕为此付出生命的代价也无怨无悔，她悄悄取消了避孕措施，决定做一回真正的母亲。娜得娥怀孕了，她终于实现了自己的愿望，体会到了一个女人最自豪幸福和神圣的时刻，她的"眼睛里飞出来的火光都能把人点燃了"②，这是人性原始的强力，质朴而充满魅力。娜得娥"反反复复地总是做一个同样的梦：梦见自己在自家院子里栽满了各种各样的果树。在绵绵细雨中，那些小树苗们顷刻间便长成了枝繁叶茂的参天大树"③。她完全忘了自己的病痛，忘了死亡正在一步一步临近。分娩的日子，娜得娥终究没有逃过命运的预言，像映山红一样"凋谢在了手术台上，可怜的婴儿也如花骨朵一样未开先落"④。娜得娥的结局令人惋惜，但是能够这样执着地为自己的生命燃烧一次，何尝不是一种死而无憾？

《一个家族的故事》以第一人称"我"的视角，讲述了敖拉氏家族的兴旺和衰败。"我"母亲为敖拉氏家族生了八个子女，敖拉氏家族人丁兴

①　敖荣：《映山红》，《神奇部落》，作家出版社 2010 年版，第 177 页。
②　敖荣：《映山红》，《神奇部落》，作家出版社 2010 年版，第 178 页。
③　敖荣：《映山红》，《神奇部落》，作家出版社 2010 年版，第 178 页。
④　敖荣：《映山红》，《神奇部落》，作家出版社 2010 年版，第 180 页。

旺，"我"母亲也被认为是吉祥的女人。"我"的母亲看上去尊贵优雅，
姐姐们个个亭亭玉立，哥哥们多才多艺，玉树临风。"我"父亲是个工作
狂，全部的心血都放在了党的事业上，任劳任怨，家里的事全由"我"
母亲操持，甚至连母亲妊娠时也不在身边，对此年幼的"我"很不理解。
母亲虽然劳累，偶尔也有怨言，但是和父亲的婚姻生活依然和睦，用她的
话说，就是"婚姻生活好比做一道好菜，该放的放，该收的收，火候必
须要掌握好"①。母亲用她对婚姻的理解和智慧，让敖拉氏家族洋溢着幸
福和温馨。故事从某一年的春天开始，哥哥们都已经是能歌善舞的帅小伙
儿，不知道迷倒了多少姑娘，争着抢着给哥哥们介绍对象的媒人也不少。
"我"大哥心里热恋着一个叫伊兰乌音的姑娘，但是这个女孩儿却因为疾
病早逝，"我"大哥的灵魂也随着女孩儿远去了，变得终日恍惚，失魂落
魄。父亲为了拯救像行尸走肉一般的大哥，不顾母亲的劝解和大哥的感
受，给他娶了一位身材矮小、嘴大眼小的妻子。不仅如此，父亲还对二哥
棒打鸳鸯，拆散了二哥和傲梅情投意合的感情，强行为二哥娶了一位他并
不喜欢的姑娘。二哥无法忍受父亲独断专行的家长制作风，婚礼当晚便离
家出走当了兵，还给新婚妻子写了休书。二哥的忤逆行为最后被父亲警告
如果再有出格的行为，便把他从敖拉氏家族中开除。继大哥、二哥之后，
"我"家在三年时间里，迎娶了三个儿媳，敖拉氏家族在那时达到了鼎
盛，"那个时期的我们家是一个多么温馨、红火的大家庭，古色古香的三
间大草房在金灿灿的阳光照耀下，显得十分威武、气派。屋外牛马成群，
鸡吟鹅唱……每当夜幕降临，袅袅炊烟像银蛇似哈达一样向空中狂舞、飞
翔，牧归的老牛慈祥地舔着自己儿女们的毛发，野菜、野果在金苍苍的草
房顶上散发出奇异的芳香，一切显得那么的和谐安静。不安静的是乡村的
女人们，乡村的夜晚是女人们的童话。只要父亲不在家，劳累与压抑了一
天的嫂子和姐姐们，关上东屋门就如同到了世外桃源。唱上几曲鄂温克族
民歌和《敖包相会》，女人们仿佛变成了一只只无忧无虑的小鸟，尽情地
飞翔在音乐的殿堂里"②。一派田园牧歌的美好生活景象。二姐嫁给了英
俊潇洒的二姐夫，但是二姐夫对于家里的事情什么也不管，都由二姐操

---

① 敖荣：《一个家族的故事》，《神奇部落》，作家出版社 2010 年版，第 90 页。

② 敖荣：《一个家族的故事》，《神奇部落》，作家出版社 2010 年版，第 94 页。

心，这样劳累的日子，二姐倒也没有什么怨言，心甘情愿在婚姻的围墙里度日。大姐千挑万选嫁给了大姐夫，大姐夫玉树临风，人也勤快，又有手艺，是所有女孩们心目中的白马王子，两口子的日子很滋润、很殷实。但是好景不长，后来，大姐偶然发现了大姐夫口袋里别的女人写的约会纸条，一气之下怀有身孕的大姐想离婚，但被守着传统观念的母亲劝住了，"一个女人的美德，不只是做一个贤妻良母，更重要的是要有一颗能容忍的心。……居家过日子一定要学会睁一只眼闭一只眼，千万不能较真"①。在母亲的劝说下，大姐原谅了姐夫，但是两人的关系就像有了裂纹的镜子，再也回不到从前。姐夫后来也因为一场车祸而过早地结束了生命。姐姐们的婚姻如人饮水冷暖自知，哥哥们的婚姻更是令人唏嘘。二哥部队复员回来后，原本想离婚，但是也被母亲劝阻了，只能委曲求全地和他不爱的女人继续生活。而大哥在父亲去世后，并没有在父亲给他安排的婚姻里振作起来，在没有爱情的婚姻里，大哥完全无求无欲麻木不仁的样子，把全部的热情都放在了工作上，直到遇见了他工作上的女助理，不顾一切地搞起了婚外恋，对于重视伦理道德的鄂温克人来说，这简直是伤风败俗颜面尽失的丑事，一直以大哥为骄傲的母亲伤心绝望到了极点。大哥婚外恋一事是无计可施了，母亲只能把希望寄托在三哥和四哥身上。三哥为人老实，婚姻也最幸福，"我"三嫂从小失去双亲，因此"我"母亲对她格外地照顾，三嫂和"我"母亲有如母女般。只有小学文化的三嫂有超强的记忆力，会讲很多各种各样的故事，不光是三少民族的民间故事，还有很多诸如白蛇传、梁山伯与祝英台这样的故事。三嫂讲的故事总是能吸引人，久而久之，村里人都知道三嫂会讲故事这件事，有的人家为了听她讲故事，不惜拿难得的白面、烙饼等来交换，在三嫂的精打细算下，三哥家的小日子过得红红火火。四兄弟里，"我"四哥脾气最好，从小在大哥的照顾下长大。四哥原先是有一个初恋情人的，但是"我"母亲不认可，大哥便以长兄的名义，拆散了他们，并强行给四哥娶了个终日喋喋不休、好吃懒做的女人，便是四嫂。四哥为了不让母亲和大哥为难伤心，只能妥协。大哥出了婚外恋的事后，因为四嫂背后传播此事，与四嫂关系非常恶劣，四哥夹在中间两头受气，村里人的风言风语和妻子的冷嘲热讽让他忍

---

① 敖荣:《一个家族的故事》,《神奇部落》, 作家出版社 2010 年版, 第 95 页。

受着双重的精神压力，终于有一天，四哥趁母亲不在家时，把大哥的情妇赶出了门，那个女人后来为了报复，开始在大哥耳边挑唆兄弟、母子关系。母亲为了大哥的事，越来越憔悴衰老，而在与大哥的一次次冲突中，渐渐地对曾经孝顺的长子失望，"我"的母亲终因大哥的婚外恋和叛逆，心力交瘁，在"我"十六岁时去世了。被视为敖拉氏家族祥云的母亲的突然离世，对"我"们全家来说是巨大的灾难和不幸，尤其是和母亲有着相同伦理道德观念的四哥，陷入了深深的绝望和无助中，"他觉得一种东西失败了，家庭的温暖失去了，这家人的心也死掉了"①，为了逃避不幸的婚姻，逃离两难的境地，在一个夜黑风高的夜晚，刚满二十岁的四哥和妻子因为分家不均大吵一架后，抛下刚满月的儿子，失踪了。四哥失踪后，不满四十岁的二哥因为患晚期食道癌，不久也去世了。亲人的相继去世，家里接二连三的悲剧，让大哥陷入了深深的自责，"我四哥失踪后，大哥几乎不敢出门，无论他走到哪里，都会有人交头接耳、窃窃私语，那八卦的眼神和蠕动的舌头如一发发子弹一样，直射他的心口，好像敖拉氏家的悲剧都是他一人导演的，他是杀人犯。他尤其不敢面对的是我那双充满仇恨和鄙视的目光……大哥第一次懂得了什么叫绝望，深深的绝望如同无数条绳子牢牢地把他捆住，使他无法解脱。他变得沉默、呆滞、六神无主……"② 内心的自责和内疚彻底打垮了大哥，在痛苦挣扎了半年之后，为了赎罪，大哥跳进额莫河自尽。敖拉氏家族的爱恨情仇、悲欢离合落幕了，"我"的亲人们，就这样一个一个在这个世界凋零，化作故乡的一滴水，一抔土……

《残荷泪》是一个爱情故事，讲述了女主人公雨荷从十八岁到中年发生的故事。雨荷和迟子豪高中时代是卫校同学，在报到第一天迟子豪不小心撞到了雨荷，撞坏了她的衣服，缘分就此注定，雨荷"柔和而秀气的面容，虽然算不上美丽，但那双湖水一样蓝盈盈的杏核眼却很有诱惑力，充满了腼腆、惊奇和温柔"③，迟子豪的心一下子被这个鄂温克女孩捕获。青春期荷尔蒙的刺激下，迟子豪开始给雨荷写情书表达爱意，与此同时，他们的同学"红牡丹"也对迟子豪展开了追求。雨荷则由于民族观念的

---

① 敖荣：《一个家族的故事》，《神奇部落》，作家出版社 2010 年版，第 115 页。
② 敖荣：《一个家族的故事》，《神奇部落》，作家出版社 2010 年版，第 119 页。
③ 敖荣：《残荷泪》，《神奇部落》，作家出版社 2010 年版，第 123 页。

影响，认为自己的白马王子不应该是汉人，再加上"红牡丹"对迟子豪穷追不舍的事在校园里成了公开的秘密，所以对迟子豪的情书并没有理会。一次偶然的机会，迟子豪救了走夜路遇到色狼的雨荷，雨荷因此很是感激，并且慢慢地因为这个事情，"在雨荷的内心深处开始出现了一种牵引和推动的过程，它如雨水一样一点一滴慢慢渗透和湿润着她的情感的田地"①。为了感谢迟子豪出手相救，雨荷请他吃饭以表谢意，两个人也因此心照不宣地谈起了恋爱。正当他们沉浸在爱情的甜蜜里，迟子豪的父亲突发脑溢血去世，母亲也因悲伤过度而患了脑血栓，家庭的变故使得迟子豪不得不选择退学，和雨荷的感情也只能无奈地暂时搁置。真正改变雨荷命运的是"文化大革命"，雨荷的父亲额日堤在伪满时期当过几天情报员，从小暗恋雨荷的达瓦便抓住这个机会，以"反革命分子"的罪行判了额日堤死刑，并以此逼迫额日堤把雨荷嫁给他。走投无路的额日堤只好跟雨荷说出了实情，但是遭到雨荷拒绝，雨荷无奈之下也把自己和迟子豪的关系跟父亲坦白了。雨荷的父亲为此暴跳如雷，大骂雨荷不孝。雨荷面对昔日历经沧桑，如今终日酩酊大醉、怨天尤人的父亲，既同情又无奈，陷入了矛盾和痛苦中。然而没想到的是，额日堤竟然与达瓦串通，默许达瓦趁雨荷熟睡时，强暴了她。不久，绝望中的雨荷发现自己怀孕了，万念俱灰中不得不答应嫁给达瓦，得过且过。不堪回首的往事随着时光的流逝，也渐渐淡忘了下去。迟子豪当年退学后，回家开了诊所，只是忘不了雨荷，一直单身。雨荷也成了一名外科大夫，工作上有声有色。不幸的是，人到中年的迟子豪被查出胰腺癌晚期，时日不多了。为了在死神到来之前了却心愿，他千辛万苦安排了一次同窗好友聚会，终于如愿以偿见到了雨荷。在火车站重逢的那一刻，迟子豪"半信半疑地如一根木桩似的呆立着。雨荷强忍住自己的冲动，把一只手伸了过去。迟子豪把所有的思念、期盼、牵挂和缠绵的情愫全部倾注到了他的那双手上。他紧紧握住了雨荷的手，恨不得把她的心、她的血、她的一切完全融入进自己的手心里，融入进自己的血液里。他和雨荷的第二次握手来得是如此的艰难，如此的坎坷、如此的漫长，漫长得如同走过无数的风风雨雨。如果他再年轻

---

① 敖荣：《残荷泪》，《神奇部落》，作家出版社 2010 年版，第 123 页。

二十岁，他一定会不顾一切地和他的初恋女子来一个惊心动魄的热烈拥抱"①。故地重游，往日的情愫又重新占满了整个心灵，在雨荷第一次为了感谢迟子豪的救命之恩请他吃饭的那个食堂，迟子豪终于按捺不住内心的欲望，疯狂地拥吻了雨荷。虽然是朝思暮想 20 年的初恋情人，雨荷还是被这突如其来的举动吓跑了，虽然她是一个知识女性，也见惯了如今社会上层出不穷的男女出轨之事，但是她是一个守旧的人，传统的伦理道德"未嫁从父，既嫁从夫，夫死从子"是她生活的信条，即便是没有爱情的婚姻，也不能做出背叛家庭对不起子女的事情。久别重逢带给雨荷的不仅是惊喜和激动，面对迟子豪的感情，人到中年的雨荷心里更多了一份沉重。带着这样沉重的心情，雨荷告别了迟子豪，踏上回家的列车。原本以为经过内心的挣扎，说服了自己继续忍耐没有盼头的婚姻生活，但雨荷万万没想到，当她拒绝了迟子豪，回到家的时候，看见的竟然是丈夫和隔壁女人赤身裸体在床上的一幕。不堪的现实击中了雨荷，整个人变得麻木和痴呆，为了女儿她强打着精神上班，但是再也不敢拿手术刀，她向医院提出安排做其他工作。时间一天天地消逝。成为最后一根稻草压垮雨荷的，是迟子豪被病魔折磨生死垂危时，写给雨荷的忏悔信，信中述说了他这二十年来对雨荷的思念、对这份感情抱有的期盼、他的病情，以及在死神随时来敲门的恐惧中，对这份感情的恋恋不舍。过往岁月的不堪入目、家庭生活的苟延残喘、初恋情人的绝笔告白，终于逼疯了雨荷。"从此，大街小巷里，总是出现一位穿着整洁的女人走进东家串西家，总是不厌其烦地背诵毛主席语录，讲起'文化大革命'的事情，一套一套的，情绪格外激动，总是语无伦次的。……事隔不到半年，雨荷突然失踪。雨荷那已经考上重点大学的女儿四处寻觅了很长时间，到处贴满了寻人启事，仍杳无音信。"②

《爱的过程》《爱情游戏》则是都市小说，讲述了都市生活中的年轻人对爱情的追求和思考。在这两个短篇里，已经看不出鄂温克族的标签，反映了都市男女的感情困惑与生活状态。《爱的过程》有关中年危机，描写了主人公"我"对对门的少妇从迷恋到幻灭的心理变化过程，读起来

---

① 敖荣：《残荷泪》，《神奇部落》，作家出版社 2010 年版，第 154 页。

② 敖荣：《残荷泪》，《神奇部落》，作家出版社 2010 年版，第 165—166 页。

有点茨威格《一个陌生女人的来信》的意味。"我"人到中年，家庭稳定，但中年平淡的生活让"我"觉得空虚与不满足，尤其是对门搬过来一个"含羞草"一样安静娴熟、温婉可人的少妇，更让"我"内心充满了对情爱的欲望。"含羞草"平时除了上班几乎闭门不出，她谜一样的生活令"我"好奇与遐想联篇，越是神秘，越是对"我"具有诱惑力，"我"沉浸在对"含羞草"的迷恋中不能自拔，"我多么希望她像莲花一样绽放在我的视野里，向我发出爱的信息啊！每次出入家门，我都放慢脚步。我不会让别人察觉我的脚步是为她放慢的，这是一个甜美的秘密，它保持了很久，像一个幻想一样燃烧着我沉默的激情。她家那扇充满隐秘风景的防盗门对我是一种诱惑，一种向往，一种符号，是我梦想王国里只有天使才能通行的天堂之门，我只能默默地守望，不想轻易叩开"①。这种隐秘的、既有恋爱般的怦然心动又有窥探别人的犯罪感，刺激着"我"的神经，令"我"欲罢不能，成了一个心魔。"随着时间的推移，我越来越不满足于与'含羞草'一日四次不到一分钟的'巧遇'了。我希望能长一些，再长一些的时间在一起，最好能有一个亲近或倾诉衷肠的机会。我想方设法地制造着一次又一次邂逅的机会。闲暇之余，我竟鬼使神差地监视她、跟踪她，如同一条猎犬。"②经过一段时间的窥视，"我"决定突破关系，"我"发现"含羞草"会固定时间到一个叫"知音书屋"的地方去，起先"我"以为她是去读书，后来有一天"我"壮着胆子去了知音书屋想一探究竟，才发现"含羞草"每周固定时间到这里来是和书店老板偷情。这个真相破灭了"我"对"含羞草"所有的幻想，让"我"幡然醒悟之前的迷失是多么可笑，和妻子平淡的生活虽然波澜不惊，但却是踏实和温馨的。至此，"我"完成了在精神上的一次成长。关于中年危机的话题是经久不衰的文学主题，《爱的过程》中的主人公"我"所经历的这场貌似荒诞的精神之恋，真实地反映了现实中很多中年人面临的感情危机和精神困境。整个小说，"我"与"含羞草"没有一处正面的对话和冲突，"含羞草"作为一个意念中的人物，帮助"我"完成了精神上的蜕变，可以说，这是变革时代下人们精神危机的文学表达。

---

①　敖荣：《爱的过程》，《神奇部落》，作家出版社 2010 年版，第 206 页。

②　敖荣：《爱的过程》，《神奇部落》，作家出版社 2010 年版，第 209 页。

　　《爱情游戏》延续了《爱的过程》的话题，只不过主人公换成了女性，讲述了"我"在爱与被爱中的矛盾与抉择。"我"的生命中遇到的两个男人，一个是相亲认识的"张生"，另一个是在文艺会演中认识的男孩。"张生"白白净净，书生气十足，有内涵有韵味，在"我"面前总是规规矩矩，从不敢轻举妄动，"就连夜晚和我一起散步时他都不敢牵我的手，唯恐冒犯了我。他那副谨小慎微的样子，既可笑又可爱"①；另一个男孩则霸气，对"我"的感情如"夹带着电光雷闪、疾风暴雨般"② 的热烈。"我"陷入了爱与被爱的两难中，一方面，"我"很享受"张生"绅士般的感情，给人稳定的幸福感；另一方面，"我"又无法摆脱爱的诱惑，像毒品一样的令人亢奋，给人激情，令枯燥乏味的生活变得美好。"我"在这样的矛盾中不知所措，既感到愧疚和不安，又无法阻止自己内心欲望的驱使。在经过一阵内心的挣扎之后，"我"决定放弃那个野性十足的男孩，选择文质彬彬的"张生"结婚。这个决定其实并不能说服"我"自己，只是对现实的一种逃避。在新婚之夜，"我"拒绝了"张生"作为丈夫的权利，"我还不能确定自己的终身伴侣是否应该是眼前的'张生'，至少此刻我还不能完全确定。我很迷惘，很无助，如同坠入云里雾间"③。"我"在没有确定自己内心的情况下，嫁给了"张生"，蜜月单调乏味得如同一根白蜡，虽然"张生"对"我"很好很殷勤，"终日围着我问寒嘘暖，给我买零食，为我洗衣服，临睡前还要为我准备宵夜和温度适宜的洗脚水"④。可是到了晚上却像绵羊一般，规规矩矩地躺在"我"身边。丈夫的"文明"和温文尔雅令"我"特别怀念野性十足的男孩，也似乎清楚了自己内心的渴求，"我需要的是一个激情似火的男人，一个野性十足的男人，我需要一把熊熊燃烧的火焰把我点燃，我需要燃烧，淋漓尽致、随心所欲的燃烧"⑤。丈夫的性冷淡消磨了"我"爱的欲念，当他某次酒后试图强行占有"我"的时候，"我"感到前所未有的厌恶，反抗和拒绝了他。结婚半年的"我"依旧是处女之身，灵魂经过炼狱之后，

---

①　敖荣：《爱情游戏》，《神奇部落》，作家出版社 2010 年版，第 240 页。

②　敖荣：《爱情游戏》，《神奇部落》，作家出版社 2010 年版，第 241 页。

③　敖荣：《爱情游戏》，《神奇部落》，作家出版社 2010 年版，第 243 页。

④　敖荣：《爱情游戏》，《神奇部落》，作家出版社 2010 年版，第 244 页。

⑤　敖荣：《爱情游戏》，《神奇部落》，作家出版社 2010 年版，第 245 页。

"我"终于决定结束这段形同虚设的婚姻，如释重负。"我"的离开令"张生"痛苦不堪，半年后在表弟的婚礼上，当初介绍"我"和张生认识的表姨妈劝"我"三思而行，"如果那个可怜的孩子因为你而出现什么不测，你能做到心安理得么。解铃还须系铃人"①。表姨妈的话又让"我"陷入了迷惘和痛苦中，像是一个咒语，"从此，我便拉开了噩梦的序幕，我总是梦见自己变成了一只蜜蜂终日被两只黄蜂围追着，撕咬着……"②《爱情游戏》其实反映了现下的年轻人普遍地对待感情和婚姻缺乏神圣感，这是导致如今出现闪婚闪离等婚恋问题的根本原因。

《杨柳叶上的童话》以一种类似于纪录片的视角，记述了生活在敖鲁古雅的"我"们家的日常生活以及生活变迁。大兴安岭的春来暑往，在作者的笔下饱含了深情，无论是凛冽的严冬还是空灵的春天，对敖鲁古雅的猎民来说都是自然的馈赠，他们就在自然的法则中，休养生息；比如猎人们虽然靠打猎为生，但是从来不捕杀"大摇大摆垂着大肚子的母兽"③，尤其是"我"父亲，"有一个不成文的捕猎法：出猎之前必须决定捕猎什么样的动物，不能见什么打什么"④。正因为遵守着这样的信条，在一次大雪封山后，父亲出去打猎空手而归，望着饥肠辘辘的"我们"，不得不宰杀了一头年老的母鹿。为此"我"的母亲足足有一个月没有搭理"我"父亲，因为对待驯鹿，猎民们有特殊的感情，这头母鹿是"我"母亲的陪嫁物，在"我"母亲眼里母鹿就像是她的女儿似的。因为驯鹿在敖鲁古雅猎民生活中占有的重要地位，所以猎民们的生活习俗有很大一部分都围绕着驯鹿展开，比如，驯鹿喜欢吃苔藓，使鹿鄂温克就不得不频繁地迁徙，"没有一个民族能像我们使鹿鄂温克这样频繁迁徙，我们平均十几天就会换一个营地，因驯鹿把苔藓吃没了就会啃苔藓的根部，没有根基的植被长不出清香嫩绿的地衣。所以我们早已习惯了这种流浪汉一样漂泊不定的日子"⑤。正是因为使鹿鄂温克人与万物和谐共存的生存哲学，所以千百年来，在大兴安岭密林里一直安然生存下来，老人们靠着几十年在林中

---

① 敖荣：《爱情游戏》，《神奇部落》，作家出版社 2010 年版，第 248 页。

② 敖荣：《爱情游戏》，《神奇部落》，作家出版社 2010 年版，第 248 页。

③ 敖荣：《杨柳叶上的童话》，《神奇部落》，作家出版社 2010 年版，第 213 页。

④ 敖荣：《杨柳叶上的童话》，《神奇部落》，作家出版社 2010 年版，第 214 页。

⑤ 敖荣：《杨柳叶上的童话》，《神奇部落》，作家出版社 2010 年版，第 214 页。

的生活经验，既受馈于山林又守护着山林，遵循着能量守恒定律，孩子们更是把山林视作游玩的乐园，"一场春雪终于把如雌白熊一般冬眠的激流河给唤醒了。激流河的汩汩流淌声，让我们的心灵深处燃起了一簇希望之火，温暖着我们备受严冬煎熬的身心。随着音乐般美妙的流水声，兴安岭的每一棵树木都像孩子一样伸出无数只小手尽情地舞蹈着，歌唱着，每一片叶脉都洋溢着生命的元素。……我们时而玩'演习'抓特务游戏，时而捉迷藏，时而追野兔、野猫等。玩累了的我们就像一群猴子似的趴在用柳条编制的树床上，边休息边欣赏野鸡、野鸭们的追逐和打闹。尤其到了野果飘香的时节，我们终日呆在树上吃野果，吹口哨，唱儿歌，堂弟的童声犹如在林子里飞翔的鸟儿一样清脆、悦耳，总是让我萌生飞翔的欲望"①。多么令人神往的自然之地。然而，随着偷猎者、砍伐者的络绎不绝，这种自然的平衡被破坏了。随后，鄂温克人的生活方式发生了几次改变，从没收猎枪，到生态移民，这些变化给鄂温克人的生活和思想带来不小的冲击，这些冲击在老人与年轻人身上有不同的反应：孩子们兴高采烈，"'终于有电视看，有电脑玩啦。'我高兴得振臂欢呼"，"以后我再也不愁没有电话打啦"②。现代化的生活方式令年轻一代充满了好奇和憧憬；而"我"的母亲则不愿意搬迁，"她舍不得离开自己有着诸多回忆的原始森林，更舍不得离开自己心目中最神圣的精神家园。母亲尤其担心她的宝贝——驯鹿的饲养问题，她说：'驯鹿又不是牛马，怎么能圈养，天鹅是草地上养大的吗？要走你们走，我才不去那个光秃秃的破地方呢'"。这可以说是敖鲁古雅所有老年人的心声，离开森林对于使鹿鄂温克来说，就是离开了根，没有了根，如何生存？当搬迁的那一天来临，"我"母亲恋恋不舍地念叨："你们都听见了吧，昨晚一群黑熊聚集在一起为我们的离去哭了一夜，就连黑熊都舍不得我们鄂温克人离开森林呢"③。而"我"父亲低头出门时，"我望见父亲的眼泪如两行溪流顺着他的脸颊流淌了下来"④。"他者"也许同情或惋惜，但是很难体认灵魂被撕裂般的疼痛，这是在诸如《额尔古纳河右岸》这样的作品中呈现不了的。对于生态移民

①　敖荣：《杨柳叶上的童话》，《神奇部落》，作家出版社 2010 年版，第 218 页。

②　敖荣：《杨柳叶上的童话》，《神奇部落》，作家出版社 2010 年版，第 222 页。

③　敖荣：《杨柳叶上的童话》，《神奇部落》，作家出版社 2010 年版，第 223 页。

④　敖荣：《杨柳叶上的童话》，《神奇部落》，作家出版社 2010 年版，第 223 页。

这样的历史性时刻，对使鹿鄂温克人来说，更多的是对未知的茫然与不安。而另一方面，"政府派来的大卡车和中央电视台的车风驰电掣地开了过来，记者们忙着用他们手中的摄像机和相机记录着这历史性的时刻"①。这确实是鄂温克人历史上的重要时刻，焦虑、期盼、留恋，各种复杂的情绪交织在一起，这样的情绪也许会在他们心里一直萦绕不散。小说结尾，"我"进入林子和曾经伴"我"生活的一草一木告别，"它们是我儿时的伙伴，也是我童话里的童话。我儿时的所有记忆跟眼前的林木一样深深扎根于这片杨树林里，正孕育着欲飞欲舞的神秘果实。虽然我急于求学，但我舍不得离开与我朝夕相处的原始森林。兴安岭也像孩子一样依依不舍地在向我频频挥手。兴安岭的秋天，正以花的姿容一瓣一瓣盛开在五彩缤纷的童话世界里，有的叶子像父亲精致的桦皮酒盅；有的叶子似母亲黄金项链的红心坠子；有的叶子如同妹妹手中那黄底带深红花边的微型扇子；那姹紫嫣红的片片红叶不正是为我们鄂温克人的离去而发出的一声声祝福和一阵阵感叹么"②。"我"眼前所见的每一处景每一件物，都与鄂温克人的文化记忆有关，"杨柳叶上的童话"，是对往昔生活的眷恋，是对逝去岁月的礼赞，是对民族文化的追怀。

　　《哭泣的花手帕》是一个纯美忧伤的故事。青少年时期"我"从山村转学去城市重点中学，青春期的故事总是和单纯美好的感情有关。玉树临风的"大鼻子"和另一个男生"大眼睛"，是所有女生心目中的白马王子，"我"的好朋友古哲讷对"大鼻子"情有独钟，而"大鼻子"似乎对"我"有好感，"大眼睛"也对"我"格外关照。"我"的第一封情书是"大鼻子"写给"我"的，"我"既意外又困惑，青春年少的"我"对感情懵懵懂懂，更不懂如何处理这样的关系，十几岁的年龄是较真的年龄，"我"为了让"大鼻子"知难而退，完全不考虑他的感受和自尊，"把他所有的梦幻和自尊都淹没在了我的唾液里……"③"大鼻子"被无情的"我"挫伤了自尊心，变得失魂落魄，神思恍惚，充满了委屈和迷惘。后来"大鼻子"转学去了别的学校，这段故事也就无始而终，随着时间的流逝，"我"也渐渐淡忘了"大鼻子"的存在。而"我"虽然对

---

①　敖荣：《杨柳叶上的童话》，《神奇部落》，作家出版社 2010 年版，第 223 页。

②　敖荣：《杨柳叶上的童话》，《神奇部落》，作家出版社 2010 年版，第 223 页。

③　敖荣：《哭泣的花手帕》，《神奇部落》，作家出版社 2010 年版，第 231 页。

"大眼睛"有好感，但也始终因为羞涩和胆怯，与之失之交臂。很快初中生涯结束，母亲曾经在求学前绣给"我"的花手帕，也不知道什么时候不见了。毕业后，大家都各奔东西，古哲讷被分配到了一个小镇当了老师，多年以后再重逢，"我"从古哲讷口中听到了"大鼻子"的消息，这些年他终日借酒消愁，日子过得一贫如洗，最终死于酒精中毒。临终时，手里紧紧握着当年"我"那块丢失的绣花手帕。"我"没有想到当年的幼稚，对"大鼻子"造成了如此巨大的伤害，歉疚、悔恨、自责、悲痛……不由分说地涌上心头。

二　《古娜吉》和《神奇部落的神秘女人》

《古娜吉》和《神奇部落的神秘女人》原本是一部小说《古娜杰》，后来作者把《古娜杰》的上半部改成了《神奇部落的神秘女人》，下半部改成了《古娜吉》。这两部小说也是以女性的一生为叙事线索。《神奇部落的神秘女人》讲述了敖鲁古雅鄂温克部落里，谜一样的女人尤日卡的故事。尤日卡家族的男人们都是德高望重的萨满，萨满身份的特殊性和神秘性，给这个家族笼罩上了一层神秘的宿命：男人们总是在林子里离奇失踪，并且没有一个超过五十岁的。尤日卡的父亲四十岁的时候，在一次清晨出猎时被"我"父亲误伤而死，"我"们家和尤日卡家从此心里都有一道过不去的坎。"我"父亲为了赎罪，想尽办法用实际行动对尤日卡家进行补偿，关照尤日卡母女。但是"我"父亲还是没能摆脱误伤事件带来的内心的矛盾痛苦，终日借酒浇愁，后来死于酒精中毒。尤日卡家也接连发生离奇的事情，姐姐在拾柴火时猝死在了林子里，叔叔又莫名其妙失踪杳无音信。经过这一连串的事情之后，也许是出于同病相怜的心理，"我"和尤日卡的关系不像以前那么紧张了。在接踵而至的灾难面前，尤日卡顽强地承担起照顾家里的责任，放弃了读重点高中的机会，像一名家庭主妇一样做各种家务。在这中间，发生了一件奇怪的事。尤日卡有一次清晨进林子采蘑菇时，和同伴们走散了，大家四处寻觅都没有找到她，等到十多天后尤日卡再出现的时候，她好像变了一个人一样，行为举止发生了一些莫名其妙的变化，"每逢满月的夜晚她总是悄悄跑进林子里聆听花草与树木的对话；偷看激流河与山风的拥吻。有时听着听着便会情不自禁地手舞足蹈起来，如同下凡的仙女在天籁之音般的自然之声中轻歌曼舞一般。如果部落里有人生病，她会不请自来，不由分说地给病人喝一种不知叫什么的药水。然而每逢有危重的病人去请她时，她却婉言拒绝，不肯露面。久而久之大家便得出结论：尤日卡已成为名副其实的萨满传承人"①。面对传言，尤日卡不置可否，依旧独来独往。为了圆"我"和尤日卡幼时的"北京"梦，提高自己的身份，改变尤日卡母亲对"我"的仇恨，早日向尤日卡提亲，"我"决定去参军。三年后，当"我"满怀希望回到敖鲁古雅探亲时，却发现尤日卡家早已人去楼空，尤日卡不知去向，只是从"我"母亲那里得知，尤日卡嫁给了一个汉人。八年后，"我"转业回到敖鲁古雅，重遇尤日卡，才知道了她的故事：当年尤日卡在林子里迷路时，遇到了偷猎者，想要对她图谋不轨，逃到悬崖边的尤日卡为了保住自己的清白之身，向悬崖跳了下去，幸亏得到王强——她的汉人丈夫——及时相救，才险里逃生。嫁给王强后，尤日卡和母亲一起搬到了小镇上生活，但是她母亲不习惯小镇的生活，又回到敖鲁古雅，三年后尤日卡也回到母亲身边，重新开始在敖鲁古雅的生活，任由王强怎么劝说都不肯离开。尤日卡的母亲去世后，敖拉氏家族只剩下尤日卡一人，虽然她也曾怀孕，但是在一次寻找驯鹿的途中不慎摔了一跤流产了，从那以后，尤日卡就成了习惯性流产，再也没有怀上孩子。丈夫王强也因此常常在酒后虐打尤日卡。结婚给尤日卡带来的最大变化是，她之前那些神秘怪异的举动不见了，她好像失去了萨满的神性，恢复了普通人的日常性，"不到林子里去聆听自然界的倾诉了。那么小就敢把手往篝火里伸而毫发无损的她现在却怕火怕得要命"②。变成普通人的尤日卡，给上不起学的几个孩子做家教，孩子们在她的培育下个个聪明伶俐。尤日卡似乎并没有因为这些而变得开心，反而常常愁眉不展忧心忡忡的样子。尤日卡是因为林子一天比一天稀稀落落而发愁，看着偷猎者和乱砍滥伐者随心所欲地破坏林子，尤日卡自发做起了护林员，孤军奋战阻止伐木者肆意进入林子乱砍滥伐，除了守林，尤日卡还用攒下来的 2000 块钱买了一车树苗，在林子稀落的地方种起来。尤日卡护林、种树的行为在乌力楞其他人眼里简直就是不可理

---

① 敖荣：《神奇部落的神秘女人》，《神奇部落》，作家出版社 2010 年版，第 61 页。

② 敖荣：《神奇部落的神秘女人》，《神奇部落》，作家出版社 2010 年版，第 67 页。

解，大家在背后议论纷纷，"哪有守着大片林木还要自己花钱栽树的道
理，尤日卡的脑子一定出了问题"。"连警察都管不了的事情，她能管得
了？没被打死就阿弥陀佛啦"①。尤日卡成了大家眼中的"神经病"，只有
"我"能理解尤日卡的苦心，她是为了子孙后代而在赎罪，"在这物欲横
流、人心缺失空气和阳光的今天，能有几人愿意放弃自己的梦想，为自己
的过错采取补救措施？几人能用自己的心血营造自己的绿色家园？又有几
人能够坚持自己的信念，延续生态人琥珀色的梦？燕雀安知鸿鹄之志，有
谁会理解一棵小树苗所拥有的世界呢？"②"我"内心虽然渴望能和尤日卡
再续前缘，但是现实生活中的种种终究成了横亘在"我"们之间的障碍。
"我"带着遗憾离开敖鲁古雅，回到城市，在"我"走后第二天，尤日卡
就失踪了，再也没有找到。

《古娜吉》的故事背景发生在敖鲁古雅，古老民族的生存哲学、宗教
信仰、风俗习惯随着古娜吉的一生在读者面前呈现出来。古娜吉，是仙鹤
的意思，她的人和她的名字一样美丽，"桦树一样婀娜的身姿，树叶般薄
薄的双眼皮，尤其她那双母鹿一样又黑又亮的大眼睛，清澈透明得令人望
而生畏，不忍伤害"③。古娜吉的家族是萨满世家，她爷爷是精通萨满咒
语、精通中医的老萨满，在一次心血来潮去打猎的时候，被熊袭击惨死在
熊掌下。离奇的死亡也许从另一个角度看是命中注定的事，因为"熊"
在鄂温克文化中被视为祖先，老萨满以这样的方式回归"母体"，或许是
生命最好的归宿。爷爷去世后，古娜吉的父亲开始专门捕猎熊，部落里其
他老萨满认为这是不敬的行为，劝古娜吉的父亲不要再猎杀熊，"你将来
是萨满传承人呢，不能再杀害生灵了，'老爷子'（对熊的尊称）是咱们
的祖先，如果你再执迷不悟的话，鄂努如宝坎（天神）会惩罚你的"④。
可是古娜吉的父亲不听劝阻，依旧我行我素，最终在一次晨猎中，应验了
老萨满的预言，被熊袭击而死，"待部落里的人费尽周折终于在林子里找
到他时，周围的草和小树被夷为平地，树上开满了鲜艳夺目的梅花，可见
搏斗的场面是多么惨烈、壮观。很显然，古娜吉的父亲是被鄂特日肯杀害

① 敖荣：《神奇部落的神秘女人》，《神奇部落》，作家出版社 2010 年版，第 71 页。
② 敖荣：《神奇部落的神秘女人》，《神奇部落》，作家出版社 2010 年版，第 72 页。
③ 敖荣：《古娜吉》，《神奇部落》，作家出版社 2010 年版，第 5 页。
④ 敖荣：《古娜吉》，《神奇部落》，作家出版社 2010 年版，第 3 页。

的。因鄂特日肯没有就此罢休,而是把他的头皮剥下来,遮住了他的脸,好像他生前做过什么见不得人的事情似的"①。古娜吉的父亲去世不久,哥哥有一天去激流河游了泳回来后,睡了一觉就再也没醒过来。古娜吉的母亲因接受不了这接二连三的打击,精神失常,在一个夏夜大叫一声"鄂特日肯"便跑了出去,大家找遍了整个兴安岭都没有找到她。古娜吉成了孤儿,"我"母亲看着古娜吉无依无靠可怜,便收养了她。

　　"我"和古娜吉青梅竹马一起长大,互相爱慕着,"我"母亲也很喜欢心灵手巧的古娜吉,原本以为古娜吉成为"我"们家的儿媳是顺理成章的事。然而"我"和古娜吉的姻缘命中注定是有缘无分,年少的古娜吉在月经初潮时,因为缺少相关的知识,在冰冷的小溪里清洗裤子上的污血,结果落下了病,她的月经时断时续,最后年纪轻轻就停了月经,不能生育。"我"是三代单传,"我"父母自然不会同意古娜吉成为儿媳,虽然"我"发誓要娶古娜吉,但是"我"的反抗毫无用处,"我"父母在我不知情的情况下,强行为"我"定了亲。面对突然的变故,古娜吉出走去了别的城市打工,而"我"为了逃避包办婚姻,跟父母不辞而别去当了兵。当兵期间的"我"依然挂念着古娜吉的下落,但是没有任何消息。由于表现突出,"我"被批准提前转业,离开部队后"我"开始天南地北寻找古娜吉,大海捞针,最终都无功而返,没有任何线索,最后身无分文的"我"不得不放弃继续寻找古娜吉。"时间像一副良药,慢慢愈合着我内心的创伤。时间更像一只魔笔,在不经意间轻轻划掉着所有的往事,所有的激情和梦幻,留下来的只是不易察觉的擦痕。"② 步入中年的"我"早已成家立业,过着平淡的生活。虽然离开故乡多年,但是敖鲁古雅的一草一木仍深深吸引着"我",所以"我"只要有空就会经常回乡看望父母,拿起猎枪去打猎。一次回乡中,"我"和古娜吉的意外重逢,打破了原本平静的生活,"古娜吉的突然归来给我这冬眠的棕熊带来了春天的气息,令我生命里的春天再次复苏,灵魂深处的彩虹重现。……我情不自禁的眼神早已化作卫星,一直围着她飞行,恨不得立刻化为陨石永远停泊在她心灵的港湾。虽然她的眼部周围开满了秋菊,但她那双母鹿一样的

---

① 敖荣:《古娜吉》,《神奇部落》,作家出版社 2010 年版,第 4 页。

② 敖荣:《古娜吉》,《神奇部落》,作家出版社 2010 年版,第 13 页。

眼睛依然那么迷人、那么温柔、那么神采飞扬，举手投足间少了一些稚气，多了一些成熟的美，比起她儿时的美，我现在更爱她沧桑的美"。① 古娜吉在故乡待了几天就离开了，然而"我"的内心起了涟漪久久不能平静，"我"的反常被妻子看穿，并以此向"我"提出离婚。"我"和古娜吉的关系并没有因为"我"离婚而有所进展，相反，古娜吉突然消失了一样，杳无音信。不堪相思之苦的"我"后来从朋友那儿得知了古娜吉这些年来的遭遇：当年"我"父母强行为"我"娶妻，古娜吉因此离开家乡去打工，喧嚣的都市生活和充满变数的时代令从山里出来的古娜吉无所适从，尤其是她那敏感、内向、羞涩的性格始终与复杂的社会格格不入。她到处打工，换过好几份工作，都逃不了被欺负的命运。她的丈夫，是在一次替她打抱不平中偶然相识，又在一所美术学院里再次相遇而喜结良缘。她的丈夫是一名美术老师，前妻因为难产而死，留下一个女儿。古娜吉和美术老师的婚姻挺美满，美中不足的是古娜吉不能生育，为此她相当苦恼，在鄂温克族传统文化里，生育孩子对一个女人来说是最重要的事，"一个女人没有生育能力如同母鸡不能下蛋、铁树不能开花一样。婚后的古娜吉……总是觉得自己低人一等，死了都无颜去见自己的萨满先人们"②。好在古娜吉的丈夫有个女儿，在丈夫的开导下，古娜吉对这个小女儿视如己出，渐渐走出了心灵的阴影，一家人和乐融融。然而造化弄人，丈夫不久在一场车祸中去世，留下三十岁的古娜吉和五岁的女儿，古娜吉再一次沉浸在痛苦和悲伤之中。为了照顾可怜的孩子和婆婆，古娜吉坚强地走出低谷，撑起整个家庭，后来古娜吉被查出患了乳腺癌。在得知了古娜吉这一切不幸遭遇后，"我"终于鼓起勇气去找古娜吉。古娜吉的手术虽然成功，但是上天却跟她开了一个玩笑，乳腺切除的结果是良性肿瘤。不仅如此，她女儿又被查出患了尿毒症，需要换肾，古娜吉决定给女儿提供肾源。不幸的事情在这个女人身上似乎一直没有停止过，古娜吉也正是因为这些原因而刻意躲避"我"。真相大白后，"我"和古娜吉终于互相敞开心扉，拥抱这迟来的团聚。"我"想留下来陪古娜吉做手术，古娜吉不想让"我"看到她痛苦的样子，拒绝了，并和"我"约定：

① 敖荣：《古娜吉》，《神奇部落》，作家出版社 2010 年版，第 14—15 页。
② 敖荣：《古娜吉》，《神奇部落》，作家出版社 2010 年版，第 27 页。

手术成功的话，会开机等"我"的电话。手术那天，"我"不停地拨打古娜吉的电话，电话一直关机，"十个小时过去了，十五个小时过去了，二十个小时过去了……"① 小说的结局是一个开放式的结局。古娜吉活下了吗？每个人心中都有不同的解读。

尤日卡和古娜吉，两个有着谜一样一生的女人，她们的消失、命运不定，像是鄂温克这个古老民族在现代文明下的寓言。

三　敖荣作品创作特色

总的来说，敖荣的小说不饰雕饰，自有一种质朴清新的意蕴。具体来说，有以下几点。

第一，敖荣的小说擅长描写大时代变革下小人物的命运，具有现实意义。十年"文化大革命"、猎民禁猎、生态移民，这些鄂温克人生活中的大事，社会的风云激荡，始终是敖荣小说展开的主线，主人公的故事和命运，都在这一大背景下展开。如《柳叶上的童话》，详细记述了生态移民在使鹿鄂温克人中激起的波澜，不同年龄的人对此的不同反应以及心理变化，既欢欣鼓舞又恋恋不舍，既惆怅忧伤又满心期待的纠结描写得细腻感人；《古娜吉》则写出了主人公古娜吉回到家乡后，对于生态移民的失望，当她"脚步匆匆地赶回敖鲁古雅时她那双母鹿一样的眼睛里注满了期待和希望，回来时却是一副很失落很绝望的样子。我想，或许是敖鲁古雅沸沸扬扬的生态移民风给了她措手不及，破坏了她记忆深处最原始的美景吧。现在的故乡，山水依旧而风光已去，政府正苦口婆心地动员敖鲁古雅猎民搬迁到将要落成的根河移民点，但老人们不愿意搬迁，他们舍不得离开自己有着诸多回忆和梦幻的森林。他们尤其担心驯鹿的饲养问题，我母亲一张否决票就是为这些老人们发出的无声的呐喊！""虽然政府为他们盖了红顶白瓦的漂亮房子，但房子大了，人少了，药品多了，森林主人的病会比药品更多的……狩猎已不再，驯鹿又前途未卜，驯鹿可是我们民族的象征啊！驯鹿没有了，我们这个民族还能存在么？这是在保护多元

---

① 敖荣：《古娜吉》，《神奇部落》，作家出版社 2010 年版，第 46 页。

文化还是取缔传统文化？难道我们的传统文化远离现代文明么？"① 魂萦梦牵的敖鲁古雅不再是儿时熟悉的模样，成了最熟悉的"陌生人"，而古娜吉以及像古娜吉一样回乡的人，倒像是闯入的"他者"。小说借古娜吉之口，说出了鄂温克人的心声。除此以外，在敖荣小说里，也有对敖鲁古雅生态环境遭受破坏，对偷猎者、砍伐者的控诉："自从公路修通之后，偷猎者和乱砍滥伐者多如满山遍野的苔藓，他们甚至把罪恶之手伸向了国家保护林。以前密不透风的林子现在有的地方透亮得都能从后边看清前边的林木。那些盘根错节的古树，经过多少年的历练才能长成遮天蔽日的大森林景象啊。万事万物都是有生命、有灵性的，尤其百年以上的古树，怎么能说砍就砍，难道他们就不怕遭到白那查的报复吗？"② 这些"自我"的发声，与当下生活紧密的联系，这对人口较少民族而言意义重大。

　　第二，敖荣的小说具有民族气息，读者通过小说中鄂温克人民的民俗风物、生存哲学、民族性格的描写，能非常直观地感受到鲜明的鄂温克民族特色。比如对于她大部分小说故事的发生地敖鲁古雅，在小说里就不止一次详细介绍，"敖鲁古雅是坐落在大兴安岭北麓的鄂温克族猎民村，这里的地衣没有污染，物种非常丰富，俨然一个基因库，同时也是多种文化的发源地。我们使用的日用品几乎都是桦树皮制作的，如装米装水用的桦树皮桶，如装盐装烟用的桦树皮盒等等"③。"敖鲁古雅，意即杨树林茂盛的地方。这座天然的绿色宝库是鄂温克人的天堂，也是驯鹿的乐园，更是艺术家的摇篮。得天独厚的森林文化给予了鄂温克人特殊的艺术生命，虽然他们没有受到过专业的艺术熏陶，但他们的艺术天分和质朴本质更接近艺术的本真。女人们在制作桦皮篓、桦树皮针线盒等容器时随意在桦树皮上刻画出来的花纹，分外精致美观，几乎每一件都堪称精美的艺术品。就连孩子们在做游戏时随意用桦树皮剪或撕出来的都是活灵活现的各种小动物。从这个神奇的部落里走出过许多画家、作家和民间艺术家。"④ 这些对鄂温克民族的介绍，与乌热尔图后期小说如《丛林幽幽》何其相似。再比如关于使鹿鄂温克人生存哲学的描写："生活在兴安岭深处的使鹿鄂

---

① 敖荣：《古娜吉》，《神奇部落》，作家出版社 2010 年版，第 16 页。

② 敖荣：《神奇部落的神秘女人》，《神奇部落》，作家出版社 2010 年版，第 68 页。

③ 敖荣：《古娜吉》，《神奇部落》，作家出版社 2010 年版，第 8 页。

④ 敖荣：《神奇部落的神秘女人》，《神奇部落》，作家出版社 2010 年版，第 62 页。

温克人有一个不成文的规定：做饭和取暖用的柴火，必须是枯枝或倒木，即使捡不着枯枝的日子，也不能损伤活性树木，更不能乱砍乱伐。"① 使鹿鄂温克人"遵从俭朴的生活态度，人人唾弃盲目砍伐林木和滥杀野生动物的可耻行为，使其种群自然繁衍的平稳节律，与自然界的万事万物和谐共处"。② 使鹿鄂温克人也从来不捕猎幼兽和繁殖时期的动物，《杨柳叶上的童话》中"我"父亲在大雪封山的严冬去打猎，宁可空手而归，也不愿捕杀怀着幼崽的母兽，这些都是使鹿鄂温克人独特的生存智慧和生存哲学，值得引起其他民族在如何保护自然与环境的问题上进行深思。敖荣的小说中还多次提到鄂温克族的民族性格："每个民族都有自己不同的人生观和价值观。我们鄂温克是一个以付出和给予为快乐的民族。母亲在世时，自己的东西给人多少从不心痛，但在万般无奈的情况下，欠了别人的人情或财务，占有了不属于自己的财富，母亲就会很不安、很内疚，甚至会夜不能寐，总是没完没了地唠叨，直到还清为止。"③ 敏感、内向、羞涩的古娜吉，正是这种民族性格的化身。

第三，善于刻画女性人物。《古娜吉》里的古娜吉、《神奇部落的神秘女人》里的尤日卡、《阿尔塔姨妈》里的阿尔塔姨妈、《映山红》里的娜得娥，这些美丽的女主人公，身上具有鄂温克民族女性传统美德，大都命运坎坷，在动荡的社会变迁中，无法掌握自己的命运，成为各种严酷现实的牺牲品，伤痕累累，结局大都失踪或精神失常，这似乎成了这个民族女性挥之不去的魔咒。敖荣以同样身为女性的同理心，反复琢磨这些她最熟悉的女性，用细腻的笔触，讲述她们的一生。尤为值得关注的是，敖荣描写了社会变革下，鄂温克人尤其是鄂温克年轻人在城市的生活处境和心境。随着社会经济的发展，城镇化是不可避免的趋势，生活在森林深处的鄂温克人结束了狩猎，进入了都市化的进程。年轻人开始进入都市或求学或打工，然而他们却真切感受到了"边缘人"的尴尬境地：在城市和农村之间奔波，在城市被当成乡野之人，在农村又被当作城市人，喧嚣的大都市和充满变数的时代，令他们无所适从，与城市显得格格不入，"古娜吉觉得大都市的人从骨子里瞧不起乡下人，尤其瞧不起少数民族，为了免

---

① 敖荣：《神奇部落的神秘女人》，《神奇部落》，作家出版社 2010 年版，第 51 页。

② 敖荣：《神奇部落的神秘女人》，《神奇部落》，作家出版社 2010 年版，第 56 页。

③ 敖荣：《古娜吉》，《神奇部落》，作家出版社 2010 年版，第 40 页。

受其害，古娜吉哪儿都不去，跟谁都不来往，那双母鹿一样敏感的眼神时时提防着，唯恐受到伤害，她总是有一种一只驯鹿误闯老虎洞的感觉"①，"就连大都市的风都使她无所适从，她不明白大都市的风为什么这样大，敖鲁古雅从不刮这样大的风，这里的风犹如无数根狮子尾巴和无数只熊掌正狠狠地抽打和撕裂着古娜吉的脸、手、身子，使她的骨髓都感受到深深的刺痛，正如大都市的人，在有意无意间撕裂着她的心"②，这段内心活动可以说道出了在大都市打拼的鄂温克年轻人的心声，真实地反映了他们当下生活的困惑和挣扎。

第四，语言生动形象，擅用比喻，极具民族特色。敖荣小说中的语言，贴近本民族生活，尤其是比喻，非常鲜活。"日子如敖鲁古雅的草皮一样日渐积累、老化和剥离着"③，"时间在不知不觉中像林区的清风一样消失的无影无踪"。④ 读着这样的文字，仿佛让人置身于兴安岭的崇山密林之中，时间缓慢而悠长。再比如描写古娜吉，"她那双母鹿一般的眼睛总是让我想起波光粼粼的激流河。从古娜吉具有感染力的笑声中我仿佛听见了大兴安岭的林涛声和美妙的鹿铃声，尤其古娜吉身上散发出来的那种特殊的苔藓气味，犹如清香、甜蜜般的情雾萦绕在我心头"。⑤ "她唯一的目的就是挣钱，挣树叶一样密实和山一样厚重的钱来补偿和回报自己的恩人。"⑥ "急得跟待产的野兽一样打磨磨⑦" "真不知她的桦皮盒里装的什么盐"⑧，这些陌生化的语言，无时无刻不在刺激着读者的神经，给人新奇的阅读体验。

---

①　敖荣：《古娜吉》，《神奇部落》，作家出版社 2010 年版，第 22 页。

②　敖荣：《古娜吉》，《神奇部落》，作家出版社 2010 年版，第 24 页。

③　敖荣：《神奇部落的神秘女人》，《神奇部落》，作家出版社 2010 年版，第 62 页。

④　敖荣：《神奇部落的神秘女人》，《神奇部落》，作家出版社 2010 年版，第 63 页。

⑤　敖荣：《古娜吉》，《神奇部落》，作家出版社 2010 年版，第 20 页。

⑥　敖荣：《古娜吉》，《神奇部落》，作家出版社 2010 年版，第 21 页。

⑦　敖荣：《古娜吉》，《神奇部落》，作家出版社 2010 年版，第 12 页。

⑧　敖荣：《古娜吉》，《神奇部落》，作家出版社 2010 年版，第 19 页。

第十章 涂克冬·庆胜

涂克冬·庆胜是鄂温克族作家中，长篇小说数量最多的作家。作为后起的鄂温克族作家，他的创作速度惊人，且成长迅速，他丰富的个人经历决定了其独特的艺术风格。

一 生平与创作

涂克冬·庆胜，鄂温克族作家，中国作家协会会员，现任内蒙古作家协会副主席、复旦大学人类学研究中心特聘研究员，著有学术专著《文化冲突与犯罪研究》。

涂克冬·庆胜 1956 年出生于呼和浩特，1974 年在锡林郭勒草原插队当知青，后来当过工人、刑警、大学教师、商人、律师，1994 年创办"内蒙古庆胜律师事务所"。2005 年出版处女作长篇小说《第五类人》；2007 年出版第二部长篇小说《跨越世界末日》，获得内蒙古自治区第九届"索伦嘎"文学创作奖；2009 年出版第三部长篇小说《萨满的太阳》，曾在中央电视台第十套《重访》栏目以大型纪录片的形式播出，并获得内蒙古自治区第十一届精神文明建设"五个一工程"优秀作品奖；2012 年出版中短篇小说集《陷阱》，其中《杰雅泰》获得内蒙古自治区第十一届"索伦嘎"文学创作奖。

《第五类人》是庆胜的第一部长篇小说。小说描写了一群大院的子弟一起自驾去西藏旅游，"在路上"的故事。其间穿插了这些人物各种年少经历或生活片段。小说在写作手法上，有自然主义小说的意味。自然主义小说作为 19 世纪下半叶西方文学的一个流派，与传统现实主义文学有很大的不同，自然主义最大目标是追求"真"，将真实性和客观性作为创作的首要条件，体现在文学作品中可以看到一种实录式的生活图景，事无巨细，甚至不惧琐碎，总的给人一种"还原"生活本身的阅读印象，这些在《第五类人》中都能找到呼应。具体来说，《第五类人》的自然主义倾向体现在以下几个方面。

首先，注重塑造人物群像，而不是追求刻画典型人物。《第五类人》描摹了一张众生相：做律师的"我"一心寻找心中的"净土"、丧子的老郝皈依佛教寻求解脱、大晋商之后的小乔、去西藏只为旅游不信鬼神的老特、爱好文学的巴图、"人精"老皮……这些人，年少时经历过"文化大革命"，中年时赶上商品经济的浪潮，目睹了草原向城市化转变的过程，他们是一群"城市草原人"①，作为草原民族的后裔，大都在城市生活，接受主体民族的规范模式，他们是城市人眼中的草原人，草原人眼中的城市人，这些人是生存在两种文化边缘地带的人，即"第五类人"，这是他们的身份特征。身份认同上的两难，使"第五类人"具有一些共同的特质：第一，精神上表现为苦闷与彷徨，寻求皈依；在两个民族、两种文化互相融合的过程中，对传统文化的失落表现出来的痛苦，对现代文明的接受与疏离。作为新一代鄂温克儿女，他们有着与父辈不同的人生态度，是典型的城市鄂温克人。第二，外在行为上表现为看似潇洒、玩世不恭，甚至带有"痞气"，而这背后，实则反映了他们成长性的精神创痛。庆胜的《第五类人》正是描摹了这类亚文化人群的真实生存状态。小说最后，"我"在拉萨的八角街头，碰到识穿"我"内心的老僧，并送"我"四个字"广种福田"，"说罢，飘然而去。我的灵魂又一次震撼。我是有神论者，但是这和佛教理念相差甚远。这位老僧与我素不相识，然而他竟然对我的灵魂如此熟知？我有些不知所措了。天完全黑了。我迎着料峭春风走出八角街"②。"第五类人"的精神困境继续存在，寻求皈依之路便依然不止。

其次，在故事设置上，淡化情节，不追求戏剧性的曲折变化，按照生活的本来面貌去反映现实。读《第五类人》，很难概括出一个核心的故事情节，整部小说的故事推进，就好像一条弯曲的河流，流到哪儿便是哪儿，有时甚至不加节制，人物的对话也好，故事的发展也好，似乎并不强

---

① 乌冉：《"边缘人"的精神之旅——读鄂温克族作家涂克东·庆胜的长篇小说〈第五类人〉》，《内蒙古民族大学学报》2008 年第 11 期。

② 涂克冬·庆胜：《第五类人》，内蒙古人民出版社 2005 年版，第 378 页。

求要为中心事件服务，作者的存在似乎只是一种照相式的记录，"我"插队知青的生活、老特小乔夫妇的爱情故事、巴图的文学梦，过去和现在，在作者天马行空的笔下，恣意铺开。比如一行人开车到了青海湖，见到浩瀚的青海湖，作者先是描写了一番眼前的青海湖的美景，随后便笔锋一转，枝节旁生，聊起知青时的某个中秋节了，而两者之间并无情节上的关联，试读：

> 皑皑的白雪，湛蓝的湖水。眼前的一切都叫人豪情满怀，心潮澎湃。没菜我们也得先喝。用当年知青的话讲：干拉也比干活强！东北话里，"干拉"就是不吃菜光喝酒。这是懒人哲学。……我当知青那会儿，有一次过中秋节，哥儿四个想家，饮酒排遣。四个人凑了两块钱，买了一瓶青梅煮酒，一块固体酱油。……①

此外还有人物的对话，更像是平日日常生活中的闲谈，比如写到一行人在饭馆点菜：

> 老板真还没听明白，向前探了探头，左右看了一下问："什么肉？糖什么肉？再说一遍，肯定能做！"老皮听罢大笑，"能做？看过《西游记》吗？就里面那个去西天取经的唐僧，也能做？电视剧，电视剧里的唐僧。""噢，《西游记》里的唐僧肉？啊，做不了。那是妖怪吃的！"老板尴尬地说。"那你就别吹啦！"老皮故意把"别"字像东北人那样读成四声。"唐僧肉是瞎扯，那有龙虾也行。""什么虾？湖里有好多种虾，就是没有您说的这种。"老板红着脸说。"龙虾是大海里的，就你们这个水泡子能有？"②

类似这样的对话在小说中随处可见，不经过修饰，完全是生活场景的"还原"。

《第五类人》粗线条、自然主义的写法，让小说充满了元气，它以几

---

① 涂克冬·庆胜：《第五类人》，内蒙古人民出版社 2005 年版，第 229 页。
② 涂克冬·庆胜：《第五类人》，内蒙古人民出版社 2005 年版，第 226 页。

近贴近地面的视角，向我们揭示了这群"边缘人"的生存状况，而这种自然主义的倾向，并没有因为其写法的粗简，而在对人物的精神创痛、社会异化现象的感知的深度上，逊色于传统的现实主义文学。

《跨越世界末日》是庆胜的第二部长篇小说。"末日"危机无论是在文学还是电影领域，都是经久不衰的主题，人们在"末日"来临前所暴露出的信仰危机，是这类小说的主题。《跨越世界末日》也是探讨了人类的信仰危机。小作坊主陈学义在偶然中发现了一本书《诸世纪》，它是16世纪法国预言家诺查丹玛斯的预言诗，书中对后几个世纪发生的事情都做了预言，指出1997年8月18日，人类将面临大劫难。这本书危言耸听和人类大劫难的主题，正是迎合了人性中听谣传谣的特点，所以陈学义敏锐地发现这是一个很好的商机。他找到好友黄小庆，黄小庆也算是个文学青年，在读的文学硕士，上大学时喜欢写点儿朦胧诗，他给原本只有五六万字的《诸世纪》改写、润色、拉长，还扩大了预言的范围，把恐怖主义也加了进去，还结合中国的《易经》《推背图》，并称预言诗说的世界末日与《圣经》里说的相吻合，成了一本全新的十万字的《诸世纪》。陈学义一心想靠这本书发财，便盗用了老婆的私房钱，投资出这本书。书出版以后，成了畅销书，从胡同口的卤煮火烧摊上吃早点的人到中学生，都在讨论书中所谓的人类大劫难，从商人到官员，案头都有《诸世纪》的身影，《诸世纪》终于成了人手一册的必读书。在预言的蛊惑下，形形色色的人粉墨登场：政府官员、法官、军人、黑帮老大、罪犯等，错综复杂的人际关系、官场的腐败、猥琐的中年男人、人性的贪婪与丑陋，在末日危机的映照下，悉数现形，而串联起这些人物和事件的，是主人公律师王倩妮。王倩妮来自内蒙古西部的一个小县城，在黄河边，地窄人稀，她向往北京和大城市的生活，想要离开这个穷乡僻壤的地方，高考时考了全校第一，考上名牌大学，立志成为一名成功的律师，"倩妮认为律师是上层社会的精英"，"北京的四年大学生活里，她几乎将全部时间用于钻研理论知识和学习英语。北京的名胜古迹她无暇浏览，甚至王府井也就去过有数的几次，而且还是为了逛书店"①，为了能在大城市立足，大学毕业后王倩妮抛弃了相恋五年青梅竹马长大的初恋，"她早就下了决心，决不再回

---

① 涂克冬·庆胜：《跨越世界末日》，远方出版社2007年版，第13页。

这个小镇子了。她必须割断一切念想"①。在北京，她认识了刘俊，一个北京工人家庭的独生子，虽说刘俊是北京人，然而普通百姓出身的家境并不能让王倩妮满足，刘俊虽然对她很体贴很好，但是对王倩妮来说"她不需要这样痴情而幼稚的丈夫，尽管他有令她向往的北京户口。她有远大志向，不像那些普通外省女孩，只要嫁个北京小子就会欢天喜地。她想象的未来，是名扬天下，过大富大贵的生活"②。而刘俊绝不可能为她"带来企盼的一切"，"温馨的三口之家，每天掐指头计算发工资的日子，什么追赶送牛奶的三轮摩托车，联系保姆，从幼儿园接送孩子，这样的日子发生在北京和发生在黄河边上有什么区别？"③ 无论是黄河边的小镇生活，还是当皇城根儿的小市民，两者都不是王倩妮想要的生活，她要的是出人头地，成为上流社会之人。在这条通往上流社会的奋斗之路上，她所接触到的社会现实渐渐地使她明白，理想与现实的差距，在这个利益至上的社会，每个人都对权力、金钱表现出近乎贪婪的欲望，浮躁、急功近利，而她为了实现自己的人生目标，也从一个纯洁的大学毕业生，变成了为达到目的不惜做出为道德所不齿的行为，与代表着权势和地位的陈营长、白县长发生性关系。可以说，王倩妮的"奋斗"历程是信仰幻灭的过程，它反映了当下人们普遍的一种时代病。小说看似是女主人公王倩妮的成长之路，实际上真正的"主角"是社会关系，律师职业的特点使她有机会深入接触到社会方方面面的复杂关系，由此向读者展开了一幅社会百态图景。

《诸世纪》里预言的世界末日 1997 年 8 月 18 日安然过去了，人类并没有遭受大劫难。王倩妮如愿成了著名律师，离开 A 市去了上海。陈学义因为《诸世纪》的畅销而成了千万富翁，在"世界末日"前一天衣锦还乡。他的妻子在怨恨中长期鼓励儿子仇视父亲，在一家团聚的时刻因为误会引发了争斗，陈学义失手杀死了自己的儿子，成了轰动一时的新闻。陈学义的妻子四处告状，要求法院判他死刑。陈学义的朋友因此从上海请来曾在 A 市名噪一时的王倩妮做辩护律师，小说由此回到了故事的开头，完成了一个闭合。

<hr />

① 涂克冬·庆胜：《跨越世界末日》，远方出版社 2007 年版，第 13 页。

② 涂克冬·庆胜：《跨越世界末日》，远方出版社 2007 年版，第 17 页。

③ 涂克冬·庆胜：《跨越世界末日》，远方出版社 2007 年版，第 17 页。

《跨越世界末日》，好似第一手的资料向读者披露一个个触目惊心的黑幕，没有修饰，直接呈现，而这恰是真实社会的一个横截面，因此在叙述上非常流畅自然，读者也随着这些事件的发展走向而被吸引，这也是庆胜小说接地气的原因，它的现实意义大于文学艺术价值。

小说集《陷阱》收录的是同类题材的中短篇小说。同名小说《陷阱》讲述了律师伊克乌拉被设局骗到珠海，又逃脱的故事。这样的故事在我们身边并不陌生，可以说非常写实。《圣诞节》的情节更简单，圣诞节伊克乌拉和朋友吃饭庆祝生日，结束后打出租车，等了半天好不容易打上一辆，刚坐下就被几个同样等的士的小混混儿强拽下车，想抢坐的士。拉扯中车开走了，结果谁也没坐成车，小混混儿们便想仗着人多年轻，打架滋事"教训"伊克乌拉来出口气。没想到被练健身的伊克乌拉打了个落花流水，仓皇而逃。小说通过圣诞节这天伊克乌拉路上的遭遇这一片段描写，实则反映了这二十年多年来这座小城市发生的翻天覆地的变化。以"圣诞节"作为切入点，本身就是一个隐喻，这个基督教的节日，国人从不了解到"上世纪末开始，大家都热烈地庆祝这一天"[1]，反映了人们思想观念和生活方式的巨大变化，用伊克乌拉的好友刘胖子的话来说，"西洋鬼子的东西大有喧宾夺主之势，眼看着圣诞节就要超过春节、情人节就要重于八月十五了"[2]。不只是节日上的西化，还有比如健身的流行，也是这十几年的事，90年代的时候在这座小城市"只有一家健身房，面积也不大，满打满算不过五十多平米，器械多数是那个宽肩膀的小个子——老板兼教练用角铁胡乱做的。……健美运动到了今天，也算是如火如荼，数一数全市怎么也有二三十家立在那儿的健身房"[3]，"二十多年来，社会发生了翻天覆地的变化，市场经济真能改变一切。以前都是平头兄弟，现在有的开奔驰宝马，有的蹲进了大狱，还有的吃了上顿没下顿"。[4] 形形色色的小人物在这波浪潮中遭遇了不同的命运。

《不浪沟开发纪》讲的是白云丹开发不浪沟度假旅游区最终失败的故事。《公园》则以"公园"作为一个媒介，各种消息、形形色色的故事在

---

① 涂克冬·庆胜：《圣诞节》，《陷阱》，北方出版社2011年版，第1页。

② 涂克冬·庆胜：《圣诞节》，《陷阱》，北方出版社2011年版，第1页。

③ 涂克冬·庆胜：《圣诞节》，《陷阱》，北方出版社2011年版，第2页。

④ 涂克冬·庆胜：《圣诞节》，《陷阱》，北方出版社2011年版，第7页。

公园里上演：抢劫案、杀人案、失足溺水的尸体等等，而"公园"里也聚集了各种各样的人：练武术的林哥、消息灵通的老姑娘晨晨、工商局美女处长娜处长、神秘的年轻女孩索龙嘎……公园里每一天都有人来来去去，每一天都有新的故事发生，唯一不变的是公园里的冬来暑往："这是一个风和日丽的早晨，满园子里都是游人。"①"一直到第二年的夏天，公园又变得绿草如茵"②，"夏天里的公园煞是漂亮……白雪皑皑的冬天里公园也很美丽……初秋的景色也很宜人，只是到了深秋才会叫你失望，走在瑟瑟的寒风中，遍地是滚动的败叶，原本美丽的树冠也变成了老光棍儿的秃头"③。"夏天的味道越来越远了，可公园里还是游人如潮。"④"天气渐渐凉了。"⑤"寒流来了，气温骤降了十几度"⑥，"今天秋高气爽。……原本围在东面和北面的建筑物已变成钢筋林立的巨大的瓦砾堆……秋老虎还在发威"⑦。"下雪了，这是今年的第一场雪，也是最后一场，因为明天就是元旦。地上的雪很厚也很硬实，踏上去吱吱作响。公园里游人稀少，隔着结冰的湖面，伊克乌拉远远看到林哥还是那副样子疾走着，两只手掌里各玩着一对核桃。"⑧ 这些看似不起眼的关于季节的细节描写，恰恰给小说增添了悲凉的意蕴，"公园"在时间的流逝中，面貌在不断发生变化：拆围墙、拆周围的建筑物，这些变化的背后是社会的转型，时代的更迭。与"公园"的变化相呼应的是身处转型时代的小人物的挣扎与痛苦，时间并不会因为他们的挣扎和痛苦而停下脚步，而这是生活在底层人物真正的悲哀。

《残阳在西边淡淡的云中……》则是一个荒诞的故事。主人公王威总是疑心妻子白丽和同事有不正当关系，"就是那个张雄，一个从鄂尔多斯调来的家伙，和自己在院里只打过两个照面，可是奇怪，他为什么一见到自己就脸红？那小子是个单身，家小还没有过来，年轻力壮的怎么耐得住

① 涂克冬·庆胜：《公园》，《陷阱》，北方出版社2011年版，第171页。
② 涂克冬·庆胜：《公园》，《陷阱》，北方出版社2011年版，第176页。
③ 涂克冬·庆胜：《公园》，《陷阱》，北方出版社2011年版，第178页。
④ 涂克冬·庆胜：《公园》，《陷阱》，北方出版社2011年版，第184页。
⑤ 涂克冬·庆胜：《公园》，《陷阱》，北方出版社2011年版，第187页。
⑥ 涂克冬·庆胜：《公园》，《陷阱》，北方出版社2011年版，第192页。
⑦ 涂克冬·庆胜：《公园》，《陷阱》，北方出版社2011年版，第193页。
⑧ 涂克冬·庆胜：《公园》，《陷阱》，北方出版社2011年版，第194—195页。

寂寞？如果没做亏心事儿，脸红什么？王威曾几次藏在传达室里等张雄下班，观察他和白丽相遇时的神情。和别人有说有笑的张雄，推着自行车和白丽并排走出大楼时表情却十分严肃，这是不是反常？"① 王威就在自己的臆想中，开始了他的"捉奸"计划。他谎称自己要去出差，其实是在家附近的旅馆拿着望远镜观察白丽和张雄的一举一动。王威不断地被自己的想象所折磨，越陷越深，听信了"算命"人的话，"英雄和胆小鬼就是隔着一层窗户纸，你一捅破，就透亮了。过去人们讲，有胆有识，'胆'永远在'识'的前面。其实有了'胆'，'识'也就自然有啦"②。这番信口开河的话，王威听了以后却当真了，一直以来自以为是的臆想终于有了出口，找到了宣泄的理由，"他心里的苦闷和疑惑在瞬间全部云消雾散，脑袋里升起一轮红日，心灵深处一片春光明媚。他闭上眼睛，感到浑身松弛，丹田中凝起一团热流，它不断向全身扩散……我是天不怕地不怕的英雄，我在天地之间无所畏惧……什么这个那个的。张雄？他在我眼里只是臭虫，比细菌大不了多少！他感到全身洋溢着激情和力量。……王威已经脱胎换骨，变成了另外一个人"③。王威像着了魔一样，用蒙古刀捅死了张雄，解决了困惑他内心已久的问题。杀了人的王威最后被警察逮捕，在看守所，王威父亲请来的辩护律师告诉他要想减轻罪名就要推翻以前的供述，再从中活动也许可以判个 15 年或无期徒刑，这是最好的结果，为此他父亲花了 20 万元。王威听了后，拒绝了律师的提议，在他看来故意杀人已经是明摆的事实，20 万元等于是冤枉钱，他不想让他的父母人财两空。小说结尾，当王威拖着脚镣走进监区，在拐角的那一刹那，回头对律师做的那个鬼脸，像锐利的刀锋一样闪过，奇峰突起，细细读来，充满冷意。

　　《杰雅泰》可以说是集作者风格之大成的作品。小说依旧描写的是作者熟悉的律师行业，通过第一人称"我"的视角，叙述了杰雅泰逃案背

---

① 涂克冬·庆胜：《残阳在西边淡淡的云中……》，《陷阱》，北方出版社 2011 年版，第 57 页。

② 涂克冬·庆胜：《残阳在西边淡淡的云中……》，《陷阱》，北方出版社 2011 年版，第 72—73 页。

③ 涂克冬·庆胜：《残阳在西边淡淡的云中……》，《陷阱》，北方出版社 2011 年版，第 73 页。

后的故事。"我"去草原办讼案,在著名景点"大可汗"的蒙古包里,发现服务生王文会说标准的蒙语和山西话,对刑侦技术相当在行,腰间别着公安匕首,身手不凡,对警车非常敏感。出于职业的敏感,"我"怀疑王文是一名逃犯。"我"的猜测果然没错,王文后来主动讲了他的故事:王文是蒙古族,真名叫杰雅泰,出生在内蒙古西部的贫困农区,在那里山西移民占了90%以上。杰雅泰原先是一名侦查员,在他们管区发生了一起杀人案,为了调查其中一个嫌疑人张全在,杰雅泰和同事去嫌疑人居住的村子调查。在途中遇到了后来的女朋友其其格,其其格姐弟几个帮助杰雅泰抓住了杀人犯,破了案。杰雅泰也因此爱上了其其格,两个人同居了,一起拉扯几个弟弟妹妹。后来发生的事改变了杰雅泰的命运,因为在办案中刑讯逼供致人轻伤,被检察院立案侦查,杰雅泰因为担心一旦罪名成立失去自由,其其格和几个弟弟妹妹便会无人照顾,情急之下一念之差,趁办案人员不备从三楼跳下逃走,成了一名逃犯,被通缉。最后在"我"的劝说下,杰雅泰决定自首。

小说集《陷阱》里的故事,就是发生在我们身边的故事,是我们每天在邻里朋友中或报纸新闻上会听到或看到的故事。庆胜跳出了"艺术来源于生活而高于生活"的原则,以客观呈现的手法,向我们揭示了现实生活丑陋和残酷的真实面目,并抛出了一个重大的命题,即任何一个民族,不管它是多么边缘和弱小,在社会向更高阶段发展时,和其他民族一样会面临同样的困惑和难题,这就是所谓的人类命运共同体,谁都不可能把自己割裂出去。

二　《萨满的太阳》

《萨满的太阳》是庆胜的第三部长篇小说,也是在艺术手法上最为成熟的一部作品。

小说讲述了鄂温克民众自发抗日的故事。抗战胜利前夕,发生在伪满洲国兴安北省的索伦河草原上的一场灾难。"这是个拥有三个分支的小民族,人口总数是一万八千人。二次世界大战中,美丽的索伦河畔居住着这个民族的一个鲜为人知的部落,他们有两千余人,是清王朝派驻的一支军队。那个秋天的短短几十天里,有四百多人因感染不知名的疾病而罹难。

后来的日子里，他们知道了瘟疫是侵略者制造的，愤怒的勇士们用本民族古老的作战方式先后消灭了二十多个侵略者。他们是这次人类大灾难中，按人口比例计算，牺牲最大消灭敌人最多的民族，这个民族叫鄂温克。"[1] 小说的扉页，作者写下了这样一段文字，从这纪录片式的文字中，我们可以看到作者以一种近乎史诗般的方式，记录了历史上这个弱小民族的大灾难。

1944 年秋，索伦河流域发生了大瘟疫，短短一个月内，两千多鄂温克牧人中有四百多人罹难，"索伦河畔的沼泽地里尸横遍野，天鹅湖的水面上也漂浮着尸体。死神笼罩着大地"[2]。灾难过后，村落里的鄂温克家庭十室九空，满目疮痍。满嘎家七口人死了四口。

满嘎出身于索伦河一个猎人家庭，年轻倔强，性格内向，但胸怀大志。他一直暗恋着索伦河显赫人物龙迪的女儿埃斯罕。埃斯罕代表了新一代鄂温克人，向往城市文明，崇尚西方生活，她美若天仙，从不乏追求者，由于良好的家境，在韭菜屯的一所日语学校学习，认识了日本军医山田，两人坠入爱河。

瘟疫发生后，满嘎和伙伴们经过暗中调查，发现瘟疫是人为的，是日本关东军 731 部队韭菜屯支队为细菌战做的人体实验。得知真相后的满嘎和伙伴们无比愤怒，决定要报仇雪恨，他们在沼泽地建立了营地，准备大干一场。然而村里以木哈力大叔为首的鄂温克老人们却反对他们这样做，认为应该顾全大局，要以全族人的安危为主。满嘎和伙伴们无法说服内心的愤懑之情，不顾老人们的反对，坚持消灭日本侵略者，为逝去的族人报仇，以维护民族的尊严，拯救鄂温克人的灵魂。他们暗中潜入韭菜屯，伺机抓捕日本军人，将他们带回沼泽地的营地，按照传统的战斗方式，一对一决斗，生死由命。他们以这种古老的方式，先后消灭了二十多个日本侵略者。

在一次行动中，满嘎他们发现，一手制造这起瘟疫的竟然是埃斯罕的男朋友山田，义愤填膺的伙伴们认为埃斯罕一家是内奸，必须对瘟疫负责以告慰族人的魂灵。满嘎则认为埃斯罕是无辜的，他觉得应该把事情的真

---

① 涂克冬·庆胜：《萨满的太阳》，内蒙古人民出版社 2009 年版，扉页。

② 涂克冬·庆胜：《萨满的太阳》，内蒙古人民出版社 2009 年版，第 10 页。

相告诉埃斯罕，由她自己做出决定。得知真相后的埃斯罕痛苦不已，一边是民族大义，另一边是深爱的恋人，撕裂着她。埃斯罕经过一番挣扎，约山田在一家旅馆见面，让他道出实情。山田在爱人面前，不得不说出了真相。在民族和爱人之间，埃斯罕最终选择了民族大义，在山田熟睡的时候，埃斯罕最后拥抱了爱人，然后开枪打死了他。满嘎和伙伴们在旅馆找到了已经癫狂的埃斯罕，将她带回了营地。在萨满神灵的召唤下，埃斯罕终于恢复了神智。

阿涅节以后，满嘎他们的营地被日军发现了，正当他们准备和日军殊死一战的时候，苏蒙联军的坦克开进了韭菜屯。

日本战败投降。战争结束了，人们开始新的生活。满嘎和埃斯罕从营地返回索伦河的路上，发现了几个藏在草丛中的日本孤儿。战争是残酷的，然而普通百姓是无辜的。朝阳中，满嘎和埃斯罕赶着勒勒车，将那几个日本孤儿一起带回索伦河……

《萨满的太阳》描写了在夹缝中生存的民族的艰难处境。作为鄂温克族的一个分支，索伦河流域的鄂温克人是雍正十年派来戍边、驻守边疆、防御俄国人的，"大清一倒，我们的粮饷就断啦。民国政府管过我们吗？……民国二十一年，满洲皇帝又回来了，建立伪满洲国……满洲皇帝回来啦，我们的主子又回来啦，这下可有人管啦，戍边也行呀，有吃有喝的。当时心里那个乐呀！民国一成立那会儿，汉人政府不管我们，断了饷，我们成了什么？有人说我们成了贼，成了强盗。没办法，我们得生存呀！……现在发生了瘟疫……不要去查什么原因，那没用！我们是案板上的肉，是任人宰割的羔羊！"[①] 当小说里的人喊出"我们完啦，鄂温克完啦！"的时候，让人想起老舍《茶馆》里常四爷说的那句"我爱咱们的国呀，可是谁爱我呢？"世界很大，鄂温克民族弱小而微不足道，"可我们也得活着呀"[②]。鄂温克族在中国历史上发挥过重要的作用，然而这个民族却灾难深重，无休止的战争，使人口锐减，对于这个弱小民族而言，只求安宁地生存下去，所以小说借木哈力大叔之口，说出了保全族群存活比荣誉更重要的心声。当然，这些最终没有阻挡满嘎抗日的决心，从这里我

① 涂克冬·庆胜：《萨满的太阳》，内蒙古人民出版社 2009 年版，第 17 页。
② 涂克冬·庆胜：《萨满的太阳》，内蒙古人民出版社 2009 年版，第 7 页。

们也可以看出中华民族在现代进程中，国家凝聚力的形成也并非坦途。

小说塑造了满嘎这个核心人物。作为年轻的鄂温克一代，满嘎身上具有的领导者气质，让读者不禁想起鄂温克族历史上的爱国将领海兰察，在决定与日本人开战之前，满嘎就对着海兰察的神像祈祷，祈求保佑。他一腔热血，有胆有识，在危难时刻敢于挺身而出，"我决定要和他们开战！因为我们祖辈都是军人，是战士。我们的荣誉心不允许我们任人宰割……如果屈辱地活着，我看还不如战死！"[1] 这样的魄力和气势，何尝不是现代海兰察？满嘎的哥哥满迪则和满嘎不同，他认为要改变鄂温克人命运的唯一途径就是发展教育，才能使民族强盛，"有作为的年轻人或者走出去，到外面寻求出路；或者创办学校，让牧民的孩子有书念"[2]，这也是对民族命运的思考。正是有满嘎这样的热血人物存在，让读者充分感受到了鄂温克族他们那种铁血豪情，与天地同辽阔的气象，他们对于信仰的坚持，以及由之而来迸发的力量，都给人很强的冲击力，使得整部小说充满血性和力道，这是非常难得的阅读体验。

我们注意到，小说中详细描写了萨满作法或者祭祀神灵的场面，而这些描写往往和民族生死存亡的表述联系在一起。比如在瘟疫发生后举行的祭祀仪式，索伦鄂温克的 7 个萨满一同向天神和其他神灵祈祷，"当你们生病遭灾时，当死神靠近你们时，呈现出天神，呈现出祖先神灵，鹰神展翅来救，蛇神昂起头颅，妖魔呀，你束手就擒！"[3] 还有满嘎与日本人宫本太郎决斗前，特意找出传家宝——一件旧皮袍，这袍子只在祭太阳神这样重要的事件时才穿它，"太阳神——希温乌娜吉，是满嘎心目中最重要的神。她是一位美丽的姑娘，不仅能为人们带来光明和温暖，还决定着人间的白与黑和善与恶。满嘎身穿那件祭祀用的绿皮袍，头戴狍子帽，脚蹬一双爷爷穿过的奇卡米，脸上涂满乌丽拉为他弄好的绿色草汁，恭恭敬敬地朝太阳跪着。'尊敬的希温乌娜吉，你受恩都力保克的派遣，为大地驱除了黑暗和寒冷；将光明和温暖送给我们。林子里的灰鼠子需要你，草原上的小羊羔受你的眷顾。万能的希温乌娜吉呀，今天你要明断是非，要为我们做主。希温乌娜吉呀，我们无需复仇，我们所做的一切都是为了荣

---

① 涂克冬·庆胜：《萨满的太阳》，内蒙古人民出版社 2009 年版，第 29 页。

② 涂克冬·庆胜：《萨满的太阳》，内蒙古人民出版社 2009 年版，第 36 页。

③ 涂克冬·庆胜：《萨满的太阳》，内蒙古人民出版社 2009 年版，第 20 页。

誉！请你见证吧，请你主持公道吧！'"① 人性的丑陋和现代社会的畸形，在信仰、在古老的天理之下，被放大和审判，无处遁形。也许这就是小说题名《萨满的太阳》的用意。

此外，作为历史题材的小说，《萨满的太阳》讲述的少数民族的抗战事迹，丰富了抗战文学的内容，就像安娜笔下的南方弃儿，这些都是主流文学很少会涉及的部分。中国的抗战文学，少了鄂温克人民的抗战故事，是不完整的，它们是不可缺少的一部分，也是"中国故事"不可缺少的一部分。

三　涂克冬·庆胜作品创作特色

第一，本色书写。庆胜是一个风格鲜明的作家，其丰富的个人经历，为创作提供了丰富的素材，这使他的小说读起来没有隔膜，仿佛就是发生在我们身边的人和事，有亲近感。这些和现实生活紧密联系的作品，刷新了人们一直以来对边缘民族的"印象式"阅读，即言必森林小说、生态环境、民族风情的标签，而是向读者展示了除了民族特色的东西以外，一个弱小民族在大时代中，与其他任何发达地区和民族共同的命运，它在描述社会政治经济转型时期人们精神上的困惑与挣扎，其深刻程度一点也不亚于主流民族文学。这是鄂温克族文学，以及其他人口较少民族文学在整个中国文学中具有的价值，研究庆胜作品的意义正在于此，即作品的现实意义大于文学意义。

第二，类型化。庆胜是成长迅速的作家，不得不说他的律师身份几乎成为他的小说尤其是前几部小说题材的主要来源，这在成就高效产出的同时，难免在题材上容易类型化。好在庆胜没有固步于此，而是努力开拓创作视野，从《第五类人》《跨越世界末日》《陷阱》，到最后一部长篇小说《萨满的太阳》，我们可以非常清楚地看到他在写作上的成熟，无论是内容上还是技巧上，都有明显的扩大和提升。

第三，写作手法上，不刻意刻画典型人物，不追求戏剧性的曲折变化，按照生活本来的面貌去反映现实，具有自然主义的写作风格。

---

① 涂克冬·庆胜：《萨满的太阳》，内蒙古人民出版社 2009 年版，第 132—133 页。

第十一章　德纯燕

德纯燕（1977—　　），出生于内蒙古呼伦贝尔盟，现居北京。鄂温克族青年女作家，代表作有《美丽新世界》《初长成》《好时光》《旅行者》《相见欢》等。

作为 21 世纪成长起来的"70 后"作家，德纯燕有着非常明显的这个时代作家的特点，就是浓浓的怀旧气息。

一　德纯燕小说两大主题——"告别"与"成长"

在谈及创作《初成长》的初衷时，德纯燕说过这么一段话，可以解释她整个创作背后称之为精神支撑的东西："一直以来，我都庆幸自己生于 70 年代末，我的年少恰好处在我们的时代呼吸新鲜空气欣欣向荣的阶段……那真是美好时代，不是吗？这样的情怀相信有过类似经历的人必定能理解，而他们亦如我一般心存这样的念想：尽管现在周遭的一切眨一眼就要有变化发生时刻裂变着，可是万千影像之下，种种表现后面，经历过美好时代的那个人，终还是有一颗赤子之心，我们亦可以称之为理想。得了这样的定海神针，存在便有了种种可能，可以冒一些险，可以任性一次，可以重做孩子一回，因为这便是支撑我们身体的力量。"[1] 每个人内心都有各自守望的"黄金时代"，就如伍迪·艾伦在《午夜巴黎》中讨论的那样，每个人都在缥缈已逝的年代，寻找着自我价值、自我认同，寻找着有归属感的精神家园。萧红的黄金时代是在日本流亡的"当下"，对生于 20 世纪 70 年代末的德纯燕而言，她的青春少年时代，就是她的"黄金

---

[1]　此段文字德纯燕写于 2011 年 2 月 26 日，摘自其新浪博客，http://blog.sina.com.cn/s/blog_623b24c101017h21.html。

时代"，无论是"告别"还是"成长"，都是对这个"黄金时代"的反复回望。

《初长成》就是一个关于成长的故事。春泥是"我"妈找来的保姆，来"我"家的时候18岁。春泥瘦瘦高高，性格温婉，做事利索，厨艺也好，"我"们家都很喜欢她。春泥比"我"大六岁，没读过书，不识字，"我"就教她，两个人情同姐妹。春泥自从来"我"家做保姆，从来不肯留下来住，在"我"妈的询问下，才知道她从小有尿床的病，因为家里穷，没有钱治病，所以一直到18岁了晚上睡觉还要垫上塑料。这件事给春泥心理造成巨大的痛苦和阴影，因为这个病，她没有什么朋友，"单单她身上的味道就让伙伴和她保持着距离"①，她对"我"妈说，"婶儿，到你这里干活以后我每天都用水擦身子，洗到后来水变得冰凉，打在身上心就缩到一处，针扎一样痛。就是这样，也好过让你们嗅过这个味道。……婶儿，像你女儿这么大的年纪，我连黑墨水都没有"。她说话的时候，"搅弄着手指，每个都不放过，然后又绞弄衣襟，最后是垂落在脸颊的头发。她的眼神透露出渺远的悲伤，又好像不是悲伤，只是一种表情，带着对人世间好时光的隐忍的期盼"②。春泥小小年纪就尝到了人生寂寥、无人诉说的滋味，所以后来格外珍惜和"我"情投意合的情意。"我"妈知道春泥的病情后，便想办法希望能治好她的病，后来打听到镇上有个退休回来的老中医是这方面的专家，便说服春泥去看病。前几次的治病都顺利，但是没想到有一次老中医趁"我"母亲跟护士去拿药的空隙，侵犯了春泥。春泥的心里留下了无法抹去的阴影，她再也不肯跟"我"妈去治病，不知情的母亲后来再三询问，才知道了事情的真相，并决定揭发老中医的丑陋行径，结果发现被侵犯的女孩不止春泥一个。猥琐的老中医受到了应有的惩罚，春泥的精神状态这才慢慢恢复正常。春泥在"我"家，接触到了以前没有接触过的知识，因为喜欢唱歌，在大家的鼓励下参加了选拔赛，成了省城小有名气的工人歌手。时间慢慢往前走，经历了这些事情以后，春泥比以前开朗成熟了。这个成长中的心理变化，小

①　德纯燕：《初长成》，中国作家协会编《新时期中国少数民族文学作品选集·鄂温克族卷》，作家出版社2015年版，第300页。

②　德纯燕：《初长成》，中国作家协会编《新时期中国少数民族文学作品选集·鄂温克族卷》，作家出版社2015年版，第300页。

说通过春泥对自己身体变化的前后态度对比来表现，正值青春期的春泥刚来"我"家时，母亲给她买了胸衣，让她快穿上试试，"可是春泥不自觉地护住了胸部，脸上开始一点点地染上红晕"。当她"正要解开扣子，不曾想一回身看见我在后面，我偏又阴阳怪气笑道，春泥姐，快试试吧——春泥更羞涩了，索性躲到母亲身后，再不出来"①。到后来，参加合唱团的春泥在家试合唱团发的连衣裙时，"她的身上经过一年的春夏秋冬，已经带了曲线的美，而面庞，在粉色的衬托下，越发地焕发了光彩"。母亲把春泥推到镜子前，这一次，"春泥在镜前，看自己。这一次，她看得坦荡而直接"②。每一个人都会经历这样的生理和心理的双重成长。

春泥这个人物是有原型的，在谈到《初成长》的创作时，德纯燕说："春泥是真实存在的，在我的少年时代，以及后来我生活过的日子。小学六年级，妈妈请春泥来做保姆，印象里和妈妈还有着遥远的亲戚关系。春泥个子不高，瘦弱，头发枯黄，常常要发出隐忍的干咳，在胸腔里产生沉闷的回音，让人想一步立到她面前，问她一句，难道你就不能够畅快地咳嗽出来吗？可是春泥不能够，尿床的隐疾给了她不快乐。时间越是累积，我越是理解这个事情给春泥投下的阴影的浓重，与此一并而来的，是春泥当年面对歌曲所涌现出的欢喜和热爱。我真的无法忘记那个几乎要将面颊贴在录音机上的少女以及歌唱时候她的面庞现出的笑容，我常想，在我们的青春岁月里一定横空出现过某种质地坚硬的媒介质，参与到我们骨骼的生长和发育中，终有一天赐予我们支撑身体的力量，比方说，在我们一无所有或者不堪重负的时候，也比方说，理想不请自来触疼我们的心的时候。所以在北京一日暖似一日的温和里，我希望我写下的关于春泥的文字能够极近地触摸这力量的源头，这将是我的快乐。……近二年，我常要回想人生最初的二十年，可想而知，现在的这个短文是多么恰当地成全了我的心愿，赐予我机缘做前面的许多的关于往昔的例举。而文字又成全了我内心对春泥的长久的怀念，若是千里之外的春泥读到这个小说，想必她会体谅我这个小说里行文中的不足，亦会在心底生出疑惑，想当年我并未对

---

①　德纯燕：《初长成》，中国作家协会编《新时期中国少数民族文学作品选集·鄂温克族卷》，作家出版社 2015 年版，第 299 页。

②　德纯燕：《初长成》，中国作家协会编《新时期中国少数民族文学作品选集·鄂温克族卷》，作家出版社 2015 年版，第 324 页。

纯燕说出想成为歌唱家的心愿呀。其实，这是妈妈的倾诉，在我参加工作那年妈妈摆弄遥控器把电视调到有音乐的频道后说笑间一带而过，我便记刻在了心底。由此看来，把人的有限的存在放在无限的宇宙中的时候，心愿或者理想应是最古老的词汇吧？我也常会恍惚，想它们应当在人类尚未出现的时候便已经存在了，在我们出生落地发出第一声啼哭的时候，或许就是在歌唱它们呢。从这个角度去看，我们实际上都应当是那歌者。"①

《好时光》则关于"告别"。因为动迁，苏老师一家要搬离胡同了。小说截取了搬家那天的片段，在一件件旧物里，苏老师与自己往日的时光——告别。器物是有生命的，这个生命便是时间，是使用者与之相伴的时间，生活的痕迹。用过的草帽、老账本，各种废弃的物件，在即将被扔掉的瞬间，都活了：记录电话号码的本子，儿子苏程下意识地拿手机拨了一串号码过去，"等待之后里面传来低沉的声音，喂，你好——苏程忙挂断，心里竟扑通乱跳。他想，原来这些数字是活的，有生命在里面"②。老账本里，苏老师仿佛看见了妻子"坐在灯下托着腮帮看他记录"③ 的认真神情……往日生活里的点点滴滴影像一样交叠在苏老师眼前，当时不过是四平八稳日复一日的流年，现在回看，"那些要被扔掉的物件，随意放置着，空隙大，看着竟比另一边的还要高大，色彩也丰富得多，是五颜六色。蓝色的是收音机，红色的是草帽上的丝带，墨绿的是大儿子小时候学画用的小板凳。而这时天边不知道何时出现了彩虹，一边恰好搭载这堆小山一样的物件上，让人恍惚以为是从里面升起了各式的色彩，带着往日的好时光模样"④。和这些旧物件断舍离，就是和与之相关联的生命断舍离，这样的"告别"，对于苏老师这样的老年人来说，五味杂陈，有不舍、凄惶，也有对每一个踏实的平淡日子的会心一笑。小说结尾的描写，当搬家工人把旧物装车搬走时，作者用平静的反差来凸显人物情绪上已经到达的

① 此段文字德纯燕写于 2011 年 2 月 26 日，摘自其新浪博客，http://blog.sina.com.cn/s/blog_623b24c101017h21.html。

② 德纯燕：《好时光》，中国作家协会编《新时期中国少数民族文学作品选集·鄂温克族卷》，作家出版社 2015 年版，第 330 页。

③ 德纯燕：《好时光》，中国作家协会编《新时期中国少数民族文学作品选集·鄂温克族卷》，作家出版社 2015 年版，第 333 页。

④ 德纯燕：《好时光》，中国作家协会编《新时期中国少数民族文学作品选集·鄂温克族卷》，作家出版社 2015 年版，第 331 页。

高潮，通过苏老师一连串的动作细节描写，让人深深感到一种落寞与不舍，虽然引而不发，却有足够的力量，"苏老师慢慢转身进了屋，看背影，老去的蹒跚醒目得很。过了良久，足有 5 分钟，他才又出现在厨房。伸手拉了灯绳熄灭电灯后，开始清理饭桌。每一样苏老师都精心擦拭，整齐搁置在碗柜里，心想如此一来做晚饭的时候便会省去许多的麻烦。苏老师把棋王张带来的酒瓶也一并擦拭，又端详了半天，看上面的文字。前面背面地看，连标点符号也不错过。后来苏老师又高高地举起了空瓶透过瓶身看窗外"①。充满镜头感的语言，让人想到小津安二郎电影《晚春》结尾里在厨房的老父亲的背影，两人的背影都是一种告别，虽然告别之意不同，小津安二郎电影里的老父亲是女儿出嫁当天晚上，和女儿告别后的落寞和凄凉，而苏老师告别的则是装满他一生好时光的旧友、旧物、旧院落，虽然告别之意不同，但是一样的平淡隽永，意味深长。

二 德纯燕作品创作特色

第一，挥之不去的"孤独"。

德纯燕的文字常常描写人的孤独，尤其是老年人。这种精神上孤独的根源，来自家园丧失导致的"失语"。由于社会发展的进程，以山林为生的鄂温克人下山迁徙定居，新一代鄂温克人，生活在城市，接受着和主体民族一样的现代教育、生活方式、价值判断，如果说老一辈鄂温克人还能找到自己的来处，那么这些"城市鄂温克人"已经没有可回之处，故土成了回不去的精神家园，这是造成他们绵绵无期孤独感的主要原因。所以德纯燕笔下人物的精神特征往往是孤独的，她要描写的正是这些普通底层人物面对孤独时如何自处和自救。就像她写道的，"我们是丢失家园的一代人。我苦笑说，你们若要回去，还有可回之处。……我怕是哪里都回不去了，又哪里都不是方向。这一点，才是痛中之痛。仿似那一赤裸的伤口，生生地又被撒上了一把盐巴。我的心底，便是承担着这样双重的负担，由此，生出永远的孤单。我的文字，便是对这孤单的稀释，对无故土的人的成全。……我一直钟情于写年老的人，写他们单个的个体面对的孤单的种种。我提前预知了苍老。然而，我的本意，真正想要写的是人在孤单里的自救。当我们处在绝境之地，自己可以给自己力气，在所有的辛苦里找到出口。我渴望我笔下的人，都能够寻得一种勇气，可以坦然承受孤单。当人世间无寸土安放我们自己的时候，我们可以自己给自己搭建一个家园，让自身全然地存在"①。

《美丽新世界》的主人公关先生在一次偶然中，在超市洗手间的门上读到了失恋的陌生人的一段遗言，"我最深爱的妞妞，在我们初相识的超市我已经等待你19天了，仍然不见你来赴约。难道你真的不爱我了吗？我们那些甜蜜的时光呼唤不回你的心吗？妞妞，我不能没有你，我说过我用生命爱你，失去你，我的生命也将失去。明天是我等待你回头的第20天，也是我20岁的生日，我仍然会来超市，在玩具区内最漂亮的海豚旁等待你。如果关门的时候你仍然没有出现，我将在我写下这些文字的地方结束自己的生命，因为我说过，我用生命爱着你"②。这让关先生想起自己年轻时的点点滴滴，长久以来积压在内心的情感忽然喷涌而出，需要一个倾诉的出口，另外也出于责任心，想阻止年轻人轻生的念头，于是关先生就又回到超市，在洗手间门上，给那个年轻人写了长长的"一封信"："年轻人，今晚在这个你写下爱的宣言的洗手间，我等待了两个小时。你知道不知道，这是一个温暖的世界，我这个从不曾知道世界上还有一个你的存在的陌生人都在关注你的遭遇，更不要说你身边的亲人和朋友了。我深深地理解你的心，它还在人生最娇嫩的时刻，是需要呵护的。我一直记得大学的同学说过人间万事会和身体一起腐烂掉，可是我们都知道事情不是这样的，生命里有一些东西是永恒的，生生不息的，比方说——爱。""年轻人，你现在最需要的也是倾诉吧？否则你昨天怎么会在这里写下文字？今天你的诉说已无处可寻，到了明天我的也将是一样的命运。那又有什么关系呢？是不是？连你都知道，我还是要写的。

---

① 此段文字德纯燕写于2012年12月25日，摘自其新浪博客，http：//blog.sina.com.cn/s/blog_48ea531401018s4x.html。

② 德纯燕：《美丽新世界》，中国作家协会编《新时期中国少数民族文学作品选集·鄂温克族卷》，作家出版社2015年版，第281页。

啊——从哪里开始呢——"① 就这样，关先生在这个洗手间的门上，向年轻人诉说了自己的往昔岁月："我就算生在银行之家吧，我爷爷单听人家拨算珠的声音就知道对错。他的一个特点是家里的烧火柴要用尺子量过才可以锯断，然后要整齐地摆放在炉灶里。我爸爸的童年充满了这个内容……我出生在大年初五的凌晨……后来我长到 13 岁看到蒙克的图画《呐喊》，心里面一疼，眼泪就出来了。……我的内心有某一种东西苏醒的疼，契合了我幼年的哭喊"②，少年时代的经历、父亲的日记、印象深刻的电影、关于爱情、关于生活、关于理想……与其说是劝慰年轻人，不如说是关先生满足了自己的倾诉欲望。小说的写法有点像茨威格《一个陌生女人的来信》，单向度的倾诉，或者说，倾诉也不是他们的最终目的，陌生女人的来信也好，关先生的信也好，其实是情感上的自我完成式，通过独白式的对过去的追怀，与过去的"自己"或和解或告别，是精神成长的一次仪式化的过程。小说有一个细节特别值得注意，就是关先生在洗手间门上写这些文字时，不断地用手掌擦掉重新写的细节，"写到这里关先生停下，简单扫了一遍，觉得不好，用手掌擦掉这一段，注视着出现的空白，又重新写"，"关先生把注意力收回，看方才写的文字，读了一遍，仍觉得不足以表达自己的内心，于是他又用手擦拭掉，在空白处重新写道"，"这一次他读也不读，径直擦拭掉，一并也擦掉眼角渗出的泪珠"，"'年轻人，这是一个美丽新世界——'刚写这几个字关先生就停下笔，用力气擦掉，重新写"③，直到最后，关先生的手掌变成了或深或浅的蓝色，"连指甲缝里也积蓄了微蓝，又一次呼应了当年的蓝色的花朵，关先生还是可以想起来，少年时代的他在结束几天的哑巴角色后，蹲在地上对着其中的一朵诉说过情怀"④。"擦拭"的细节，是在擦拭文字的同时，擦掉了文字记录的那一段岁月映射在内心的影子，一次次擦掉，就

---

① 德纯燕：《美丽新世界》，中国作家协会编《新时期中国少数民族文学作品选集·鄂温克族卷》，作家出版社 2015 年版，第 283 页。

② 德纯燕：《美丽新世界》，中国作家协会编《新时期中国少数民族文学作品选集·鄂温克族卷》，作家出版社 2015 年版，第 284 页。

③ 德纯燕：《美丽新世界》，中国作家协会编《新时期中国少数民族文学作品选集·鄂温克族卷》，作家出版社 2015 年版，第 284—286 页。

④ 德纯燕：《美丽新世界》，中国作家协会编《新时期中国少数民族文学作品选集·鄂温克族卷》，作家出版社 2015 年版，第 287 页。

像一次次完成一场跟过去告别的仪式。

《美丽的新世界》是一个关于孤独的故事，关先生成长过程中的孤独，尤其是关先生的妻子向他发脾气那个细节，更加看到人与人之间相互的隔膜，"我的妻子向我发脾气，因为我让她一个人孤零零地在超市门口等我足有 20 分钟。回到家里她伤心欲绝地判断我这辈子从来没有爱过她。天哪，这怎么可能？我一直认为我这辈子只爱她的"①。每个人都无法走进另一个人内心的宇宙。所以，关先生写下的文字背后，是一个孤独的灵魂，想要倾诉却无处倾诉，因此才有年少时装哑巴的经历以及蒙克的《呐喊》给他带来的心灵上的强烈冲击。关于这一点，小说的开头已经写明："对我们这个世界的涂鸦艺术的认识，我相信没有谁有关先生来得深刻，至少在我们的街区是这个样子，因为关先生在里面看到了一个灵魂。"②洗手间门上年轻人留下的文字，也许只是信手涂鸦，但是，关先生却在里面看到了一个孤独的灵魂。小说的结尾，关先生并没有等到那个年轻人，但是却有意外的收获，和保洁员意料之外的闲聊，两个人相谈甚欢，这让关先生似乎找到了倾诉的出口，"关先生和保洁员相伴坐在超市大门口边的木头长椅上。夜真的黑透了，斗篷一样罩着。倒是星星清亮得很，散布在夜空。月亮则弓着细细的腰肢，注视着他们"③。长久以来积压在关先生内心的孤寂仿佛找到了回应，和周围世界的紧张关系得到了缓和，他的无法排遣的"孤独感"得到了解救。对于关先生而言，这无异于一个新的开始，美丽的新世界。

《旅行者》和《相见欢》都描写了老年人的孤单以及他们面对孤单时的自救。《旅行者》是一个"在路上"的故事。主人公林校长退休后，决定要来一场一个人的旅行，起因是他看到儿子在地图上标识的满满的红旗，那些都是儿子去过的地方。这个不经意的发现，勾起了他复杂的情绪。伴随着对年轻的"嫉妒"而来的，是年老带来的深深的孤独感和失

---

① 德纯燕：《美丽新世界》，中国作家协会编《新时期中国少数民族文学作品选集·鄂温克族卷》，作家出版社 2015 年版，第 289 页。

② 德纯燕：《美丽新世界》，中国作家协会编《新时期中国少数民族文学作品选集·鄂温克族卷》，作家出版社 2015 年版，第 280 页。

③ 德纯燕：《美丽新世界》，中国作家协会编《新时期中国少数民族文学作品选集·鄂温克族卷》，作家出版社 2015 年版，第 290 页。

落感，这是老年人常有的感情，这"两种感情就堆积成委屈，让林校长常常觉得鼻子酸，欲哭无泪。这种感觉颇类似突然看到自己心仪的女子挎着某个男子走在街头时内心所涌现的酸楚"①。这些复杂的情绪勾起了他的青春情怀，于是决定像少年一样说走就走，这让人想到余华的《十八岁出门远行》，而林校长则更像是人到暮年时对自己的一个交代，一个仪式的完成。"这是自己活过的这些岁月里最任性的一次吧。为了这一天的到来，他用了大半生的光阴去积蓄热情，现在只要火石摩擦出现的那一点点的星光，就能引发熊熊大火，燎原且吞山。"② 带着这样的情怀，林校长独自出发了，在出发前，他在地图上把要去的地方插上了红旗，每到达一个地方，便让老伴儿拔掉那个地方上的红旗。林校长选择了北方城市的一条线路，目的地是漠河。林校长最终没能到达他心目中的北方，在他坐火车经由哈尔滨去漠河的途中，他老伴儿突发心脏病去世，他便中途返回了。当他赶到家见老伴儿最后一面的时候，泪水汹涌而出，这不仅是"生命里至亲之人逝去所涌现的哀伤……里面也有被火车抛掷在陌生的站台无法抵达北极的孤单和绝望。林校长永远无法忘记，火车的身影消失在黑夜里之后，他孩子一样哭出了声音，鼻涕口水一并流淌出来，铺满面庞。林校长也不去擦拭，他想他终于等到了这一天，可以不用隐匿自己真实的内心，直接明白无所顾忌地去表达了"③。北方终究是到达不了的梦想了，那天地之间的单白境地，是他一直向往的，"若是有生之年他能拥有置身这单白的幸福里，他必定要坐在河边，伸开手掌看清楚上面的纹路，然后，顺着那些经纬线重回到少年，热情，执着，且任性"④。到达不了的梦想是最深的绝望和孤单。老伴儿过世后，林校长发现漠河的红旗被老伴儿提前拔下来了，就在她出事的前一天。林校长想找到那些被老伴儿拔下的红旗，但是没有找到，恍惚间似乎还看到老伴儿昔日的身影。林

① 德纯燕：《旅行者》，中国作家协会编《新时期中国少数民族文学作品选集·鄂温克族卷》，作家出版社 2015 年版，第 337 页。

② 德纯燕：《旅行者》，中国作家协会编《新时期中国少数民族文学作品选集·鄂温克族卷》，作家出版社 2015 年版，第 338 页。

③ 德纯燕：《旅行者》，中国作家协会编《新时期中国少数民族文学作品选集·鄂温克族卷》，作家出版社 2015 年版，第 343 页。

④ 德纯燕：《旅行者》，中国作家协会编《新时期中国少数民族文学作品选集·鄂温克族卷》，作家出版社 2015 年版，第 344 页。

校长重新制作这些红旗，在做红旗的过程中，他好像看到了13岁那年去外地求学的自己，在火车离开站台缓缓启动后，窗外的母亲、车站、生活的小镇都一闪而过消失了，取而代之的是沿途连绵的山脉和空无人烟的寂寥，13岁的他明白了自己正在进行一场没有尽头的"远行"，想到这里不免泪水充盈了眼眶，然而年少时的他，怕被父亲察觉，"克制着不让自己哭出声音来"①，如今垂暮之年的他回想起来，怎么也想不明白，"为什么自己宁愿将悲伤呈给广阔的天地，也不愿意近在咫尺的爸爸听到他一丝一毫的哭泣声"②。现在他明白了，其实自己"早已是那旅行者了"③，我们每一个人，自成年后，也是一个旅行者，离自己的来处渐行渐远，而在这途中，每一个人只能是独行侠，没有人能真正抵达你的内心，这是成长的孤单，人注定是孤独的，我们要学会如何坦然地面对它。林校长最后的豁然开朗，正是找到了他自己的答案。

《相见欢》也是关于孤独老人的故事。王指挥孤独一人，一次住院的经历，护士们的悉心照料让他感受到难得的温暖，于是他萌生了"住院"的想法，宁愿在医院待着也不愿意回家。后来终于找到了"机会"，在医院照顾一个没有家人照看的病人，并彼此相处得非常融洽。这是一个心酸的故事，老年人面对孤独，选择了这样一个令人啼笑皆非的方式。然而，这也是王指挥的自救方式，至少这种方式能令他与这个世界和谐地相处下去。也许，这就够了。

第二，语言冲淡隽永，意境幽远。

德纯燕的文字温暖、冲淡、隽永，意境幽远。她在一篇《关于文字》的创作谈中，提到对于文字的追求，"我希求于文字的美。我愿意文字是静水深流，在极少的语法的结构的支撑下，在去掉附加的修饰的形容词的文字组合中，表达我们的内心。或者说，在语言上，我力求简洁，从而形

---

① 德纯燕：《旅行者》，中国作家协会编《新时期中国少数民族文学作品选集·鄂温克族卷》，作家出版社2015年版，第346页。

② 德纯燕：《旅行者》，中国作家协会编《新时期中国少数民族文学作品选集·鄂温克族卷》，作家出版社2015年版，第346页。

③ 德纯燕：《旅行者》，中国作家协会编《新时期中国少数民族文学作品选集·鄂温克族卷》，作家出版社2015年版，第346页。

成独有的带有韵律的文字的美"①。可以说，在小说中，我们的确能感受到她所追求的文字美，比如前文提到的《好时光》结尾里对苏老师的动作细节描写，以及《初长成》结尾处"我"回忆春泥的那段描写："这时，我无法抑制地想起春泥向我描述的童年：她的家有宽敞的院子，她父亲在世的时候每年都不只要种植蔬菜，还给她和妹妹种植各式的花朵，夏天开始后，绿色间点缀着五颜六色的鲜花，美不胜收。春泥还告诉我她最爱每年的春节，坐在窗前剪窗花，然后用面熬出黏稠的糨糊，站在凳子上仔细贴在窗子上，阳光这个时候恰好会打透她的身子，妹妹就在一边拍手说，姐姐，你是红色的呢。春泥听后不由得回头看看妹妹，正要答话，却发现此刻简陋的房子里，竟荡漾了带着红晕的光，涂抹在四面的墙壁上，一霎间给了她暗淡的童年许多的光辉。"② 这样的文字，就像冬日壁炉里的火苗，不急不缓、温热又不灼人，温暖又有厚度的力量。在影影绰绰跳跃的火光里，我们仿佛可以看见作者笔下的春泥，"一个身着红衣的女子伸出纤细的手臂摇落树上的果实，阳光穿过树枝的缝隙落在她的脸上，更加衬托了初长成的光华"③。

---

① 此段文字德纯燕写于 2012 年 12 月 25 日，摘自其新浪博客，http://blog.sina.com.cn/s/blog_48ea531401018s4x.html。

② 德纯燕：《初长成》，中国作家协会编《新时期中国少数民族文学作品选集·鄂温克族卷》，作家出版社 2015 年版，第 325 页。

③ 德纯燕：《初长成》，中国作家协会编《新时期中国少数民族文学作品选集·鄂温克族卷》，作家出版社 2015 年版，第 325 页。

第十二章　其他文学作品

除小说以外，诗歌、散文、报告文学等也是鄂温克族当代文学的一部分，虽然数量不多，且绝大部分为非汉语写作，翻译成汉语的作品数量很有限。可以说，数量少，影响小，是这些文学样式的普遍现状，要论者在这一现实基础上对其做出详尽的评判分析、沉淀某种观点，不免陷入无米之炊的尴尬。如果换一个角度思考，把这种"数量少，影响小"的现状客观真实地呈现，这本身就是鄂温克族当代文学全貌最好的说明。呈现即是最好的了解途径。

一　诗歌

鄂温克族的书面文学始于诗歌创作，其先声为解放及新中国成立后集中出现的新歌词创作[1]，因此，可以说，鄂温克族的诗歌创作是伴随着政治地位的确立出现的。因此，鄂温克族的诗歌创作是主体性的双重体现，既是民族主体性的体现，又是进入书面文学的主体性的彰显。

鄂温克族诗歌从创作主体来看，人数少，身份单一。解放和新中国成立初期，虽也有广大群众参与，但是流传较广，产生影响的作品，其创作者主要是以鄂温克族干部、党政领导、知名人士为主，如图盟巴雅尔（曾任鄂温克族盟长）、贺兴格（曾任鄂温克族自治旗政协副主席）、涂景福（鄂温克族干部）、尼玛宫布（鄂温克族新闻工作者）、哈赫尔（曾任鄂温克族自治旗政协副主席）、武远波（曾为呼伦贝尔盟中级人民法院干

---

① 关于这一点，黄任远等著《鄂温克族文学》一书中介绍，在庆祝建旗五周年出版的《飞跃发展的五周年》中，收录有担任鄂温克族盟长的图盟巴雅尔《鄂温克族人民真幸福》，乌尼满都的《歌颂可爱的祖国》《歌颂鄂温克族自治旗》，杜柯的《幸福歌儿唱不完》《八一颂》；庆祝建旗二十周年《草原彩虹》中收录蒙汉诗文83首。

部)、杜金善（鄂温克族老干部）等等。这些作者普遍具有较高的政治身份和社会地位。这显然与长久以来，鄂温克地区的教育化程度偏低有关，这一现象一方面是由于外部的社会所处的历史阶段造成的，另一方面也是由口传民族的自身特点决定的。当鄂温克族第一批接受现代教育的知识分子出现时，其书面文学才迎来全面开花的契机，诗歌创作队伍的身份也渐渐多样化，而不再局限于老干部老领导。虽然比起小说创作而言，写诗的作家数量仍然微乎其微。

　　鄂温克族诗歌从内容和形式来看，呈现从单一到多元的变化。东北解放以后及新中国成立初期，主要以歌颂党、歌颂新生活、赞美家为主，这一时期的诗歌内容与国家话语、主流文学的基调是高度一致的，是作为"一体"之中华民族成员的体现。比如涂景福《迈步走进人民大会堂》，哈·宝力道《伟大的旗帜下》，尼玛宫布《我可爱的鄂温克族》等，这些诗歌大都为蒙文创作，在当地流传较广。有一些诗歌用蒙、汉文创作，比如哈赫尔《鄂温克啊好地方》，武波远《索伦部纪念碑》等。《索伦部纪念碑》是一首回顾鄂温克民族为保卫祖国边疆稳定做出牺牲，这样一段民族历史的诗歌。在近代历史上，鄂温克族这样一个人口稀少的民族，曾为维护祖国统一做出过重大贡献，这一事实所具有的强烈反差性，让这个民族染上了一笔浓重的悲壮特质。到鄂温克族社会转型期，表现转型期文化的剧烈震荡给鄂温克人的精神世界带来的痛苦成为这一时期的主题，诗人维佳可以说是具有代表性的人物。

　　曾在中央民族大学美术系接受高等教育的维佳，在一年的学习过程中，因为不能很好地融入大都市的生活，最终选择放弃学业离开北京回到森林，回到熟悉的"母体"。这一行为其实并不令人惊讶，乌热尔图最终也是放弃中国作协副书记的职位离开北京，回归森林。"回归"的行为，已经成了一种符号，解释着一种精神。禁猎和定居动摇了鄂温克族传统文化的根基，一边是现代文明的生活方式，另一边是千百年传承下来的狩猎驯鹿文化，社会转型期中两者的碰撞冲突，使鄂温克人的精神世界处于撕裂状态，痛苦、焦虑、彷徨、依恋，这些矛盾复杂的情绪萦绕在诗人的作品中，"鹿铃要在林中迷失，篝火舞仍然在飞转，桦皮船漂向了博物馆，那里有敖鲁古雅河沉寂的涛声……"① 悲怆苍凉，充满了驯鹿人的忧伤。只有森林和驯鹿是民族传统文化的基石，是诗人艺术精神世界的源泉和动力，与森林融为一体的生活，诗人内心才能感到松弛、自由和宁静。"传唱祖先的祝福/为森林的孩子引导回家的路/我也是森林的孩子/于是心中就有了一首歌/歌中有我父亲的森林母亲的河/岸上有我父亲的桦皮船/森林里有我母亲的驯鹿/山上有我姥爷隐秘的树场/树场里有神秘的山谷②"在维佳随意吟诵的诗句里，是对森林生活的深深依恋。"冰霜和阳光多么美妙的早晨/皑皑白雪百无聊赖闪着阳光"（《春天的早晨》）③，"南空飘来棉花似的云/边缘呈七色/像蓝天的一盏灯/鼻孔弥漫/一弯新月像采棉花的小姑娘/背着棉花向西走去"④。这是森林的孩子发自内心的声音，和谐安详、不饰雕琢、灵动明亮。随着现代文明进程的前进，这种矛盾复杂的情绪将是大时代下，现代鄂温克诗歌的情感主题。

鄂温克诗歌从传播影响来看，流传范围小，影响甚微，未能引起学界的注意。其原因在于：首先，大多数诗歌由蒙文创作，汉语创作的很少，蒙文创作的翻译成汉语的也不多，这一定程度上造成了主流文学界在掌握第一手资料上的难度，给后续的批评研究增加了困难。语言的问题极大地限制了鄂温克诗歌作品的社会影响力。其次，翻译成汉语的诗歌数量不多，从另一个侧面反映了诗歌创作的总体水平不高，优秀作品数量少。

因此，鄂温克族诗歌要有所发展，首先要有质的飞跃，才能有量的提升，才能在具有广大阅读基础的汉语读者中产生影响，让更多的人了解鄂温克族诗歌的发展和现状。

二　散文

鄂温克族散文大部分是蒙文创作，翻译成汉语的不多。以笔者手中的资料，在《新时期中国少数民族文学作品选集·鄂温克族卷》，收录了额·达喜扎布《一个学生的倾诉》《心中的小溪》、包·耐登《蔚蓝的天

---

① http：//www.yogeev.com/article/46271.html/2.

② https：//www.sohu.com/a/132954096_169499.

③ https：//www.sohu.com/a/132954096_169499.

④ 维佳：《金秋月》速写上的文字，https：//www.sohu.com/a/132954096_169499。

边》、诺·呼格吉勒图《鄂温克人盛大节日——瑟宾节》、达·斯仁巴图《久远历史的见证者　富饶家乡的守护者》①。这些作品大都是汉译作品，作品的主题大都是"吾乡吾民"，主要是对新中国成立后新生活的抒发，对党和政府的感激，迸发出来的情感是热情洋溢、力量饱满的。比如《心中的小溪》中，"小溪"是一个隐喻，是鄂温克民族的象征，"小溪"的征途，有平静也有坎坷，"小溪在绿草如茵的草原上唱着明快的歌儿弯弯曲曲地流淌。当人们呼吸着湿润而新鲜的空气，望着小溪那清澈见底的流水的时候，小溪滋润着两岸的沃土，在遥远的路途上播撒着勃勃生机，百折不挠地向前奔腾。……然而，小溪的征途并不是一帆风顺的，它一路曲曲弯弯，坎坎坷坷，有时甚至寂寞难耐。有时候泥泞阻挡它的行程，有时候风暴抽打它的身躯。每当洪水泛滥时，河水涨满时，也殃及小溪，它就变得浊浪翻卷，怒涛滚滚，像一匹野马一样桀骜不驯，使人心惊胆战；每当草原叶败的深秋季节，水面上布满了涟漪，似乎是失去爱子的母亲一样愁容满面，使人顿生怜悯。但是，我还是为它骄傲！在冰封大地的寒冬腊月，小溪不会冻死，它在厚厚的积雪下面仍然顽强地跳动着脉搏，为了迎接万物复苏的春天而孜孜不倦地、百折不挠地流淌着"②。这正是多灾多难的鄂温克民族以顽强的毅力生存下来的真实写照。

《鄂温克人盛大节日——瑟宾节》以第一人称"我"拟人的手法，讲述了鄂温克族的重要节日瑟宾节，因为历史的原因，在鄂温克人生活中从一个隆重的节日，到被"冷落"，最后又重新被重视以待的过程。瑟宾节的遭遇背后，既看到了鄂温克民族的迁徙历史，又看到了鄂温克民族在这个过程中起起伏伏的命运。"我并不知道我到底活了多少年，不管怎么样，早先我每次来时，往往是兴师动众，很隆重，可后来我在一些人的眼里销声匿迹了。但是，我和他们有着同甘共苦、荣辱与共的悠久历史。……林中百姓们这样四处逃散之后，差点儿把我遗忘在脑后。我真是悲愤至极。不过，说起来这些人也怪可怜的，他们居无定所，到处漂泊，大部分终于迁徙到呼伦贝尔草原。哎，那时候，我也无处可去，他们也顾不上我，我像一叶孤舟漫无目标地漂泊在汪洋大海上。……鄂温克的节日

---

① 这里列举的作品，除了《小驯鹿的故事》，其他均为汉译作品。

② 额·达喜扎布：《心中的小溪》，中国作家协会编《新时期中国少数民族文学作品选集·鄂温克族卷》，作家出版社 2015 年版，第 428—429 页。

每年照过不误，但看不出有没有我的位置。……有个好心的智者看到了《太阳的崇拜》这本书……忽然发现了我。……我的主人们，我的朋友们，每年都这样欢迎我了。"①瑟宾节的回归，隐喻了鄂温克民族的命运迎来了春天。

《蔚蓝的天边》，抒发了新一代鄂温克人走出山林、接受现代教育的欣喜和雄心壮志。《久远历史的见证者　富饶家乡的守护者》通过"我"对巴音乌拉敖包的考古行迹，梳理了它的历史轨迹，并思考着它在古老历史与现代文明之间的关系。

这些散文透露出来的基调是激奋人心、对未来充满希望的，这正是鄂温克人乐观向上的民族品格的体现。

三　其他汉译作品

《新时期中国少数民族文学作品选集·鄂温克族卷》收录了其他一些汉译小说作品，有涂克冬·敖嫩《泪》、哈·宝力道《邻里》、达日黑扎布《故土福祉》、浩·乌力吉图《宝力格嘎查的人们》、森德玛《灵魂风波》、乌兰陶格《足迹》、达·特日格乐《遗产》。这些作品描写鄂温克人脚下热土以及土地上的人们。淳朴善良的人们，他们生活中的悲欢离合、无法把握自己命运的无力感。通过这些作品，我们可以看到一个人口较少民族隐忍、坚强、无私的民族品格。

涂克冬·敖嫩的《泪》讲述了娜卡琳一家从新中国成立前的悲惨遭遇到新中国成立后的新生活的变化。娜卡琳的丈夫昭劳上山打猎回家的途中，被日本鬼子劫持走了，被迫在日木人的兵营里当了兵。后来因为在摔跤比赛中赢了日本摔跤手而惹怒了日本军官，惨死在日本人手里。命运就像魔咒，娜卡琳的儿子扎嘎达也因为在那达慕摔跤比赛上赢了骄横的巴拉丹，在摔跤结束赶回家的路上被巴拉丹开枪打死。接连的噩耗让娜卡琳沉浸在无比的悲痛之中，"但是活着的还得过日子"②。娜卡琳把唯一的女儿

① 诺·呼格吉勒图：《鄂温克人盛大节日——瑟宾节》，中国作家协会编《新时期中国少数民族文学作品选集·鄂温克族卷》，作家出版社2015年版，第433—434页。

② 涂克冬·敖嫩：《泪》，中国作家协会编《新时期中国少数民族文学作品选集·鄂温克族卷》，作家出版社2015年版，第355页。

南达罕抚养成人，并结了一门好亲事。日月如梭，新中国的成立给苦难的鄂温克人带来了新生活的希望，"在毛主席、党中央领导下，穷苦的鄂温克牧民翻身得解放。党和政府不但扶持鄂温克人民发展生产，改善生活，还派来了医疗队，免费为鄂温克牧民看病治病"[①]。南达罕也怀孕了，顺利地给娜卡琳添了个小外孙那民夫。娜卡琳一家男人摔跤的基因遗传到了那民夫身上，那民夫成了一名优秀的摔跤选手，代表国家去日本参加国际摔跤比赛，和乡亲们一起给那民夫送行的娜卡琳望着远去的汽车，流下了泪水。这一次，是幸福的泪。娜卡琳一家的遭遇，是很多鄂温克人的写照，多灾多难的鄂温克族人民，始终无法掌握自己的命运，直到新中国的成立，才告别苦难的生活，看到新的希望，《泪》记录的正是这条翻身之路。

达日黑扎布的《故土福祉》，乌兰陶格的《足迹》，达·特日格乐的《遗产》，哈·宝力道的《邻里》，浩·乌力吉图的《宝力格嘎查的人们》则讲述了现代社会经济的发展给鄂温克人民带来的生活上的变化。《宝力格嘎查的人们》讲了巴达尔胡在嘎查领导班子换届选举上当选为村长，在他的带领下，经过几年的努力，宝力格嘎查修桥、拉电、开发闲置的荒地、扶贫耕地、人工种草、盖房、搬进新居点，牧民们的生活发生了翻天覆地的变化。

《邻里》讲的是传统和现代牧业生产方式上的巨大差异，以及现代牧业给牧民带来的致富之道。嘎拉丹宝家和巴泽尔家是邻居。牧区实行"分畜到户"后，嘎拉丹宝四处活动，分到不少奶牛和绵羊，并且趁机把生产队的汽车、拖拉机以及车马挽具等都卷了回去，一时成了"牲畜满圈，财产满仓"的富裕户。牲畜多了，可是家里的人手不够，他就请巴泽尔家帮忙挤奶，付他们收入的1/3多点作为工钱。一个秋天过去了，巴泽尔发现别的挤奶户的收入都是对半分，而嘎拉丹宝给的工钱根本不到收入的1/3，嘎拉丹宝不仅压低工钱，还到处宣扬自己是在扶持贫困户巴泽尔，这让巴泽尔十分不满，便决定不再替嘎拉丹宝家挤奶，也不再和他们做邻居，自己贷款买了拖拉机和奶牛，建起了小型草库伦，种上饲料地，

---

① 　涂克冬·敖嫩:《泪》，中国作家协会编《新时期中国少数民族文学作品选集·鄂温克族卷》，作家出版社2015年版，第363页。

走上了建设养畜的道路，头一年的收入就超过了两万元，牲畜也发展了，走上了富裕之路，而当初贪心的嘎拉丹宝用传统方式畜牧，境况却大相径庭，不仅牲畜受了损失，收入也减少了。

《遗产》让我们看到了牧民面临的新问题：草场退化并且被开挖煤炭。勘察队的人找到嘎拉桑老人家，想在他的草场里钻探，但是对嘎拉桑那样的老人而言，这草场是祖先留下的遗产，是鄂温克人安身立命的家园，"喝过的水是圣水，降生的土地是黄金。这是我们祖先用鲜血换来的遗产啊……可现在草原退化了，退化了不算，还被挖开了，面临灭顶之灾啊"①。"……我们的灵魂，我们的一切，都是金子般的家乡土地，圣水般的家乡江河赋予我们的呀！"② 勘察队的要求被嘎拉桑老人拒绝了。勘察队走后，嘎拉桑老人就一病不起，为了守住这片草场，一直到去世都没离开半步。"爷爷的草场依然如故，原野山坡绿草青青，有一只雄鹰还在天空中展翅翱翔，俯瞰着大地。……听说，爷爷去世后，苏木劝走了勘察队。他们只和达木丁签了几年合同，表示不再发生类似事件。"③ 嘎拉桑老人用全部的生命坚守住了故土家园。

如果说《遗产》是关于"坚守"的故事，那么《故土福祉》就是关于"改革"的故事。苏荣所在的嘎查同样面对草场退化的现实，"过去，这好图格尔一带慢坡地，是一片牧草繁茂的好草场。现在，天灾人祸载畜多，草场逐年退化，变成了不毛之地"④。苏荣作为村长，解放思想，转变思路，充分利用国家西部大开发的机遇，实施防沙治沙工程，围封治沙，重新种树种草，让故土以新生。

《足迹》则写了离开故土多年的老同学回乡聚会，通过老同学重新走访稠李子林的足迹，重温了鄂温克人为脚下的土地能够继续繁衍生息所作出的努力。眼前果实累累的稠李子林，曾经也面临着沙化的危机，孟高老

---

① 达·特日格乐：《遗产》，中国作家协会编《新时期中国少数民族文学作品选集·鄂温克族卷》，作家出版社 2015 年版，第 420 页。

② 达·特日格乐：《遗产》，中国作家协会编《新时期中国少数民族文学作品选集·鄂温克族卷》，作家出版社 2015 年版，第 421 页。

③ 达·特日格乐：《遗产》，中国作家协会编《新时期中国少数民族文学作品选集·鄂温克族卷》，作家出版社 2015 年版，第 422 页。

④ 达日黑扎布：《故土福祉》，中国作家协会编《新时期中国少数民族文学作品选集·鄂温克族卷》，作家出版社 2015 年版，第 376 页。

人当年在运输过程中，在伤痕累累的草皮上插下了稠李木条，后来这几根树条生根发芽，长成了现在的稠李林。这位像爱护自己的眼睛一样爱护着自己家园的孟高老人，是所有鄂温克人的真实写照，就如同作者在文末写道的，"正因为我们鄂温克人如此珍爱着大自然，所以，我们的河流没有干枯，我们的草原没有退化呀！①"正因如此，如此人口稀少的一个民族，才能顽强生存下来。

这些汉译作品虽然数量少，但是意义重大，让我们意识到仅仅讨论汉语写作的少数民族文学是不全面的，无论是何种语言的少数民族文学事实上都加入到书写"中国"文学形象的系统中来，同一与差异正是构成了中华民族多元化文学一体多面的因素②。

---

① 乌兰陶格：《足迹》，中国作家协会编《新时期中国少数民族文学作品选集·鄂温克族卷》，作家出版社 2015 年版，第 414—415 页。

② 刘大先：《现代中国与少数民族文学》，中国社会科学出版社 2013 年版，第 187 页。

结　　语

如果按后殖民主义者的看法，东方不是欧洲的对话者，而是沉默的他者（silent other）①，那么少数民族就是"沉默的他者"的"他者"，形成一种"在场"的"不在场"状态，这似乎已经成为一种普遍现象存在于社会的各个领域。

中国当代的文学批评家们，迄今未能足够关注和深刻认识人口较少民族的文学创作，这是显在的事实。少数民族文学长期以来被主流社会强大的视域注视着，在与主流文化的关系中，常常被看成一个凝固不变的客体，而忽略彼此的融合；即使有融合，也是不对等的。长期以来，形成的思维定式是，对于处于主流文化的成员来说，了解少数民族的文化不是必然；而少数民族了解并掌握主流文化却是必然。这样的边缘/中心二元对立的思维模式，已经根深蒂固。然而少数民族文学要发展，在确立自己的家园的前提下，必须和其他民族文化互动，互相学习，才能参与世界性的对话。

从文化话语的视角来看，鄂温克文学的话语主体不是单一僵化的，而是多元动态的：既有来自族内人的内部眼光叙事，又有族外人的旁观书写（如迟子建、司汉科）；在主体文化自觉的道路上，既有 20 世纪 80 年代初认同向主流话语靠拢，又有 90 年代后民族主体意识的觉醒，其间的起承转合反映了日益复杂的主体。这些多元复杂的话语主体共同形塑了鄂温克文学的主体形象。

从话语内容和形式来看，自然环境的巨变、生存家园的丧失、传统文化面临解体、种族记忆行将湮没，这些现实促使鄂温克文学在新世纪出现

---

① ［英］巴特·穆尔-吉尔伯特等：《后殖民批评》，杨乃乔等译，北京大学出版社 2001 年版，第 201 页。

了转型，话语内容经历了从口头文学到书面文学再到后设历史写作的转变；在话语形式上，为了配合不同的话语内容/主题（主要表现为前后期小说与主流文学话语不同的亲疏关系），采用不同的叙事策略，这些叙事策略的意义在于，一方面为同样处于文化传承环境日益艰难中的其他无文字少数民族作家，如何用异族语言书写本族族群记忆，凸显本族身份和文化传统，提供了实践的先例；另一方面，这种追求本身与主流话语形成角力，为处于文化危机中的少数民族争夺话语空间、为自己正名做出了努力的尝试。

从传播效果来看，我们看到与汉文学相比，鄂温克文学在学界认识、读者数量、媒介曝光率、社会影响力等方面都还处于边缘地带。而这些差异性和权势性关系，事实上存在于少数民族文学话语生产消费的整个过程和环节中。

虽然鄂温克族文学在作品数量、质量上都有待提升，但一个不容忽视的事实是：作为人口稀少的民族，能拥有大部分文学体裁的作品，多样的文学生态和极小的人口基数形成的强烈反差，这本身足够使鄂温克族文学作为一个文化现象而进行深入讨论。

鄂温克族文学，以及其他少数民族文学，不是孤立存在的，而是处于各民族文学的关系网络中，相互粘连、相互影响：少数民族文学促进了汉族文学的发生变异探索；而汉文的写作实际上也影响了少数民族的文学生成，二者共生共荣，无法分割。从这个意义而言，才是真正多元一体之体现。

我们要关注和反思在全球化背景下，少数民族在整个中国乃至世界范围内的文化生态与生存处境；要鼓励更多的"汉写民"或者跨族叙事的文学创作，进而丰富少数民族文学话语的内涵。

对少数民族文学发展而言，应充分发挥新媒体时代各种媒介传播形式的作用，多方位多渠道地向广大普通读者普及和介绍少数民族文学相关知识；加大翻译的力度，让少数民族文学在整个中国文学乃至世界文学的舞台上积极地参与交流与对话。

少数民族文学要继续健康向前发展，应该牢记两句话："流徙不已，流水不腐"，"变则通，通则久"。换句话说，作为研究者，只有跳出边缘/中心二元对立的思维模式，以"你中有我，我中有你"的辩证思维探讨各民族文学关系，才能欣喜于各民族文学因相互影响而不断进行的有益探索，以及由此带来的少数民族文学在历史长河中永久不衰、喷薄而前的生命力。因为这事关整个中华民族内部少数民族所处位置的问题，包括国家认同与民族认同之间的辩证关系，我们知道"民族认同通常都会和其他社会认同结合在一起，即使民族认同的确高于其他团体认同，情况亦复如此。……民族认同及其所代表的涵义是一种与时俱进的现象，会随着历史进展而嬗变，甚至也可能在极短的时间内发生剧变"①。当代鄂温克文学的发展与变迁，正是可以观察到族群话语同国家话语之间的博弈，在这种动态的过程中，民族认同发生了嬗变，折射出整个社会整体结构性的转型。关键在于彼此尊重，平等共荣。正如费孝通所表达的美好愿望："美美与共，和而不同"。

---

① ［英］埃里克·霍布斯鲍姆：《民族与民族主义》，李金梅译，上海人民出版社 2000 年版，第 11 页。

主要参考文献

乌热尔图相关作品：

《森林骄子》（与黄国光合著），内蒙古人民出版社 1981 年版。

《七叉犄角的公鹿》，民族出版社 1985 年版。

《乌热尔图小说选》，内蒙古人民出版社 1987 年版。

《你让我顺水漂流》，作家出版社 1996 年版。

《鄂温克风情》，内蒙古文化出版社 1993 年版。

《沉默的播种者》，内蒙古文化出版社 1994 年版。

《述说鄂温克》，远方出版社 1995 年版。

《呼伦贝尔笔记》，内蒙古文化出版社 2004 年版。

《鄂温克族历史词语》，内蒙古文化出版社 2005 年版。

《蒙古祖地》，青岛出版社 2006 年版。

《鄂温克史稿》，内蒙古文化出版社 2007 年版。

《我的写作道路》，《文学自由谈》1987 年第 2 期。

《声音的替代》，《读书》1996 年第 5 期。

《不可剥夺的自我阐释权》，《读书》1997 年第 2 期。

《弱势群体的写作》，《天涯》1997 年第 4 期。

《发现者还是殖民开拓者》，《读书》1999 年第 4 期。

《猎者的迷惘》，《南方文坛》2000 年第 12 期。

《思索着前行》，《民族文学》2000 年第 1 期。

《敖鲁古雅祭》，《骏马》2007 年第 2 期。

其他作家作品：

敖荣：《神奇部落》，作家出版社 2010 年版。

杜拉尔·梅：《银白的山带》，作家出版社 1999 年版。

杜拉尔·梅：《在北方丢失的童话》，《在北方丢失的童话》，内蒙古人民出版社 1997 年版。

刘迁选：《二十世纪达斡尔族　鄂温克族　鄂伦春族小说集粹》，内蒙古文化出版社 2008 年版。

涂格敦·安娜：《静谧的原野》，内蒙古文化出版社 2009 年版。

涂克冬·庆胜：《第五类人》，内蒙古人民出版社 2005 年版。

涂克冬·庆胜：《跨越世界末日》，远方出版社 2007 年版。

涂克冬·庆胜：《萨满的太阳》，内蒙古人民出版社 2009 年版。

涂克冬·庆胜：《陷阱》，北方出版社 2011 年版。

涂志勇：《黎明时的枪声》，《民族文学》1988 年第 10 期。

涂志勇：《秃鹰》，《民族文学》1989 年第 10 期。

涂志勇、涂君平：《索伦铁骑　一代名将海兰察》，内蒙古文化出版社 2016 年版。

涂志勇：《雪层下的热吻》，《民族文学》1987 年第 5 期。

中国作家协会编：《新时期中国少数民族文学作品选集》，作家出版社 2015 年版。

鄂温克族相关研究：

包路芳：《社会变迁与文化调适——游牧鄂温克社会调查研究》，中央民族大学出版社 2006 年版。

《鄂温克族简史》编写组：《鄂温克族简史》，内蒙古人民出版社 1983 年版。

黄任远等：《鄂温克族文学》，北方文艺出版社 2000 年版。

卡丽娜：《驯鹿鄂温克人文化研究》，辽宁民族出版社 2006 年版。

孔繁志：《敖鲁古雅的鄂温克人》，天津古籍出版社 1989 年版。

吕光天：《鄂温克族》，民族出版社 1983 年版。

汪立珍：《鄂温克族神话研究》，中央民族大学出版社 2006 年版。

乌云达赉：《鄂温克族的起源》，内蒙古大学出版社 1998 年版。

闫沙庆：《黑龙江鄂温克人的历史与文化》，黑龙江人民出版社 2005 年版。

其他论著：

［德］阿斯特莉特·埃尔、冯亚琳主编：《文化记忆理论读本》，北京

大学出版社 2012 年版。

[美] 阿兰·邓迪斯编：《西方神话学读本》，朝戈金等译，广西师范大学出版社 2006 年版。

[英] 埃里克·霍布斯鲍姆：《民族与民族主义》，李金梅译，上海人民出版社 2000 年版。

[法] 爱弥尔·涂尔干：《宗教生活的基本形式》，渠东、汲喆译，上海人民出版社 1999 年版。

[美] 安德鲁·芬伯格：《可选择的现代性》中文版序言，陆俊、严耕等译，中国社会科学出版社 2003 年版。

[俄] 巴赫金：《巴赫金全集》，河北教育出版社 1998 年版。

[英] 巴特·穆尔–吉尔伯特等编撰：《后殖民批评》，杨乃乔等译，北京大学出版社 2001 年版。

[美] 保罗·康纳顿：《社会如何记忆》，纳日碧力戈译，上海人民出版社 2000 年版。

[英] 贝拉·迪克斯：《被展示的文化——当代"可参观性"的生产》，冯悦译，北京大学出版社 2012 年版。

[美] 本尼迪克特·安德森：《想象的共同体：民族主义的起源与散布》，吴叡人译，上海人民出版社 2011 年版。

迟子建：《额尔古纳河右岸》，北京十月文艺出版社 2005 年版。

[葡] 费尔南多·佩索阿：《惶然录》，韩少功译，上海文艺出版社 1995 年版。

[美] 弗兰克·林特利查：《福柯的遗产：〈一种新历史主义〉》，张京媛主编《新历史主义与文学批评》，北京大学出版社 1993 年版。

高玉：《"话语"视角的文学问题研究》，中国社会科学出版社 2009 年版。

关纪新、朝戈金：《多重选择的世界——当代少数民族作家文学的理论描述》，中央民族大学出版社 1995 年版。

[美] 海登·怀特：《话语的转义》，董立河译，大象出版社 2011 年版。

[美] 海登·怀特：《形式的内容：叙事话语与历史再现》，董立河译，文津出版社 2005 年版。

〔美〕海登·怀特：《元史学：十九世纪欧洲的历史想象》序言，陈新译，译林出版社 2009 年版。

〔英〕卡尔·波普尔：《猜想与反驳——科学知识的增长》，傅季重、纪树立、周昌忠、蒋戈为译，上海译文出版社 1986 年版。

〔丹〕克斯汀·海斯翠普编：《他者的历史》，贾士蘅译，麦田出版股份有限公司 1998 年版。

李岩：《媒介批评：立场、范畴、命题、方式》，浙江大学出版社 2005 年版。

吕大吉：《宗教学通论新编》，中国社会科学出版社 1998 年版。

〔法〕罗贝尔·埃斯卡皮：《文学社会学》，王美华、于沛译，安徽文艺出版社 1987 年版。

〔美〕M. H. 艾布拉姆斯：《镜与灯：浪漫主义文论及批评传统》，北京大学出版社 1989 年版。

〔法〕米歇尔·福柯：《知识考古学》，谢强、马月译，生活·读书·新知三联书店 2010 年版。

〔法〕莫里斯·哈布瓦赫：《论集体记忆》，毕然、郭金华译，上海人民出版社 2002 年版。

莫伟民：《莫伟民讲福柯》，北京大学出版社 2005 年版。

〔英〕诺曼·费尔克拉夫：《话语与社会变迁》导言，殷晓蓉译，华夏出版社 2003 年版。

欧阳可惺、王敏：《走出的批评——当代少数民族文学批评的阐释与实践》，新疆大学出版社 2011 年版。

〔英〕齐格蒙特·鲍曼：《废弃的生命》，谷蕾、胡欣译，江苏人民出版社 2006 年版。

〔英〕齐格蒙特·鲍曼：《全球化——人类的后果》，郭国良、徐建华译，商务印书馆 2001 年版。

色波主编：《智者的沉默：短篇小说卷》，四川文艺出版社 2002 年版。

生安锋：《霍米·巴巴的后殖民理论研究》，北京大学出版社 2011 年版。

施旭：《文化话语研究：探索中国的理论、方法与问题》，北京大学出版社 2010 年版。

童庆炳:《文学理论教程》,高等教育出版社 1998 年版。

汪民安、陈永国、马海良编:《福柯的面孔》,文化艺术出版社 2001 年版。

王明珂:《华夏边缘历史记忆与族群认同》,浙江人民出版社 2016 年版。

[奥] 西格蒙德·弗洛伊德:《图腾与禁忌》,文良文化译,中央编译出版社 2005 年版。

夏曼·蓝波安:《八代湾的神话》,晨星出版社 1992 年版。

[法] 雅克·德里达:《文学行动》,赵兴国等译,中国社会科学出版社 1998 年版。

[法] 雅克·勒高夫:《历史与记忆》,方仁杰、倪复生译,中国人民大学出版社 2010 年版。

[俄] 叶·莫·梅列金斯基:《神话的诗学》,魏庆征译,商务印书馆 2009 年版。

张爱玲:《封锁》,《张爱玲文集》上卷,海南出版社 1994 年版。

张公瑾、丁石庆主编:《文化语言学教程》,教育科学出版社 2004 年版。

张京媛主编:《新历史主义与文学批评》,北京大学出版社 1993 年版。

张桃洲:《现代汉语的诗性空间——新诗话语研究》,北京大学出版社 2005 年版。

张颐武:《在边缘处追索——第三世界文化与当代中国文学》,时代文艺出版社 1993 年版。

张直心:《边地梦寻——一种边缘文学经验与文化记忆的探勘》,人民文学出版社 2006 年版。

中共中央文献研究室编:《建国以来重要文献选编》,中央文献出版社 1993 年版。

期刊文章:

宝贵敏、巴义尔:《昨日的猎手——与鄂温克族作家乌热尔图的对话》,《中国民族》2007 年第 12 期。

曹顺庆：《三重话语霸权下的少数民族文学》，《民族文学研究》2005年第 3 期。

陈珏：《乌热尔图小说话语形态分析》，《民族文学研究》2012 年第 2 期。

陈芷凡：《历史书写与数字传播：台湾原住民"文学"论述的两种思维》，《民族文学研究》2012 年第 3 期。

代讯：《中国当代少数民族理论的发生》，《社会科学战线》2018 年第 6 期。

董馨：《历史修辞的形式主义方法——米歇尔·福柯对海登·怀特历史诗学的影响》，《学术研究》2008 年第 9 期。

方守金、迟子建：《自然化育文学精灵——迟子建访谈录》，《文艺评论》2001 年第 3 期。

费孝通：《关于文化自觉的一些自白》，《学术研究》2003 年第 7 期。

费孝通：《关于我国民族的识别问题》，《中国社会科学》1980 年第 1 期。

郭超：《他在发掘本民族独特的财富——漫谈乌热尔图的短篇小说及其美学观》，《小说评论》1986 年第 1 期。

黄任远：《论鄂温克族文学脉络及特点》，《黑龙江社会科学》2000 年第 6 期。

黄颂杰：《福柯的话语理论述略》，《南京社会科学》1990 年第 6 期。

黄忆沁：《乌热尔图与郭雪波文学创作的生态形象比较分析》，《文学界》（理论版）2011 年第 11 期。

仝曾：《鄂温克族的文学新星——乌热尔图》，《中国民族》1984 年第 9 期。

雷达：《哦，乌热尔图，聪慧的文学猎人》，《文学评论》1984 年第 4 期。

黎洋洋：《闪亮的犄角——乌热尔图短篇小说对民族品格的塑造》，《齐齐哈尔师范高等专科学校学报》2007 年第 2 期。

李长中：《"汉写民"现象论——以迟子建的〈额尔古纳河右岸〉为例》，《中国图书评论》2010 年第 7 期。

李长中：《"重述历史"现象论——以人口较少少数民族文学书写为

例》，《民族文学研究》2011 年第 4 期。

李芳：《从一个鄂温克少年的成长到一个民族自我"重构"的文化想象——解读〈七叉犄角的公鹿〉的新视点》，《民族文学研究》2010 年第 2 期。

李剑波：《清代诗学的话语分析》，《文学评论》2005 年第 1 期。

李陀：《致乌热尔图》，《人民文学》1984 年第 3 期。

李晓峰：《中国当代少数民族文学创作与批评现状的思考》，《民族文学研究》2003 年第 1 期。

栗原小荻：《文明的传承与文学的建树——中国当代少数民族小说家系列概评之一》，《西北民族学院学报》（哲学社会科学版）2000 年第 1 期。

刘大先：《当代少数民族文学批评：反思与重建》，《文艺理论研究》2005 年第 2 期。

刘大先：《新媒体时代的多民族文学——从格萨尔王谈起》，《南方文坛》2012 年第 1 期。

刘大先：《叙事作为行动：少数民族文学的文化记忆问题》，《南方文坛》2013 年第 1 期。

刘大先：《中国少数族裔文学的认同和主体问题》，《文艺理论研究》2009 年第 5 期。

刘俐俐：《汉语写作如何造就了少数民族的优秀作品——以鄂温克族作家乌热尔图的作品为例》，《学术研究》2009 年第 4 期。

刘志友：《文化研究的四个研究模式》，《新疆大学学报》（哲学·人文社会科学版）2006 年第 1 期。

柳宏：《乌热尔图短篇小说的民族特色》，《扬州师院学报》（社会科学版）1989 年第 4 期。

陆恩：《国外话语分析研究综述》，《牡丹江大学学报》2008 年第 7 期。

罗庆春：《转型中的构型——论中国少数民族文学批评当代转向》，《西南民族学院学报》（哲学社会科学版）2002 年第 8 期。

罗义华：《文化的乖离与重构——全球化语境中的民族文学创作主体性批判》，《民族文学研究》2004 年第 3 期。

孟和博彦：《时代的脉息，民族的心音——评鄂温克族作家乌热尔图的小说》，《民族文学研究》1984 年第 4 期。

瑞吉娜·本迪克丝：《本真性》，《民间文化论坛》2006 年第 4 期。

师海英：《文化批判与重返自然的和谐——乌热尔图生态文学创作中的文化诉求》，《呼伦贝尔学院学报》2010 年第 4 期。

师海英：《乌热尔图小说人物形象折射出的作家的生态理念》，《语文学刊》2012 年第 1 期。

师海英：《叙事模式：图腾神话与原始仪式——试论宗教意识对乌热尔图创作的影响》，《白城师范学院学报》2007 年第 4 期。

施旭、陈珏：《文化话语研究与少数民族文学的新视野》，《民族文学研究》2013 年第 1 期。

施旭、冯冰：《当代中国话语的主体分析》，《中国社会语言学》2008 年第 1 期。

施旭：《文化话语研究与中国实践》，《中国外语》2018 年第 7 期。

孙洪川：《鄂温克民族灵魂的雕塑——论乌热尔图"森林小说"中的猎人形象》，《昭乌达蒙族师专学报》（社会科学版）1986 年第 1 期。

陶东风：《"文艺与记忆"研究范式及其批评实践——以三个核心词为关键的考察》，《文艺研究》2011 年第 6 期。

田青：《民族与土地的行吟诗——读乌热尔图的近作〈呼伦贝尔笔记〉》，《骏马》2006 年第 2 期。

田青：《神圣性与诗意性的回归：乌热尔图的创作与萨满教》，《民族文学研究》2008 年第 1 期。

田青：《"田野"关怀与"独语"构筑——关于乌热尔图诗化文本的解读》，《语文学刊》1999 年第 3 期。

田青：《痛苦的抉择和乌热尔图随笔创作》，《学术探索》2005 年第 3 期。

王静：《自然与人：乌热尔图小说的生态冲突》，《民族文学研究》2005 年第 3 期。

王澜：《落日余晖的笼罩——乌热尔图小说中的文化思考》，《海南师院学报》1996 年第 1 期。

王辽南：《民族深层心态的吟唱——略论乌热尔图近期创作的忧患意

识及其美学嬗变》,《阴山学刊》1991 年第 1 期。

王平:《论当代中国少数民族文学研究新思路》,《广西民族大学学报》(哲学社会科学版) 2017 年第 9 期。

王淑枝:《乌热尔图近期小说创作漫评》,《内蒙古民族大学学报》(社会科学版) 2001 年第 11 期。

王云介:《论乌热尔图小说的性别角色》,《内蒙古民族大学学报》(社会科学版) 2006 年第 6 期。

王云介:《乌热尔图的生态文学与生态关怀》,《黑龙江民族丛刊》2005 年第 3 期。

乌冉:《"边缘人"的精神之旅——读鄂温克族作家涂克东·庆胜的长篇小说〈第五类人〉》,《内蒙古民族大学学报》2008 年第 11 期。

吴红雁:《大森林中的原始主义之歌——乌热尔图小说创作倾向谈》,《前沿》2002 年第 1 期。

吴鹏、黄澄澄:《话语研究视域下的中美轮胎贸易纠纷》,《北京理工大学学报》(社会科学版) 2011 年第 4 期。

晓雪:《走向无边的蔚蓝》,《民族文学》2000 年第 1 期。

谢元媛:《敖鲁古雅鄂温克猎民生态移民后的状况调查——边缘少数族群的发展道路探索》,《民俗研究》2005 年第 2 期。

闫沙庆:《鄂温克族民间文学初探》,《黑龙江民族丛刊》2004 年第 5 期。

阎钢:《鄂温克人得奖了:评乌热尔图的优秀短篇小说》,《民族文学》1983 年第 5 期。

杨兰:《乌热尔图作品中的老人形象浅析》,《文学界》(理论版) 2010 年第 4 期。

杨玉梅:《书写森林狩猎文化的温情和痛楚——乌热尔图小说的文化解读》,《民族文学研究》2009 年第 1 期。

姚新勇:《未必纯粹自我的自我阐释权》,《读书》1997 年第 10 期。

姚新勇:《萎靡的当代民族文学批评》,《西南民族大学学报》(人文社科版) 2004 年第 8 期。

张杰:《批评的转向:从语言学走向话语学》,《外国语》1998 年第 4 期。

张丽：《论福柯知识考古学及其意义》，《鸡西大学学报》2011 年第 1 期。

张直心：《最后的守林人——乌热尔图新论》，《民族文学研究》2003 年第 4 期。

赵海忠：《痛苦：乌热尔图小说的基调》，《当代作家评论》1988 年第 4 期。

赵延花：《乌热尔图鹿意象偏好探源》，《内蒙古大学学报》（哲学社会科学版）2011 年第 6 期。

郑东升、刘晓杰：《福柯的话语观》，《内蒙古民族大学学报》（社会科学版）2008 年第 5 期。

周宪：《文学理论：从语言到话语》，《文艺研究》2008 年第 11 期。

朱珩青：《乡土·生命·自然——读乌热尔图的小说》，《当代作家评论》1988 年第 4 期。

后　记

　　我似乎对呼伦贝尔的广袤土地有天然的亲近感，说不出原因，也许是驯鹿人的忧伤和我犹如血液上的契合。

　　作为一个族外人，撰写鄂温克族文学概论，我是惶恐的。提笔之初，总是找不准自己的位置，写了删，删了写。后来反复思量，觉得如果能让更多的普通读者了解鄂温克族这个人口较少民族，能让更多的人接触他们的文化和文学，如果这本书能有幸做到一二，为鄂温克族文化、文学"走出去"起到推广和普及作用，哪怕力量微小，也算完成了这本书的使命。

　　从2010年开始关注鄂温克族文学至今，已有八年，几乎占据了我学术生涯的大部分内容。从搜集乌热尔图老师的第一部作品开始，到现在几乎搜全鄂温克族作家的大部分作品，其间的过程，让我深深感触人口较少民族文学自身发展与研究的艰难。正因其艰难，当我现在面对桌前、地上堆得满满的作品时，心里才感到踏实。

　　倏忽八年，喜忧相伴，苦乐相牵。

　　回首八年来时路，许多不期而遇的结识、意料之外的支持，成为我这一段生命旅程中最珍贵的部分，对此，心中唯有感谢！

　　感谢鄂温克族作家乌热尔图老师。我和乌热尔图老师因文结缘，对他身上北方民族特有的耿直、质朴印象深刻。说实话，乌热尔图老师的作品特别是他后期的作品，很难找到，所以当我第一次在电话中跟他说起此事，他二话不说，当即就给我寄来了他的作品。后来，我写完书稿寄给他后，他又和我就内容进行过多次的通信以及电话联系，他的肯定和高度评价，极大地鼓舞了我，没有他的支持，我的资料不会像现在这样翔实。如今我们一直保持交流，这份难得的相识，除了珍惜，便是感激。

　　感谢鄂温克族作家安娜、杜梅、涂志勇，我和他们每一个人都素未谋面，在我冒昧地联系他们并求助于他们的时候，他们都及时地给予我帮助，除了感动和感谢，任何词语都不足以表达我的内心。

还有很多人，无法一一感谢，都在心里。

也有遗憾。由于本人学养和能力所限，本书主要侧重在鄂温克族作家文学部分，而对鄂温克族口头文学部分，没能深入地展开研究，在此说明。对于可能出现的纰漏和错误，请各位专家、学者和读者谅解并批评指正。

这本书算是对自己多年来努力的一个交代。过程虽无跌宕起伏，却也精彩纷呈，收获了生命的饱满与辽阔。人生的意义，大抵如此。

陈　珏

2018 年 12 月于杭州